全国高等院校古籍整理研究工作委员会直接资助项目
“柳堂著述整理与研究”成果

笔谏堂文集

（清）柳堂 —— 著

吴 青 王江源 —— 整理点校

暨南史学丛书

暨南大学高水平建设经费资助丛书

社会科学文献出版社
SOCIAL SCIENCES ACADEMIC PRESS (CHINA)

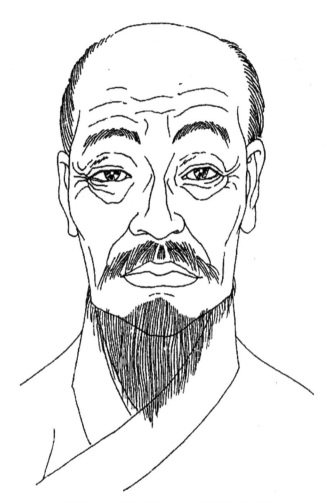

柳堂画像　张玉仙绘 采自《柳堂诗选注》

柳堂及夫人李氏之墓

泰山摩崖石刻柳堂题

柳堂部分著作书影

《北上吟草》书影

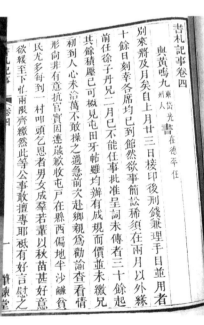

《牧东纪略》书影

括据思維至再策乏兩全刻已冬令瞬將歲暮可否將該酒商
領牌認捐之案暫予展緩至來年開春查辦並非大道又無
職未敢擅擬伏候鈞示遵行至煙燈各捐卑州並非大道又無
大商瑱肩誅求深恐得不償失亦靖一律展緩卑職爲安人心
起見所有籌款暫請展緩緣由是否有當理合據實稟呈大人
鑒核俯賜批示祇遵實爲公便肅此云云光緒二十七年
此稟但稟護院胡未稟籌款局此余疏處而開罪籌款局即
由於此閱局中見此稟笑日一州縣官輒即爲民請命何不
自諒若是余亦作州縣官多年上憲飭辦即辦而已夫以余
諒不自諒歟不自諒矣然謂州縣官不應爲民請命則不以

《书札记事》书影

昔札記事卷四

與黃鳴九 東昌人 書在德平任

別來將及月矣自上月廿三日接印後刑錢兼理手目並用者
十餘日刻幸各席均已到餔然欲事簡訟稀須在兩月以外縁
前任徐子丹兄二月已不能任事批准呈規而價未繳兄
其餘積牘已可概見屯田牙帖均辦有成規而價未繳兄
初到人心未洽萬不敢操之過急前次赴鄉親爲勸諭查看情
形尚非有意抗官實因連歲歉收屯戶在縣西偏地半沙磧貧
民尤多每到一村叩頭乞恩者男女成羣若輩以秋苗甚好意
欲緩至下忙兩限齊緩然此等公事敢擅專耶祇有好言慰之

整理凡例

　　一、柳堂存世文集《笔谏堂全集》分上下两函，上函为诗集（六种附二种），下函为杂著（八种）。因柳堂诗集已有出版，故本书主要整理柳堂杂著八种，均存于下函，分别为《周甲录》《宰惠纪略》《牧东纪略》《宰德小记》《蒙难追笔》《灾赈日记》《东平教案记》及《书札记事》，统称《笔谏堂文集》。

　　二、著述次第先后大致以时间为断，将柳堂之自传年谱《周甲录》放置于首，后按柳堂任州县官时间接三部州政县政纪实类著述，再按其人生经历接三部有关地方治乱类著述，最后为其致亲友书信集。

　　三、《笔谏堂全集》目前仅存于北京大学图书馆和山东省图书馆。本次整理以北京大学图书馆藏《笔谏堂全集》为底本，重新标点、校勘，改繁体字为简体字。

　　四、原文中的夹注，用小号字体表示，全文照录。

　　五、原文使用异体字者，改为通用简体字；原文中字词有误，一律订正，并以（）标注；有明显脱字处，以〔〕补出；残缺无法辨识处，用□表示，并以脚注标明；《宰惠纪略》参校"续修四库全书"本，凡有异文处，以脚注标明差异。

目　录

导　言 / 1

周甲录 / 24

周甲录序 / 24

凡　例 / 26

周甲录卷一 / 27

周甲录卷二 / 31

周甲录卷三 / 36

周甲录卷四 / 41

周甲录卷五 / 45

周甲录卷六 / 52

宰惠纪略 / 60

宰惠纪略序 / 60

宰惠纪略目录 / 61

宰惠纪略题辞 / 62

宰惠纪略序 / 65

宰惠纪略卷一 / 66

宰惠纪略卷二 / 76

宰惠纪略卷三 / 81

宰惠纪略卷四 / 88

宰惠纪略卷五 / 101

牧东纪略 / 113

　　牧东纪略序 / 113

　　牧东纪略卷一 / 113

　　牧东纪略卷二 / 129

　　牧东纪略卷三 / 137

　　牧东纪略卷四 / 147

宰德小记 / 157

　　宰德小记序 / 157

　　禀筹办学堂经费并酌拟暂行章程 / 157

　　禀小学堂蒙养学堂一律开堂 / 161

　　禀捐廉购备图书并酌拟条规 / 162

　　禀学务处 夹单附前正禀内 / 164

　　谕五乡首事出车章程 / 165

　　附复回惠民任禀教养局原款告罄另筹常年经费 红白禀 / 166

蒙难追笔 / 168

灾赈日记 / 174

　　灾赈日记序 / 174

　　灾赈日记序 / 174

　　灾赈日记题词 / 175

　　灾赈日记自序 / 175

　　凡例十二则 / 176

　　灾赈日记卷一 / 178

　　灾赈日记卷二 / 181

　　灾赈日记卷三 / 185

　　灾赈日记卷四 / 188

　　灾赈日记卷五 / 191

　　灾赈日记卷六 / 195

　　灾赈日记卷七 / 198

　　灾赈日记卷八 / 201

灾赈日记卷九 / 203

灾赈日记卷十 / 209

灾赈日记卷十一 / 211

灾赈日记卷十二 / 215

灾赈日记卷十三 / 216

灾赈日记卷十四 / 218

灾赈日记卷十五 / 220

附春赈记事一则 / 221

跋 / 222

东平教案记 / 223

东平教案记序 / 223

上　卷 / 224

下　卷 / 234

书札记事 / 248

书札记事序 / 248

卷　一 / 249

卷　二 / 260

卷　三 / 273

卷　四 / 284

附录一　柳堂墓志铭两则 / 296

附录二　柳堂生藏志一则 / 300

附录三　柳堂父柳相林史料两则 / 303

附录四　《申报》记载柳堂长孙柳式古捐书报道四则 / 307

后　记 / 312

导　言

一

柳堂，清道光二十三年（1843）十一月二十六日出生，初名保安，后易光贤、遇春，咸丰八年（1858）改名堂，字纯斋，号勖菴，晚年又号寿馀。河南扶沟人。先世籍河东，与刘子厚同宗，后徙陕西朝邑，高祖长茂，曾祖大荣。祖父殿鳌，字伟人，嘉道间习商业于河南汝宁府，因"扶沟先贤遗乡，俗朴民醇"①，遂迁于此。父相林，亦以经商为业，虽无功名，然尤喜读书，博通典故，书法为一时之冠。柳堂兄弟四人，兄名泽，大弟名染，二弟名璿。有子一名翰华，字朴卿，光绪二十九年（1903）举人，直隶候补同知。

柳堂青少年正值清末动乱之秋，咸丰八年，柳堂十六岁，十月，柳堂父兄三人被捻军所掳，身在军中八十余日，艰苦备尝，自谓"余生一大厄，而亦生平一大长进也"②。同治十二年（1873），柳堂三十一岁，举于乡；同治十三年（1874）至光绪十五年（1889）四赴会试，均不第，后赴河南莲溪书院任教读，自意"此生当以教官终，必无中进士之理"。光绪十六年（1890），五赴会试，终中进士，以知县分发山东，时柳堂四十八岁，可谓大器晚成。然初至官场并不被重用，柳堂失望至极，在致友人的

---

① （清）柳堂：《周甲录》序，光绪三十一年刻本。
② （清）柳堂：《蒙难追笔》，光绪三十一年刻本。

1

信中说道："宦场习气专事奔竞，书生本色皆以为迂……其为人讪笑如此。"① 至光绪二十一年（1895）八月，柳堂被山东巡抚李秉衡委以东昌府馆陶县厘局，始结束候补，到差十八日改署定陶县（今山东省菏泽市定陶区）。

光绪二十一年九月柳堂赴定陶县履任。上任伊始，以站笼处死两名强盗，官声大振，又为定陶县书院设置山长。光绪二十二年（1896）五月，柳堂就任惠民县（今山东省惠民县）。下车伊始即张示严禁差书丁仆"需索安班、铺堂"等规例，又"整顿义学、劝民息讼、筹修城宾，兴经费栽护城柳、修诸庙宇诸桥梁、改立黄河调夫局、挖徒骇河淤塞"②，而最著者则河防、剿匪二事，惠民士子有"惠民数万户前不死于兵，后不累于教，皆公之赐也"③ 的评价。光绪二十六年（1900）八月柳堂擒获济宁玉皇庙戕官案首——惠民县人孙玉龙而受朝廷嘉奖，擢东平州知州。光绪二十七（1901）二月柳堂赴任东平州（今山东省东平县）。柳堂上任东平，治之一如惠民。时和议甫定，州内教案四起，柳堂依次处理，"从此民教辑睦，一切交涉不难矣"④。未料次年九月因被恶绅控告"正耗浮收"，随即被撤，后居济南南马道，借以养病。光绪二十九年（1903）四月，柳堂赴任德平县（今已撤销，原属山东省德州市）。鉴于该县民风好讼，柳堂随往各集镇宣讲息讼圣谕，又"延请中西二教习购置图书百余种，以资诸生观览，四乡复增设蒙学十余处"⑤，士习为之一变。次年六月复惠民任。光绪三十一年（1905）正月调乐陵（今山东省乐陵市）。次年五月再回惠民任，时"男妇爇香迎数十里外"。光绪三十三年（1907）四月调牧济宁，以"新政"急迫，体弱不能尽职。光绪三十四年（1908）四月，再调济南府章丘县（今山东章丘市），自念时局动荡，不赴，致仕，时年六十有六。清亡后，成"遗老"，寓居于济南西关二道虹桥寓所，每日徜徉于山水，纵情诗酒，民国十八年（1929）春，柳堂逝世，享年八十六岁。

---

① （清）柳堂：《书札记事》卷一，光绪三十二年刻本。
② （清）柳堂：《周甲录》卷六，光绪三十一年刻本。
③ （清）李凤冈编次，（清）邱光瀛、陈铭、柳翰华全校《六十寿言》，光绪三十二年刻本。
④ （清）柳堂：《东平教案记》，光绪三十一年刻本。
⑤ （清）柳堂：《宰德小记》序，光绪三十二年刻本。

　　柳堂于光绪二十一年至三十四年（1895—1908）担任山东州县官达十三年之久，在任期间，曾先后蒙山东巡抚李秉衡、袁世凯等荐保，迭遇覃恩，如巡抚袁世凯对他的评价是："柳令傲吏抗上，然其强项皆为民，无为己者，终是循吏也。"又"赏戴花翎、四品衔，大计卓异"①。每三年一次的"大计"，柳堂获得"卓异"之评，正说明其为政之廉。"卓异"是州县官考绩的第一类，根据瞿同祖的说法，"其政绩显著者列为第一类，评为'突出而特殊'（'卓异'）向吏部推荐……每一省都有确定的推荐名额……山东、山西和河南9名，四川有11个名额。最多是直隶，有13个名额。由此可知，州县官们跻身此一类中的机会是很少的"②。而身为州县官的柳堂能获得"卓异"考绩，可以说其政治能力是非常突出的。从另一方面来看，柳堂任职州县官职十余年，期间亦获"卓异"，却并未得到正式擢升机会，仅在光绪二十九年（1903）四月，得袁世凯电——欲调其赴直隶（并未得正式调令，即赴德平任）。总体看来，柳堂仕途正如友人虞煊所言，"春官数上不得意，归途蹀躞劳薪劳"③，塞滞非常。在致友人的信中，柳堂也时而表露无奈，"欲再进一阶为四参处分，竟格于例，惟有修墓一途可以脱然，又须俟大计后年终决意为之，不再恋栈也"④。柳堂仕途不顺，除未得到上司赏识，更大的原因应与其自身性格方面有关。柳堂常以"不失河东家法"严于律己，"脾气大，好抗上"，多有得罪同年、上司之举。正如柳氏对友人所言："知我者以为强项令，爱之敬之，不知我者以为负性使气，傲不可近，兼以弟口快心直，不知顾忌，官幕两途，得罪不知凡几。"⑤其后果便是"平日所得罪者，今皆当道从中谣诼，几至祸遭不测"⑥。这也是柳堂十余年知县生涯未得擢升的一个很好的解释。

---

①　郝万章：《扶沟石刻》，中国广播电视出版社，2011，第522页。
②　瞿同祖著，范忠信、晏锋译，何鹏校《清代地方政府》，法律出版社，2003，第60－61页。
③　（清）柳堂：《莲溪吟草》虞煊序，光绪二十八年刻本。
④　（清）柳堂：《书札记事》卷四，光绪三十二年刻本。
⑤　（清）柳堂：《书札记事》卷四，光绪三十二年刻本。
⑥　（清）柳堂：《牧东纪略》卷二，光绪三十二年刻本。

二

柳堂受其父影响，好书成癖，多所博通，"室中卷轴多至数十万卷，暇辄手一编，朱墨淋漓"①，其存世文集名《笔谏堂全集》（以下称《全集》）。"笔谏堂"，又称"笔谏草堂"，为柳堂书斋名。"笔谏"一词由来已久，其缘于唐代著名书法家柳公权（778—865）"笔谏"事。《旧唐书·柳公权传》载："穆宗政僻，尝问公权笔何尽善，对曰：'用笔在心，心正则笔正。'上改容，知其笔谏也。"② 柳氏的祠堂名、室名等多用"笔谏"之名。柳堂六十大寿时，山东东平州学正姚子云曾为柳堂作诗："笔谏遗风启正臣，历经宦海阅艰辛。筹添南极增双寿，篆摄东原庆六旬。"③ 这在一定程度上也体现了柳堂所秉承的"笔谏"精神。柳堂意欲列河东柳氏之后，有"家于赵都镇相隔仅一河，或亦由河东而徙钦"之语，取柳公权"笔谏"典故，无疑也是向世人展示扶沟柳氏为河东柳氏一脉。

在《笔谏堂全集》上函的第一部著述——《莲溪吟草》书前有光绪三十二年（1906）五月李擢英所作《全集》序及总目。由此我们可对《全集》的编纂稍有了解。李擢英（1844—1941），字子襄，河南商水人，曾任江南道监察御史、内阁侍读学士、太常寺少卿、大理寺少卿等要职④，晚清著名文士。李自称与柳堂"癸酉拔萃乡闱，同榜而同谱者也"，在柳堂与之书信中，亦以"同年"称之，可见两人关系比较密切。李序中叙述《全集》成书过程：

> （柳君纯斋）洎其捷南宫，宰东海，文章经济所至有声，其于地方利弊民间疾苦，无不体会入微，有时笔之于书，以备考证，或作为歌咏以遗同人，久之积成卷帙，颜之曰《笔谏堂全集》，所以纪政事

---

① 郝万章：《扶沟石刻》，中国广播电视出版社，2011，第 522 页。
② （五代）刘昫撰《旧唐书》卷一百六十五，中华书局，2007，第 4310 页。
③ （清）柳堂：《六十寿言》卷四，光绪三十二年刻本。
④ 徐家璘修，杨凌阁撰（民国）《商水县志》二十五卷，卷十七《人物志》，民国七年刻本。

也。刻既成，略寄数种寓书于余，曰：意在记事，殊不美观。余受而
读之，觉纯斋之性情政事历历在目，依稀联床夜雨时也。……夫纯斋
之文，纯斋之心也，纯斋今日之心即当年之心也。异日者监司表率苑
业愈进，亦惟举斯心措之而已。

　　书光绪三十二年五月下浣，赐进士出身诰授资政大夫二品衔大理
寺少卿年如弟李擢英谨序。①

　　在《牧东纪略》卷四《观风告示》中柳堂也曾自述："本州法守河
东，宦游山左，笔谏堂书罗万卷，大意略观，无棣州治逾三年，有成未
逮，自分不材见弃，讵意斯篆来权。"②

　　由以上引述可知，《全集》至少在光绪三十二年（1906）时已经整体
刊刻出版，而不是在柳堂逝后才成书（柳堂逝于民国十八年）。

　　后附"笔谏堂全集总目"为：

上函

莲溪吟草十四卷四册　　北上吟草三卷一册　　史外韵语书后八卷二册
宦游吟草十二卷三册　　仕馀吟草四卷一册　　舟行吟草一卷一册
附
六十寿言四卷二册　　惠东颂言二卷一册

下函

宰惠纪略五卷二册　　灾赈日记十五卷二册　　牧东纪略四卷二册
东平教案记二卷一册　　宰德小记一卷一册　　书札记事四卷二册
周甲录六卷二册　　蒙难追笔一卷一册

　　据"总目"所载，《笔谏堂全集》分上下两函，上函六种十二册四十
二卷，附两种三册六卷；下函八种十三册三十八卷。《中国丛书综录》与
"总目"所载同③。《清人诗文集总目提要》则载　"《笔谏堂集》，北大藏

　　①　（清）柳堂：《莲溪吟草》李擢英序，光绪二十八年刻本。
　　②　（清）柳堂：《牧东纪略》卷四，光绪三十二年刻本。
　　③　上海图书馆编《中国丛书综录（一）》，上海古籍出版社，1986，第541页。

本，三十八卷"，实误①。

《笔谏堂全集》收录的十六种著述各版本情况分别为：

光绪二十七年（1901）：《宰惠纪略》

光绪二十八年（1902）：《莲溪吟草》《北上吟草》《宦游吟草》
《史外韵语书后》

光绪三十一年（1905）：《仕馀吟草》《舟行吟草》《灾赈日记》
《周甲录》《蒙难追笔》《东平教案记》

光绪三十二年（1906）：《牧东纪略》《宰德小记》《书札记事》
《六十寿言》《惠东颂言》

故《笔谏堂全集》版本为清光绪二十七年至三十二年间笔谏堂刊本，无再版成书。

除"笔谏堂全集总目"，《莲溪吟草》书前另附有"别行"及"笔谏堂未刻目录"：

别行

补正惠民县志三十卷　惠民县志补遗

笔谏堂未刻目录

己丑北上日记　寿馀吟草　寿馀杂著　壬寅以来寿馀日记②

稟牍偶存　续书札记事　惠民办理义和团稟稿　宰乐小记　牧济小记

先德录　浮生梦境图说　藏书目　藏金石目　藏书画目　经义硕果

四库全书目录注撰

柳堂著述颇丰，他的著述在当时文人群体中也有一定影响力，尤其是《宰惠纪略》，当时的文人多通过此书而认识柳堂。乐陵生员潘锡珍有诗云："挥毫传纪略，著作久推君。"江苏进士庄纶仪③也说："廉吏可为期上

---

① 柯愈春：《清人诗文集总目提要》，北京古籍出版社，2001，第1924页。

② 《六十寿言》陈铭云："公（柳堂）尝语凤冈曰：余弱冠自分必夭，今不惟不夭，且可称寿，天之待余诚厚，使稍有玩愒，何以对天，且从此有生一日皆天之赐，即皆寿之馀也。昼之所为，夜必书之，以考功过，当名曰《寿馀日记》。"此为《寿馀日记》之来历。

③ 庄纶仪（生卒年不详），字纫秋，江苏阳湖人，光绪二十年（1894）甲午科进士，曾任山东莱阳、泰安等县知县。

寿，雄文不朽庇孤寒。先生著作等身，士林咸被沾溉。"安徽举人姚鹏图在给柳堂诗中也说："岁在庚寅，公成进士，鸿篇既出，遂识大名，十里看长安之花，一日贵洛阳之纸。"① 此类话语虽有夸大成分，但在某种程度上也可说明：至少在山东的"文人圈"中，柳堂的著述已彰彰在人耳目。《续修四库全书总目提要》评价该书"或为公牍，或为艺文，虽仿笔记漫录之体，不为类别，然条告词章相互错杂，而年时倒置，凌乱失次，皆嫌无体，特为民兴利除弊诸大端一切措施得据以考见，亦可为纪实之作也"②。《历代日记丛钞提要》则认为，《灾赈日记》"记有著者到各地勘查受灾地段、安抚灾民的措施、政府派员赈灾事宜等，还有大量当地民众如何抢修河堤的记载"，其关于清末黄河决堤灾难的真实记载，"为研究清朝山东河患史等方面提供了珍贵的资料"③。

柳堂虽生于晚清，但其著述本就刊刻不多，故存世流传情况并不理想。具体到《全集》的藏书地，据《中国丛书综录》所载，国内有三家图书馆藏：北京大学图书馆、山东省图书馆及辽宁省图书馆。④ 其中可考证其来源的仅有山东省图书馆。

山东省图书馆所藏《全集》之来源，当为柳堂长孙柳式古所捐。民国二十一年（1932），柳式古遵其祖父遗嘱，将其生平所藏图书一万四千六百七十四册（其中柳式古取回一百四十三册），捐与山东省图书馆。当时《申报》载：

（1932 年 6 月 27 日）鲁图书馆点收柳堂藏书一千余种一万余册

……第三十三箱内有柳堂本人所著之《北上吟草》、《书札纪事》（按当为《书札记事》）、《惠东颂言》、《周甲录》、《宦游吟草》、《舟

① （清）李凤冈编次，（清）邱光瀛、陈铭、柳翰华全校《六十寿言》，光绪三十二年刻本。
② 中国科学院图书馆整理《续修四库全书总目提要》（稿本）11，齐鲁书社，1996，第 7 - 8 页。
③ 李德龙、俞冰主编《历代日记丛钞提要》，学苑出版社，2006，第 323 页。
④ 上海图书馆编《中国丛书综录（一）》，上海古籍出版社，1986，第 541 页。又，《中国丛书综录（一）》《中国农业古籍目录》等文献中虽载《全集》亦存于辽宁省图书馆，然笔者查阅该图书馆检索系统，并未寻获。

行吟草》、《灾振日记》（按当为《灾赈日记》）、《笔谏草堂诗文集》
等书。柳式古以为其先人手泽，仍取回收藏，每种留图书馆一部，以
作纪念，计共取回一百四十三册，留存图书馆一万四千五百三十一
册，完全无条件捐入图书馆……运到图书馆后，即单辟一室，将书完
全置于其内，因柳号"寿佘"，即名其室为"寿佘藏书"①，另取柳生
前遗物一部，藏于室内，以作纪念。"②

柳堂藏书中也不乏孤本善本，如明万历刻本《天目先生全集》《张太
岳集》，明嘉靖刻本《王文成公全集》等明刻本68种。今人所撰《山东省
图书馆志》则认为其中最为珍贵者为柳堂手抄本武定李之芳所著《行间日
记》四卷附录一卷。在1933年3月4日《申报》刊发的"教部褒奖捐资
兴学人员"中，柳式古也因捐献藏书之举获颁"一等奖状"。

柳式古与王献唐所编《扶沟柳氏捐赠书籍清册不分卷》（民国二十一
年油印本，一册，山东大学图书馆藏）亦有柳王二人并记：

> 第三十三箱内，所有柳纯斋先生遗著各书，仍归捐赠人取回收
> 藏，每种各留一部，存山东省立图书馆作纪念，合并注明备查。全书
> 总数除取回一百四十三册，共存一万四千五百三十一册。③

另，民国《山东通志》《山东省图书馆志》《山东省志·文化志》等
对柳堂长孙柳式古捐书情况亦均有记述。可见，包括《笔谏堂全集》在
内的柳堂遗书自民国二十一年（1932）时即入藏山东省图书馆。柳堂万
卷藏书虽未遵其遗志运回扶沟，然存于山东省立图书馆，既避免了兵燹
之祸，又为山东地方文献增一源泉，对山东文化的发展起到一定作用。正
如王献唐所说："以捐书系文化事业，为社会谋幸福。但能达到目的，固

---

① 原文作"寿佘书藏"，据王献唐、柳式古合编《扶沟柳氏捐赠书籍清册》（山东省图书馆
藏）"柳式古所捐柳堂遗书，每箱均刻'寿佘藏书'四字"改。参见李勇慧《王献唐著
述考》，山东教育出版社，2014，第131页。
② 《鲁图书馆点收柳堂藏书一千余种一万余册》，《申报》1932年6月27日。《申报》第293
册，上海书店出版社影印，1983，第590页。
③ 王献唐：《双行精舍书跋辑存续集》，齐鲁书社，1986，第65页。

无不可也。"① 总而言之，藏书家文化心态之一——保护好作为民族文化主
要载体的图书，这一目的已经达成。

三

据总目，《全集》上函共六种十二册四十二卷，均为诗文集。其"诗
宗法唐代大诗人白居易，注重写实，朴实自然，性情天成，具有唐诗风
格"②，内容多为抒发感情之作，也兼记清末诸事，具有一定的文学和史学
价值。以下简要介绍各部著作。

《莲溪吟草》十四卷，四册，光绪二十八年（1902）刻本。封面书
签镌"莲溪吟草"，内封背面镌"光绪壬寅镌　莲溪吟草　笔谏堂藏
本"。书前有光绪十五年（1889）虞焜题辞，又光绪二十八年任城李继
琨序，又光绪二十八年聊城傅旭安③（号晓麓）序，又光绪二十八年惠
民李凤冈④序，又光绪十三年（1887）柳堂自序。光绪九年（1883），柳
堂会试不第，受友之邀，于六月到达项城莲溪书院，开始教读生涯。至
莲溪后，在诸好友的影响下，"日夜讴吟，寝食俱废，如有崇然欲已焉，
而不能已也"⑤。莲溪五载，柳堂成《莲溪吟草》十四卷，共诗作六百三
十一首。

《北上吟草》三卷，一册，光绪二十八年刻本，为柳堂诗歌合集，包
括《北上吟草》二卷、《庚寅北上吟草》一卷。封面书签镌"北上吟草"
（"庚寅北上吟草"），内封背面镌"光绪壬寅镌　北上吟草　笔谏堂藏
本"。书前有光绪二十八年春柳堂小序。光绪十五年柳堂辞馆北上会试，
然而无果，柳堂再次落第，加之感冒病重，"年年两鬓暗添丝，身已衰残

---

① 王献唐：《太平十全之室日记》（1932 年 10 月 15 日），未刊稿。转自李勇慧《王献唐著
　　述考》，山东教育出版社，2014，第 132 页。
② 政协扶沟县文史资料委员会编《柳堂诗选注》，政协扶沟县文史资料委员会，2003，第
　　165 页。
③ 傅旭安（1868—1904），字佰隽，号晓麓，山东聊城人，光绪二十年（1894）甲午科举
　　人，曾任东平龙山书院院长。其子为中国著名历史学家傅斯年（1896—1950）。
④ 李凤冈（1832—1905），字荔村，惠民县人，光绪十五年（1889）己丑科举人。
⑤ （清）柳堂：《莲溪吟草》自序，光绪二十八年刻本。

不自知。犹复强颜谋北上，应忘当日败军时"①，可为柳堂此时的心情写照。全书共计诗作四十四首。

《史外韵语书后》八卷，二册，光绪二十八年刻本。封面书签镌"史外韵语书后"，内封背面镌"光绪壬寅镌 史外韵语书后 笔谏堂藏本"。书前有光绪二十八年任城李继琨序，光绪二十九年邱光瀛序，又光绪二十七年（1901）柳堂自序，又光绪二十八年惠民李凤冈跋。柳堂少时"喜闻父老谈古忠孝节义事"，自庚寅分发山东，即有成《史鉴》一书之思。光绪十九年（1893）春，柳堂在"齐河南坛堤工局差"，时"徒有虚名，无事可作"，购得汪有典《史外》一部，"触我痴情，爱不释手"，遂"每一终篇不拘体裁，均以韵语书其后"②。《史外》，原名《前明忠义别传》，清汪有典著，是集为汪氏所汇集有明一代忠烈事迹，起自方孝孺，终于明季死难诸臣，后附《国变难臣钞》。柳堂自光绪十九年春着笔，至光绪二十年秋终卷，名之曰《史外韵语书后》。

《宦游吟草》十二卷，三册，光绪二十八年刻本。封面书签镌"宦游吟草"，内封背面镌"光绪壬寅镌 宦游吟草 笔谏堂藏本"。书前有光绪二十八年初夏柳堂小序。光绪十六年（1890）柳堂终中会试，成进士，以知县分发山东，"每奉檄出省，遇山水名胜，触我吟怀，不能自已，往往连篇累牍，犹觉不尽意"③。每至一地即作诗一卷以纪之，共计诗作六百四十首。是集题材丰富，数量众多，是柳堂诗集中最为重要的一部。

《仕馀吟草》四卷，一册，光绪三十一年（1905）刻本。封面书签镌"仕馀吟草"，内封背面镌"光绪乙巳年刊 仕馀吟草"。书前有光绪二十八年柳堂自序。"仕优则学"，是集为柳堂任官定陶、惠民、东平时所作诗稿，共诗作八十首，可补柳堂宦东诗作之不足。

《舟行吟草》一卷，一册，光绪三十一年刻本。封面书签镌"舟行吟草"，内封背面镌"光绪乙巳年刊 舟行吟草"。书前有光绪二十八年十二月初三日李凤冈跋及十一月十三日柳堂自序。光绪二十八年七月，柳堂调

---

① （清）柳堂：《北上吟草》卷一，光绪二十八年刻本。
② （清）柳堂：《史外韵语书后》自序，光绪二十八年刻本。
③ （清）柳堂：《宦游吟草》自序，光绪二十八年刻本。

帘入省，得机与惠民好友李凤冈同舟而行，《舟行吟草》一卷，共计诗作二十八首，其中柳堂所作十四首。

上函另附有两部辑书《六十寿言》《惠东颂言》。

《六十寿言》四卷，李凤冈编，邱光瀛、陈铭、柳翰华校，清光绪三十二年（1906）刻本。封面书签镌"柳纯斋先生六十寿言　徐世光[①]题签"，内封背面镌"光绪丙午年刻　六十寿言"，书前有光绪二十九年（1903）邱光瀛卷首序，书后有柳堂后序。光绪二十九年十一月为柳堂六十寿辰，时牧东平州，经李凤冈与傅旭安联络，共征得百余首寿文寿诗。由李凤冈与邱光瀛略加点窜，分类编次，续有作者类附于后。光绪三十二年（1906）夏，柳堂命门人陈铭及子柳翰华重为校阅，遂成今书。

《惠东颂言》二卷，陈铭、柳翰华编次并校订，清光绪三十二年刻本。封面书签镌"惠东颂言　徐世光题签"，内封背面镌"光绪丙午年刊　惠东颂言"。书前有光绪三十二年陈铭序。《六十寿言》成书后，"又有诗文一册，杂乱无序"，因词涉于腴，柳堂置之于案。陈铭遂仿《六十寿言》例，详加编次，先文后诗，分为二卷，题曰《惠东颂言》。

《全集》下函八种十三册三十八卷，均为记事类，为柳堂著述最重要、最具学术价值的部分。每种著作情况如下。

《宰惠纪略》五卷，二册，清光绪二十七年（1901）刻本。封面书签镌"宰惠纪略　壬寅八月世光题签"，内封背面镌"光绪辛丑镌　宰惠纪略　笔谏堂藏本"。书前有光绪三十年（1904）张星源序，下接全文分卷目录，又有光绪二十六年（1900）李凤冈题辞，又有光绪二十七年徐世光序及傅旭安序，又有光绪二十六年柳堂自序及识语。文末附"海滨逸士"为柳堂"义和拳诸作"所作书后。是书不分类日，以年冠首，以事附之，逐条所记柳堂治理惠民时所行诸政事。

《灾赈日记》十五卷，二册，光绪三十一年（1905）刻本。封面书签镌"灾赈日记　徐世光题签"，内封背面镌"光绪乙巳年刊　灾赈日记"。全书共分十五卷，记事自光绪二十四年（1898）六月二十三，止光绪二十

---

① 徐世光（1857—1919），字友梅，号少卿，直隶人，光绪八年（1882）壬午科举人，历任青州、济南知府等职。

五年（1899）正月十二，共计二百余日。书前有光绪二十五年刘彤光序，又有光绪二十五年李凤冈序及题词，后有同一年柳堂自序，凡例十二则，书后附《春赈记事》一则及李凤冈跋。每卷后"另行低二格，用一附字，下用双行小字"附某月某日至某月某日理州县词讼数目，因词讼"亦州县之要"。光绪二十四年六月，黄河决口，时济阳桑家渡因伏汛漫决，惠民因此受灾严重，被灾八百余村。《灾赈日记》所记即为光绪二十四年济阳县黄河支流桑家渡河决赈荒诸事。

《牧东纪略》四卷，二册，清光绪三十二年（1906）刻本。封面书签镌"牧东纪略 徐世光题签"，内封背面镌"光绪乙巳年刊 牧东纪略"。书前有光绪三十一年柳堂小序。该书为柳堂宰东平州所施诸政的记载。与《宰惠纪略》"不分类目"不同，"各分门类""原禀附之"是《牧东纪略》成书的两大特点。所谓"各分门类"，即全书以"河工""钱粮""税务""学校"四门类分四卷，每卷首有柳堂分卷小序；所谓"原禀附之"，即全书为柳堂所上公牍的选编，以"红白禀"①或"会禀"形式纪事，共计25禀牍。

《东平教案记》上下二卷，一册，清光绪三十一年刻本。封面书签镌"东平教案记 徐世光题签"，内封背面镌"光绪乙巳年刊 东平教案记"。书前有光绪二十八年（1902）夏柳堂自序，卷后有柳堂光绪三十一年八月跋。辛丑春，柳堂移署东平州，前任已结之教案，蜂拥而起。时主管东平州教务的陶副主教据教民控告，照会总理衙门，请立即电饬该地官员查明各案，柳堂为便于行事，将所办东平教案各民教纠纷、断案过程等记录于教案卷宗。光绪二十九年夏柳堂赴德平任后，遂委傅旭安编次此卷，成《东平教案记》。全书多为对案情处理的直接记录，间附柳堂所上禀牍。是书详细记载了东平教案中的一系列民教纠纷及柳堂与总理衙门、洋务局、抚帅的札饬信函往来，实为研究晚清教案的第一手资料。

《宰德小记》一卷，一册，清光绪三十二年刻本。封面书签镌"宰德

---

① 文书名。清代下级州县官员向上司报告或请示公事时，除以白纸禀叙事件，另加红禀写官衔及摘录白禀内事由，称为红白禀。红白禀用五行格式，每行二十四字。参见郑天挺等编《中国历史大辞典》，上海辞书出版社，2000，第3055页。

小记　徐世光题签",内封背面镌"光绪丙午年刊　宰德小记　笔谏堂藏本"。书前有光绪三十二年自序。该书"不曰纪略者",缘因全文"篇幅无多"(八千余字),"不足与宰惠、牧东相配也,亦借以存此一二实事焉耳"①,故名之曰"小记"。该书体例与《牧东纪略》同,内容包括两部分,一为"书院改为学堂","士悦之";一为"出车运现钱赴省","民悦之"。

《书札记事》四卷,二册,光绪三十二年刻本。封面书签镌"书札记事　徐世光题签",内封背面镌"光绪丙午年刊　书札记事"。书前有柳堂光绪三十二年夏自序。《书札记事》为柳堂宦东书信集,之所以将与诸友往来书信刊行,柳堂认为其"皆有精神之所在"②。全书共计书信70封,涉及好友50余人,亦是了解柳堂交游状况的重要窗口。

《周甲录》六卷,二册,光绪三十一年刻本。封面书签镌"周甲录　徐世光题签",内封背面镌"光绪乙巳年刊　周甲录"。逢年提行另起,上书干支纪年及本人年庚。该书为柳堂自定年谱,所记谱主"甲子一周矣",起道光癸卯(1843),止光绪癸卯(1903)。全谱共分六卷,两万八千余字。书前有柳堂长篇自序,记其家史,后有柳堂好友李凤冈及柳堂跋,记成书过程。该谱保存了谱主"甲子一周矣"的基本史料,是柳堂前半生的简明档案,亦是后人了解柳堂事迹的主要窗口。按,全文约分三大部分:第一部分,卷一至卷二(道光二十三年至同治七年),记谱主出生年月及求学入庠经过;第二部分,卷三至卷四(同治八年至光绪二十一年),记开馆授徒至考中进士;第三部分,卷五至卷六(光绪二十二年至光绪二十九年),记仕宦经历(止德平县知县)。

《蒙难追笔》一卷,一册,清光绪三十一年刻本。封面书签镌"蒙难追笔　徐世光题签",内封背面镌"光绪乙巳年刊　蒙难追笔"。《蒙难追笔》为柳堂被捻军所掳回忆录。咸丰八年(1858)十月,柳堂父子三人被捻军所掳。因"旗主"姚逢春乃"贼中佼佼者",与柳堂父相商,可择二儿中一人随行,柳堂遂辞父兄,毅然前往,后至咸丰九年(1859)正月十

① (清)柳堂:《宰德小记》序,光绪三十二年刻本。
② (清)柳堂:《书札记事》自序,光绪三十二年刻本。

13

五日方归家。柳堂至贼中八十余日，后于甲辰（1904）正月追忆贼中诸事，成《蒙难追笔》一卷，时隔被掳达 46 年之久，可见被掳经历对柳堂印象之深刻。在捻军中，柳堂亲睹他们的生存生活状况，而据此成书的《蒙难追笔》则是我们了解捻军内部真实情况的珍贵史料。罗尔纲先生也认为："我们应该以一种曾到过捻的内部去的人的记载来做判断。幸好我们现在还找得到一部这种记载，柳堂的《蒙难追笔》。"①

四

柳堂曾任山东多地州县官，其《全集》中也保存了大量有关晚清地方政治、文化、社会经济等方面的史料，具有较高的史料价值和学术价值。

"司法是州县衙门最重要的功能之一。"② 尽管州县官可能实际掌握着起诉、逮捕、审理及判决的司法权，但作为各行政事务的直接承办者，州县衙门里的书吏和差役在具体案件的运作中却负有相当的责任，原因很明显，州县官不可能事事亲力亲为，在这个过程中吏役往往会对州县司法的正常运行产生冲击。身为惠民知县的柳堂对吏役在办理案件中的"残民以逞""勒征苛索"等事有着清晰的认识，这在《宰惠纪略》中记之独详。如关于吏役在收受呈词时的陋习：

> 每见蚩蚩者氓因事投诉而满腹冤抑，代书不饱欲，不作呈词，承行不饱欲，不为转票，原差不饱欲，不为下乡，及至两造已齐，而中证未至，其朴鲁者则竟私押班房，私圈饭店，必使其精血耗尽而始为之禀到。更有一般讼之人从中拨唆，应结不结，使逐年累月缠讼不息。③

对于地方州县的衙役，清廷有严格的编制，不可随意招募，然而实际上并非如此。从《宰惠纪略》来看，州县衙役成分很复杂，捕役通盗甚至已经到了"共衣食"的程度：

---

① 罗尔纲：《太平天国史丛考甲集》，三联书店，1981，第 122～123 页。
② 瞿同祖著，范忠信、晏锋译，何鹏校《清代地方政府》，法律出版社，2003，第 192 页。
③ （清）柳堂：《宰惠纪略》卷一，光绪二十七年刻本。

（捕役）甚至勾通匪类，白昼捕盗之人，即黑夜为盗之人。贿赂既得，虽著名巨匪，同饮共食若罔闻。知官比过急，则以狗偷鼠窃搪塞之，教供诬良，种种不法，令人发指。总之，散捕恃总捕为护符，总捕恃散捕为牙爪，狼狈为奸肆无顾忌。①

从这里不难看出，令柳堂愤怒的不仅仅是捕役的种种不法，这些行为多在州县官的眼皮底下进行，这也是令柳堂所不能容忍的，"立法虽善，行之不力则亦具文而已"。

提到州县司法则不得不提地方监狱，"从监狱之良腐，可知一国之文野"②。有关清代州县监狱狱囚衣食的状况，学界已有研究，如柏桦先生在《明清州县官群体》中借《清史稿·刑法志》"藉端虐诈，弊窦丛滋"③ 八字，说明州县监狱混乱之况。然混乱之况到底达到何种程度以及狱囚生活状况如何，时任惠民知县的柳堂在《宰惠纪略》中有一描述，所记则富于细节，可补学界研究之不足：

今天下未有苦于监狱中人者也……明知死已有期而父母不得见，兄弟不得见，妻子不得见，亲戚朋友不得见。狱卒之悍者，又闭之不令出入，即天日不得见，惟以稀粥两顿，咸菜一撮，托命狱吏之手而已。春秋天气犹好，冬日则如在冰雪窖中，冷气袭人，毛发倒卷，骨立如柴，夜深鼠子啮耳血淋漓，手不能仰，闻啾啾鬼语，吓人欲死。夏日则暑毒蒸热，恶臭侵寻，蚊声如雷，臭虫与虮虱捉之盈把，地潮浸衣履俱湿，疥癣痈疽一时齐发，此时惟有恨死之不速耳。而大雨倾盆，屋漏如注，房上泥落成块，下视水没踝，欲移他所，又疏防堪虞。呜呼！噫嚱！若辈诚罪有应得死无足惜者，然死于刑可也，死于非刑不可也。设一旦监狱坍塌，将若辈压毙，无论有狱掌狱各官，罪

---

① （清）柳堂：《宰惠纪略》卷二，光绪二十七年刻本。
② 曹强新：《清代监狱研究》，湖北人民出版社，2011，第 1 页。
③ 柏桦：《明清州县官群体》，天津人民出版社，2003，第 259 页。

在不赦，即问心亦难安之甚矣。①

柳堂这段关于州县监狱的记载，并没有谈及任何具体事例，而是一种以切身体验为基础撰写的记录，况且因柳堂亲为州县之官，其所记狱囚衣食状况当非道听途说，可信度非常大。它会产生一种间情效果，很可能会创造出一副比实际情况更加严重的图景，读来不禁令人毛骨悚然，州县监狱管理弊病可见一斑。

自"义和团，起山东"以来，官方的舆论多将"义和拳"定性为"拳匪乱民"（典型者如与柳堂同时期的直隶吴桥县知县劳乃宣②），柳堂却认为不能一概而论，在《义和拳问答》中他以问答形式阐述了诸多有关"义和拳"的性质问题。如论"匪与非匪"：

> 或问："义和拳谓匪乎？"余曰："三尺童子天性未漓，何得谓匪？"或问："义和拳非匪乎？"余曰："白昼抢劫持刀杀人，何得谓非匪？"或曰："然则义和拳其在匪与不匪之间乎？"余曰："不然，匪自匪，不匪自不匪，何得谓在匪与不匪之间？"

柳堂认为对"义和拳"应区别对待，区分的关键主要包括两点。其一，匪首之"贤"与"不贤"。"社首贤，则借以报赛，可已即已，不贤则借以渔利，可已而不已"，"社首之贤者，一经开导，即行解散；而不贤者，虽三令五申，若罔闻知"，"即社首也，其贤不贤之所分，即义和拳之匪不匪所系"。文中还以惠民县先后正法的匪首为例，说明其之所以为匪，因平日便不是良民，"皆盛世所不容也"。其二，"离义和拳而论其平日"。自京津失陷，不肖之徒无处藏身，惟借义和团躲匿其奸，此类

---

① （清）柳堂：《宰惠纪略》卷四，光绪二十七年刻本。
② 劳乃宣，字季瑄，号玉初，浙江桐乡人，同治十年（1871）辛未科进士，光绪二十五年（1899）五月任直隶吴桥县知县，其著有《拳案三种》（《义和拳教门源流考》《拳案杂存》《庚子奉禁义和拳汇录》），尤以《义和拳教门源流考》力言义和拳"乃白莲教之支流"，并主张严加查禁，时朝野多有支持者。见中国史学会编《义和团（四）》，上海人民出版社，1957，第431-490页。又见国家清史编纂委员会编《清代诗文集汇编（752）·拳案三种》，上海古籍出版社，2010，第696-734页。

人本为匪，即使不入义和团、不杀人也为匪，义和团只是其借以避身的工具而已。所以《问答》得出结论："以义和拳谓匪不得，以义和拳谓非匪不得，以义和拳谓在匪与不匪之间亦不得，惟离义和拳而论其平日，是为得之。"又如他对义和团"当不当学"以及"神性"问题，也有自己的分析。无疑作为一个地方官，柳堂对义和团诸多性质的分析是颇为中肯的。

晚清以降，灾荒频仍，赈灾救荒已成为清政府的大政要务之一。柳堂曾亲办地方赈灾事务，《灾赈日记》十五卷、《宰惠纪略》卷三等详细记载了州县在报灾、勘灾、审户、发赈方面的具体措施。如对于赈灾中"煮赈"的记载。煮赈，亦称"粥赈"，即设置粥厂，施粥于灾民。柳堂《灾赈日记》卷九以四千余字的篇幅详细叙述了其在惠民县设厂施粥诸事，在施粥方法、组织人员及其弊端等方面尤为详细。如关于施粥方法，据《灾赈日记》所载，具体流程为：

一、粥厂设立郡城城隍庙，每日黎明开厂放粥一次。贫民凭签领粥，并分男、女两厂，以分其势，免致搀杂拥挤。

一、签分循环，用红绿二色。附近灾民先期由首事造册呈县，查明真贫实苦，按名发给循签。俟开厂放粥时，缴签领粥，换给环签。逐日循环缴领，以杜冒滥重复之弊。

……

一、每日放粥时，酌倩诚实幕友二人，分男、女两厂料理发放。同城官轮往稽查弹压，以防口角滋事。

一、厂中安设大锅灶二十四座，大水缸四十口，用草围好，一半装水，一半盛粥，并做草盖如数，盛满盖好，以防粥冷。

……

一、开厂之日，先期出示晓谕，通知于何日起、何日止。停止之日，欲筹经费若干，每人酌发三日口粮，令其自谋生活，或借以还家，庶免难于遣散。①

---

① （清）柳堂：《灾赈日记》卷九，光绪三十一年刻本。

粥厂在设置之初是为"良技",但过后往往变为"非术之善者也"①。据柳堂所记,"煮赈"有诸多弊端,如不知放票,来领粥者非本人;衰老病残者令人代领蜂拥而至,而票不相符;出入之间,跌倒踏伤。尤是对"发签领粥"之弊记之甚详:

> 有怀抱小儿索签者,许以挟之来不必签,而于是有小儿倍于大人之弊矣;首事、公地进册不实者,当厂点验,以期认真,而于是有弃衣涂面假作乞人之弊矣;有非贫貌饰为贫而予以签者,即有真贫稍顾体面不予以签者,而于是有贫富混淆之弊矣;有一二不贫者杂其中,则凡不贫者皆藉为口实,妄生希冀,求之不得,而于是有屯聚滋闹之弊矣。②

对于此弊,柳堂也无力阻止,只得感叹"何人心之巧诈"。

在清代,税契主要针对田宅典卖征收,一份完整的田宅土地买卖契约,除了双方订立草契,必须粘连官方印发的税契凭证契尾,经过割过户缴纳税款后,才完成官方规定的税契程序。③ 税契对于官方来说,具有相当的意义,因为它事关国家税赋征收,官方法律也有严格的规定④。柳堂著述中也有诸多关于州县地方税契办理的记载。如他强调税契的重要性说:"国家之有课税,原与地丁钱漕皆为维正之供,故买宅地必立契,立契必投税,所以昭信守、防伪造、清界址、杜讼端也。"接着他以山东为例,说明了当前州县地方办理税契实情:"乃东省向不知税契为何事,间有一二投税之户,非兴讼希图占理,即治买不明,预防后患。若寻常买卖田产,投税者百无一二,民间既相沿成风,在上亦置之不问,及至构讼,白契无凭,听断既难而贪污吏复借此罚以巨款,名曰充公,实则肥己。由

---

① (清)鲁之裕:《救荒议》,见(清)贺长龄等辑《皇朝经世文编》卷四二,户政十七,荒政二,道光七年刻本。

② (清)柳堂:《灾赈日记》卷九,光绪三十一年刻本。

③ 杨国桢:《明清土地契约文书研究》,人民出版社,1988,第74页。

④ (清)高宗敕撰《清朝文献通考》卷三十一《征榷六》,商务印书馆,1936,第5136页。

是棍徒效尤，借端赫诈，种种累民，不可殚述，究与税务毫无加增。"并进一步解释了出现这一情况的原因是："皆由浮费过重，官不以实价相告，小民始则惜费，继则畏罪，以致税契一项竟成子虚。"①　另外，《惠东颂言》中还存有一则《减定税割银钱各费章程》：

> 地价每上地一亩京钱十二千文，中地一亩京钱八千文，下地一亩京钱四千文，按市价折银，每银一两收水银三分。
>
> 契尾一张收京钱一千文。
>
> 推收过割十亩以下者论户不论亩，按每户收京钱二百文。若十亩以上者按每亩收京钱一百文。
>
> 去老换幼每户收京钱二百文。②

这一章程对税契征收对象、折算比例、应税数额等均有说明，可为州县税契研究提供有价值的史料。

义学，又称"义塾""乡学"，是中国古代为孤寒子弟而设立的教育机构，是明清时期蒙学教育的三大机构之一（另有私塾、社学）。《宰惠纪略》《牧东纪略》《宰德小记》中有诸多关于州县义学的内容。如关于创办义学的原因，据柳堂所记当有两方面原因。一、州县官职责使然。"州县为亲民之官，必须教养兼施，方可以正人心而厚风俗。然欲兴教化必先端士习，欲端士习必先立学校，夫学校之为教亦夥矣。"③　二、"御邪教、重教化"。义和团运动时期，山东巡抚袁世凯极为重视地方州县学校教育，认为"劝禁邪会，振兴学校，胥是图治之本"④，并要求各地州县认真遵守。柳堂曾为禁拳会列《章程》十四条，在章程中也明确提出"此次义学，为拳匪惑众扰害乡里而设"，进而对"禁邪教"与"兴教化"的关系分析道：

---

① （清）柳堂：《宰惠纪略》卷二，光绪二十七年刻本。
② （清）陈铭、柳翰华编校《惠东颂言》卷一，光绪三十二年刻本。
③ （清）柳堂：《宰惠纪略》卷一，光绪二十七年刻本。
④ 中国社会科学院近代史研究所近代史资料编译室主编《筹笔偶存》，知识产权出版社，2013，第257页。

　　邪教非能惑人，人自为邪教惑耳。其为邪教惑者何，见理不明也。其见理不明何，未尝读书也。然则欲杜绝邪说，昌明正教，自必以广兴学校，为第一要务矣。①

　　该条记载已被学界研究所引，说明"'杜绝邪说、昌明正教'是光绪年间设立义学的重要原因"②。

　　又如义学经费来源，《宰惠纪略》所载有多种方式，其中最主要的为学田地租收入，如绳武义学："余前以整顿各义学，主其家，劝令捐地数十亩入官，以所收之租作为脩金"；扶正义学："刘先生家庄义学，自田云和、朱峻岭、张怀清、林兆廷共立，共捐田三十亩零，为延师之资"。其次还有富户捐产，如振德义学："魏氏富户也，亦积德之家也……因劝于该集设立义学一处，束脩百千，以济夫贫不能读书者。"另外还有用断案所收缴赃款成立义学，如向义义学："讯明将王普云责押，追出京钱一百六十千，余复捐廉四十千，足成二百千之数，饬该管事人李殿选等具领，以二分起息，如还不到，责管事人垫赔。即以此款延师设立义学。"

　　义集，即承办者通过地方政府的获准对集市税课，达到对原有集市存在的弊端进行治理的目的，与"官集"相对③。自清代以来，在山东地区的乡村社会中，"义集"的集市形式逐渐兴起，而其弊端亦随之而来。《宰惠纪略》中有多处关于惠民县义集弊端的记载，如柳堂在整顿"王判镇义集"中所记义集弊端主要包括三个方面。其一，成诉讼之端。柳堂认为，义集原为"义"所设，然"利之所在，众人趋焉，趋之不得则争，争利必害义……邪类乘隙而入，罔利营私，为地方蠹"。惠民县城原有布市，机户与行户争利，迭次构讼，"名曰义集，实为利薮"。其二，义集偷漏税。柳堂遂酌立新章，每逢集期，照章收税，"税无偷漏，以不负设立义集之

---

① （清）柳堂：《宰惠纪略》卷五，光绪二十七年刻本。
② 徐海峰：《清代山东义学研究》，华东师范大学 2011 年硕士学位论文。徐文虽引自柳堂《惠民县志补遗》，然该段亦存于《宰惠纪略》卷五，且文更详，附有办理义学章程 14 条，徐文并未利用。
③ 任雅萱：《清前期山东"义集"的兴起与地方市场治理策略》，《社会治理》2015 年第 4 期，第 139 页。

本意"。其三，"斗级"舞弊。"斗级"为州县中专司米谷出入量斗之役夫。王判镇义集，原有"斗级"一人，后地方增至十六七人之多，均借斗级为生，"不惟与义集二字，名实不符，亦累民日甚一日矣"。柳堂又另立章程，将从前浮冒革除，每街仅留一人，无论籴户粜户，均出大钱一文为斗级饭食之资，"以无负设立义集之初心"①。

教养局，是晚清出现的新式社会救济机构，为民政部所辖②。教养局以贫民为收养对象，以提供技术培训为主要救济手段，以使贫民获得谋生能力为目的③。袁世凯任山东巡抚时即于济南设立"教养总局"，光绪三十年（1905）十二月，山东巡抚胡廷干亦认为教养局"教养无业闲民，则以工艺为急"，遂在山东潍县、邹县、惠民县等处设教养分局④，并要求各州县官严格管理。《宰德小记》载柳堂所上《复回惠民任禀教养局原款告罄另筹常年经费》即为惠民县办理教养局实情。据禀所载，州县办理教养局对维护地方治安有重要意义："拨收情轻罪犯以及无业游民，俾习工艺兼筹平粜，以惠贫民。"而自"新政"实施以来，教养局的经费短拙问题尤为严重，"惟原办仅就所筹之款动用，并未计及常年经费……殊难为继"。据该禀所载，教养局筹措经费常规的做法主要是从"开源"与"节流"两方面进行。"开源"举措主要有"义仓生息"、"富绅捐宅地生息"、官长捐廉，而"节流"措施则较为复杂，当从管理人员、所收罪犯等方面进行改造管理：

> 惟有于原办章程，量为变通，设司事一人总司局务，由卑职自行督率，派勇役四名伺应局中一切，巡查支更事宜，其他冗费一概删除，以期节省。习艺各犯口粮不能减少，自应仍循其旧，所习各艺不外编筐、打绳、弹花、织布织带数端，要须实事求是。原接移交习艺人数无多，现已续行添拨，视其所能，招募各行工艺精熟之人，认真

---

① （清）柳堂：《宰惠纪略》卷三，光绪二十七年刻本。
② 赵尔巽撰《清史稿·职官六》，中华书局，2008，第3452页。
③ 王宏伟：《晚清北京社会救济制度研究》，首都师范大学2007年博士学位论文。该文第四章第三、四节对晚清出现的"教养局""习艺所"的产生发展及两者功能的辨析有一概述。
④ 彭泽益编《中国近代手工业史资料（1840—1949）》第二卷，三联书店，1957，第534页。

教导，其本有手艺者即令仍理旧业，并教导新入之犯籍，省教师之费。

通过开源节流，教养局可真正发挥其作用，"从此循名责实，竭力振兴，庶可垂久远而收成效"。

五

柳堂生活在清末民初社会鼎革之际，其一生经历了晚清的社会变迁和民初的政治变革，他不仅是一位阅历丰富的晚清地方官，还在近代藏书、金石和史学方面具有一定的影响力。柳堂自幼家境贫困，年少时经历被掳、病痛、灾害等坎坷境遇，20岁中秀才，25岁开始教读生涯，直到31岁才中举。他熟读儒家经典，博涉经史，勤励刻苦，历经五次会试，48岁最后一次参加会试前，他写道："夫以为会试余淡焉漠焉，无动于中，以为谋馆未免有情，乃勉强一行，复作冯妇。"① 不难看出，漫长且艰险的科举之路写就了他不尽如人意的前半生，也让他对社会政治有更深刻的体察和同情。有清一代的社会现实决定了多数知识分子的共同心路历程，他们寒窗苦读，灯油耗尽，历尽艰辛，难能如愿，只能叹时运不济。

咸同以降，怵于危亡，柳堂内心充满了对国家命运和个人前途的担忧，48岁中进士后他分发山东，经五年候补生涯，53岁才开始地方官经历，历官定陶、惠民、东平州、德平、乐陵、济宁州，后调任章丘，未赴任，为官于州县二十余载，以循廉著称，屡受嘉奖，可谓晚清颇有政声的州县官，被称为"山东循吏"。但柳堂的性格有其"负性使气，傲不可近"的一面，他是官场清流，终其一生，位不过州县。清末辛亥风云突至，对柳堂这类传统士大夫而言无疑是一个沉重的打击，清亡后，柳堂政治抱负已难实现，遂罢官治学，归隐济南，以遗老自居。"乱书堆里闲销日，不友今人友古人。"② 这大致是对其晚年生涯的勾画。

---

① （清）柳堂：《周甲录》卷五，光绪三十一年刻本。
② （清）柳堂：《书札记事》卷一，光绪三十二年刻本。

　　柳堂一生经历了从乡村士绅到地方官，再到遗老士绅的身份转化，足迹主要为河南、山东两省。他坎坷的人生经历，为我们提供了一个观察清末民初社会的绝佳视角，他年轻时遭遇捻军掳掠，任知县时又亲历了义和团运动，处理过晚清东平教案，参与了清末新政的基层实际执行。他曾是一位教书先生，经历过数次科举的残酷竞争，为官后又成为山东各州县的教育推行者。他是清末政治危机、经济衰败、灾荒丛生的亲历目击者。作为典型晚清地方官，我们可以从柳堂这个生动的个案人物，深入了解和观察晚清至民初的重大历史事件。

　　柳堂一生勤于纸笔，著述颇丰，有《笔谏堂全集》十六种二十八册八十六卷遗世。《全集》汇集了柳堂个人的仕宦历程、政治观念及诸多晚清史实，为我们研究这段历史时期内的社会、经济、政治、文化等保留了极为珍贵、翔实可靠的资料来源，无论是在文献学还是在史学领域都有着重要的贡献。同时，柳堂认真严谨的治学态度，给后来史家留下了一笔宝贵的精神财富，相信后人能够从《笔谏堂全集》及柳堂其他著述中获得更多有价值的资料。

周甲录

周甲录序

柳氏系出河东，亦盛于河东，其家法纂入小学，唐时士大夫家争称之，谓之"河东家法"云。河东，今山西解州地。余祖籍陕西朝邑县，家于赵都镇相隔仅一河，或亦由河东而徙欤？且先君持家谨严，先慈六十馀不出户庭，不知观剧赛神为何事。余每自书房归见，则侧立栗栗危惧，不问不敢语，不命之去不敢去。先生有故，放学他儿嬉戏自如，余兄弟挟书归读，不令一时废弛。其家法亦有相类者，余鉴于过严之故，恐不肖子有伤情事，待子以宽，学竟无成，乃知严是宽非，故宽之一字无所用而不可，独不可用于教子。惜谱牒佚失无考耳。先是，先大父伟人公领朝邑县某当商事于河南之汝宁府，年过知命无子嗣，先元大母王又多病，将置侧室，适归。陈陕汝间荒旱，人相食，多鬻子女者，南来人贩踵相接。西关帝庙李姓，大族也，有女未字人，父母相继亡，无伯叔兄弟之依，为叔弟名房者潜鬻于南贩，促之行，拒不可，痛哭辞墓登舟，女伴数十人皆喜得饱食。女日号泣，水浆不下口，有与语者，唾骂之，乘间投河者三，皆被援不得死，南贩衔刺骨，将择年老者鬻之以泄忿。先大父以事至河干，闻其事曰：此烈女也。浼好事者，酬以值载归。适先元大母卒于家，遂立为继室，此即旌表节孝诰封恭人、晋封夫人，葬于三里庄新阡李太夫人也，论者谓烈女之报云。归先大父二年，先君生，又四年，先姑母生。先大母思念旧土，归依娘门远族之贤者李某。_{即李清远之祖。}先大父亦以扶沟先贤遗乡，俗朴民醇，可以托

24

栖，于三里庄购宅一区，地十八亩，令先大母挟子女居焉。嗣先大父抱病不能当重任，辞商将为归老计，讵行至和尚店，卒于旅邸。柩至，先大母谋葬新阡，先伯力主不可，先大母不得已送柩至陕，葬毕，复挟子女归。时先君方数岁，由此不曾归省，墓之所在，茫不记忆。洛河水涨，先伯曾有索银迁坟事，其迁与否不可知。总之，先伯在日，尚通音问，先伯去世，断绝往来矣。先伯有子二，一春海，一瑶琴，春海曾业商至扶，余数岁，犹仿佛其事；瑶琴则不曾出门。满望家道稍裕，西归省墓。嗣闻朝邑人白华鼎云：两兄均殁于回匪之乱，远近族人无一存者。噫！先人之墓其在也耶？其不在也耶？每念至此，不禁泣数行下，此余所以有弃官寻墓之志也。曾见有分单一纸，内注先大父得当商钱四百千，按三股均分，每股分一百余千，除解灵柩、立碑等费，所馀无几。惜当时不甚留意，后竟遗失。嗣盐厂赵谈余家世，似曾见此者。想任女宋当作地契潜挟以去耳，问之总不认，在伊家则为废纸，在余家则为至宝。盖上有立碑事，未必不注明墓之所在，可按图以稽也。外有红纸一条，书写先君以上内外三代，先君报捐监生，不至上辈茫然。以此之故，余齿录刻先元大妣为夏氏，见此始知其误。单条皆先伯笔，先伯真有心人哉！先伯书法有家，诚悬笔意，傥献此单，当重以酬也。前叔弟名房者又言曰：吾姊年幼，恐不能守志，男送庙为僧，女送婆家，盍早自为计？先大母叩头至地曰：汝舅无问我家事，子女能养则养，不能养饿死不汝累也。复叩头流血。先大母性如烈火，力欲争气，日夜操作，教先君读书，无如中心郁郁，事多拂逆，遂得气鼓疾以殁，时年二十九岁也。先君十岁上下，先姑母五六岁，何以为家哉！时先慈已代养我家，与先姑母相依为命，先慈见背，先姑母一痛几绝，哭语人曰：此非他嫂可比，犹我母也。一切皆先外祖母照料。先外祖母始终未出我家，病危方送归硷，葬皆如礼，所以报也。然遭此大故，宅地已渐次典出，先君又性廓，大喜渔猎，钓鱼养之，助邻人庆吊，罗兔入土地，会赛神。不事家人产，有称贷者，有与无有必与之，家道遂日窘。嗣值荒年，求人无一应者，乃悟曰："世情如此，若不回头将饿毙矣。辱身败家，何以见先人于地下乎？"时先大母停柩未葬，有意西归也。同庄有张泰来者，略通堪舆学，力劝亡人入土为安，数千里归葬谈何容易？乃为指穴定向，并以单棺不合立祖，刻曲肖先大父像，制一小棺陪葬焉，即今祖茔是也。事毕，先君自分读书已晚，专心习商业，先依贾姓干果行，以无可学复去，依恒茂估衣店。其东主赵，朝邑人，先君之父执行也。由是先君理外，先慈助内，家道渐有起色矣。凡此皆先君所不忍言。先慈临终述所闻于先大母及先外祖母，而涕泣以告堂者也，又谓堂曰："当尔祖父去世，尔祖母如惑于舅氏言，柳氏绝矣；当尔祖母去世，生机毫无，家无以家，尔父若不回心，柳氏不绝亦终归于绝矣。柳氏之不绝其有天幸乎？抑有祖德乎？然亦但以免于不血食为幸，敢望其他。现尔兄弟四人，尔入成均，登贤书；尔三弟入庠，所典之宅地皆赎回，又增地百余亩，可称小康。且尔孜孜不已，前程更不可量。若不以先世告，他日行成名立，序述先德，何以知柳氏缔造之艰哉？”少顷又曰：“尔四弟未成名，尔舅家贫无子，须善视之。”言罢目遂瞑。噫！我母之所以谆谆嘱堂者，或亦知堂之不辱先人，克承厥绪欤？回思我母见背将及一世，而此一世中，可忧者若而事，可喜者若而事，我母在天之灵当必知之。曾几何时，而堂已发白齿摇，甲子一周矣。堂不敢谓行成名立，自问立身行事、居官临民尚无亏心，而所履三县一州，民亦俱相谅。惟当变法，新政纷纷，多不相习，不奉行不可，奉行则多违心。行将赋遂初，归闾里，爰自道光癸卯至光绪癸卯所历，笔而记之，颜曰《周甲录》。先名《历年录》，嗣改此名。其叙述先世以弁于首者，我母之志也。我母之志无他，总以望后世子子孙孙不失河东家法遗意云尔。时甲辰正月，扶沟柳堂序于济南属德平县之衙斋。

凡　例

一、此录首重表扬先德，一以使知缔造之艰，一以使知起家有由，非同无本之木，无源之水，庶子孙观感兴起，不坠家声。

一、此录为示后人，质而不文，然法戒具备，有望子孙当自领略，否则故纸弃之听之而已。

一、以六十年后追录六十年前事，如某年在某处之类，甲申以后有诗可考，甲申以前未必不小有参差，然大端则无一或讹。

一、子女但记本支，其侄辈有故则记，无故不记，姊妹兄弟则无不记焉。

一、余出入贼巢八十日，是一生困厄，亦是一生长进，提出为《蒙难追笔》，故录从略焉。

一、余莅惠五年，所有施设已详《宰惠纪略》《赈灾日记》，兹不赘述，录其大概而已。

一、前刻《蒙难追笔》凡遇亲属均空二格，示敬也。嗣见历城陈君为其母七旬寿辰，乞言启皆一直写下，家庭尚质，且记事与禀牍不同，兹刻从之。

一、遇国家应抬字样均平抬，不高出格外，亦从陈例也。

周甲录卷一

道光二十三年癸卯一岁

十一月二十六日辰时，余生于吕潭集东会馆后街刘南华自新宅。先君名余曰保安，由三里庄避水迁此。刘亦西府人，其先世在存诚堂药铺，与先大父为同乡至契，故来相依。余二二岁时记呼其母为刘奶奶云。

道光二十四年甲辰二岁

道光二十五年乙巳三岁

移居斜街贾家路南宅，与洪老婆同院。即今张心广居宅，贾亦三里庄人。时先君依恒茂号估衣店，身金寥寥，不敷日用，赖先慈以针黹助之。是岁年二十九，先君尚未归，先慈以所得针黹钱托卖面之唐铃籴麦一斗，即借其磨，先慈与先姊以面杖抬去，磨毕复抬回，余往来随嬉，不知其苦也。至今忆之，不禁凄然。先慈曾语诸媳曰："今日有粮食愁无面，昔日但愁无粮食，尔等不知穷日子难过也。"盖指此耳。并将年节各物托人治买。次晚先君归，已接神矣。时余姊妹等五人，嗣二姊殇。新年衣服无不整齐，不似贫家子女也。然先慈昼则为人压线，夜则为余弟兄等缝纫，亦苦矣哉。先时先姊亦能工作。

道光二十六年丙午四岁

聂氏妹生。

道光二十七年丁未五岁

移居斜街宋廷辅家，数日又移居周秉兰篓坊。即今何绣之所居宅。迁徙无定，家无以家，其苦况堂犹能记忆焉。

道光二十八年戊申六岁

移居斜街李家福对门路西。兴盛号老怨家宅后截。山陕号规，有劳绩者身金加增，增至制钱三十千，次年即开股分。是年先君应得股分，以诸事认真，与同伙牴牾，掌柜不察，谓任性负气，迟开一年，先君即辞去。掌柜以为非真也，嗣闻领李家福东开福隆号估衣店，在南栅门内路西。悔之，托人挽留，至于泣下。缘估衣店进款以赶会为一大宗，先是掌柜回家，属有股分者司其事，至期无问者。先君与商，伊答曰："掌柜不在家，尔即是掌柜，尔愿去尔去可也。"先君即日点货领棚出，年终回，开清单交掌柜，丝毫不错，得利又倍于他号，时本集估衣店十馀家。且他号以银价高，带周口钱帖，先君独带银。嗣钱行歇业，人始服先君远见，掌柜之恳恳挽留为此。

道光二十九年己酉七岁

是年李芸渠海楼得选拔，三东家之子也，居与对门，闻报心甚艳之。先君欲令入学，以时有眼疾不果。

道光三十年庚戌八岁

随先兄景陶公入学，先生为张纪瑞廷璠茂才，名先兄曰"光宗"，余曰"光贤"，学在宋廷辅家，终日危坐不敢出，至溺于裤，人皆谓痴，遂有"老痴"之呼。是年，四书读讫，每晚携书归，上灯读，先君督令背诵熟，并将明日应读之书认明句读始令睡，五更唤醒，在床上背诵，偶有遗忘，挑灯起视，令再诵数过。先母为梳沐讫，天始黎明也。是以入学每在人先，背书亦不至钳口结舌，岁以为常。偶起稍迟，便惊惶欲泣，怨唤我不早。上下学走街中，邻人妇相与语曰："柳氏弟兄早晚见皆发辫光明，衣履整齐，岂其母夜间为之梳发、为之缝衣耶？何勤劳如是耶？"集李姓，大族也，有名家平者，甲辰举人印凤楼、己酉拔贡印海楼之族叔也，同居一街，其妻卢氏与先母为闺中友，生女二，次女与余同岁，托人媒说字余，先君以非耦，笑置之。嗣媒者传卢氏语曰："吾以其母治家勤，其父教子严，将来家道必昌，不以其目前而论也。"遂结为婚姻焉，即今妻李氏是也。人咸称卢氏之有卓识云。

咸丰元年辛亥九岁

仍从张纪瑞先生读。一日，先生讲"臣事君以忠"章书，余突起问曰："唱戏红脸为白脸奸臣害者，是忠臣么？"人皆笑之，先生喜曰："是。"顾众人曰："此子将来必善悟，毋以为痴也。"先君自领福隆号事，生意颇兴旺，然操心过甚，遂有失血症，日不离药矣。买吕南柴货市陈正合宅草房十数间两进院，略为修理，遂移居焉。即今日所住是也。相传为黄大成宅，黄集中巨富，向南修走马门楼，即余今开门之所。后人拆卖，片瓦不存。余修房用土，曾刨出上马石一方，皆曰黄氏物，并谓此宅将兴云。

咸丰二年壬子十岁

改从刘南华先生读，学在三元宫，近故也。改先兄名曰"万春"，余曰"遇春"。三月初六日三弟生，先君名曰"保成"。先君早失怙恃，常以读书不获卒业为恨，故同一货殖，耻与市侩为伍。稍有馀赀，收图籍，莳花木，尤喜读劝善诸书，所常与游者，张纪瑞茂才、李芸渠拔贡，有疑难处，虚心下问，必得解而后已。日临帖数百字，少亦百馀字。其习大字，则以麻扎笔，濡水写长石上，不八觳不止也，以故博通典故，书法为一时冠。所书匾额至今犹有存者。时新宅南屋两间，以灰涂壁，上加仰池，颇称雅洁，院栽杂花数种，昼则闭门，晚则余兄弟读书其中。记重阳已过，菊花盛开，方张灯读书，忽来蛱蝶数十，结阵而入，五色俱备，大者如掌，小亦如杯，依仰池旋转作轮形，灯光之下，花团锦簇，莫可名状。如是者三夕，邻人王钦老以为吉兆。先君谓花香所引，不足异也。余见狂喜，以麻绳作鞭扑之，先姊急止，而已仆（扑）其一，自是蝶不再来矣。稍长，阅掌故书至"太常寺仙蝶"一条，回忆秋末冬初不应有蝶如此之多，亦不应三夕后无一至者，其即所谓仙蝶乎？余之得成科名，未必不兆于此，而功名蹭蹬，又未必不以扑杀一蝶而降之罚也。追记于此，他日当补以图，名曰《瑞蝶》云。

咸丰三年癸丑十一岁

改从王君锡延任茂才读，学在竹杆厂街齐耀亭光宗家。

咸丰四年甲寅十二岁

仍从王先生读。乡俗读完《诗》《书》经即讲书，谓之开讲。午前看书，午后读《四书注》，温熟书，从此坐废光阴不少矣。

咸丰五年乙卯十三岁

复从张纪瑞先生读。时先兄开笔作文，讲文时余窃听之。一日，出"何莫由斯道也"题，余作一小讲，先生见之，以为胜于他学生远甚，即令读文开笔，所读者二十艺、童子升阶引蒙入路而已。从此不复读书矣。甚矣，乡区之误人也，以余天资，即十三经读讫开笔亦不为晚，乃仅读《诗》《书》《易》三经，《左传》则读句解，《礼记》则读选本，且不为剖晰（析）大义，虽俱成诵何益哉！余之学问不实坐此。后知其误已晚，只有用涉猎功，不能如童时之善记也。

咸丰六年丙辰十四岁

仍改从王君锡先生读，学在宋廷辅家。先君自领福隆号事，连年得利，将祖遗宅地赎回，又在城冈余母舅家、胡楼余姑母家分治地数十亩，此两处地，先君以在亲戚门前恐有后患，嗣俱变卖，改治三里庄左近，仅留城冈地若干亩，为母舅养赡。嗣母舅故，为立继子，即将此地并红契交承继人。可称小康。然人三本七，东家所得更多。讵老东相继去世，谓李家福、李家禄。生意分于少东李鹤楼，家禄子、李铎之父。挟先君呼以小名之嫌，谋抽本。先君以老东有约，本许添不许去，如必抽本即让他人接手，当日将帐点交，移家居焉。先是有韩茂林者，先世亦西府人，有货殖才而性好游荡以致穷困不堪。先君视有悔意，谋用之，东家不可，先君力保无他，遂入号，颇资得力。此人善逢迎，为少东所喜，嗣接事者即此人。然无先君约束，旧病复发任意妄为，不三年本利俱折，而东家亦日败一日矣。至韩忘恩负义，后遂灭绝云。

咸丰七年丁巳十五岁

仍从王先生读。自九岁至此五六年中，学无寸进，惟《诗》《书》二经，朔望背诵，一字不差，先生喜甚，然亦乌知不明大义，如诵藏经过而辄忘乎。是年先兄冠，娶河西张氏。先君辞福隆号，自设祥盛估衣店，<small>在双和隔壁五间门面处</small>。时资本无多，周口、水寨各当店以先君言出必信，均愿赊，俟年终归款，故占本至三千馀千。其实己之所有无三分之一也。

咸丰八年戊午十六岁

四弟生，先君名曰"金斗"。改从何允若<small>钦之</small>茂才读，学在城冈先生本宅。改先兄名曰号复，又改曰泽，字景陶，改余今名，字纯修，后改纯斋。时余文未成篇，同学近二十人，应试者居其大半。开课题为"孰为好学"，余小讲用"知子莫如父，知弟莫如师"陪起，先生以为压卷，促令成篇。未读书而作文，所读坊稿又不足为训，<small>小题芝兰巧搭穿杨之类</small>。此又一误也。惟有此提振，始知用功耳。十月二十二、三等日，闻土匪耗，学遂散。二十五日贼匝地而来，余父兄三人均被虏，在南官营住一宿，余随贼去。二十八日至贼巢，从此举目无亲，不见天日，惟有痛哭而已。十二月至新台市，仍未出贼。

周甲录卷二

咸丰九年己未十七岁

在贼中。正月初三日至亳州，住王老玉家。初十日与先君相见，不觉痛哭。十五日至家，见先慈又痛哭，诸亲友均来问视。<small>自入贼至到家八十日，事载《蒙难追笔》，故从略</small>。二月，贼又至，全家避难扶沟城东门里刘家祠堂对门。时寨未修成，贼见恨之，集中房屋烧毁甚多，独余房无恙。有被虏者出，语人曰："有贼首传令曰：此柳善人家宅，<small>先君一生修桥补路，惜老怜贫，时余集正盛，颍、亳逃荒者多至，男则先君与以资本为生活计，女则先慈助以针线，故有是称</small>。毋得焚烧，器物亦毋得损坏。"有小米三十石杂于谷糠中，一粒未少，故合家得无饥。然祥盛号占本三千馀串，半非己有，尽被抢劫，仅馀赴项城一棚，值钱五六百千。从此，逋逃盈门，避债无台，先君坠入愁城矣。<small>嗣将所剩货物尽行还账，祥盛号从此歇业，不再开矣</small>。先君常语人曰："庄稼钱，万万年，生意钱，六十年，衙门钱，当下还。"买卖非其本心，不得已也，故弃商归农。余之做官不斤斤于利者，守先君之训，恐为子孙造孽，多出败类也。先君一生无多友，一贺万钟，周口人，一王汝弼，西府人。贺行止不检，有货殖才，先君引入福隆号，以能受约束，为开股分，娶妻生子。先君辞福隆号，贺适归家，或谓有接隆号意。嗣病故，应得利钱一百馀千，促其家人来取。贺兄某，以子幼，恐到手废弃，恳为代存。先君以孤儿寡妇，只有此款，按月二分生息，并立借字与之。此一事也。王无才而老成可靠，引入福隆号管帐，并令其子名交泰者，入号学习，一切衣裳鞋袜皆先慈任之，视之一如己子。先君辞福隆号，王归老，带交泰于祥盛号，以能任服役劳，每年为处身价钱十八千，嗣以故人子，改为股分，冀可多得。此又一事也。讵上匪至，抢劫一空，即变产亦不足抵外债，贺则持字来取款甚急，与以马一匹，浼邻人王钦老关说，停利缓期卒偿之，不欠分文。王则不认股分，按身价索钱不容缓，股分必得利而始分，本已亏折，何利之有？身价则不问亏本与否，皆须与之。先君亦如数与之，贺去百馀里，断绝往来。王，余入庠后曾一见之，潦倒从人，不久死矣。先君每一言及，为之伤心，故嘱余兄弟，无轻与人联交。余家有石碾二，归家难坐食，日帮同先兄操作，不复言读书，以束脩无资，不敢向先君开口也，然亦何尝一刻忘读书哉？麦后，复从王君锡先生读，王钦老之请也。向来入学出入起居皆与先兄同，自是以家计艰难，先君决不令两人读书，而先兄遂与工人伍，不堪其苦矣。然暇时犹作文，读书之心不死也，直至癸酉，余登贤书，家累日甚一日，始不设是想。意俟家道稍裕，为报捐功名以荣身，讵知天不如愿，竟三十九岁而抱憾以殁也。悲哉！先君自失血后，每日不离丸药，前被贼房，药未遂身，从此离开，而日壮一日矣。

咸丰十年庚申十八岁

改从何允若先生读。始应童子试，被落。时值冬月，往来皆踏冰雪行，不觉积愧生奋，然以曾历贼中之苦，不敢怨尤也。

咸丰十一年辛酉十九岁

改从张震寰绎贡生读，学在白衣阁。先君与张纪瑞夫子等作东关聘也。先生以所读文不足为训，令改读《八铭塾钞初集》，初不甚了了，久之渐觉有味。三月之间，将旧日俗套，一洗而空，改入正路者，先生之力也。

间于暇日问先生曰："文即入极品，亦取功名而已，请先生示以作人之法。"先生喟然曰："汝竟能见及此耶！作人何法？勉为忠孝而已。弟子入则孝贤、贤易色二章，终身行之不尽。自古名儒经纶，名臣事业，皆不外此。赵中令谓以半部《论语》治太平，实则不必半部，即此二章已足。孟子'人人亲其亲，长其长，而天下平'，亦此意也。《语》曰：士先器识而后文艺。汝之问正与此合。不能敦品，一意轻薄，虽善作文，弋取功名，人亦不齿。如张某者，讳其名。新科孝廉也，尚得为人乎？不意汝竟见及此。"又曰："作人必自家庭始，未有不孝而能忠者，亦未有忠不由于孝者。汝其勉之。"余之所以稍知自爱，不入匪类者，亦先生之力居多。县试终覆，县大堂有颂某邑侯楹联云：学优仕，仕优学，双洎之间共推北陈良吏；宽济猛，猛济宽，伯淳而后重颂东里惠人。李晓山笔也。偕诸友同观，咸称属对工稳。余曰："余不爱其词，而爱明道子产之为人。一吾乡先贤，一吾县名宦，他日作官，吾辈当则效之，无徒于词章留意也。"众以为狂，皆掩口去，于是遂有狂名焉。先君诸事小心，为原籍陕西，恐人阻考，先捐监生入籍，又与南关柳茂之后认为宗家，实则并无阻考之人。嗣余中举后，南关谓余借伊三代，职是之故，无稽之言，何足深较哉？然先君实有借重意，不得以无人阻考而即外之也，故余待之加厚云。

同治元年壬戌二十岁

仍从张先生读。从此知行并进，获益良多，府试终覆，定案二十五名。七月初三日娶李氏，雨淋漓不止。是日课期题为"战必克"，未尝停作。时读《小试文约选》，颇有心得，文多行机，以段落出之，甚为先生所许。十一月院试补博士弟子员，题为"匡人其如予何，太宰"，宗师则景剑泉其浚也。扶沟积习，获隽者出同寓房价及执友零星等费，加以两学印结百馀千。喜报到家，齐耀亭、宋廷辅等强为送戏，先君不自主，从此累债日甚。

同治二年癸亥二十一岁

仍从张先生读。先生于八铭外又授以《举业全模》，并购闱墨及直省乡墨阅之，墨卷余爱看而不愿读，一读便觉无味，博观以知时下花样而已。心境为之一开，记作"执事敬"二句题，以两扇格行之。李翔_{观凤楼}老伯赏识，以为中才。其"关雎之乱"二句题文，即先生亦疑有蓝本。余将所用典故指出，先生乃喜。岁试取二等五名，题为"听其言也观其眸子"。

同治三年甲子二十二岁

改从己未举人罗冠群_{朝俊}读，学在丁村口。先生善鼓励人，余文至此又一开展，见人辄为称赞，谓余文包罗史事，实则未见史书。盖去岁赴三里庄守秋禾，携三列国各一部看讫，觉古今兴亡之理，忠奸之辨，颇会于心，故行文不同空衍。又云去年推袁润芳_桂为首，今则推余，故有扶沟文风极好之誉。惜先生在此五六年，已属努（弩）末，诸事懈弛，麦后不复入馆，人遂四散。是科荐不售，题为"敏而好学"三句。嗣荐卷发回，无余卷，而多归德刘姓一卷，相因刘柳之误耳？大侄_{翰藻}生。

同治四年乙丑二十三岁

长女生。麦后赴陈州从戊午副榜、壬戌举人万竹轩_{更新}读。历试三课，先生语人曰："柳相公引之南则南，引之北则北，似此天分诚不易得也。"时府尊为刘伯瑗拱辰，山长为高勉之钊中，每课余作生童二卷，恒列前茅。盖罗先生长于大题而喜放，万先生长于小题而喜收，各有所喜，即各有所长，由是又进一境，是以君子贵多从师也。讵五月入学，七月初忽得疟疾，治之不效，遂弃学归，惜哉。到家无药不服，竟不能愈，甚至行不离杖，犹按课作文，病百馀日作文十篇。意在必出人头地也。余最得"陈卧，子不知命"二句题力文，每当病重未免思辍，及读，既得令名而复求寿考，岂非难。兼之期二比，精神为之一振。盖读书用功而死，死亦正命，为君子而死，愈于为小人而生也。有示十月初二日院试，病不能赴，为之於邑，嗣以贡院为严抚军所占，改为十一月，时病已差。服广东午时茶一块，疟即止。到府观风榜发，余列第一，题为"如切如磋者"十二句。岁试亦第一，题为"周人以栗使民战栗，子闻之"。由是受知于欧阳用甫_{保极}而棚下补廪焉。

同治五年丙寅二十四岁

余立志不在人下，必欲得名师而受业焉。前在丁村口同学有娄伯佑者，通许县娄营人，闻壬戌举人娄伯仁教读其家，余读其墨艺而悦，将往从焉。继思从师事当慎重，乃步行五十里亲往探视。适初开课，所赏文未甚惬意，遂托故归。嗣闻孟昶、周熙亭元昶家请有新郑县辛亥科举人李琢斋玉相先生，生徒数十人，壬戌第五名举人郑圣樽中衢即出其门，因与赵惟一允中、陈耀南炳离、李巡春绍侗同往学焉。到馆已四月初，学在祖师庙，各屋人已满，乃于山门厦下以席遮护而坐，晚则与厨人同下榻焉。时先生因事归，见壁粘题目，挨次作《先生归拜谒》以呈，先生称赞谓将来必自成一家，不在郑圣樽下也。六月先生又以事归，为水所阻，同学四十馀人贤否不等，直借以为博场。方谋去，适土匪至，盘踞月馀，传言吕潭已失守，心甚焦燥，遂亦为其所染，其不染者周熙亭、李巡春二人而已。七月路始通，余四人负囊归，路过窑灶张百户等寨，死尸如麻，臭不可当，又多隔水，往往正行之间尸绊足下，真难堪也。至蒋村，喝几欲死，幸寨门下有卖瓜者，稍食以安心神，至店歇息。已得吕潭寨未失之信。晚住盐厂，赵惟一家。次早回家，集东隔水一沟，余不善涉，看日照水作金色，风吹荡漾如鱼鳞，忽头目眩晕，唤人未至而已仆矣，幸水不深，陈、李扶余出，归家借三元宫坐读，从此不设从师之想矣。先是，先生去时属郑圣樽代庖，郑不肯以师自居，然甚爱余，结为友谊，余有所作必求指正。李先生文以宽博胜郑，以清刻胜，其小题诗赋有出蓝之美，故此番从学，在他人恨见师之日少，而余则喜获益之处多，是以君子贵自得师也。然劳心过甚，自疟疾愈后，气血亏损日甚一日，不能离药矣。日服补心丹二三钱，否则不能成寐。

同治六年丁卯二十五岁

受城内何云楼聘，偕余三、四弟以往，束脩无论多寡，能供馔足矣。三人火食外来脩二十五千。先是余自孟昶归，借三元宫教三、四弟读书，宋尚儒之子清涟亦随以受业，与伊固甚便也。外间有谋聘余者，伊即却之，是聘伊未之知，故降而就之。科试一等第十二，题为"八家皆私，百亩同养公田"，余不长于典故题，完卷而已。宗师以《中二警策》列一等焉。是科荐未售，题为"仁者安仁"二句，房师则前署扶沟冯鲁亭金甲也，月课曾蒙取超一，兹又出其门，文字因缘亦有数哉。黄河开口。

同治七年戊辰二十六岁

仍教读何云楼家。时余稍有文名，四方受业者甚多，东主不能却，生徒十馀人，束脩七十馀千，与王子堃方田、路星白在庚、刘慎菴行言、袁仙染柳、刘鹤菴鸣皋联为秩五文会。每半月学生合课一次，先生轮阅，先生所作，则互相质证，而以何子衡权总其成，一时极文人之盛，有扶沟三杰之目，以王为文杰，路为诗杰，而余则诗文俱杰也。余诚不敢当，然切磋琢磨为益不少矣。王子堃以不能补廪为憾，余怂恿令作赋，以郑圣樽、李琢斋二先生课本与之，复联为赋课，缘伊文沉着有馀，爽快不足，能取古则另眼视之，自必高标也。时五人中袁文宽泛，刘鹤菴未能成家，刘慎菴宽衣博带，时欠真挚，反之于心皆不甚惬，惟与王子堃意见相合。然彼沉重而失于晦，余灵敏而失于佻，各有所长，亦各有所短，知其长而去其短则两得之矣。何子衡文亦甚沉，惟艰涩，非场中利器。

周甲录卷三

同治八年己巳二十七岁

仍教读何云楼家。岁试王子堃取古，正场果列第一，刘慎菴第二，而余则第三，皆秩五文会中人，题为"子曰：知者不惑"二章，宗师则杨振甫庆麟也。观风榜出，仍余第一，题为"是故君子先慎乎德"一节。余与杨超同号，伊不能完卷求为代作，一挥而就亦列一等。次女生。

同治九年庚午二十八岁

受本集卢良弼清襄聘，学在伊本宅。是科王子堃中第七名举人，余与刘慎菴均堂备，何子衡亦荐卷，会课之效也。首题为"子曰：古者言之不出"三章，次题"既禀称事"，三题有"大人者，正己而物正者也"。余三题，渑池县新举人范西白借刻，王子堃与之也。

同治十年辛未二十九岁

学移东行宫，东主仍卢良弼。王子堃联捷，题有"子曰：信近于义"

一章，余闻报，不胜狂喜，一以与之交厚，一以用功便中，可破俗人命定之说，而人人皆思自奋也。闻王得即用，自京回，徒步三十馀里往叩喜，以伊上有慈亲也。嗣王开贺后，来吕潭谢客，主（住）屠户栾同心家，其同行者则刑房，经承王国宝、太康县财主张百川皆新订交，更以侄女字张侄结为姻亲焉。余心即疑之，然以为寒士行权不得不尔也。嗣湖北丁忧回，追逋累累，概置不还，凡前助伊者结为仇雠，以致大不理于众口。放赈至余集，并未一顾，余始叹知人之难，而不变塞之未易言也。然作官有精明强干之目，惟不善处乡耳。语云"好人未必即好官，好官未必即好人"，其阅历之谈哉。余得功名，屡受人助，稍有赢馀即令舍三弟先为酬之者，有鉴于王也。王故于广西，归家以亲族鲜有合者，其子侨居周口，闻财亦荡废不少矣，惜哉。

同治十一年壬申三十岁

学仍在东行宫。岁试古学，正取题为"山公启事"，以甄拔人才，各有题目为韵。余向不作赋，为来年拔贡试之，竟蒙何铁生金寿宗师赏识，评曰"蓬蓬勃勃，笔甚不俗"。正场题诗曰"奏假无言"，取一等第五，他人皆作单句题，余以半面关动法行之，缘所假者，神所感者，实人也。故余作评曰"笔意空灵"，而为某代作则评曰"空灵合度"，文真有定价哉。

同治十二年癸酉三十一岁

受崔桥南周冈周长春聘，本集诸生徒多从之。科试取古赋，题为"仇书千卷杂朱黄"，以题为韵，评曰"赋有笔气"。缘余不工骈俪，似对不对，全以气行也。正场一等第　，题为"子路问政，子曰先之"，评曰"规翔矩步"。文不见佳，大致充适耳。拔贡场题"子曰：如有周公之才之美"一章，余不能书，无意争胜，以段落行文一挥而就，竟入选焉。宗师评曰"水流花放，极见自然"。揭晓后谒见，则曰："贵县善书者，有人作则，以尔为第一，总以作为主也。"三弟染、妹丈聂树芳，本集门人何绣之皆入庠，太康亦进数人，一时师生称极盛焉，时五月也。六月中旬赴省会考，题为"敏于事"三句。余生平以未课大梁书院为憾事，时值决科，李仲庚代余报名，遂应课，题为"子贡问友。子曰：忠告而善道之"。取超等第五十五名，阅卷者深加赏识，所批甚多，仅记有"笔意沉挚"四字。余初到省住西大街福兴客寓，同居者沈邱、韩少坡同苏同年也。先是宗师出诗题三十，令会考时缴卷，余置未作，嗣以事赴郡，诸同年皆脱稿，异日同见，倘蒙诘问，其何以对？然为日已迫，自作实有未暇，乃以题付李雨人，倩其代作，临行索稿仅成四诗而三缄其口，一首颈联以圭磨，复继南押韵而无上句，遂挟去。到省，诸同年约见宗师，以余诗故令迟一日。余时作时写，夜以继日，尚短三五首，而灯光闪灼，虫飞甍甍，大雨如注，院水溢入屋，几无着足地。少坡数促余眠，余亦倦甚，伸床褥卧，继思短诗未写，明日易为三缄其口，首尚缺一句，非补足不可，复就床前设座对窗坐，未及凝思，闻塞塞有声，以为虫蝎类耳，讵屋后墙忽倾，泥土压满床褥，床足深入地尺馀，其不及余身者，其间不能以寸。少坡闻声急呼，赤体起视，不知余犹未眠也。噫，亦危矣哉，非此一句诗将成齑粉矣，遂弃不作，呼店使者设榻于外而宿。次早方熟睡，店主人郎某大叫曰："里间墙塌，外间墙独可不塌耶，何仍在此耶？"急令余与少坡同移出，且曰："鱼市口二烟匠被房倒压毙，祥符县方诣验。非先生命大，早睡一时惹出大祸，余即倾家矣。盖祥符差役凶恶，官一相验，非数百千不可也，余先若无事，闻郎语稍有惧心焉。"少顷又曰："先生今科必中。"越日移东棚板街小寓，陈郡诸同年惟少刚苳臣廷弼一人，场后归重阳，二更报到，中第四十一名举人。罗万二先生皆中第四十一，师徒名次相同，亦奇矣哉。首题为"信以成之"，次题"夫政也者，蒲芦也"，三题"尧舜之道，孝弟而已矣"，诗题"兰叶露光秋月上"。得光字。房师为己酉拔贡康麦生曾定，座师则郑芝严嵩龄、王莲生庆祺也，由是积债愈多，转受功名之累矣。未揭晓前，先君梦三人送匾，一白须老翁迎之，似主人，然极为照应，三人与老翁叩头毕，并与先君叩头，老翁曰："将来汝老于江淮间。"醒深异之，嗣报喜三人即梦中所见者，送匾事已验，惟"老于江淮"不知何祥。后先君客卒于界首集，集江南地，河则淮水也，始知凡事皆有前定云。次侄翰芬生。

同治十三年甲戌三十二岁

仍在周冈教读。赴京会试，题为"子曰：君子坦荡荡"，余卷已中，以二场用元默二字，恐干磨勘摈之，此机一失，从此蹭蹬十八年，直至庚寅于无意得之，人真不能与命争哉。落第后在琉璃厂翰华斋买对扇，接家报二月十五日得子，即以翰华名之，字之曰"朴卿"，恐其华而不实也。济之以朴，其华实并茂乎。先慈以前得孙四皆未成人，故不名，以此乃呼之。此乃俗语不洁之意，想是疵癞二字转音。自去岁五月至落第归，一年之中应事多，用心少，而病渐差矣。

光绪元年乙亥三十三岁

辞周冈馆，设馆东行宫，生员束脩十千，童生束脩五千，寒士束脩不受，扶太两县二十馀人，极一时之盛。是科三弟染荐不售，题为"子所雅言"一章。

光绪二年丙子三十四岁

会试落第，题为"康诰曰：克明德"二节，文批"轻圆流利，备荐"。仍设馆东行宫。七月二十六日，丁内艰。余向不佞佛，以所讲因果报应为劝善，立论亦不甚恶之。先君尝言，与粗人说话，若不动以因果报应而告以安命之学，伊从何理会？故每见佃户则曰"不信大夫吃大黄，不信鬼神听打雷"，盖欲以因果报应坚其向善去恶之心也，故余家劝善书最多。先是先慈得胃气症，或经年一犯，或数月一犯，百药罔效，愈治愈甚，迨至丁卯已巳间，几于无月不犯，甚且一月数犯，犯时脐硬如铁，疼不可耐，号泣之声震动四邻。为人子者欲治无策，欲代不能，惟有呼天痛哭而已。因思灶神为一家主，为文祷之大意言家慈一生惜老怜贫，孳孳为善，不应得此酷报，即偶有过犯，亦属无心，神当原宥，并祈以身代之等因。缮就于灶神前焚香哭读，读毕又哭，自辰至酉跪而不起。恍惚间有白须老翁挂杖呼曰："何劝善醒无所见。"又哭又呼，如是者三。始悟灶神教我，适先君买暗室灯一部在侧，即许捐送三十部。继思此不过数千铜钱耳，何足为善，何足感神，又于灶神前发愿每朔望食素，跪诵《金刚经》三遍。如是者三年，即在科岁试亦借静室诵之，不稍间。由是病犯较稀，然终难脱。然一日先慈方盥浴，忽面赤发笑，言语不伦，似疯似颠，起而欲舞。余泣曰："一病未除，又添一病。"是余求神之心不诚也，急延医治之，进以清痰药三二剂，遂止，而胃气亦渐好，乃知前日之作疼皆痰为之，但开胸利气无益也。此后或终年不犯，即犯亦不甚为害矣，然此次见背仍由旧症云。先慈一生勤俭内政，井井有条，尤喜周济贫人，邻家女皆教以缝纫，嫁时又出资助之，其老而无能者时与以敝衣干粮，不使冻饿毙，故殁之日妇女迎门哭者络绎不绝。而徐氏、何氏、王氏尤尽哀伏地不起焉，非平日所感之深而能如是耶。

光绪三年丁丑三十五岁

受高柴集南周冈聘，时从余受业者柳禄卿、杨九丹等皆高柴集左近人，故有是举。自去岁至今，久旱不雨，山、陕、河北、河南府、陕州、汝州等处皆人相食，吾扶以有双泊河运粮，死者较少。先君以累债甚多，欲贩粮得利，苦于无本，乃与赵惟一、李光宇治国同伙赴槐店集、界首集一带运粮，一船可得利百馀千。时地自耕种，先兄以牲口无草料，运粮一车亦可得利十馀千。故人多乏食，余家独无缺，且亲族待以举火者数家。九月余由馆回，值先君出门，余送上船，走至纪家门口，先君厉声止之，余不敢强，郁郁而归，那知此即永诀之日也，至今思之犹为抱恨。有南王庄李昆山者，乳名石头，以供卖估衣店面与先君有旧，咸丰之乱又比邻居眷属，亦常相往来，余见则以石头叔呼之。伊使聂氏妹会钱数十千，先母之手也。嗣伊移乡，至期遣人往问，伊持地契数纸，欲作当以抵，余以聂氏妹事不能自主，谢之。伊归夜自缢，伊妻欲生事，伊子李臭止之。余闻而往吊，并唤其子于前，问曰："昨日见石头叔并未强讨，亦未口角，何故自缢，其不收地契者，恐以账折产，有碍交情也，究竟归作何语？"李臭曰："我父回家，但说你二哥说的甚好，不收地契亦不急要钱，然彼是免辈，越不要越不好不还。若他父在家，便可强将地契掷下，思想无法，要把人急死之语。余好言劝慰，谓如此交情，晚还几天钱何妨，那知我父心窄，夜即自缢，实未说出一句二哥不好，想是命该如此。"嗟嗟，为数十千钱致一父执不得其死，真令人愧悔无地，早知此，何妨将地契留下，或曰留下地契，伊若归而自缢，则更有威逼之嫌矣。总之，看财奴视财重视命轻耳。因将聂氏妹钱垫出，并酌与丧资，以补余过。余生平无亏心事，惟此事每一念及，即为疚心，以死虽不由逼，而究因我也，故嘱三弟常恤其后人。

周甲录卷四

光绪四年戊寅三十六岁

学仍在周冈。先君在槐店过年，年前屡请回家不允，又加以姑母之词，先云过灯节回，又云过清明回。嗣灵柩回在清明后，竟成谶语。盖以生意尚顺，一振奋间可以还清凤负也。欠外债三百馀千，先君常以为忧，且云我死不为尔留账。讵天不由人，此次得利大可抵债，而得病后心即昏迷，竟被郭家店昧去百馀金及一切棺殓之费，到家时外欠如旧也。先兄此时诚心理家，不以为劳，能写能算，邻村车十馀辆，同出运粮，皆推为首领，呼东则东，呼西则西。一日车赴槐店，夜行失路，天明问土人，据称此赴界首集路，槐店路已过。先兄以先君时在界首，向众车户言曰："界首虽远，得利必厚，即往界首，何如？家君在界首数月未见，可借以省视也。"众皆唯唯。及至，先君帽偏戴。向来衣冠必正。问之曰："头微疼，想受风耳，不以为意也。"先兄将粮买好装车毕，向先君请曰："随车有人，令车先回，儿留此伺候几日，何如？"先君说也好，即请医调治，讵不能取效，不三四日即从此见背，时三月十一日也。先兄云："卧床后即不语，问郭家店存银若干。"曰："存许多。"再问不答，惟见背前一日医生诊脉，望医生曰："全在先生遮（这）一剂药呀。"药煎成，不能服，先兄以口送之，临终穿衣赖协和王掌柜帮助。先兄素不为先君所喜，先兄欲读书，先君不许，时受诃斥。临终惟先兄一人在侧，痛哉。余与四弟在周冈闻讣，涕泣匍匐星夜奔家，与三弟同往，及至，已七日。时天气渐暖，痛哭后将蟒袍覆身即盖棺。在粮行栈坊门面房下，四面透风，何以养病，痛哉。闻先兄云，外服贡绸袍褂一套，买鄢陵逃荒者内衣衾褥俱未及换，棺则柏木十二圆心，一贩粮客因病自备船载以随，托人以八十金购之。界首虽集镇，估衣木作铺俱无，得此衣与棺，及先兄之不期而至，咸谓先君行善所感云。然为子者睹此草草，家无以家，何以为情哉。余家数十年无丧事，先兄不知棺须张裹已误于前，只有从外补苴，讵匠拙又不肯为力，不孝之罪百身何赎，惟有痛哭而已。先是借一马车为迎丧计，以尺度之棺长，车不能容，陆行亦太不安，乃令三、四弟坐车归，余与先兄顾船护丧。行时大船皆载粱粒，三十千钱雇一小船置棺于中，余与先兄蹲两旁，夜则倚棺眠。船户一幼子一妻，分居首尾。行出集十数里，天大风雨，河水暴涨，船户另有小船带绿豆数石，恐夜被偷窃，提船中央。临宿，船户向余曰："如船底水过寸，急告余。"始知船有罅漏，一时神魂俱丧，屡以手探，不敢假寐，夜半水果盈寸，船户令余兄弟出舱，一执盖，一顶席，立船头，令幼子入刮水，愈刮愈涨，令人急死。天已黎明，唤船户入，将罅漏填塞，而水渐少矣。时中心惴惴，战栗危惧，莫可言状，万一有失，何以为人？惟默祝速到周口，入运粮河，河水较小，可以无虞耳。迨至周口，先兄染病，入运河，水又抗浅，日行三二十里，至靳家桥先兄病重，不得已弃船雇小车送先兄至家，请架迎灵柩回。邻亲皆谓不宜入宅，余决不以为然，夫大众之见不过谓不吉耳，然不吉有过于此者乎？棺停上房正间，急请李四老爷来，张布于外，加漆数层，以图补救，位置略定而余病矣。时先兄服药数剂，总不见效，昏迷不语，赵惟一至，忽起曰："郭家店昧咱银子否？"赵曰："无有。"复卧，从此不再语，语亦颠乱。临终前一日，余立床前，似欲语而不能，乃以手揭被指身，始悟令穿衣服，伤哉。延至四月□□①日，竟亦见背。余力疾起，痛不欲生。盖余读书向不理家事，先君去世，有先兄在，尚可照料，先兄又故，此等重任，余何能担哉。先兄昏迷之际犹乱语曰："兄弟没吃饭，管船烙饼呀。"缘余不善食米，船户日惟米饭二顿，先兄恐余受饥，故呼船户造饼不置也。先兄爱弟之心可谓笃矣，余何以报哉。尔时以家计艰难，衣衾既不如意，棺又为木作铺所误，虽四独板，而形太小几不能容，至今犹为椎心。知有今日，虽变尽家产亦力从厚矣，此余不弟之过也。由是余病加重，合家大小二十馀口，除内子无不病者，三年内大小伤人八口。意者天灾流行，人不能逃，不死于饥即死于病耶。嗣余病稍差，养骡马六七头，坐食几不能支，欲价卖，天已落雨，秋后买更贵，进退维谷。先姑母曰："佃户范照人甚可靠，令伊使车出门，得钱可顾草料，寻一跟车人便得，胜于贱卖贵买也。"余沉吟良久曰："丁忧无好运，恐有不测之祸。"姑母曰："父母俱亡又有何祸乎。"余意谓不过再死牲口耳，以前已死骡一头

---

① 底本缺。

也。正商论间，余母舅曰："我去跟车。"余曰："舅已老矣，恐不行。"答曰："少年常使大牲口，今虽老，跟车有何不行。"少顷又戏言曰："如此荒年，在家不能净食好面，俗呼麦面为好面。出门食好面馍去，岂非快事。"余不能止。适有赴周口送杂货事，送至交卸，放空回。范照得疟疾，车出街走旷野间，范卧车箱，母舅代执鞭过一小桥，牲口不听呼唤，车拥母舅仆，车过而右股折矣。祸之来也，岂不奇哉。余造何孽而如此颠连耶？母舅无子多女，诸表妹来视，相向而哭，若以为余挣钱而至于斯者，冤哉，又何言哉。幸先生得力，赵惟一世传接骨。居然接好，不为残人，从此静坐，再不敢动矣。此皆四五月间事也。余以运乖，所住皆草房，停柩甚不放心，夜常梦失火，且恐万一有他，未送先人于地下，即死亦有馀辜，决意行殡事。李雨人作霖择一八月某日，一六月初六，余性急，择六月用之。至期大雨倾盆，终日不息，纸扎俱不能用，仅用红毡一条盖棺，三棺并出。余病后元气未复，又经雨水，深处几过膝，安葬回已困顿不堪矣。三日圆坟补烧纸扎罩子，四弟留三里庄未归，为近墓也。伊夜梦有人掘墓，余腰缠红绸一匹。急视之，坟果下陷，而余则腰起粟如石榴子大，医者以为缠腰瘤，以针挑破，用醋和生铁锈抹之，而红绸之梦亦验。然大事已过，死亦不惧矣。三弟妇坐月未满，送殡受风，三日而亡，择日葬之。余谓家人曰："尔死我埋，我死尔埋，运气至此，何忌讳之有哉。"过百日赴馆，以年景歉收，学生火食多送不到，东主亦无力垫。九月即散馆归，从此重任在身，不能远出矣。

光绪五年己卯三十七岁

学设姜堂，去家不远，可以兼顾也。东主则杨惕斋浡然茂才，并请伊在二合号，先君与赵李合伙得利，赵已抽出，余与李设此号。教余与李光宇子侄，亦古人易子而教之意。嗣杨与余结为儿女姻亲，伊二子皆入庠，次子则余婿也。时鄢陵张诒桦兄弟、太康杨九丹等皆从学，每考补廪入学者数人，府县前十，恒居其大半。每课余先将生童题各拟作一篇，其改大半或十之三四者不与焉，出题则平日择四书中像河南题目者，书一纸条作阄置匣中，逢课拈出一纸，又与张芳亭大化、李仲庚衡朸会课，盖进取之志不少挫也。三月初三日课生题，拈出"乐道人之善"二句，是科秋闱即此题。童题拈出"友直友谅"二句，童试拟作脱稿，生题前后布置已定。适家中信来，大侄_{翰藻}病喉症，百药罔效，嗣喉愈而元气已伤，竟至于殇，伤哉。此先兄之长子也，读书不甚聪明，天生理家才。一日运米，筹数参差，方争论间，儿出证之，众论遂息。盖进米一口袋，儿墙上划一道，于筹外记之也，此五六岁时事，刻已十八九，将迎亲矣。先兄去世犹赖此儿，可以助余，而竟至于是，此余所以一痛而绝也。馀一小者，人呼"老傻"，何家门之不幸哉？

光绪六年庚辰三十八岁

学仍在姜堂。是年，有大挑场，以二十七个月核计之，至期可以起服，然不会试不准入挑，故未赴。四弟县试得案首，县尊为孟觐南。_{宪章，山东章丘县人。}

光绪七年辛巳三十九岁

学仍在姜堂。四弟文能深入，可望大成，乃取案首。后忽为外诱，有鹌鹑癖，院考入庠在十名外，太荒故也。

光绪八年壬午四十岁

学仍在姜堂。四弟大病初愈，定下乡试，余放心不下，送之去，到省病发，尔时别无服役人，请医调药供饮食皆余为之。四弟系先君老年子，甚为所钟爱，性又躁，方欲食此忽又食彼，几应接不暇，同寓者多非议之，谓余待之过厚，有似于纵，殊不知余之苦衷也。当先慈弥留时执堂手言曰："余死别无所念，惟尔舅家贫无子，尔四弟未进学，彼是吾惯下者，须善视之，毋与之较。"堂志之不敢忘，是以虽极无理事，余皆忍之，况四弟志气远大，有类圣门狂士，此皆由少不更事，深以学养，加以阅历，当自知其非也。记一日为琐事争论，余正言教之，伊曰："我是老的惯下的，谁不知道。"余徐言曰："老的惯下之语，由旁人代为宽解则可，尔自宽解，可乎？其惯者是听之可也，其惯者非不当改耶。"伊语塞，由是大进，是亦足见其性善处，余所以无日不望其变化，气质至于大成也。如旁人言，不惟伤亲心于地下，且必兄弟争辩，争辩不已衅起多端，同室操戈即基于此。余自双亲去世，为一家主，亏债累累，合家坐食，无一助我之人，四弟又性好排场，遇事与人争胜，服物必求精美，纵之不可，禁之不能，到不得已，只有哭我父母之亡而已。古人云：知性可以同居。又云：家庭之间言情不言理。此皆处家至言。余则更为进一解曰："家庭之间，谁无理就是谁有理。"盖彼方任气，执以为是，必与之争激而愈甚，不如俟其气平徐徐以解，彼亦自必任过。语曰："二人相争必有一让。"亦此意也，不让则讼端起矣，故"让"之一字，处家应世与"忍"字并重。场期已至，病仍未愈，乃雇两把车回，劳民伤财又误学生功课，此何为哉。余赴省时，姜堂学属三弟代庖，讵生徒众多，不尽逊顺，致多口舌，年终遂辞馆。

光绪九年癸未四十一岁

赴京会试，同寓者为郭石阁渠、同年邓小云孝廉。出场后，移打磨场，客寓明月楼上。余染病，请医调药，深赖郭石阁之力，时两日水浆不入口，半夜郭劝余少进面汤，勉应之。诸仆俱在楼下厨房宿，呼之不应，郭下楼视之，炉中火起，急呼之仍不应，莫知所为。店主人曰："此必中煤毒。"拨门入，视均嗫嚅不能语，扶之出，店主令饮以醋，以风吹之，轻者次日即愈，重者三日乃愈。店主谓："若待天明不能治矣。"余面汤未食而实救三人之命云。揭晓落第，题为"知其说者之于天下也，其如示诸斯乎？"房批："未尽妥谐。"余文以仁、孝、诚、敬分柱，嗣前十中有同此者，不过余少褆之泛话耳。文本不甚慊意，然以为未妥，或不至此。时邓与郭谋聘余主讲项城书院，余恐不胜任。伊归，与马瑞宇秀芝商，诸监院均以为可。麦后送关书至，余乘舟至水寨。六月初到馆，所谓莲溪书院是也。

周甲录卷五

光绪十年甲申四十二岁

在莲溪。余不习杂著，楚北余桓石邦士屡以诗投，勉为效之，《赠马瑞宇》及《归家感女于归》之作是也。十一月三女生。

光绪十一年乙酉四十三岁

在莲溪。时渐知杂诗趣味，觉抒写性情非此不可，所作较去岁为多，自《白牡丹》至《独坐》合之，去岁为《莲溪吟草》卷一。四弟赴大梁肄业，考取正课，闻之甚喜。

光绪十二年丙戌四十四岁

在莲溪。慰余桓石丧子。夏子沛新辟退思园草庐，时招诸友游咏其中。复于门人刘文园荫理案头见武虚谷亿《授堂集》，借读，甚慕其为人，卷内诸名人题赠之作均依韵和之，附以《别项城诸生》至《归家送束马二公》等作为《莲溪吟草》卷二。十一月十七日赴官地哭杨惕斋，读《杨忠愍集》壮其节烈，读《曾文正大事记》，仰其勋名，均书后焉。附以对《雪咏怀》《教侄》《除夕》等作为卷三。

光绪十三年丁亥四十五岁

在莲溪。携华儿同往。《元旦》《舟行》等作、《合纸鸢七十三绝》选五十、《莲溪二十四咏》为《莲溪吟草》卷四。《归家》《二府道中遇雨》，至《归馆》《青虫二章》为卷五。莲溪四面环水，盛夏蚊声如雷，作《弹蚊诗一百韵》，至《中秋望月忆家》为卷六。传闻郑州河决，八月十八日携华儿归里，至周口，阻水二十馀日，无聊已极，以诗消遣，至重九到家，题《白衣阁菊》为卷七。家居不能归馆，目睹灾民忧心如结，时复借以宽解，自《知足词》至《君莫愁》为卷八。年来困于家务，日在愁城，自读《白香山集》，心境为之一开，作《读白吟》一卷为卷九。读小仓山房《李太白集》，杂以诸作为卷十。《与李仲庚衡枏乞笔》及《岁暮杂咏》为卷十一。夫余心志专一，每作一事，皆不肯居人下，去帖括而习吟咏，必欲得其门径，故一岁之中得诗至数百首，其工拙不必论，亦以见用力之猛云。

光绪十四年戊子四十六岁

在莲溪。二月赴项城，别诸友规以防水患并属以赈事。到项，贺谈抚辰国政大令生子，与邓廷三参戎联为友谊。《戴少甫赞公选为酬唱》至《重阳宴集》，及《与刘海楼_{东晟}、广文补重阳》之作为《莲溪吟草》卷十二。《马离轩_{炎蒸}赴粤西省亲》至《辞馆归家》《读陶诗之作》为卷十三。读《唐宋诗醇》《古诗源》及《河复》诸作，合《忆项城诸友》《傅忠壮公墓》等作为卷十四。终焉。

光绪十五年己丑四十七岁

辞馆北上，会试落第，大挑二等，以教职用。归。自通州上船，至德州已受感冒，延至道口下船，病已沉重，同行者各散。仆张马负余至马家店，浼同年张集梧_{凤冈}写片探问。盐厂宗籽青_{姓春学博，赴项未晤，时通往来}。数日前已赴天津。幸总管虞初夫_埴孝廉平日知余名，兼通歧（岐）黄理，得片偕医师万爱周先生来诊视，十数日以为常，得就痊。四弟_璇闻信接余归养病家居。合《元旦》至《守岁》作，为《北上吟草》二卷。

光绪十六年庚寅四十八岁

馆既未就，北上又无资斧，去岁已挑一等，以报名稍迟，易为二等，窃意此生当以教官终，必无中进士之理。盖余不能书，中进士亦不过得一即用，即用，知县也，大挑一等亦知县也，既不能得大挑一等之知县，尚能得即用之知县乎。况途中染病，几至不起，已自誓不复行长安道。讵迟至闰二月初，合邑诸绅士在明道书院与前扶沟令孟觐南_{宪章父台}，祖饯北上，力劝余行，且云以谋馆论，亦以赴京为便。夫以为会试余淡焉漠焉，无动于中，以为谋馆未免有情，乃勉强一行，复作冯妇。到京馆即就，_{就湖北荆宜施道叶馆}。下场亦苟且塞责，竟获隽，且中经魁，造物弄人，真令人不解。首题"子贡曰：夫子之文章"二章，次题"知所以治人，则知所以治天下国家矣""凡为天下国家有九经"，三题"霸者之民，欢虞如也"四句，诗题"赋得城阙，参差景色繁"_{得繁字}。房师为湖南冯心垞_{锡仁}，座师孙毓汝、许应骙、贵恒、沈源深。而余则贵坞樵夫子中也。得余卷即命发刻，首二艺无改一字，以存本来面目，且云此必大令，非词林，乃老手，文绚烂之极，归于平淡者。余闻是言，不胜知己之感。写榜至余名，已四十八岁，又不善书，贵老师自负眼光不错，而沈老师则曰"此吾乡老名宿也"。缘甲戌会试，沈介弟、心斋在余集彭宅教读，曾有函致伊兄，方谋招余饮，适得廉差而止，核计已十八年矣。名宿之称所不敢当，而老则诚然。窃忆此十八年中数往会试，并未一拜，而犹记余名，沈诚有心人，而余则未免疏傲矣。录是年元旦及赴京道路即景之作为《庚寅北上吟草》一卷。余幼时胆极小，闻人说鬼怪事汗流浃背，一夜数惊，傍黑不敢出门。先兄一日问余："汝胆小如此，何怕之有？"余曰："怕鬼怕贼。"先兄曰："闻几人见鬼？鬼阴物，人阳物，阴触阳则散，鬼最怕人，人何怕鬼？至贼则一闻有惊即逃，所谓邪不侵正也，原不必怕。且俗语不云乎，'一分胆量一分福'，如此无胆即无福也，以后不必如此。"余从此胆量过人，一无所怕。是科住中州乡祠，出场微病，侧卧呻吟，见一鬼头大如斗，两眼如灯盏，面赤色，直逼吾前。窃谓任尔狰狞，千奇百怪，吾总不怕，及近，以指点其额偏右，肉腐烂，指入寸许，不觉胆怯失声。时同寓马子骏未眠，急呼。乃知是梦。揭晓中第五。或曰："所见魁星也，若指其正额，则元矣。"

殿试三甲，朝考二等，引见以知县即用，签撤（掣）山东。初拟旋里，嗣同乡京官皆谓由德州至济南绕道无多，以先到省缴凭再借差回家为是，乃于八月初到东谒见诸上宪，运道王<small>作孚</small>、首府德<small>春</small>，尚未获见，中丞<small>张曜</small>即委赴齐河高家套口门放棉衣，甫竣事，又委赴齐河全境及长清、禹城散放。祀灶日归省，方谋南旋。而同乡张观察<small>上达</small>以其教读孙某归家，属余代庖辞不可。时虽未到首道任，而为河工督办，声势已极煊赫。余除论文外，一无所干，《唐花》《梅花书屋》之作皆有为而言之也。讵张以余教读尚好，委以长清董家寺河防局文案差，意在假公济私也，而南旋之谋遂作罢论矣。写家信令送家眷来东，四弟误会，以余私妻子忘亲友。夫余果私妻子，无论其他，自先人去世，但将莲溪脩金据为己有，已逾祖业，揣四弟心，盖在家，方张罗请客，俟余到家，开贺可集多金，一闻不归，兴味索然，不觉出词过当而岂真以余为私妻子哉。不知先人欠债数百千不能偿，已觉疚心，但有一线之路，不肯再累亲友，到省不及半年，得差费一百馀金，趁此上宪不见菲弃，力为振作，夙负或不难偿，反而求己不愈于俯而求人乎？其接家眷为长久计，夫岂有他哉。<small>嗣四弟深悔前言之失。</small>

光绪十七年辛卯四十九岁

赴董家寺河防局。余不善书札，静坐而已。合去岁《到省》及《道路即景》之作为《济南吟草》一卷。四弟三月送家眷来，住汇波寺阁子后。七月，四弟乡试归时，张已到首道任，托其私人尹敬甫授意令余长年教读，以后署事补缺，皆伊承管。余以不堪其苦，伊每上衙门，先到书房，先生未起，非骂学生即骂家人，余恐受是辱，天未明即起。辞之又不善措词，尹据实以告，当即撤差。适运台王署藩台，委赴登州府催钱粮，地既远，路又难行，此等例差向无去者。余以蓬莱阁为天下巨观，海为山左三大之一，正可借此以抒积愤，且以见张之外尚有人委差也，决意前往。九月十一日出省，二十一日到登州，登蓬莱阁梦观海市，小憩一二日，弃车换山子，二十六日到福山，二十七日到宁海州，出东门，山子杆折，幸在平地，否则将有性命之忧。十月初一日到文登，被许鹤泉大令所留，与李华峰老人等游文山召文台，并饬差赴荣成，与刘鹤浦大令乞文石。初十日到招远，差竣，由莱州换车过青州。二十日到省。所历俱有诗记其事，附以东平问案之作为《东牟吟》二卷。督办河防总局候补道吉灿升，始补首道。谓其婿霍友梅勤煇，余同年勤炜兄。曰："河南有二正人，一罗健侯志伸，一余也。"问何以知之，吉谓："罗在局常见，柳则并未谋面，已入张门教读数月，又出赋闲，其不善逢迎，可知非正人耶？"霍导余便衣往见，谈许久，深蒙嘉奖，以为余未见时意亦罗健侯学究一派耳，不意谈吐风雅，器宇宏厂如此，余善相天下士，将来必得意，不致久困也，是其受知之始。嗣余补缺，伊在首道十数年，每见公牍，不出幕友之手者皆能辨之，见时并能记其原文，亦有心人哉。周中丞勒令请修墓开缺，惜哉！然名寿兼全，可以休矣，况又乏嗣耶。黄观察玑总办赈抚局，曾委余放赈二次，不记其何年。当坐困时，素无瓜葛，委以差事，皆其可感者，故附记之。

光绪十八年壬辰五十岁

二月，受湿气，身起红粟如石榴子大，三月始愈。赴武定府催钱粮，张道所委，仍欲求教读也。来往所作附以《明湖纪游》为《棣州吟》一卷。九月赴泰安府催钱粮，仍张道委余，无意于张，张终不忘余，亦其可感者。重阳登泰山绝顶，观孔子小天下处。差竣归，汤方伯委赴沂州府查积谷，余销差时将所历各州县地方情形据禀以闻，汤以为随地留心，遂受知焉。沂水县向无蚕桑，自王恩湛令是邑，购种劝民试种。近日每乡得利数百千，以合境计之，为利甚普，民是以颂美不置也。时王已归，知府汤方伯闻之，以烧烤席请王，问蚕桑节略，王托同乡张辅臣廷荣道意，以烧烤席酬，余辞不可。夫余非有私于王也，亦据实以告耳，受此厚谢甚为不安，不意势力之场如此，可发一笑。合前后所作为《奉高吟》一卷。十二月十五日，借曹州缉捕差携华儿旋里，至宁阳，车覆，伤华儿足，停一日。至金乡，道路戒严，借堡兵护送，家人王升换马落后，雪深数尺不辨途径，至李端甫子方家候二日始到。二十八日到家。

光绪十九年癸巳五十一岁

正月初三日，祭坟告祖如礼。连日探望诸亲友。十二日起程赴汴雇车。先是四弟妇何氏病故，媒说者多不当，四弟意有提瓦屋张家，张乾山孙女者，余以伊子孙多败类，不可结亲，函阻之不可，余到家时娶已年馀。见其小家气象，并相其貌谓四弟曰："新弟妇恐非载福器，须善教之。"四弟放声大哭，一语不发，先姑母力劝乃止。窃以为悔不听余言耳。庸讵知此即永诀之日，有发于天性而不自知者乎。二十四日到东，前观察叶雨存润甫以同乡即用，惟余一人，令赋闲，深不以张为是。叶得齐河堤工局总办禀请，余收支，实则有名无实，出入仍伊自主。余所司者，日用火食、委员薪水而已。三月二十三日到差，余购《史外》一部，暇则点窜，并以韵语书其后，叶画梅赠。一时权贵属余作诗，徐友梅世光题其上，以自夸耀。久之，无韵不有，录之为《祝阿吟》上卷。是年，蒙中丞福润保请，俟补缺，后以同知用，先换顶戴，三月奉旨依议。十七、十八两年河工保案也。四月十一日，四弟病故，在局闻讣，痛不欲生，归省为位哭之。缘四弟志气远大，性情真挚，余无日不望其大成，惟稍邻奢侈，故时加约束，亦乌知其不寿哉。平日购书必求佳纸板，惜尔时无钱，不能如意，设四弟在，余所购之金石图籍，当必珍宝视之矣。至今思之，犹觉泪下。

光绪二十年甲午五十二岁

在齐河堤工局。叶以墨梅不足示异，改用朱笔画，既有玷清品，诗亦难守规矩。为《祝阿吟》下卷。《读史外韵语书后》八卷脱稿。九月销堤工局差，汤方伯委赴青州府估城工。为《北海吟》一卷。十一月李中丞秉衔委赴兖州府清理案件，游圣人之乡得诗颇多，为《东鲁吟》二卷。是年八月，李中丞到东，甚不以首道张为是，而叶则张之高足也。时齐河工早竣，叶不令销差，欲借余与徐友梅、张瀛舫星源，以明不与张同类也。嗣李以余曾出入张门，又为叶收支，误为张党，运之未至，到处皆错矣。中丞李到任不久，即赴烟台治兵，凡制造军装，皆委首道张所造，帐棚不合式，有函嘱方伯汤及张照旧帐棚加宽长若干，并带一式样，令照造六百架。汤委余限甚迫，余见汤，令见张求式样，张但称照旧帐棚加若干便得。余问旧帐棚所在，则令赴军械局见景伯阳启衡讨要，景以未奉札不与，复往见张，张气甚，谓余糊涂，令见家人殷贵便明白。余气不能平，大声往问，见殷贵用手版、用名帖，被伊老家人张斌所拦，余不得已复往见汤，汤谓非照抚台发下式样不可，倘再有误，谁任其咎。汤见张，方知式样不知遗落何处，幸他营有此等帐棚，取来一架令照造。晚，张传见余，余尤气愤，张自知其错，满面含笑矣。总之，委余非其所愿，故有意刁难耳。翰华入庠。

光绪二十一年乙未五十三岁

时首道张知不为中丞李所容，请开缺修墓回籍，临行委余以查河道差。前五月十五日出省，月杪归，成《卫河吟》一卷，合济南以下作为《宦游吟草》十二卷，终焉。余赋闲已久，首县凌少周请余入县局问案，李以张党斥之，凌乃以余之不合于张者代陈，李当即委以馆陶厘局。到差十八日，改署定陶，又补惠民。京报到家，选登封县教谕，皆八月间事也。运之既至，岂关人力哉。九月到定陶任，民情强悍，盗贼充斥，讹传余少年科第，均来尝试，每二更后即在关厢外结伙成群放火为戏，队出则去，队归又来，亦复成何事体。方思立威以震慑之，适东乡绅董捆送架人勒赎二强盗，一常二皮，一忘其名，立以站笼处死，由此盗风遂息。然用此非刑，心实不安，是以誓不作曹属官也。祀灶后，带队赴北乡一带巡缉，距某集二里许，令马队一人先往看店，并请首事在店等候，及至，店未看，亦不见看店之人，询悉，被秀才韩某以为匪捆起，命队往，谕之仍不放，众队持枪械将往劫。是日集期，偏袒秀才者蜂拥至，亦均作械斗势，余急以马扎拦店门坐，传谕勇弁，所带勇队有出门一步者以匪论，大声向集众呼曰："余匪（非）

他，尔父母官也，所捆非贼，乃县队也，本县不到，误以为贼，情犹可原，本县既到，犹不释放，是何居心？岂真欲造反耶？尔等各自散去，速请尔首事来见。"时首事已知其误，将队送回，问秀才名，恐治以重罪，不肯对余婉言，导之，秀才至长跪涕泣，自谓罪不容恕，然实无为逆心。余曰："尔心谁见，所行非叛逆而何？"伊不能对。余代为宽解曰："尔亦能发而不能收耳。一说是匪众，即捉去。再说非匪，均不听矣。是耶？非耶？"伊感激流涕，以为实是如此，仅送学戒饬了事。秀才见人即称蒙余再造之恩云，甚矣。作州县官之不可无机智，又不可无胆气也，此事若稍设迟疑，稍形怯懦，必至械斗，稠人之中，枪炮乱施，不知伤几许人命矣，至今回想犹觉可畏。

周甲录卷六

光绪二十二年丙申五十四岁

在定陶任。该县有书院无山长，绌于款故也。余既倡捐，有绸缎铺某号，资本颇丰，并不买卖银两，各钱行恒扳以办银，本为无理，具禀愿捐巨款，发当生息，免办是差，即为批准立案，每年得利二百馀千，作为山长束脩之资。该县教官郭某，余癸酉同年友也，甚得士子心，即为延请焉，定陶之有山长自此始。该县盐务向归官办，去岁九月到任，前任盐已撒尽，各集皆无存者，欲冲运，恐冻河，又不能缺民食，不得已在安居买典子盐，价昂秤小，不无赔累。而捐廉养勇又一巨款。自到任至正月，赔银一千五百上下，尔时两手空空，无可垫赔，兼以盗贼充斥，不及半年，办入正案者十七名，而极刑处死不与焉。虽彼罪有应得，亦未免伤生矣。因思禀辞，时中丞有"如办不动可以通信，不必动公事"之语，乃据实以告。讵大干宪怒，谓余从利上起见，恰值京选到省，即行撤任，时三月初也。交卸，到省禀见，怒犹未解，问余上忙已收清么？余曰："仅收一百馀两。"问何故，余曰："新任有信，不愿比敲，听民自便，故完纳者绝少。"答曰好。又问盐务，余曰："买盐五百包，未卖，以向章论，原可撒派，卑职以事近扰民，原价交后任。"又曰好。少顷，余又言曰："卑职禀辞时，惟捕务不甚信心，大帅谓认真办就行。卑职到任五个月，办贼十馀人，皆大帅教训之力也。"又答曰："捕务尚不废弛。"怒以稍解矣，即让茶。嗣调署曹州府，尚交卸，饬回武定本任，禀见时称余官声，又告以赔累属实。盖前次署此缺者，仓田二同乡皆剩银二三千两，而不知尔时养勇尚有报销，盐又自行冲运也。有此解释，传谕交代清楚，即饬赴惠民新任。乃揭卜伯文马泮香利银一千四百五十两，将交代解清。于五月十三日接篆任事焉，先出示严禁差役需索安班、铺堂、和息等费。余素慕子产之为人、其养民诸惠政，时往来于怀，不能去。余家有惠民河而又适授惠民县，其作合之巧，或者天欲假手以惠惠民之民乎？因作楹联悬之大堂，曰："家惠民，官惠民，须在在顾名思义，务使惠民民受惠；职知县，俸知县，非时时训俗型方，难云知县县周知。"① 盖必欲将"惠民知县"四字切实做去也。由是整顿义学、劝民息讼、筹修城宾、兴经费栽护城柳、修诸庙宇诸桥梁、改立黄河调夫局、挖徒骇河淤塞。五年之内，无一刻而非为民。霜清后，清河镇出险，秸料无一存者。余身任其事，以死与河相争，卒保无虞。余之所以取信于民、得以稍有措施者，皆基于此。事均详《宰惠纪略》。

光绪二十三年丁酉五十五岁

在惠民任。去年五月王判镇至于林一带大风雨雹，报稍迟，李中丞震怒，几遭不测。详《纪略》。余自馆陶厘局受知于李中丞，甚见器重，嗣以求交卸定陶，惠民风雹二事未免见疑，自清河镇出险，垫银数千两，得抢护稳固，始知余非逐利之徒，凡有所请，无不允准。在惠五年，得以稍有建树，皆公之力也。本府尚亦不掣余肘。中丞与尚函曰：清河镇非柳令，几至不堪设想，是以地方重循良也云云。盖该镇八丈宽堤，并不见险，故请款不允。讵知埽上筑堤，埽杇而堤遂陷，俟公款到，大事去矣。余以所关者大，身任其事，嗣中丞知险确，自韩家园回，路经清河镇，余接见，举手加额曰："佩服，佩服，非阁下，余方在韩家园堵筑，而水由外至，无论

① 此联《书札记事》卷二《复给谏李子襄同年书（在惠民任）》作：家惠民，官复惠民，须在在顾名思义，务使惠民民受惠；职知县，俸亦知县，非时时训俗型方，难云知县县周知。

未合龙，即合龙，不亦枉功耶。"垫银若干两，一切照发，既受劳，不令赔钱也。所以有以知府在任，候补之保，虽奉部驳，亦可感矣。改为请俟补同知，后以知府在任候补。十一月奉旨依议。

六月某日，有大堰陈家陈某氏报女在伊家自缢一案，同日又有孙钟氏报伊夫死不明一案，均请诣验。提讯陈案，非验不能了结。孙案，地方供称孙钟氏之夫孙某在徐本浩家佣工，偶得急病，送回身死，徐本浩怜其穷，助京钱十二千，以为衣棺之费。孙钟氏之父已备办入殓。孙钟氏不依，其娘父领同告状等因。窃意此必嫌钱少耳，嘱地方令原管人处息，即赴大堰陈家，验毕，顺至河工查勘窝铺，计回署，已十日矣。而孙钟氏犹在城候验也。提讯，夫死何以不明，供称：徐本浩踢其肾囊而死，有伤为证。即为传案集训。徐本浩供称：孙某在伊家佣工，其说合人为伊同庄谢某氏，而孙某之妗母也。孙某于某日早间得肚疼疾，即赴其妗母家请医生，徐某服药调治至半夜，看其病重，其妗母令抬送回家。同庄又有孙某新亲张姓者，送孙某时，伊提壶随之，沿路尚喝水二次，到孙家庄人尚未死也，质之谢、张医生等，供皆相同，即威之以刑，亦矢口不易。徐本浩又供称：次日闻其病故，为送京钱十二千，孙某之父甚为感激，已将埋矣，孙钟氏被其娘父钟某架唆，复来捏控，希图讹赖等语。而孙钟氏执以为踢死，非验不可，且供称闻踢肾囊死者牙齿必落，如验伊夫牙齿不落，愿甘诬告之罪。查《洗冤录》果有是条，又有踢肾囊死有血晕现于囟门，如瓜子形一条，不得已，带同仵作两造诣验。然终恐书难尽信也，总欲处和。及至该庄，徐本浩托人包埋葬费五百千，孙钟氏父已允，孙钟氏执不从。夫孙果病死，徐本浩何许钱如此之多，是死真有冤。余亦决不准和矣。乃取《洗冤录》各条，令两造之识字者视之，是病是踢，惟以书为断也。时棺在墓坑旁，始知前日将埋，孙钟氏拼死拦阻，必欲声冤，并非为争钱而然也。各具甘结，后命仵作差役等开棺，炎暑天气，臭不可当，幸尸身下有布单一条，执单四角，将尸异置平地，仅穿单衣去之，肉已腐烂，如灵乌经雨，碎纸粘柴，头骨分裂，与额已不相连，令以清水洗其囟门，偏左果有如书所谓瓜子形者，仵作饰不以报。余审得其实，毛骨悚然，如冤鬼之在旁者，乃呼死者名曰："孙某，尔妻真贤妇也，不然吾几冤尔矣。"复探口内，果有二齿已落。书又载，头骨无伤处，以水滴之即散，有伤处不散，命仵作试之，不验，余取生白布拭其晕处，复以水滴立如珠。盖仵作受贿，湿其伤处，以水遇水，是以散耳，拭干，则奸计破矣。令两造识字者来视，而徐本浩之识字者即医生，徐某以踢死捏为病死之要证而架讼者也。伊见与书无异，不及检点，冲口而出曰："天理昭彰，天理昭彰。"徐本浩抵命就是了，又有甚说？窥其情神，若有物焉，以凭之者。少顷，悔已无及。嗟嗟！人谋虽巧，如天不可欺，何哉？质之徐本浩，亦遂吐实情，供称委因：早起催孙某工作，彼此口角，误将孙某踢死，恐干罪，饰为病死等语。案无遁饰，遂议罪如律。回忆审此案时别无罅漏，惟徐与孙相距仅十二里，早间得病，何以不往送信？送病人至孙家庄，天尚未明，何以不等主人起来，即置之去？此皆其可疑处。然亦谓乡间粗人，无此细密，不意竟为所瞒。所谓君子可欺以其方，非耶？若非孙钟氏为夫鸣冤之志坚，岂不铸一大错，然非有《洗冤录》可据，从何验起？非余两次亲临，且一误于前，再误于后矣，岂不诚可畏哉！是知《洗冤录》一书，皆由阅历而得，作州县官不可不神明奉之。凡遇此等案件，尤不可不细加审视，避其臭秽，但听仵作一报也。或曰："仵作何不治以重罪？"余曰："若辈亦窥上意为之，上既以为病死，遽报有伤，显与上背，恐拂上意耳。而不知上之断案固无成见也，至所谓受贿，亦事后意其或然，当时见不及此也。己先不明而人是罪乎？"若孙钟氏者，诚女中巨擘，令人钦佩，氏男一女二，年二十八岁，与以孤贫粮一分，较其夫佣工所得有过之无不及，亟为奖励，令其苦守，俟及年为请旌建坊。讵能报仇，不能守志，未及三年，已改适他氏，惜哉。或曰："为姑舅所逼。"然耶？否耶？又有赵某在钟某氏家通奸，后阴症死，张某自戕死，希图讹赖，皆以《洗冤录》折之了案。《纪略》漏叙，故追记于此。

光绪二十四年戊戌五十六岁

在惠民任。济阳桑家渡开口，县境正当其冲，被灾八百馀村，由是查灾放赈，日在丈馀舟中矣。冬又倡捐银三百两，在城隍庙设立粥厂，日养贫民二千馀人。均详《灾赈日记》。花翎之奖，以此翰芬侄入庠，得报，不胜狂喜，以有此可以见先兄于地下也。

光绪二十五年己亥五十七岁

在惠民任。济阳合龙，春夏不雨，设坛城隍庙祈之，膏泽大沛。挖西惠民沟，工竣，无拦阻者。嗣大杜家、王玉甫家二奸民上控，未得直。碑文撰出，未及立，卸事。为地方兴一利亦不易哉。三十年回惠民任，该二庄知此沟两利无害，碑始竖立，了此一案。

光绪二十六年庚子五十八岁

在惠民任。祈雨聂索镇之真武庙，以十日为期，未及期而雨降，悬匾为祝文祭之。详《纪略》。先是境内有三五小儿习义和拳以为戏，遵袁中丞谕，禁之。至五月，朝廷有义民之奖，遍地皆然，禁无可禁矣。其狡者曰："遵巡抚耶？遵朝廷耶？"几无以应，余强词曰："知县官小，但知巡抚，不知朝廷，巡抚令禁即禁。"又问直隶何以不禁，余曰："为山东官只知山东，不管直隶耳，尔等愿赴直隶在所不禁，若在山东不听禁谕即治以罪。"以故良民为一时诱者无不解散，匪类借以自固皆逃入直隶。济阳玉皇庙之匪皆直隶馀党也，孙玉龙亦自直隶来者。袁中丞谓余以邻国为壑，亦以朝廷爱之，不忍即杀之耳，何尝有意虐邻哉？幸不久收回成命，余两次下乡劝谕，归入民团。武属多遭兵劫，惠独得免。详《纪略》。三月奉恩诏加一级。四月蒙袁中丞明保，朴诚练达，实心为民，奉旨嘉奖。练达不敢当，朴诚为民，自问尚觉无愧也。十二月调署东平州。

光绪二十七年辛丑五十九岁

别惠民诸绅董，作《五载宰惠民留别诗》。三月到东平任，教案蜂起，天主、耶稣两教合攻富绅尹式翱为匪首，必欲得而甘心。实则世代书香之家，素孚人望者也。余力辩其冤，卒得无事。其馀教案亦依次清理，平民得以稍安。有《东平教案记》详其事。朱观察庆元奉委挖坡河，诸多棘手，工竣开闸淹害麦禾，聚众鼓噪，幸余在安山，好语慰抚，各散。捐买书籍北大桥渡船各立章程，以垂久远。九月州考，奉藩宪牌示，调补历城，袁中丞意也。嗣张中丞人骏到任，具禀辞之，以奔走非余所长也。然此机一失，惠民缺竟开不去矣。酒捐委员豫幼竹咸到州，人心惶惶，竟为闭歇，余因灾请缓，以安人心。但禀护抚，胡未禀筹款局，嗣小委员刘县丞国枢至，以议烟灯事不合，余言过直，从此遂与筹款局有隙矣。钱粮自下忙为始，每银一两改征京钱四千八百文，已经开征。历城县庄大令洪烈以单内正耗并列者，只应征四千二百一十文，征四千八百文为之耗外加耗，禀准通饬。而东平实有此弊。即以开征在先，奉文在后，零星花户无从退还，禀请照旧征收，尽归盈馀，解库充公，抚藩均未明白批示，而藩台更有"如正耗并列，莫若折算以合四八之数"之语，不知此即耗外加耗也。时已年终，只有多解盈馀而已。举人蒋毓濂、李尚彬，恶绅也，欲要官地三顷，查已归书院，通禀有案，未许。又送小窃数名，令处极刑，未如其意，即借端上控，然无隙可乘，亦无理取闹，听之而已。检二十一年到定陶任至到惠民移东平所作为《仕馀吟草》四卷，弁序于首。

光绪二十八年壬寅六十岁

钱粮正耗并列，迄未奉到明示，开征有期，再为请示。乃二月底奉到。藩批云该州正耗并列相沿已久，现在收数既与定章相符，自可毋庸更张等。因幕友均以为有此批，可照旧征收，余谓批系与定章相符，毋庸更张，非定章不符亦可不更张也。去岁之不改不知其误，知其误亦不及改也，今明知其误，又非不及改，此何等事，而敢不足踏实地乎，其改也，必矣。或曰："蒋李二恶绅方欲寻衅而无由，一改，彼必追去岁下忙。"余曰："去岁已禀明，归公仍归公而已，何畏焉。"乃出示改为每银一两征四千二百一十文，而蒋李二恶绅果即上控焉。藩台赴泰安封山，往见，详陈正耗并列之误，藩台始知前批之讹，嘱禀本府一为转禀，便可了事。本府既不转禀，而蒋李上控，批词又与藩台所嘱两歧，由此惹出许多事端，然终以归公了事。四月得"卓异"，考语为"勤政爱民，循声卓著"八字。作校士馆楹联云：庠序校命名虽殊，其实弗殊，当叩虚课寂，异学争鸣，须踏定脚根，向伦常中做事业；夏商周立法几变，而道不变，任炙輠谈天，策士横议，要高著眼孔，知经史外无文章。跋云："辛丑春，余由惠民移署东平，月课至龙山书院，肄业诸士子以次就见，探其所学，皆彬彬然，质有其文矣。盖以主讲席者为傅晓麓孝廉，其教人伦常为主，经史为先，而又循循善诱，故所得如此。嗣值变法，余捐书百馀种，以供诸士子讲习，其课艺亦时加点窜，示以程式之所在。诸士子若以余为识途老马，其向慕之，诚有不能恝然置者，瓜代有期，爰即院长平日所以为教者，制为楹联，悬之讲堂，使触目惊心焉。其亦古人临别赠言之意乎。时壬寅七月上浣中州柳堂撰并跋。"草此，交晓麓院长，托其尊翁笠泉同年代书，以佳木刻之，调帘交卸。先是，左肱能前而不能后，服药罔效，嗣又左胁作疼，至省愈加沉重，勉强入围，得第五房，幸内监试赵小鲁直牧精歧（岐）黄，投以旋覆花石膏之剂，竟立取效，以胃有湿热故也。重阳写榜，东平州中郑继程、刘庆长、侯延爽三人，藩台以为捐书之效，一时传为美谈。本房得解元单庭兰等十四人出围，销差。后新中丞周馥以赴戴村坝，蒋李二恶绅请将归公之款领回，修城南大石桥。提起浮收二字，中丞不知其详，藩台屡为剖辩，竟不能释。居南马道，借以养病，亦甚适也。改号寿馀，每日作何事晚必记之以自考，颜曰《寿馀日记》，以今年正月为始。

光绪二十九年癸卯六十一岁

在省。三月在曾家花园饮酒，接冯星岩与首府徐电，北洋来调余，问愿否，余请转禀开去惠民底缺，愿赴调，讫未得耗。四月初，有调署德平之牌。在省城，中州会馆悬匾，额曰"作汴州观"，悬楹联曰：

我生与郑子产、颖（颍）考叔同里居，杖策原刻壮岁东来，遍游齐鲁，又得闻原刻犹竟传姬姜事业，孔孟文章，出处皆圣贤是师，当兹原刻此冠裳辅辕，济济一堂，后进敢乖桑梓谊；此原刻斯地有汇波寺、古历亭相辉映，倚楼原刻昂头北望，便见原刻绝好湖山，最堪羡荷柳敷腴，荻芦萧瑟，春秋极文酒之乐，虽则原刻漫云松菊田园，迢迢千里，异乡浑忘别离情。

二十二日，接德平县印。县素好讼，首子何等重大，遂讼遂息，视为儿戏。赴各集镇为宣讲息讼圣谕各俚歌，并谕以伦常大义，而民风一变。生监词讼多用红禀，自稿自书，习以为常，不知其非，出示晓谕禁之。并捐书数百种，置之学堂，为延中西两教习，而士习亦一变，均详日记。

光绪甲辰二月，余承柳公纯斋召，于清明后一日诣德平公署。越六日，公出《历年录》四卷相授曰："此予六十年事迹也，汝其校之。"受而读，由自序以迄终卷，不禁涔涔泪下，以凤冈家世不敢企我公万一，而当年缔造之艰，何其甚相似也。公家发祥肇于大父大母，其险阻艰难，辛苦备尝，至为人所不忍言，至我公而得食其报，我何以报先祖母于地下乎。曾大父思孝公家赤贫，早世仅一女即凤冈祖母，无子族，间无旁支可继，曾大母张与女苦度，闻巩姓子贤，赘以为婿，俾承李氏宗祧，即先祖得众公也。先祖五十一岁卒，祖母四十四岁，先父方十岁，母子丁零，何以为家，乃权为先父完婚，先母氏田十五岁。一家三口，手口拮据，夜寐夙兴，不敢告劳。厥后地近百亩，先严入邑庠，祖母始有喜色。总计祖母之造家无异于李太夫人，而凤冈为之孙，曾不敢企我公之万一也，是以悲也，而尤有同病相怜者。我公三十六岁丁外艰，凤冈三十八岁丁外艰，皆先人任其劳，未获享其逸。痛定思痛，谅无异情所异者。凤冈所处大半顺境，未若我公之蒙艰难贞，故亦不若我公之成就远大。然如我公之蒙难者，夫岂数数觏哉。又录中言让之一言，处家应世，与忍字并重，不啻先得我心，窃为之更进一解，以为让即忍也，惟其能忍，是以能让，稍有不忍，则不能让矣。往尝与弟子言，凡官爵加于人，年齿长于人，功名大于人，赀财雄于人，学问深于人，皆宜让人。亦自忘其何所本，大抵由不挟长、不挟贵而推言之也。凤冈老矣，亦尝历述生平，汇为一帙，二十年来秘不示人。读公《历年录》，序有感于李太夫人之造家，涕零草此，其可以附后与否，维所决择焉。立夏后二日治晚李凤冈谨撰。

右《周甲录》六卷，先曰《历年录》四卷，夫序道光癸卯至光绪癸卯事，非尽所历之年而序之也，酌易今名，从实也。内出入贼巢八十日，事摘出别为一卷，曰《蒙难追笔》，傅晓麓意也。李荔村跋在先，统旧日之全书而言也，故仍之也，亦从实也。嗟嗟！宦海茫茫，富贵热中谈文墨者几人？而一二好修士，复高自位置，不屑与富贵人为伍，此风尘吏所以愈趋愈下，堕入庸俗而不自知也。余宦游东省十数年，情殷下士，既得荔村，复得晓麓，皆能文而不余鄙弃，每有所述，从而就正，随笔点窜，向不作泛泛谀词，偶询以地方利弊，亦直言无隐，俾吏治多有所裨益，得人如二子，可不为庆幸钦。讵先后俱归道山，而是录之易，二子已不及见也，伤哉！且使二子尚在，安知不更有所指政耶？嗟嗟，良朋雕（凋）谢，流光如驶，人琴之感，乌能已已。乙巳麦秋寿徐跋于乐陵廨斋。

宰惠纪略

宰惠纪略序

世有读书尚论自负循良，闻者亦翕然同声，望以龚黄之事业。及得所假手而前后顿殊，大为世所诟病者，良以能坐言，不能起行，闻其语，不若见其政之为足据也。若惠民宰纯斋柳公则真能言，而亦能行者矣。余与公之实政，则不惟闻之，抑且见之矣。先是十有七年辛卯，余蒙保以知州来东，即闻同乡称公不去口，嗣亦偶一见，犹未深识也。越癸巳，前观察叶雨存督修黄河堤工，设局于齐河县之南坛，余与今济南太守徐公友梅司书记，而公司度支，余三人者居同室，食同席，风晦雨潇，昕夕相对，久之情投意洽，遂为忘形交。公赋性直爽，每公暇谈国计民生，娓娓不倦，闻贪污吏行则鄙夷，不齿于人类。余甚韪之，谓异日出膺民社，必能以经术饰吏治，如古循良之所为。未几而摄定陶矣，未几而授惠民矣。不三四年，循声卓著，上达天聪。窃自幸赏鉴之不诬，然究未见其行政也。庚子义和拳起，举国若狂，无知愚民多所煽惑，余奉中丞檄赴武定查办，惠为附郭邑，寓居衙斋，借商机谋。时上意主剿，公不欲蚩蚩者氓，骤加诛戮，留兵守郡，将往劝谕，幕友咸止。公即余亦谓不可轻尝试，否则请骁勇随之，公毅然不顾曰：吾平日以诚待民，必无虞。竟单骑入匪巢，晓以大义，怵以利害，毁其坛，收其旗帜、器械，遂各解散。县境数百村，十馀日历几遍，虽舌焦唇敝，困顿不堪，而化逆为顺。他属皆遭兵劫，独惠民得免者，皆公再造之恩也。公之政已略见一斑矣，然犹未得尽其要也。公溯行，出一册相授，余启视，宰惠所纪也，读至清河抢险祈雨灵应二事，爽然曰：公之诚且可感神，而况于人乎？宜其以文弱书生而敢入匪巢也，与民相信者深也。及至忍气禁刑一则，则又怃然曰：此仁人之用心，凡我牧令皆当铭之座右矣。夫诚以存心，而仁以济之，亦何所施而不可。公之政尽之矣，观止矣，其他所载特绪馀焉耳。嗟嗟，回忆河工倾谈犹昨日事，而已能见诸施行如此。《中庸》曰："言顾行，行顾言，君子胡不慥慥尔。"其公之谓与？公归敬以相还，属弁言于首，余许诺。时以戎马倥偬，奔驰未遑，自是而承乏济阳，又摄篆巨野，悠悠忽忽，以至于今，屈指且五六年矣。今书成，太守徐公序之，且云瀛舫必能道其实，岂不以余与公之行政，不惟闻之，且见之哉。且夫前事者后事之师也，余自维稍有设施，无非本公之宰惠，以为法，兢兢业业，幸无贻陨越羞，步趋所在，敢忘自来前言未践，抚躬滋愧矣。特以案牍劳形，久不亲文翰事，纵捃摭成篇，究恐不能道公之实于万一，太守徐公见之，能毋笑余之拙耶。公年过周甲，政绩愈勤，历炼亦愈深，其治东平、德平之所纪，当必有更进，于是者遥遥数百里，恨无由一读之。

光绪三十年甲辰三月渑池张星源瀛舫甫补撰于古乘氏之衙斋。

宰惠纪略目录

卷　一

禁安班和息等费示　大堂楹联并跋　劝民息讼三歌　大风雨雹　候审公所　清河镇抢险祝文附内　书清河镇抢险后二则　整顿城关义学

卷　二

忍气禁刑说附楹联　重修衙署　筹宾兴修城费　栽护城柳　重修许忠节公祠碑阴记附楹联　整顿捕务　王烈女事　整顿税契

卷　三

郡城布市　向义义学　绳武义学　振德义学　扶正义学　重修演武厅　训蒙义学　平争义学　独清室说　王判镇义集　书询刍追笔后四则　附李凤冈询刍追笔

卷　四

窝铺改调夫局　城隍庙祈雨　附诗文赋各一　谢降文附楹联　附李凤冈

书祈雨文后　城隍庙旗杆　创修覆赵亭碑记　附李凤冈书覆赵亭后　重修泰山等庙　重修监狱　修四关叠道　补正惠民县志序　徒骇河沙河各工
　　卷　五
　　聂索桥真武庙祈雨　谢降文　重修申家桥碑记　创立郭家庄等义学章程　恤前县余芰芴后人　西惠民沟碑记　重修红楼记　添制文庙祭器记　重修白家桥碑记　义和拳本末　义和拳问答　附海滨逸士书后

宰惠纪略题辞

　　光绪乙酉，沈子衡明府重修《惠民县志》，延教授李南渠夫子为总纂，凤冈亦滥厮采访，维时馆于郡城，时与南渠师晤。丙戌夏，师语凤冈曰："书成汝宜校对。"嗣沈明府以升任去，此事遂废。迨志书已行校勘，首列凤冈名，其间错讹杂出，阅者咸相咎，因粗阅一过，摘录错误百馀条，呈于南渠师，师引咎曰："当及余身亲为改正。"每晤面未尝不以为言也，志未逮而卒于官。岁丙申，邑宰柳公纯斋任斯邑，凤冈谒见谈及县志事，公锐意自任，猥以河工灾赈，应接不暇，匆匆者二载。己亥秋，凤冈解馆归省，公留之署中，共订错误，并采前志遗漏及十二年以后事，未竣业者，俟冬杪足成。公因于商订之暇，将四年来见之行事者，为《宰惠纪略》五卷，附诸志乘之末而弁序于首，并以命凤冈曰："惟汝知我，可复缀以序。"凤冈不敢辞，序曰：士君子读书稽古，得所借手以临其民，为贤良，为循吏，所至人乐，所去人思，岂有他哉。亦曰兴利除害而已，兴利除害亦曰仁而已。孔子以欲立立人、欲达达人为仁之方，孟子谓以羊易牛是乃仁术。仁行而方见焉，仁穷而术出焉，蕴之为心，措之为政，敷之为教，踵前贤所已行而不为固陋，变旧法所已定而不涉更张，勇于冒险而非愚，诚可感神而非偶，夺彼予此而不必自我责其利，有开必先而不必自我收其功，苟属徒劳虽中道而可辍，苟著成效即任怨而何辞，审之于己，施之于人，行之于今，传之于后，仁人之用心如是焉足矣。公宰惠五年，惟日不足，凡河防、城隍、宾兴、义学诸大端，罔不悉心筹划，次第举行，纪略五卷，附诸志乘，使当时览者知其行事，如见其用心，并使后世览者，知其用心思仿其行事，则造福于我惠邑者，岂不大哉。或曰，自序云阅某志凡例，本任官政事概不列入，兹何以附后。曰：此史家之体例也，司马迁采百家言成《史记》，而附以太史公自序一篇，孟坚踵之而为叙传，公之纪略附入志乘，别为一书，又何嫌焉。

光绪二十六年，岁次上章困敦，馀月，治晚李凤冈谨撰于希贤讲舍。

自汉龚遂以政绩著于班史，后世言政者，多称勃海所治地，当今直隶天津及山东武定诸郡县。余家故天津，宦山左，治河下游，长堤以北即武定府境，往来其间者最久，盖尝北涉滹沱南望马谷，察其民风物土，数百里之内，苦乐顿殊，慨然想树榆畦韭之遗，不可尽睹，虽时移势易，岂不以人哉？武定既濒大河，数被沉灾，凋敝尤甚，惠民为附郭首邑，斥卤之壤，波及之馀，田里愁苦叹息，饥待振溺待援，惟贤有司是赖。余友扶沟柳君以名进士知县事，宰惠民者五年。上下之交孚，官民之誉洽，政成废举，始量移去。余与交十载，称莫逆，稔知君贤能，嗣事河工，又习闻其政声。忆往岁过君署斋，欢然道故，且为余具述所以饰吏治者，皆秩秩有条理。今虽移去，惠之士民，当有刻石颂德，列状纪功如贾雏州陆浚仪故事，抑或追慕咏叹，形诸歌谣。河清十奇，钱塘一叶，安见古今人不相及耶？虽然世固有弋美誉冒上考，张皇治具，以涂饰观听为能者，至问其平日所兴除利害事，固了不异人，无足称道，岂非以虚名可袭，而实际难诬乎。今君既纂志乘补遗，乃纪其宰惠之实政，录以付梓，自序其厓略，邮寄示余，且曰达官大人之序不必有，子与瀛舫之序则不可无。瀛舫亦我辈友，时宰济阳，干济时艰，为大府所器重，余方以僭越领郡符，自愧不习吏事，未克于君之政绩，有所发明，度瀛舫必能畅论之，姑以俟焉。抑吾闻之，礼曰不获乎上，民不可得而治，又曰不信乎朋友，不获乎上矣。君之治民，已有成效，著明如此而斤斤焉，责言于瀛舫与余，是朋友之义所当尽者，余不得而辞也。闻君移治东平，未及三月，载萑符，惩奸蠹，夺赤子于虎口中，已卓然克自表见，吾知他日有继是书而成编者，当不惜自掩其前媺，以信今而传后。是又俟诸良史氏之采录，而非余言之敢私矣，姑就是书之成志。余所以知君者，若此庶见君平日信乎朋友者，有道哉有道哉。

光绪辛丑端阳日，如弟天津徐世光拜序。

　　余于戊子秋游学京师，越二岁庚寅，礼部制举文出，第五名清刚隽上，则河南柳公纯斋作，旭安此时知其为文而未知其为人也。又数载，公受抚军李公知除惠民，令余于惠民故多姻戚，计偕来都者，咸啧啧颂公贤。今年春公移牧东平，余馆于东平三年矣，四易主人，无咎无誉。既相见，知与家君癸酉同谱，直而好学，刚而容物，脱略形迹，引为小友。旭安此时知其为人，犹未知其为官也。甫浃旬，颂声四起，有叔度何暮之嗟。孟子曰："善政不如善教之得民也。"政教未及施而得民如此，岂偶然哉。语曰："官之好丑，去日方知，征公之吏治于东平，不若求之惠民。"适刺史邵君介眉奉府檄至州，于其座得公《宰惠纪略》一书，携归读之，其为文为人为官乃尽得之矣。古今政治之书汗牛充栋，然皆托之空言而不能见诸行事，即行矣或误国或病民，戚少保自叙其书曰："事实则不美观，美观则不事实。"纪略者，记事也，非记言也，事实也，非美观也。公中州宿士，偃蹇名场者二十年，登第时盖将五旬，他人处此亦鳏鳏焉，为子孙计，市田宅，谋迁擢，而民生之休戚，国家之利病，又安问乎？公治惠民五载，政平讼理，行一事必酌其通，出一令必求其是，正田里，谨征榷，振灾荒，兴养也；补志乘，增礼器，设乡校，立教也；严苞苴，清讼狱，励官方也；击强宗，戮大猾，申国法也。至防河剿匪二事，则御大灾，捍大患，关系民生国计者也。汉京循吏，半出儒林，史称倪（兒）宽董仲舒，以经术润饰吏事，公盖学优则仕，倪（兒）董之亚欤？虽然，旭安更有属望于公者。公扶沟人也，居近洛北，宋之世洛学为天下冠，大程子解褐令扶沟，其教思所被后世必有兴者，我朝睢州汤文正、仪封张清恪，崛起七百年后，挹其流风馀韵，岿然理学名臣。公去两先生远，而读书穷理，动与之合，宰一邑，一邑治，他日宰天下，天下必治。黄霸为相，声名减于治郡，岂所论于公哉？则是书第河之昆仑，而龙门马颊皆支派矣。公之经济学问亦孰得窥其尾闾乎？古人有言"以身教者从，以言教者讼"，公之教身教也，我之教言教也，故教之三年而不如数日者，听公弦歌，吾将学道矣。

　　光绪辛丑三月既望年，愚侄聊城傅旭安识于龙山讲舍。

宰惠纪略序

余宰惠民，五年于兹矣，凡有裨于地方者，但使力之所能为，无不勉为之。此事未竟，彼事又续，草草劳人，终岁几无暇晷，如黄河窝铺改为调夫局，挑徒骇河淤塞，筹修城费，栽护城柳以及举行宾兴整顿义学，诸大端皆已略著成效，其他或筹划已具而未即奉行，或已奉行而未能尽善，除灾赈别有日记外，凡举大事无不记之以备遗忘焉。岁己亥，延邑孝廉李荔村补正志乘，并采前志遗漏及十二年以后事为一册曰《惠民县志补遗》，初欲将五年来见之行事者，择要叙入，嗣阅某志凡例，有本任官政事概不列入之语，恐涉铺张未核实也，甚为有理。因于补遗外，别为《宰惠纪略》，以年冠首，以事附之，合为五卷，附入志乘可也，不附入志乘亦可，总使阅者见余之行事即如见余之用心，而所行或有得而无失，或有失而无得，或得失参半，或得不偿失，一听人之高下其议论，而余于赴乡时明查暗访，反观内证，或亦自镜之一道欤。至于备后人采择，余尚不敢自信，而敢期共信哉。兹以量移将去，谋付诸梓，用序颠末云尔。时光绪二十六年腊月扶沟柳堂自序。

古人著书各有体例，或年经事纬或义聚类从。纪略者纪事之大略，非如汉纪晋略断代为书，成一家言也。况五年中公私奔走，案牍猬集，或事后追书，文成旋弃，得之舆中，录之河上，其日月漫不记忆，授草写官，缪讹百出，方欲斟酌体例重加正订而移牧东平，遂携之来。晤主讲孝廉傅晓麓，孝廉尊人，与余同谱，谊属通家，时时过从，谈时事，论文艺，当以是书质之，并询其条例。孝廉曰："公之书，纪实也，非纪文也，草创足矣。更加讨论，修饰润色，斤斤争胜于文字，此操觚家所为，岂牧民者之能事乎，则命名之义失矣。且考之经传，本无体例，春秋体例由公穀而彰，马迁体例至《史通》始著，文选标题亦慎矣，后代古文大家犹谓昭明不学，强分义类。公据事直书，仿古人笔记漫录之体，奚为不可。"余韪其言，遂属其门下士十馀人，分校写定，而是书之成，盖有前缘云。柳堂识。

宰惠纪略卷一

余于丙申年五月十三日履惠民任，窃思牧民者为民除害也，为民兴利也。耶律文正曰："兴一利不如除一害。"夫除害必自近始，恐门丁书差勒索安班、铺堂、和息等费，遂出示严禁云。照得本县籍隶扶台世居乡镇，大凡衙门之积弊，闾阎之疾苦，无不洞悉，且豫省与东省毗连，书役弄权玩法，赫诈乡愚亦多类似。每见蚩蚩者氓因事投诉而满腹冤抑，代书不饱欲，不作呈词，承行不饱欲，不为转票，原差不饱欲，不为下乡，及至两造已齐，而中证未至，其朴鲁者则竟私押班房，私圈饭店，必使其精血耗尽而始为之禀到。更有一般架讼之人从中拨唆，应结不结，使逐年累月缠讼不息。其实两造之夙愤已平，欲求不讼而不得，而书役讼棍遂又借此旁生诡计，代递息呈，必需厚给讼费，大众分肥，方能无事。噫！小民之脂膏几何，焉能供若辈之吮吸乎。言念及此，殊堪痛恨。本县莅任之始，力除积习，除将门丁严加约束，并随时密查外，特先牌示与尔等约法，为此仰书役人等知悉。凡有词讼差票，量道路之远近，定票传之速迟，署内立有限簿，随时稽查到限，务要送审，以候讯断。倘逾限不送，抑或空禀搪塞，定即开单严比，照例惩办。所有从前一切不经名目，勒索钱文概行裁汰，嗣后如有书役假门丁名向乡民需索钱文者，准其来宅门呼冤，本县自有处治。倘尔乡民见好书役，私相馈送，一经查出，亦当予受同科。言出法随，慎勿轻试。

余中州陈郡扶沟县人也，去里居之西偏，不数里有惠民河焉。今承乏斯邑，天然符合，使名实不符，负疚良多矣。且知县者，知一县者也，试自问果能知否耶。爰制联语，悬之堂楹，触目惊心焉："家惠民，官复惠民，须在在顾名思义，务使惠民民受惠；职知县，俸亦知县，非时时训俗型方，难云知县县周知。"

惠俗男耕女织，朴素无华，士敦品行，不预公事，入庠后有习刀笔者，咸相与不齿，未尝不叹居近圣人，风气近古矣。惟民情好讼，每逢三八告期，呈词多至六七十张，少亦四五十张，不必果有冤抑，即田产细故口角争执，缠讼不休。及一准传则又求息，固知皆架讼者为之，然亦风气使然，在上者化导之无术耳。夫民即甚愚，未有甘受讼累者也。而当其气之所使，往往虽倾家败产而不顾，亦谓有父母官，一讼便可得直。及往返数次，而理不能白，悔矣，理不能白而费又不赀，尤悔矣。使当日有晓事亲友，预告以此情，未必不反而自思，甘心相让，无如架讼者方诱以甘言，力为怂恿，谁肯破除情面从而止之乎。兹于公暇作《劝民息讼俚歌》三章，一告以讼师之刁诈，二告以差役之恶劣，三告以青天在上，讼亦不如不讼之为得，而贪污吏可知。刊印数千章，发给塾师庄长，使详为告诫。有能习诵上口者，童蒙赏以笔墨笺纸，村农则赏以折扇手巾等物，以鼓励之。似此则人人知讼之害，不讼之利，或亦转移风气之一助欤。歌曰：一劝吾民要息讼。讼师与尔写呈词教口供，不过贪尔酒肉，将尔银钱弄，赢了官司，百般索谢，一有不遂，架人将尔控，输了官司说你不会说话，丢财惹气，落个不中用。讼师之言，千万不可听，一劝吾民要息讼。二劝吾民要息讼。自古常言阎王话好说，小鬼事难共，一有官司三班六房那个不想将尔钱来弄，无论原告被告，票上有尔名，须把酒钱送，不然带尔进城用人看管，使尔不得动。过堂与尔垫坏话，板子将尔打得重，又况一日官司，十日不了，亲戚朋友那个来看不把酒饭用，又花钱又受症。细思何如不打官司不受衙役气，是是非非自有公论定，二劝吾民要息讼。三劝吾民要息讼。毋谓官清，官断十条路，九条难预定，有理官司尚且输，无理如何能徼幸，一切钱债细故，口角争竞，让人一着，个个将尔德来颂。应胜你告状输了官司，冤上加冤，再告何处能取胜，赢了官司结下讼仇，几时反手定将尔来控，子子孙孙不干净，三劝吾民要息讼。

五月二十二日大风雨雹，和、平等约，所过秋禾皆平，行人不及避，号呼之声闻于道。自于林至王判镇，木尽折，屋瓦多击碎，乌鹊死无算。黄河南岸船飞过北岸，落赵家坊民妇屋上，屋倾，适民妇出视，未受害。时河防营管带杜君荣福、河工提调李太守庆霖以验收，秸料车马人均吹入河内，幸水仅过膝，分用马韂车垫等物蒙头，得无虞。此诚数十年未有之奇事，而骇人听闻者矣。维时麦已登场，豆禾甫出，土可翻种高粱，折者复从根发生，以故不为灾民，亦无报灾者。余以事属罕闻，意在通禀，幕友格于例难之，强之行时已喧传到省，禀稍迟又淡淡着笔。中丞李公阅禀震怒，谓匿重报轻，将不免，密委武定府尚、济南府刘、候补知县陈瑗数来查，始得白。有札仍照原禀王判镇等七庄归入秋灾较轻，以示体恤，实则此七庄豆禾亦登，惟高粱减收耳。由今思之，非一已确有定见，其不至列入弹章者几希。盖一行作吏幕客多人，成例所在，往往拘守夫成例而果可拘也，请观前事，抑成例而不可拘也，则司牧者当知所鉴矣。

余接篆任事后检押犯簿，在押者十馀人，问所在，六班该管总役均称除贼犯押捕班外，其馀向无定所，每遇词讼案内应行管押之人，即交值日总役看管云云。查该总役等均赁民房，散居署外，六班押寓至有九处之多，私押贿纵，在在堪虞，即使亲往稽查，而指鹿为马，呼李为张，何以知之。欲除此弊，数月以来刻刻在心。询悉有育婴堂者，前县凌故令之捐建也，以无款举办，年久废弛，书差寄居，久假不归，而孤贫中之狡者时出而讼争之。余亲诣查勘，在署之西南隅，相距尚不甚远，院落亦称谨严，虽房屋残破，略加修葺，即可完整。遂驱逐书差于十月十二日兴工，计十日而工竣，改育婴堂为候审公所，题额于门，需钱百二十缗，在地方善举息银内提用报销，禀明立案。内北屋九间为押寓，东屋三间为看役住处，每班派诚实看役二名常川看守，仍责成各该总役分司其事，似此则官易于稽查，前项情弊或可去其太甚焉。至育婴堂，俟筹有的款，或别购宅基，或将此地退出，别建押寓，惟后之君子是听焉。

甚矣，为政之难也。盖兴一利即有一弊，一有不察则善政转为虐政，是以作州县官必时与乡民接见，乃可得外间一二真情，而一切衙门弊端不至茫无闻知矣。育婴堂既改为候审公所，原以被押人犯散处六班，不易稽查，恐有勒索凌虐情弊，谓为虐政得乎。乃近闻分押仅一班需索，合押则六班需索，需索不遂，凌虐继之，是欲弥弊而转增弊，欲恤人而转累人，殊与初心大相刺谬。推原其故，皆由但派散役数人任其事，总役全不过问，以致日久弊生，非立法之不善，奉法者之不得人耳，倘不力加整顿，又复成何事体。兹拟将有罪可科人犯分为一室，曰"押寓"，如拐犯凶犯之类；其无罪名者另为一室，曰"看管"，如寻常户婚田产钱债细故之类。即派该总役等轮流值日，每班派看役一名，常川伺候，五日一轮，周而复始，俾责有专归，无可推诿。当即传谕差役，并出示严禁，复派诚实家丁一人充作班管，不时往查。余亦于朔望行香后，亲至其处，呼押犯等问之，如有从前勒索凌虐情弊，立将该看役从严治罪，并将值日之总役责革。立法如此严密，庶几弊可去其太甚，而不负下车泣罪之初心欤。然久之弊，又不知从何处生，是在牧民者之随时随地尽心焉已耳。光绪二十六年二月追记。

余改育婴堂为候审公所，原以恤犯人也。嗣有识者告余曰："分押则一班需索，合押则六班需索。"是以重加整顿如右，然终恐为地方留一弊政，故补正志书目录已鐡（签）出，将育婴堂改为候审公所，字后复揭去，意存复旧也。乃半年以来留心查访，又有识者告余曰："六班需索，共见共闻，不敢过甚，一班需索，除犯人无一知者，稍有不随，任意凌虐无所不至矣。且合押州县所同也，分押惠民所独也。天下事但论是非而已，若论流弊，有一政即有一弊，因弊而废政是犹因噎而废食也，可乎！孟子曰：'徒善不足以为政，徒法不能以自行。'孔子曰：'其人存则其政举。'是在行政者随时查考，去其太甚已耳，必欲无弊，何政无弊，岂只候审公所而已哉。"余闻之反覆思之，由前之说直言也，可以规吾过；由后之说通论也，可以坚吾行，故并存之以自考，且以待后之考者，而候审公所不复更张云。光绪庚子十一月。

徒骇河淤塞数十里，频年为灾。考徒骇乃漯河，俗呼土河，因误为徒骇，非九河之徒骇也。光绪二十二年九月初八日，方邀集合邑绅董，议兴工疏浚，而黄河即昔之大清河，考者谓之济河。报险羽书一时数至，当即飞驰河干，挨次查勘，堤上邵家、王枣家皆称险要，尤以清河镇迤西为最。时承防分防各员，已于霜清后销差，丁督办因事请假回省，在工文武惟提调仓太尊尔颍、彭营官秋扬二人，勇丁既不敷分布，秸料亦无一存者，两次请款，中丞李均鉴于河工积习，报险不实，斥不与。且即有款，仓猝难购，亦属缓不济急，堤既坍塌，后戗水又涌出，仓提调视此危急捶胸顿足，几成身殉之势。余亟问彭营官曰："有料尚可为乎？"曰："何不可，但何处得有料耶。"余曰："姑图之。"一面谕该首事，率地方于本镇四街挨户翻搜，得料二百馀束，先将堤之涌水处填塞，一面缮写朱谕多张，谕沿河各首事催令有料之户运料，单内并注明每斤京钱五文，即由该首事用河防局班发之秤掣收，以昭平允，每车若干束若干斤，该钱若干，均填给各料户执照，俟款到日，按执照发价，星夜分派。各押号持单去后，天明陆续送料十馀车，意尚不无观望，良以余到任未久，官民未能相信，恐有执照无处领钱耳。余探知其意，即对众料户大声言曰："将来公款不到，由本县垫赔。"并准以料价钱封完钱粮。又复谆谆谕以各保身家性命之义。该料户始联络一气，奋勇争先。有一日送料六百车者，料既应用，民夫亦日上千馀人，听仓提调指授机宜，帮同营勇运土运料，讵日夜抢护此厢，彼蛰讫未得手。十一日辰刻风雨大作，浪突过堤顶数尺，后戗水出如涌泉，在工各员张皇失措，面如土色，沿河居民负（扶）老携幼，争移家高阜处，哭泣之声遥闻数里外，而大王将军又相继而来。噫，是殆必欲鱼鳖斯民乎，抑宰斯民者之不职，有以招之乎，何怒之甚也。适有梨园一部，乃从绅民请，演剧致祭，并制祝文，哭读为民请命焉，其词曰：

呜呼，惠之民凋敝极矣，方堂之来令斯土也。大吏进堂而告之曰："今以此凋敝之民付汝，汝其善拊循之，俾出水火而登之衽席，以无旷厥官。"堂曰："唯唯。"谨志之不敢忘，是以视事未百日，而有利必欲兴，有害必欲除，日夜遑遑，心力俱瘁，区区此衷可告天日，岂不以官民一体，神降之福，有不雨旸时若河流顺轨者哉。讵意西成已告，霜清在即，方聚父老于徒骇河之淤塞者，谋所以疏浚之，而黄河盛涨，羽书报险一日三至，捧读骇汗，诚惶诚恐，神魂俱失，遂凤驾来工督夫运料，竭力抢护三昼夜。王枣家堤上邵家稍觉稳固，而清河镇西险工迭出，兼之大雨倾注，狂风吹浪过堤数尺，防河诸员惊顾失色，居民扶老携幼迁移堤上，星坐露宿，苦难言状。窥大王之意怒犹未息，若必欲驱凋敝之民而鱼鳖之者。噫！民亦何辜而必欲鱼鳖之也？意者，堂之精诚不足感神，而爱民之衷未至欤？果尔，则罪在官，宜罚一身，与凋敝之民何尤。且夫民以官为主者也，官以神为主者也，民不得所欲，求诸官，官不得所欲，求诸神，故祷雨求晴，祈福禳灾，载诸简册，不以为非，岂好媚哉。亦以不如是，不足以明虔诚化灾祲耳。爰仿斯意，招梨园，备果品，焚香制祝，匍匐河干，以为民请命。大王而无灵则已，大王而有灵也者，必将怜吾凋敝之民，而不忍鱼鳖之。即不怜吾凋敝之民，亦必鉴吾愚诚，怜吾怜凋敝之民而不忍鱼鳖之也。既怜吾怜凋敝之民而不忍鱼鳖之，则自祷之后，当水日以消，大王率诸将军而游行水府，使河之在惠者固于金汤，不为民患，则是大王之威灵显赫，真能出凋敝之民于水火而登之衽席也。堂将协诸同事诸父老，大庆安澜，用答神庥焉，敬告。

读毕，和纸钱焚之，叩头无已，至昏迷不能起，左右扶余去。坐稍定，天光晴霁，河水渐消，工亦略平，而王枣家报险专马顷刻三至。据称旧堤坍塌仅剩二三尺，又无后戗，危在旦夕。余与仓提调方谋同往，讵堤上邵家报险亦如之。乃分作两路，仓提调赴堤上邵家，余赴王枣家。并派各押号即里差，惠民呼押号头。分持朱谕，令各首事照清河镇催夫运料，无如王枣家属平字约，庄少人稀，抢险数次，民力已疲，料亦告罄，除谕和字约，照旧帮工外，并商同毗连之直字约就近协济秸料，相其地势添筑后戗一道。该两约首事深知顾全大局，帮夫助料，不分畛域。余督工二日稍有头绪，十四日仍回清河见仓提调，而堤上邵家亦督同首事赵丹桂等抢厢稳固矣。是时丁督办在省知工险款绌，派勇丁送银千两，交仓提调发钱店易钱，一面晓谕各料户，上料之最先者持执照赴钱店领价，概不经书差家丁手。发未竣而堤又续塌十数丈，幸有馀料复帮同抢护，两日始得平。计自初八日公出，至此十馀日，署内公事不无积压，乃于十九日回城急为清理，并将抢护情形禀明各上宪立案，然黄河大溜移靠北岸行镇西顶冲坐湾，恐终是不了之局也。

忆祝后虽险工迭出，而竭力抢厢，卒庆安澜，谁谓神之无灵哉。或谓二十四年济阳桑家渡黄水为灾，神不之佑。检视祝文，只求河之在惠者不为民患，神亦何尝负吾哉。或曰：当日何不概求而必指定惠民耶？夫分疆而理，各有专责，为百里宰，而欲并邻封之地，亦代为祈祷，不惟神不吾许，亦越俎甚矣，是在为民牧者，各尽其职焉耳。时光绪二十五年十一月二十八日追记。

九月二十五日戌刻，奉到仓提调函，清河镇迤西果出险，即刻驰赴工，至王朋见家庄过渡，船户住南岸，天黑夜寒数十唤不应命，健役涉水过，舣船急渡抵工查勘，其危险更甚前。仓提调以沿河二十里内外料已多运工，价又未全发，恐再催不易，左支右吾，愁急万状。余睹此情形，岂能坐视，尽弃前功，仍谕该首事等，照前章办理。该首事亦皆惊弓之鸟，遂分投四乡，亲为督催，由此料物应用。仓提调督率营委昼夜抢护，又以工多人少复调南岸郭管带某帮工民夫，每日上千馀人，或二千人，嗣以土厂难容，徒耗民财，不能工作，乃酌定多不过千人，少亦须七八百人，视工之缓急为之。昼则运土运料，得钱可备干粮，夜则留工一半，为觅住址，每人给小米半斤，令每村留夫一名煮粥，一以散工后无处购买，得此可以御寒，一以住有定所，夜出险工一呼即至也。一时民夫无不感奋，深资得力。无如此险方稳，彼险又出，五六日内屡濒于危。迨十月初一日，丁督办假满到工，已续塌七八十丈，不可收拾矣。问之土人，均称缘昔者熊委员于埽上筑堤刻已数年，不无朽烂，埽空则堤必蛰陷，镇西三里长堤皆是也。方谈论间，余在堤上坐，忽折裂下蛰约尺许，左右促余起，余思如此坍塌，何日能了，与其使数万生灵葬于鱼鳖之腹，不如以一人当之，执不去。而折裂处已见水，团团然不遽陷，有哨官至拉余曰："大王留情面不小矣。"方离座，而堤已化为乌有，余乃泣誓曰："今年黄水必为灾，惠民知县柳堂惟有一死耳，愿大王察此愚衷哀而怜之。"誓毕泣数行下。丁督办慰余曰："子毋戚戚，事尚可为，然非多筑埽坝不可。"子督催料，我督筑埽，有料有埽，转忧为笑；虽然，何处有此料物之多哉。前此料价未发终恐误事，乃于地丁项下提银二千两，易钱示期，照旧由钱店领取，乡民闻之益觉踊跃。先是徒骇河北不管黄河工，虽票催不应也，兹闻余在工急迫，谕单一到，无不乐从，有四五十里外送料至工者。是以日需料二三十万斤，终不缺于用，而工亦渐次抢护稳固焉。是役也，为日十有六，余仅带家丁二票与谕单，皆朱笔自为之，昼则东奔西驰，见营勇与民夫，有口角争斗者力为排解，唇舌几敝。二鼓后停工回寓，与首事筹画，明日需料若干，何庄未到即书单或书票，饬押号星夜往催，料理略定方睡宿；而日间所压埽坝夜不无蛰陷，一有蛰陷，在工人必喊呼，余性急闻声即披衣起，往往伺候不齐徒步赴工，差役家丁随后追之，有一夜赴工数次者。一日夜半在堤上坐督工，下仅服单衣，时已冬令，觉腿冷，用手巾遮护之，又冷，用两袖覆之，不知取衣也，而今之腿疾，即基于此矣。嗣在工绅民以余过劳，非真险不令喊呼，暗催民夫上工而已。然余有所闻亦卧不安枕，数万生灵所关，安能恝置哉。统计前后用民夫三万馀，而守窝铺者不与焉。工虽平稳，民困已极，是以有改调夫局之谋。用料三百馀万，料户无一人钱不到手，官民从此相信，而徒骇之役亦可以兴矣。其首事之尤为出力者，则便字约王兴有、刘鸿谟，纲字约赵丹桂，称料登簿寸刻不离，至填写执照则责彭营官派人，以避嫌疑，昭核实焉。徒骇河北，督同送料则纲十图、王敬修，人字约于龙汉，度字约首事无人，则总役刘延凝任之，均有微劳而不分畛域，和衷共济，始终赖以有成者，则候选教谕李心恕一人而已。

甚矣，任大事者，不可有利害之见存于中也。即如清河之役，自事后观之，此曰万民感戴，彼曰颂声载道，本府尚向以余为愚也，至是则曰愚不可及。丁督办与余非有相知之雅也，其禀抚宪则曰："催夫运料，井井有条。"李中丞方以风霾事疑余也，至是则拱手道谢曰："非君几不堪设想。"复极以循良许之，又于两年抢险保案内，列入异常劳绩，其得名已如此，前后垫发料价数千，饬河防局照发，官民既不受累而无昏垫之灾，有丰穰之庆，钱漕亦照旧征收，其得利又如此，谁不谓此举之善者。然试思当日：能决功之必成，抚宪之必发料价乎，万一跌蹉，上宪可以负属吏，属吏不能负小民，劳而无功，怨声载道，其害一；数千金巨款，既无着落必归余垫赔，日涉河干，劳民伤财，无益于事，其害二；百姓送料出夫，疲敝极矣，继以水患必难支持，其害三。有此三害预存于心，则气不竭而自馁，力不用而自疲，而欲事之成也得乎？不第此也，即预存一图利之心，亦必难济事。当余痛哭祷神时，闻有议于后者曰："彼以河决则必办灾，办灾则必缓征，故如此痛耳。"此诚可谓以小人之心度君子之腹者矣。其实余一无所知，但知前任孙人也，其居官行政不必有过于余也，余亦人也，其居官行政不必有逊于彼也，何以彼三年于兹，不为民造灾而余至即为民造灾耶。夫诚不可得而挽也，不如死之为愈也，不然复何颜面立于人世耶？此一片愚诚，固结于中而不可解，彼明神者，或哀而怜之耳，利何知焉。吾故曰："任大事者，不可有利害之见存于中也。"

日者余与或人言曰："人之作事不可有成见，天之于人亦往往无成心。"或曰："何以知之。"余曰："以清河之役知之。"忆赴任时，路经其地，谒丁督办，谆嘱余曰："贵前县孙终年不一到工，州县有地方责，非能常川住工者，然有不可不到工者三，一勘验窝铺，一伏泛，一秋泛也。"尔时彼盖谓余到工三次，即可如愿。余亦谓到工三次可谢无过，而岂料后来住工数十日，直以河工为己事乎。天之不容人有成见也如此，尤可异

73

者，孙终年不到工而工亦若无需乎孙者。余住工数十日，直以为己事，而工即若必需乎余者，工同而劳逸不同，必存成见焉，则大事去矣。或曰："若汝所论则逸者不为失，劳者不为得乎，逸者天所厚，劳者天所薄乎。"余曰："此又不然。孙以有可安于逸者，故不必任其劳，余则无可委其劳者，故不得享其逸。总之天心仁爱，不忍斯民之陷溺耳，而厚薄何有焉，得失又何有焉？且一县大矣，一县之事夥矣，逸于此必劳于彼，劳于此必逸于彼，岂得以河工一端判得失哉。"或曰："子之言诚是，然不曰不遇盘根错节，不足显利器乎，不曰非常之事，必待非常之人乎。"吾以为孙公不能任其劳，故以逸予之，未必即为失，而天要不为厚，我公能任其劳，故不以逸予之，未必即为得。而天要不为薄人之作事，固不可存成见，而天之待人要未尝无成心。余方欲与之语，或人不顾逡巡而去。查志乘，郡城义学有五，县曰储英，李文定公之庄建立，事经奏闻，俾其世世子孙相传施教，每岁修俸六十金，由县发给典史代领。乾隆五十二年邑宰王君修龄，立石为记，其四门义学自太守刘君天锡创立，每岁提盐规四百千为延师束脩之资。道光二十二年，太守陶君庆增立案，定为常例，但称四门义学而无名。余以宣讲圣谕，令五义学塾师按五、十集期轮流，每义学捐廉发给津贴钱十千，亦由典史代领。因各命以名，东门曰作人，西门曰成德，取东作西成之义；而南门则曰歌风，北门则曰拱辰，谓舜歌南风、星拱北辰也。此外又有城乡各学，亦重加整顿以广教术焉。曰："窃维州县为亲民之官，必须教养兼施，方可以正人心而厚风俗。然欲兴教化必先端士习，欲端士习必先立学校，夫学校之为教亦夥矣。今日异学远来，微言将绝，尤以宣讲圣谕为第一要务。"孟子曰："谨庠序之教，申之以孝悌之义。"旨哉言乎，当遵而行之矣。查惠民城乡新旧义学二十处，合境乡学五百馀处，每学将学宪华颁下《圣谕衍说》各发给一本，新刻《圣谕俚歌》十本。《衍说》所以训成童，教中材俚歌则无知愚民、乡里小儿皆能习读之，务使家喻户晓，深明大义，并拟奖劝章程数则，榜诸各学，俾教者学者咸知振奋，由此实力奉行，久而不怠，或亦正人心厚风俗之一助欤。

一、义学塾师必须责成各该首事，延访诚笃端正之人来县公保，俟批准后，由官备具关书，优加礼貌，以昭慎重。

一、义学有大小之别。果有才堪造就，无力读书者，入大学。其资质明敏，初次开蒙者，入小学。然必须真贫之户，方准送学，稍堪自给者不得混入。其真贫之户并准由学东酌给纸笔，作正支销。至脩膳之外，塾师不得向学东索取分文，如课读得力，学东愿酬劳者听。

一、义学课程与家学无异，塾师必须终日在馆，勤恳训诲，倘或旷职误人子弟，无论官绅，查出立刻更换，不准瞻徇情面，以期认真。

一、城乡义学脩膳，有由官绅捐发者，有由地方公项提出者，有经官者，有不经官者，务须逐一核实，分别立册以备查考，庶可久而不废。

一、城内有储英义学一处，训蒙义学四处，除应支脩膳外，现由县每学加发津贴京钱十千文，令塾师每逢五、十集期轮流在大寺前宣讲圣谕一次，责成府县学官及府经县丞等轮流倡率，至朔望宣讲，仍以原派拔贡生高绍颜宣讲，每次由县捐发京钱一千文，亦或由府县率同城官绅等自行宣讲，以昭详慎而动观听。

一、四乡义学有在集镇者，应遵照于冲要处所，一律宣讲。至各学训蒙应将圣谕中伦常大义引证目前实事，使其浅而易晓，若塾师宣讲得力，由官随时加奖，以示优异。

一、义学及各家学，肄业学生无论成童初学，应将圣谕列作课程，细加开导。如遇县试，有能将圣谕默诵宣讲者，虽时文稍有瑕疵亦当列入后十。其次有能熟读者，即文理不通亦准其终覆，似此优加奖励，庶可力返积习，以正趋向。

一、城乡童蒙及乡愚不识字之人，如能将新刻圣谕俚歌信口熟读者，由官随时赴学下乡面试，赏给银牌以示鼓舞。

一、学宪华原颁《圣谕衍说》，不敷分散，由县自备纸工刷印五百馀本，分付各学，如有遗漏之处，准学东来县请领。

一、新刻前北口道，原任海丰县知县汤所编《圣谕俚歌》十六条，简而易明，除发城乡各学，每学十本，使童而习之，终身不忘，复散给各约首事庄长，俟农隙时亦可剖晰（析）大义，以期渐推渐广，转移风气。

章程十条拟定后，据实详院。李中丞批云：据该县整顿城乡各学，责成塾师宣讲圣谕，并呈奖劝章程清折缘由。敬教劝学，风化攸关，该令莅任以来，诸多创举，今又整顿义塾，并推及合境乡学，统以宣讲圣谕为正宗，所议章程亦甚详明切实，且虑乡愚鲜解文义，复刊发《圣谕俚歌》，使之家喻户晓，不惜捐廉奖赏激励人心。当兹异学争鸣，该令独能清源正本，不愧好官。本部院实深欣佩，仰武定府转饬照办，务须勿懈厥终，以收实效。

宰惠纪略卷二

县二堂，折狱之所也。前县薛悬"循理守法原情"六字，额能如是，听断之能事尽之矣。虽然，此亦就已成之谳言之耳，若当初审理之是非莫判，何以循，法之轻重未定，何以守，情之真伪莫知，又何以原乎？况乔野之夫不识尊卑，一至公堂自觉理直，任意顶撞，临之以怒而顶撞益甚，继之以刑而顶撞更甚，然则将如之何，只好忍其气，禁其刑，姑使之去已耳。滋闹一场，无理无法无情，每遇此退堂，饮食不下，心常作恶。虽明知若辈目无官长，咎由自取，然究属刑及无辜，常以血气用事，涵养未深为憾，而老吏则曰："审案须会生假气。"夫气发于性，焉有假者哉？且气假而刑则真矣，真气所使，刑不及检，犹有可原，假气而刑滥用，其何以说焉，吾是以甚无取乎是言也。反复思维，无可如何，乃于二堂复悬"忍气禁刑"四字额，遇此等倔强之人，气方欲发，顾此则忍之不发，刑方欲用，顾此则禁之不用，一听若辈逞其所欲言，而后婉以诘之，曲以谕之，彼亦无能自逃于理法之外，而用情庶不至失，宜是亦以柔克刚之道也。不愈于气已发而复忍，刑已用而后禁之，自贻后悔乎？有此一番强制，济以平日之涵养，久之将气不忍而自和，刑不禁而自中，则所谓循理守法原情者，庶可得而言矣。并撰楹联云："片言折岂能，当狱未定，任众口辩论不休，所求者只公平二字；大法宽何有，但刑偶加，便终身洗濯难尽，到用时须审慎一番。"

官之有衙署，犹民之有居室，食息于斯，起居于斯，宴宾客于斯，课子孙于斯，判断公事于斯，宜如何整齐严肃者乃民之居室，农父之朴者谋坚固，士大夫之秀者谋华美，而官之衙署独不然者。良以居室创之先代，传之后人，子子孙孙永为己有。而衙署则三载考绩，六年任满，一旦他徙，不知落何人手，况缺之苦者，欲求上宪之调剂，缺之优者，恐上宪之调剂他人，履任之始即存交替之心，其视衙署如传舍然，夫焉有以行旅之人而代修客馆者乎？是以无论实任署任，朴者秀者，但求蔽风雨而已，未有谋及修造者也。然吾谓署任不谋及修造则可，实任不谋及修造则不可；足以蔽风雨不谋及修造则可，不足以蔽风雨不谋及修造则不可。惠民自实任韩，禀请孙前县代理将及三年，无时不以传舍视之，而初不料羁居至于如此之久也。丙申夏五，余以实任来接篆，一日堂皇坐判事，大雨倾盆，堂上屋漏如瀑布，堂下跪者水没膝，退居西厅，地长绿苔几满，泥滑沰不任足，仰视顶棚下垂如襄，滴淋漓不止，账房门房水盈尺，人蹲踞床椅上，此外之不足蔽风雨也。上房经韩任新修而土松瓦动溜滴，床无干处，以盆承之，郎当声如淋铃，东西屋尽倾，此内之不足蔽风雨也。钱席屋梁折，几压人死，移与刑席并居，东墙又卧，此书房之不足蔽风雨也。库房自遭火灾后，堆如土，值日书差白昼持盖立，夜则促膝倚暖阁坐待旦，此书房之不足蔽风雨也。至大门仪门之欹侧，戒石坊东西坊之倾覆，又不待言矣。是即旅人客居，犹且商之居停主人，鸠工庇材克日兴作，而况实任如余者乎。乃与姻友李光宇谋，西厅三间拆毁重新，二堂与上房翻瓦而已，账房东西屋以及书房门房班房，或全新，或新旧参半，不必华美，庶几坚固，总期足蔽风雨而后已。戒石坊所以自儆，东西坊大门仪门，所以壮观。瞻危者扶，倾者植，缺者补，残者续，暗淡而无色者，加以丹漆焕然改观，统计费京钱一千馀缗，而无风雨之苦，有室家之安，获保蒙奖，皆是乎依，在昔智谋之士未必不笑为人作嫁之愚，而今之据为己有者已两易寒暑矣，其愚耶？其不愚耶？愿后之君子随时补苴，无使蔽风雨之不足，则衙署与居室同视，而坚固华美，从其所好焉可矣，岂必预存五日京兆之心哉。

州县之弊政，以漕项为第一大宗，其征收本色有一石收至三石外者。官既略无限制，书役遂得上下其手，从中渔利。其狡者甚至多方把持，官亦忍气吞声，姑置不问，非不问，不能问，抑不敢问也。噫！政事至此尚堪言哉。自胡文忠公奏请改为折色，天下画一，山左阎文介、丁文诚相继奉行，每漕米一石只准收足串京钱十二千文，一切杂费及书役赏号均在内，不得丝毫多取于民。从前弊端已经埽（扫）除，而升任四川总督前中丞李又奏准裁减漕粮，卷尾通饬立石，则有漕州县弊绝风清矣。惟书役仍前把持，即如惠民收漕一石，不待官赏漕，粮房库房公然由正项内扣厘头银一钱八分，不知有何例案，直以为必不可少之数。按岁收中稔，可得银一千三四百两，虽该房有应支差项，而为数亦未免过巨。因思与其徒滋若辈中饱，何若量加裁减以公济公？乃酌提银八分归节省项下，每年约得五六百金，分交十属，当商以一分生息，禀明抚宪立案。嗣以该房恳求，由上赏还二分。有科场年用作宾兴，拔贡会考，元卷银八两；贡监生员乡试，元卷银二两五钱；拔贡朝考举人会试，元卷银二十五两；寒士加增亦不得过三十两，以示限制。无科场年留为修城本金，无论地方何等善举，不得动用。每值任卸，归入交代案内核办，以昭慎重，而防挪移。由是三五年后积累既多，即生息银两已足敷宾兴之用，则修城成本，岁有所增，不二十年便成巨款。兼之护城柳株，利亦无穷，何患城不能修哉。诚恐后之君子不知端底，日久弊生，将所筹经费渐成子虚，岂不可惜，爰撮其大略，俾后之君子有所考焉。

惠民为附郭邑，其城则武定郡城也，十属之保障系焉。必须屹立严峻，树木葱茏，方足以壮观瞻，资捍卫。乃风雨漂摇，岁久失修，加以频年溢黄，直逼城根，虽隍基坚固得保无虞，而水浸之后残缺更甚，则修补其当务之急哉。惟是工大费巨，既不能请帑项，灾歉频仍又不能资民力。从长议，除提漕项作为修城本金外，惟有筹十年树木之举作集腋成裘之谋，因于城濠里面布栽新柳，城内隙地、关外叠道亦如之，统计六千馀株，均责成四门首事地方及租种城濠地亩之人看管。三年以后，大枝另栽城濠以外，小枝归看管人，按成酌分以酬其劳。总以种足万株为断，以十年计之，每柳一株估值五七千，可得金钱数万缗，即以此款与漕项，同交当商生息，再依行次补栽新柳，由是生生不已，不惟城可谋修，即偶遭水患，亦可借资抵御矣。不但此也，有此植物，春日千条万缕，情致缠绵，既为郡城增一番生气，夏日荷花世界，杂以柳丝，荡浆纳凉，诗酒往来，又为郡城添一段佳境，将地灵人杰，树木之计，即以树人，安知桢干之选，不于此卜也耶。虽然人存者，政乃举，苟非随时补苴，力加爱护，斧斤既伐于前，牛羊又牧于后，此树婆娑生意尽矣，故图乔木何自来哉。孔子曰："人道敏政，地道敏树。"又曰："栽者培之，倾者覆之。"是所望于后之履此土者。至誉之者曰："召伯之棠，爱不忍伤。"我无仁政及民，固不敢存此妄想也。

二十二年丙申，余以大吏请补授惠民令。五月捧檄来任事，接篆后，例谒庙，见黉宫西偏一大厦，壁残瓦落，危哉岌岌。二尹梁君依是以署，拜而问之，梁君欣然曰："老同乡垂问及此，事其有济乎。此非他，乃吾中州前明许忠节公祠也，事详《明史》本传，考旧碑但称得废地于演武场，垦之，入其稞秜，以供俎豆，有司岁祀罔斁云云。夫曰：'有司非专指尹也，祠有宅一区，尹借以栖，有田百馀亩，尹收其租，故主鬯政惟尹，任修葺亦惟尹，今祠之将倾，尹之负疚也久矣。'虽然，尹缺清苦，谋饔飧不遑，尚有馀赀以及此乎？以故国朝来尹斯者，奚啻百数十人，而重修仅道光十有一年，浙西钱君焉。岂钱君独有馀赀哉，亦以豫章汤公来守斯郡，出朱提助之耳。今而垂问及此，得毋有意乎？"吾固卜事之有济也，导入祠展拜，履颓坦（垣）读破寇安民碑，为低徊者久之。夫修举废残，牧令之职也，表扬忠节，风化之源也，又况重以桑梓之谊乎？谓梁君曰："是惟令之责。"嗣以奔走大清、徒骇两河间，每月衙宿无多日。梁君亦以徒骇之役，数月不回署一视，事遂寝。然每过其地，未尝不怦怦欲动也。今岁夏五，嘱余姻友李公司其事，缺者补，残者续，朽腐者更易，加以涂丹，焕然改观。适秋丁梁君归，即日行典礼以妥神。噫，今而后有以谢梁君，梁君亦有以对忠节矣。工竣，树石山门外，大书"前明中州许忠节公祠"，而即叙颠末于碑阴，使后之尹有所考，并望令斯邑者，毋以此事诿尹，听其废坠而不顾也，则幸甚。是役也，凡用京蚨五百七十有五缗，皆捐廉为之。梁君名玢，怀庆府河内人，李公名治国，余同邑人，并撰楹联云："抗节豫章，遥想毅魄英魂，食报应同孙忠烈；树威渤海，须知安民破寇，录功且先王文成。"

天下有不除暴而能安良者乎？无有也。乃欲安良而良终不安者，非不得其法，即不得其人，得其人，而又有法以制之，则暴者敛迹，而良民自相安于无事。州县之有捕役，恃以除暴者也，不绳以法，即借以为暴。查惠民捕役多至七八十名，少亦五六十名，有总捕有散捕，总捕名注卯簿，散捕名未登注，大约皆无业游民与宵小无赖之徒为之，工食无多，全恃总捕之势，以讹诈为生计，缉票到手，捕盗为名，骚扰闾里，鱼肉乡民，无所不至，甚至勾通匪类，白昼捕盗之人，即黑夜为盗之人。贿赂既得，虽著名巨匪，同饮共食若罔闻。知官比过急，则以狗偷鼠窃搪塞之，教供诬良，种种不法，令人发指。总之，散捕恃总捕为护符，总捕恃散捕为牙爪，狼狈为奸肆无顾忌。在小民，恐其诬陷，不敢鸣冤，在官司，无从查稽，未由知觉，即间有一二告发者，一经提讯，非无其事即无其人，彼此弥缝，互相包庇，良之不安，莫此为甚。推原其故，皆由积习相沿，不能实力整顿所致。夫身膺民社，责无旁贷，又况各上宪时以讲求捕务，谆谆告诫乎！乃与幕友商于捕总中择一诚实可靠者，充当总捕，又当堂挑选年力富强散捕三十名，分派四乡以为之辅，均责成该总捕出具切实保状，年貌籍贯，详注卯簿，并每名给腰牌一块，亦填写姓名年貌，编号烙印，以防假冒而备稽查，一面出示晓谕乡民，嗣后散捕下乡缉贼，或有批票而无腰牌，或有腰牌而无批票，或批票腰牌俱有而年貌不符，盘出，许乡民绳捆送官，除将该散捕按在官人役知法犯法加倍治罪外，并将该总捕严惩。至缉捕勤惰随时随事，暗记卯簿，月终汇核，勤而能获盗者，量予优奖，其惰者轻则责革，重则惩办。如此明定赏罚，力加整顿，庶该役知所畏惧，不敢仍蹈故辙，而暴日以除，良日以安，于地方或不无裨益欤。然立法虽善，行之不力则亦具文而已，爰撮其要而记之，以便触目惊心，随时加察焉。

王烈女者，道字约，双庙王家王可之女，王冉之侄女也，许配苏继明子，童养五年，无他嗣。以两姓小有口角，起意悔婚，已经人调处无事。女年及笄，苏将诹吉为其子合卺，王不许，遂构讼焉。传讯王冉，狡甚，以无婚帖为辞。惠俗结婚但以换号为重，苏以水患号失去，故王借此抵赖，然童养五年非其确证耶。余断令原媒等于半月内，另换婚柬，处令成亲。旋于第五日，王冉报女自缢，且称女誓不从苏，闻断殒命。诣验棺殓，尸归苏不可，王乃领埋焉。窃谓女果如此，亦不贤之甚矣。怀疑于心不能去，嗣补修志乘，邑举人李君凤冈采烈女事以入，乃冰释。盖女知父与叔不可夺，死以自明，女诚烈矣哉。若王冉者，既诬女又诬官，真病颠病狂不齿于人类矣。余以悔婚案不一，甚为风俗蠹，请旌志墓以为世劝焉。

国家之有课税，原与地丁钱漕皆为维正之供，故买宅地必立契，立契必投税，所以昭信守、防伪造、清界址、杜讼端也。况不割不税，三年以后查出半价入官，立法何等森严，凡属食毛践土之氓，自宜无不遵照。乃东省向不知税契为何事，间有一二投税之户，非兴讼希图占理，即治买不明，预防后患。若寻常买卖田产，投税者百无一二，民间既相沿成风，在上亦置之不问，及至构讼，白契无凭，听断既难而贪污吏复借此罚以巨款，名曰充公，实则肥己。由是棍徒效尤，借端赫诈，种种累民，不可殚述，究与税务毫无加增。推原其故，皆由浮费过重，官不以实价相告，小民始则惜费，继则畏罪，以致税契一项竟成子虚。身为民牧，咎将焉辞。今拟于大堂东偏，设立税契局一处，择诚实亲友任其事，明定章程，无论老契新契，每价银一两按市价收税银三分，契尾一张，收京钱一千，不准丝毫多取，随到随税，无稍稽迟。至于推收过割，勒索过甚，亦与税契有碍，定为十亩以下者每户京钱二百文，十亩以上者每亩加钱一百文，去老换幼者每户京钱二百文。均禀明上宪，永为定章，有不遵者，准花户来宅门呼冤，即按在官人役犯事本律，加等治罪。自兹以后，投税者络绎不绝，一时农民无不称便，且恐余去后，再更前章，并邀绅董张会一等勒石记之，以垂永远。谁谓小民之无良哉，亦牧民者之不推诚相与耳。夫牧民者之不推诚相与，岂止税契一事哉。是以余无事不与民相见，以心书之简册，以相质证也。

宰惠纪略卷三

郡城有布市，机户与行户叠次构讼，卷牍几盈寸累尺，名曰"义集"，实为利薮。嗣经惠、阳两县民吕光顺、李本明等控，蒙前藩宪汤委员查办，议定章程，每布一匹收税钱十六文，一半作为隆冬散放棉衣之资，一半作为经纪饭食之用。复经前县分为东西二集，西集谕朱文璧等经理，东集谕高绍弇等经理，各在案。续查西集年终尚有存款，东集则收钱数十千，即以补修庙宇一禀了事，希图分肥。正欲设法整顿间，适查出高绍弇把持集市，浮收舞弊确情，讯明将该武生责惩，令具永不干预集场公事甘结。仍将东西两集合而为一，以洽舆情而弥讼端。又与朱文璧等酌立新章，每逢集期，谕令本城福庆店等三布店经手，照章收税，所收数目按集开单报县，登注账簿，一月一总，将账送县盖戳，税钱分存三布店，听候提用，其零星布匹，仍令朱文璧原派之丁姓经手，酌予饭食，总期商民相安，税无偷漏，以不负设立义集之本意。三年以来，合前数年较量所收，突过数倍，办理尚有起色。去岁购买棉衣数百件散放，即提此款，穷民得者无不欢呼，诚地方之善举而不可一日废者也。况随时整顿，其所收当更有多于此者。诚恐日久弊生，再谋分集，一时不察隳其术中，则此一番整顿，岂不可惜，因略陈梗概，使后之君子有所考焉。

邑有自新王家，即窝狗王家也，其名自新何，以名既不雅而人又好争，故以改过自新。望之该村向无义学，先是有总役刘延凝者，声势颇大，余到任耳其名，意欲裁抑之，该庄民王普云探知其意，捏以欠伊京钱二百千来县控告，该总役恐干责革，甘受其诬与之，嗣以分赃不公，自相攻诘。讯明将王普云责押，追出京钱一百六十千，余复捐廉四十千，足成二百千之数，饬该管事人李殿选等具领，以二分起息，如还不到，责管事人垫赔。即以此款延师设立义学。初以束脩无多，令该庄童生王德俭任之，借李殿选闲屋，作为学堂。嗣宾东水火，又复兴讼，断令另延塾师。而王普云以领义赈敛钱，又被控告，追出京钱二十八千，除花费剩二十四千。亦作为义学本金，各在案。夫义学，善举也，乃直为该庄构讼之端，其不知自爱，趋利而忘义可知矣。余昨以劝民息讼亲至其塾中，传谕王李二姓管事人，同塾师生员唐某，谆谆以大义责之，察其词色似知愧悔，因以自新名其村，复以向义名其学，俾循名责实，化其争而相尚以礼让，以洗其趋利忘义之陋习，是则余之所厚望也夫。

王判镇，先无义学，其义学自生员李思由之祖贡生李睿年建立。每年束脩百千，延请塾师，凡穷民无力读书者，概准附入，诚难得之善行，一方之义举也。前县杨倬云，曾予以"养蒙储秀"匾额，载入志乘。余前以整顿各义学，主其家，劝令捐地数十亩入官，以所收之租作为脩金，虽不必百千而可以永久。若无自然之利，富则举焉，贫则废矣，盖以兴废由己，未有家道无馀而勉强为善者也。伊犹豫不能决，而学亦岁岁举行，姑置之。嗣以黄水为灾，书屋坍塌，学遂止，客岁补正志乘，事事核实，往查始知，而该生员深恐志乘削去，无以对先人，急谋兴修，惴惴恐后，诚孝子之用心，而可以见谅者也。然余终恐不能永久，因赏以匾额，其储秀之名改为绳武，以激励之，俾该生员顾名思义，筹出底款，庶几创自先人传至后代，继继承承，罔替厥美矣。

县属魏家集，魏氏富户也，亦积德之家也，其因公报效、捐修河工、拯急救贫诸善举，均载入志乘义行传内，以故继继承承，罔替厥美。不惟富者常富，而魏西垣复以弱冠掇巍科，谁谓天道梦梦，报施无常哉。惟当店被水一事，论者不无微议，然皆铺伙为之，东主何知焉。余以既系部民，魏西垣又自居于弟子之列，不得不以积德相劝勉，因劝于该集设立义学一处，束脩百千，以济夫贫不能读书者，予以匾额书曰"振德义学"。盖先世之德及吾身，而或不振，有以振之，则树德务滋，其积善之报，将有不可限量者，区区一少年科名而已哉，是所厚望于魏氏。

考邑乘，刘先生家庄义学，自田云和、朱峻岭、张怀清、林兆廷共立，公捐田三十亩零，为延师之资。前县沈世铨书给匾额，名曰"三元义学"是也。嗣有庄棍刘维清者，搅乱构讼，意欲把持专利，捏控田云和吞使公项。而田云和以连年被水，未延塾师，账目不清，讯明愿捐上地十亩，交出账簿，不再经管。而刘维清等胆敢诈使田云和京钱八十千，勒令交出，并押追所存砖数千，经朱峻岭等保出，交砖不误，具保状甘结，各在卷。嗣明查暗访，田云和实系公正老实，自经刘维清控告后，乡间有正不胜邪之虞，义学公事无敢问者。正拟传刘维清讯究间，而张怀清以抗不交砖控，蒙准传押，令刘维清将所存砖作钱四十千缴案，并令具永不干预公事甘结。复出示张贴义学，只准人告刘维清，不准刘维清告人，以警匪类而安善良。除给田云和"乐善好施"匾额以示奖励外，并将三元义学改为扶正义学，仍谕令田云和父子帮同张怀清办理，毋涉疑惧，借词推诿，以重负余玉成之至意。然诚恐日久，仍有匪类滋事，爰撮叙颠末而为之记，俾后之人有所考焉。

圣王之世，耀德不观兵，成周自武成大诰而后，散军郊射，归马华山，放牛桃林，示不用武。至春秋列国兵争竞尚角触，孔子伤之曰："射不主皮，为力不同科，古之道也。"则其尚德而不尚力可知。然自来有文事必有武备者，诚有鉴于太平之世，民不知兵，一旦有事仓皇失措，为可虞也，故俎豆雍容之地，不废戎兵，和亲康乐之朝，亦储甲士。武定自前明，高庶人潜谋不轨，事觉发兵制之，平定后乃命今名，向为用武之区。至本朝犹设营制，游击一员，千总一员，外委一员，外间十六汛统归管辖，每逢大阅之年，调营候操以讲武事而肃戎政焉。城北有演武厅者，抚宪阅伍于斯，学宪试骑射亦于斯，其由来旧矣，年久失修，敝坏不堪。二十四年春，抚台张有札来阅伍，一切皆由县供给，仓猝之间，措办不易，因命工将紧要处所分别修补，以顾目前。共用银一百八十九两零，禀府归十属，分上中下三等缺均摊，已于三月底工竣，虽未能坚固耐久而可以避风雨、壮观瞻，指日院试可不重修，是亦一举两得者也。至大修非千金不可，须俟诸异日。

训蒙义学，县志不载。余莅任后，延邑举人李君凤冈补正旧志，削去马家店已废之学，而以训蒙义学补之。学在城北方字约邓家庄，地属惠阳交界，故前志漏采。查系同治元年，阳信举人蒋离明、邑人李斗诗劝捐设立，有田三十亩，收租以供塾师，岁歉则立义社以助之，诚善举也。或曰："蒋非邑人，不应入志。"夫劝学睦邻，一举两得，又何必过分畛域乎，村既丽惠，载之惠志可也。因书"英才乐育"匾额，以彰其美云。

义学本地方善举，而不肖之徒往往视为利薮，从旁窥伺。经管之人初无不慎重，十数年后中遭事变，慢不经意，而窥伺者即乘隙以吞公控告，希图渔利，缠讼不休，必至废弛而后已。甚矣！其风之敝也。即如苇子高家植英义学，查系沙河南岸高元林等，以筑埝毁地，与北岸阳信等庄构讼，经阳信举人李文标等处令包给京钱四千千了案。高元恒等即以此款在该庄设立义学，买地二十八亩为延师之资，经沈前县，赏以匾额，载之志乘，非一方之善事乎。及高元林故后，伊子高之芳接管，书屋被水冲毁，多年账目不清，田士信等意欲将地劈分，即以霸地等情将高之芳控案。夫必谓此等公项，无田单二庄之事，固属矫强，然竟欲分肥，废此善举，亦复成何事体。高之芳不能善继父志，断令捐地五亩，以了前赈。仍令高之芳、高希曾等经管，将地租交出，延请塾师认真整顿，毋使田单二庄有所借口。至附近各村有贫不能读者，概准入学肄业，如再有争此地亩者，即治以多事之罪，并将植英义学改作平争义学，以息讼端而垂永久焉。

大杜家杜希林有会客之室，无名，请余名之，其名之奈何，众皆昏昏，彼独昭昭，遂以"独清"名之。何言之？先是有张家河沟者，沙河南岸数十村，均由此泻水，自黄河漫溢，淤塞数里，屡为水患，余决意疏浚，勘工督工，均主斯室。有该庄奸民杜继檀、杜青田勾通王玉甫家庄王凤鸣，敛钱上控，聚议斯室，希林却之，已招怨议，定每亩地派讼费钱一千，希林又不从，怨益甚。以余在，莫敢伊何也。缠讼半年未得直，而所费不赀矣。有云息借银数百两，写杜希林名，俟余去后方控追，且将以他事中伤之，希林畏甚求所以远害者。夫希林小康之家也，果如所云则贻害于希林不浅，自应有所以防其后患者，因以"独清"名其室而为之说，书而授之，异日有讼希林者，以是说进，不辨自明矣。虽然，希林小康之家也，怨可解不可结，语云"得罪众君子，不得罪一小人"，惧其疾之甚而乱也，希林得过且过，其毋以此为护符而有伤族谊也，则幸甚。

义之所在，正人守焉，利之所在，众人趋焉，趋之不得则争，争利必害义，害义则正人裹足不前，邪类乘隙而入，罔利营私，为地方蠹，其弊有不可胜言者，尚何义之足云。王判镇义集，始自雍正初年，买卖杂粮，并无斗级，择约地殷实者一人充膺，原为便民而设，乃沿至于今。地方增至十六七人之多，均借斗级为生，不惟与义集二字，名实不符，亦累民日甚一日矣。正在设法整顿间，适有营混李永昌者，垄断渔利，朦混冒充，与首事李思由等为难，当经讯革驱逐，酌中定断，另立新章，将从前浮冒地方革除，每街仅留一人，帮斗级罗思让经理，并弹压无知妇女滋事。每粮一斗，无论籴户粜户，均出大钱一文为斗级饭食之资，此外不准丝毫多取，所有抛撒土粮，仍归粜户，至集场照旧四街轮流，十四庄不得过问。有此一番整顿，庶营利者无计可施，而守义之士亦可认真经理，以无负设立义集之初心，是则余之所厚望也已。遂谕令该首事立石以弭争端而垂永久。

《询刍追笔》一篇，邑举人李凤冈为兴修遥堤病民而作也，虽寄情讽谕，有慨乎其言之，实亦记事之文，本实而道焉。惟以居乡既见闻确凿，又留心时事，故洞悉利弊，设为问答，使民间疾苦历历如绘诸纸上。彼当事者方沾沾自喜，曰："此以工代赈之善政也。"亦乌知扰民如此哉，且善政足以扰民者，又岂止以工代赈哉。古人良法美意之所存，不得其人以行之，其为害闾阎者亦多矣，公之斯文诚可为殷监哉。

文内有曰"有高田半里许，竟不蒙赦"，又曰"茫茫巨浸中，择其一洲一渚以为此某庄之田，因从而征之，民之所以冤，莫能白也"。诚仁人之言，可以为勘灾者之炯鉴矣，至其中之难以持平，有非一二语所能罄者，试约略言之。东省无摘缓，每按庄估计，官值下乡，必有押号头庄长公地等领之，领至一下洼处，其周围十数村，或三二里，或五七里，此曰吾之地在是，彼亦曰吾之地在是，即押号头亦曰果在是。夫焉有十数村之地，尽在下隰者，是固不待智者而决矣，此而遽听其言，如国课何？此而不听其言，如病民何？不得已以距洼之远近，定灾之有无，以为庶得其要矣。然又乌知距洼近者之村之地，果不在高阜耶，又乌知距洼远者之村之地，必不在下隰耶，而何以得持其平耶。不特此也，又有四面水围而不至为灾者，以村在下隰，地在高阜也；有四面无水而转足为灾者，以村在高阜，地在下隰也，此非神明孰能准无水之村而不准水围之村者，则欲其持平也难矣。况押号头之狡者，与庄长公地等同谋一气，受其贿嘱，则极力道其苦，未受则默无一言，甚或谓其不苦以自表其忠，稍有不察，堕其术中矣。先是闻东省有买灾之说，夫有买必有卖，稍有人心，岂肯为此。今乃知皆缘差役，得以上下其手，小民无知遂为所愚耳。故余到任后，严革此弊，查灾不准押号等妄参一言。三年以来，此风庶息，然必谓办理持平，则真有不敢自信者。犹忆去岁民字约何李家等庄，余三四往勘，均见其高阜地已种麦，列入极轻，虽事由自主焉，知非押号者与此数村为难，故领余高阜之地耶？况邻村有赈有缓，而此数村者，独照常征收，此亦高田方半里，未蒙准赦之类，每一念及，心辄不安。今读斯文，益增内疚矣。夫余平日既不时下乡，查灾又无村不到，而犹有此弊，则至一适中之区，而派丁役分往者，其为弊又当何如耶，向所闻买灾者，或即坐此欤。甚矣，查灾之难而持平之尤不易易也。惟司牧者多尽一分心，小民即多受一分惠，是则可以自信者，若必曰无滥无遗，则实有不能，此博施济众，尧舜所以犹病也欤。

或有进一谋者曰："宁宽无刻何如。"夫宽诚愈于刻矣，然持此一往，必将举前此所云十数村共此一洼者，皆缓征焉而后可，且有洼指洼，无洼指湾，此风一长，必至无村无灾，即无灾亦无不报灾，人人存一冀幸之私心，稍有不遂，捏造黑白，谣言四起，其不能持平，当必有更甚者。或曰："然则当如之何？"以鄙人之见，必力除积习，另立新章，但论地不论村，有一亩受灾之地，即缓一亩受灾之粮，如此则无灾者不得滥邀，有灾者不至遗漏，庶可以两得其平矣。是所望于大吏，区区牧令亦何能为哉。

或又有持征三缓七之说者。何言之，谓此村有地百亩，成灾仅三十亩，则一概从征，成灾至七十亩，则一概从缓也。不惟概征，则此三十亩成灾者含冤，概缓则此三十亩无灾者幸获，且又乌从定为三定为七者，畇畇原隰，弥望无边，非若物之可以权衡，可以斗量，一望而知其轻重多寡者，则又乌能持平耶。吾故曰："必欲持平，非摘缓不可。"商之钱席乃云太涉繁碎，恐办不到。

附

询刍追笔
李凤冈

皇上御极之九年，轸念山东灾黎，发帑百馀万，修筑黄河遥堤，以工代赈，仁至深惠至渥也。服古之儒，翕然称之，有墨庄居士将谋馆于蒲，买舟东下，日向夕，至惠民之南境，朔风飙起，舟楫颠危，与波上下，榜人心悸，束手无策。漂泊至一村，有老者缊袍立，居士舍舟登岸揖而求宿，老者领之至其家，败址颓垣，狼藉殊甚，幸客舍尚整，案有《春秋》数卷，知亦读书人也。居士吊之，老者曰："此亦天也，天欲杀之，谁能生之。幸蒙准灾又将放赈，受赐多矣。若余之东村灾与余庄等，徒以有高田方半里许，竟不蒙赦，其苦倍甚。夫覆巢之下，岂有完卵。茫茫巨浸中而择其一洲一渚，以为此系某庄之田，因从而征收之，此民之所以冤，莫能白也。"居士慰之曰："闻将修筑遥堤，以工代赈，每土一方给京钱三百二十文，为惠不薄，流离之民庶可少安乎。"老者□①然曰："君诚食古不化，纸上谈兵之见也。以工代赈则惠，派民出夫则扰，请为君究言之。皇上为大局起见，不与河争地，因不惜遥堤以内数千万顷、数百万家。平情论之，所压地亩，按亩给价，曾不足四分之一，而又迫之出夫若干，以自围于河中，其或德或怨，固不待智者而明矣。且合境之民，其去河或四五十里、六七十里以至百里不等，而皆阻于水，迄无途径，跋涉至河约须二三日之程。且按地亩派夫，其无田而自食其力者，不得出夫，出夫者必在有田之家，有田者或不能任力作，或家中之夫不给所派之数，势不得不雇夫，雇夫则必给以价，给以行路之粮，此大累矣。且首事奉委员之命，兴

---

① 底本缺。

工有期，必先将夫调齐，或夫至而工不兴，或工兴而价不给，此三五日者，将枵腹待乎，抑雇夫者为之具粮乎？在不被水之乡，不啻重粮，而吾辈汪洋巨浸中，二年来科（颗）粒不获，官赦其丁银而不能赦其出夫。呜呼！孰知出夫有甚于丁银哉，恐所领之赈，以偿雇夫之费而尚不足矣。"居士曰："不派夫则夫不齐，不足以成大功。"老者曰："领子之言何极似局中人也。迟延其土价，苛求其工程，则夫望而生畏，必不齐，若土价无误支发公允，争利者将踊跃而前矣。且夫无定限，则附近者之赴必多，远者自忖其道路之远近，但有利可取则亦赴。盖乐输与催乐输，情固未可一例论也。独不闻太尊之事乎？禀修土河以工代赈而派领赈者赴工，民皆弗领，卒之赈放而工未兴，则以领赈之人不必皆能赴工之人耳。"居士请其姓名，曰："吾居浮泛里，姓名湮没久矣，观子貌颇恂谨，故为此私论。若当事之人方将借成功以图保举，不欲闻此言也。"明日居士行舟中遥忆觉其言有理，慨然曰："诗云，先民有言，询于刍荛，诚不诬也。"因追而记之，以为《询刍追笔》云。

宰惠纪略卷四

山东自黄河窜入大清，沿河居民遇有险工，首事带民夫帮同营勇，运土运料，仍按户发钱，以示体恤，工竣即遣回，既益河防又不病农，此前抚宪张勤果公，光绪十七年，奏定之成法也。何善如之。嗣勤果公捐馆，经某总办增添窝铺，限以里数，立法过密，民稍不便，而未必即大为害，奉行日久，其弊有不可胜言者。惠民管辖黄河七十馀里，应搭窝铺七十五座，按照粮银派夫看守，每铺常川二名住工或增至五六名、十数名，皆有首事统摄之，其民夫之饭食，征调之杂费，自芒种起至霜清止，百有馀日，统计合境费京钱几万缗，而毫无益于事。推原其故，非法之弊，行法者之弊耳。何则？从前民夫调以抢险而已，近则修子堰筑后戗矣，填水沟平浪窝矣；从前民夫酌发津贴，近则枵腹矣；从前民夫工竣归农，近则留守矣。夫防河，原卫民之举，彼立法时万不料卫民者之病民，至于此极也。然犹曰河水盛涨，险工林立，非民夫昼夜轮守，恐有疏虞。彼民夫者亦各为身家性命，其又何说？所难堪者，河水不涨之日，一律看守，非守河，直守窝铺，窝铺无人，承防委员即按册指名，送官以违法论，卒使无工则虚应故事，有工则亦属弩末，以闾阎有用之财力，尽废弃于无用之地，岂立法之初意哉。至玩法书差，不肖首事，借以科敛，派夫之苛，甚于河决，弊端种种，令人发指。昔在齐河，目击此情，谓安得有变通之者，有其心而无其位也。及宰斯邑，清河抢险，益知民困，谓吾必谋所以变通之者，有其位而未遇其机也，则变通夫岂易言哉。且夫物极必反者，势也，困极必亨者，理也。光绪二十二年九月某日，接河防局通饬，以中丞知民夫防汛，日久弊生，思所以变计也，令沿河州县，各抒所见，以备采择，私心窃喜谓"变通成法，此其机乎！此其机乎！"乃与绅士李心恕谋将窝铺七十五座改为调夫局五处，每局分段不满二十里，水不涨时，但用里差三人，地方一人，住局梭巡，除每人日给饭食钱二百，别无支销，至水陡涨即责该役于险工处所，搭盖窝铺，星夜知会首事带夫来工，帮同抢护抢修，稳固即将民夫彻（撤）回，酌立章程十条禀明抚宪，批准立案，永为定章。三年以来，不惟节省经费无算，亦河工农工，两无遗误，庶于张勤果公立法之初意不背焉。易曰：变通尽利，尽利者无弊之谓也。然有治法无治人，辗转数易，其弊又不知从何处生矣，是在留心民事者，随时随地致宜焉耳。邑人将勒诸石以颂余德，余恐褒美失实，不足以征信于将来，爰撮叙颠末而附录章程于后焉。

一、择适中之清河镇设立防汛总局一处，选派直字约候铨教谕李心恕为总董，由县酌情诚实朋友一人，常川在局，专司其事，所有房租火食费用悉由官捐廉备办。

一、另设分局五处，平字约上段，在榆林镇设局，派杨振业仟义坡为总首事；平字约下段，在王枣家设局，派刘汝棠、蒋继文为总首事；直字约，在归仁镇设局，派苏麟阁、王清坤为总首事；便字约，在清河镇设局，派刘鸿模、王兴有为总首事；纲字约，在王平口设局，派赵丹桂、王载之为总首事。每分局派夫四名，自五月初一日起至霜清止，每夫日给京钱二百文。至各首事家道贫寒者，有工之时，每名准日支饭食京钱三百文，无工不支，愿自备资斧者听。

一、五分局各按地段在提搭盖宽大窝铺一座，或就近赁民房一所，由县发给旗、灯各一，上书"民夫防汛"四字，并发给巡签四根，责成夫役左右梭巡，遇有险工，无论昼夜风雨，立刻持签飞告该首事，首事闻报，即带夫赴工，不得稍有迟误。

一、黄河迤北，徒骇河迤南，悉照向章防守黄河，量距河远近，略分差等，不得以张勤果公有五里以内之谕，遂纷然借词推诿。

一、民夫但调抢险抢护，稳固即令归农，如修子堰，筑后戗，填平水沟浪窝以及工可从缓者，统归防营承办，以期农工相济，两无贻误。

一、分局经费，酌定每粮银一两，出京钱一百文，各归各局收支。每局立印簿一本，责令各首事认真登记，霜清后将各局收支存剩钱数榜示，咸使周知，如甲年积有存款，留作乙年支销，必须馀款用尽，方准再捐。首事经管出入，官为稽查，概不假手书役，庶期涓滴归公。

一、支用公款，除首事夫役饭食均有定数外，每月每局准支灯油京钱一千，不准再有支销。

一、调工民夫，夜间应有一定住址，以备出险，易于呼唤，其日需房租茶水，准由各局支销，如留工日久，由官酌给钱米，以示鼓励。

一、和字约距黄河较远，向帮平字约办公，现议每粮银一两，出京钱八十文，以示区别。以李振声、李思由为总首事，其支销调夫皆先平后和，总以无分畛域、和衷共济为要。

一、纲字约系与便字约合局办理，向有定章。除照新章每银一两，出京钱一百文，其馀仍照旧办理，不得以新章借口。

光绪二十五年己亥，自春徂夏，三月不雨，春麦将萎，秋禾未布，水灾方淡，旱象又成，官吏咨嗟，农民愁叹，循例当祈雨，而太尊赴会垣，无主坛者，余则切切然为民请命之苦衷，未尝一刻去也。太尊于四月朔归，次日谒见，未及请命即嘱余曰："天亢旱，宜祈雨，君其先设坛，祈而不应，余续祈，意以为商羊之舞必不在三二日内也。"余诺之，即于明日属章少尉赴水车张家取水，水至率同城文武官步迎北关外。先是太尊祈雨，设坛泰山行宫，余以神尊非县令卑官所能通，改设城隍庙，先是设坛，后即归署，除每日早晚步祷外，仍照常判事。余以心之不能专一也，移居神庙之东廊下，嘱家人不许白公事，斋戒清心，焚香静坐，时检古来祈雨故实阅之。是日亥刻成《祈雨五古诗》一章，以朱笔书，跪读毕，叩头至地，涕泣而焚于神前。初四日寅刻，又成祈雨文一章，书读焚，一如前。时早祈已至，同城文武官循例至察院西官厅候余，余率文武官举手捧香，步行烈日中，至神前如礼，同城去，余仍留东廊下，拟作祈雨赋，稿方及半，而云已油然作矣。时晚祈又至，一如早祈，礼未及成而雨已淋漓降，一时文武官衣冠湿如洗，相顾皆欣欣然有喜色，而惟恐泽之未大沛也。讵海翻盆倾，自酉至亥三时乃止，益以霖霖，天光向辰，日色晴霁，问之农人，四野优渥，如庆更生。余方焚香叩头，太尊函至，以谢降期垂问，余即请太尊诣庙行礼彻（撤）坛，坛彻（撤），初八日演剧制祝以答神庥焉。议者佥归余之诚感，夫余何德而能感神哉，亦天心仁爱不忍斯民之饥而死耳。爰记颠末而附以诗一、文一、赋一，盖焚之以当祝词者。

诗

民以食为天，稼穑惟所宝。

麦得气尤多，实坚而实好。

去岁黄流灾，布种苦不早。

时哉已及春，耕耨殊草草。

犹幸长盈沟，入望青未了。

傥得雨及时，民可谋一饱。

奈何春夏间，亢阳雨泽少。

穗小叶生丹，数寸科欲槁。

麦命即民命，无麦民难保。

斯民果何辜，而以旱继涝。

岂其天嗜杀，幽冥理难晓。

抑或吏贪污，心如白日皎。

再者吏不仁，慈祥常在抱。

不然吏失刑，赏罚有颠倒。

果尔罪在吏，愿神事冥讨。

且毋靳降康，移祸于亿兆。

坐卧不自安，怒焉心如捣。

来伴神明居，焚香夜祈祷。

无缘达至诚，俚语当章表。

神如鉴余心，一雨百愁塌（扫）。

苗枯可复生，生者机浩浩。

如人病医痊，感恩同再造。

岂止官吏庆，腾欢到父老。

岁易歉为丰，报赛答穹昊。

文

呜呼！明则有官，幽则有神，惟神与官，同保斯民，况威灵公，素著显赫，默佑一方，民皆戴德。今春及夏，三月不雨，父老惊惶，奔告官府，天再不雨，二麦将枯，麦枯无食，岂能生乎？为民父母，忍视其死，匍匐神前，求救赤子，御灾捍患，亦神之责，愿显神通，大降膏泽，膏泽不降，是神无灵。春祠秋尝，食报何凭。抑或致灾，由无善政，余自当之，请留民命。为民请命，叩头至地，神如闻知，先正余罪，急遣鬼卒，来系吾颈。时有以带锁求雨为词者，故云然。以余一身，赎数万众。呜呼！尚飨。

赋

维大造之无私，原普被而靡遗，胡阳和之失御，致雨泽之愆期，水干土而作妖，雷行天而失威，三足乌见，四翼蛇飞，木未秋而欲落，麦交夏而垂萎，五谷不熟，民食何依。凡百君子，怒如调饥，思挽回之有术，率同官以祷之。祷曰：嗟予小子，负质卑弱，学希圣贤，志甘淡泊，世载读书，一官始博，来宰惠民，百废俱作，虽无大善，尚无大恶，胡天不吊，多忧少乐，既黄流之为灾，复旱魃之为虐，无麦何秋，无秋何获，俯仰无资，室家焉托，万姓离愁，十分焦灼，焚香叩头，杯酌清酌，爰斋居而明心，祈感召夫冥漠。且夫暴风拔木，骄阳害苗，金滕表姬旦之异，桑林沛成汤之膏，此格天之能事也，吾岂敢望夫圣朝。若夫狱理袁安，坟封孝妇，列传称汝南之贤，不才鄙东海之守，此皆一洗沉冤，泽降畎亩，虽未审慎于几先，犹能补苴于事后。反躬自维，予小子庶其无负也，支颐微思，握管停挥。岂上天之垂佑，俨兴雨之祁祁，则见浓云密布，狂风不吹，始犹霡霂，继乃淋漓，山川以涤，草木以滋，麻麦芃芃，黍稷离离，农夫之望已慰，报赛之礼无违，谨率僚庶，敬谢神祇，已成祷雨之赋，复歌喜雨之词。一歌曰：黄金遍野兮不足为瑞，不如此雨兮占富岁；二歌曰：珠玉满堂兮不可以食，不如此雨兮我庾维亿；三歌曰：富有仓箱兮足备凶荒，非限于一家兮即域于一方，不如此雨兮无棣千万户，户户庆丰穰。三歌既毕，天光晴霁，川岳效灵，乾坤色喜，因稽首而送神，祷雨之礼成矣。

初八日谢降，太尊以文属余。夫谢降之文，羌无故实，余方冀至诚感神，特借文以扬神庥焉，辞曰：夫维明神，职司阴阳，灵威素著，保障一方，前因亢阳，田禾将槁，百姓愁叹，群僚奔祷，天宥下民，浓云密布，风静无声，雨落如注，自酉至寅，断续未已，洗涤山川，乾坤色喜，三农已慰，庶物以滋，麻麦芃芃，黍稷离离，父老相告，岁俭为丰，巍巍荡荡，惟神之功，神功浩荡，民莫能名，率众致祭，聊表至诚，天鉴余诚，莫靳膏泽，五风十雨，永歌帝德，尚飨。并制楹联悬之正殿，云：天灾原代有，偶尔诚通，敢忘惩后惩前，时时警惕；皇降本无私，常兹默佑，便教五风十雨，岁岁丰穰。

天人相通之理，固不爽哉。光绪二十四年，黄水为灾，余乡以地势沮洳，自秋迄冬不得种麦，然以合境论之，下种居七八①，秋成固大可望也。乃水潦既降，冬无雪，次年正月无雪，二月不雨，三月不雨，大水之后，无麦将继书矣。四月朔日，我邑侯柳公纯斋，承府尊命祈雨，次日取水，三日设坛，四日遂得雨，上农欢忻相庆，咸以手加额曰："此雨我公之所祈也。"或曰："天道难知，会逢其适耳。"或曰："公素精明，宜不信鬼神，而乃斋宿城隍庙，初不类其生平。"余姑听之，弗与辨（辩），既读我公祈雨文，而乃叹积诚之感为不虚也。忆三月凤冈任海邑书院，我公以他事赐函而忧旱之情，恻然溢于言表与文中，意切祈祷，以府尊未在城，无所禀承，而方寸未尝或忘，若合符契，其承府尊

---

① "续修四库全书"本《宰惠纪略》为"得下居七八"。

命，无烦诹吉，即于次日取水者，为民请命，迫而不及待也；其曰"以泰山神尊，恐不能感通，设坛不于行宫而于城隍庙者，谦抑之甚"，精诚之所积也；其斋宿庙中，不回衙署，示度也；其情词迫切，欲以一身赎众命者，父母斯民之怀，穷而无所复之也；礼拜之暇，详稽古人祈雨遗事，作诗焚化，继以作赋者，示专也；所谓主一无适者也。呜呼！焉有精诚若此而不足以感鬼神通冥漠者乎，愿持此文以示世之胶执己见，以议公者。邑举人李凤冈书后。

惠民为附郭邑，无县城隍，有事即府城隍威灵公处求之。孔子曰："务民之义，敬鬼神而远之，可谓知矣。"则近之而不远之者，其不知可知，而吾谓官之于城隍则不然。夫县之有城隍犹家之有灶神也。灶神，一家依之，城隍，一县依之者也。城隍治幽，县官治明，幽与明恒相助为理，春秋之祀典，庙宇之修除，皆惟官是赖，而县有疑狱求诸神，县有水旱灾祲求诸神，诚之所至，无不应焉。《礼》云能为民御灾捍患者则祀之，城隍真能御灾捍患者，则其所以近之而不远之者，正为民义所在，与寻常求福免祸不同耳。戊戌水患，灾民乏食者几两千口，借神庙宇，设粥厂收养之，说者谓穷民不洁，恐邻于亵，余谓是亦助神救民者，当不见责，且值急何能择之时，拯民命宜先，他日修除庙宇未后也。适庙前旗杆折去东偏一，余默许补竖而窃虑长短大小之不能相同也，心犹豫不果，嗣西偏一亦折，神若预知余心者，则神之近余又何如耶。次春粥厂彻（撤），灾民皆归农，谋所以修除而竖立者。有书吏孙经诲，世居城隍庙街，愿任采买之役，命之往，数日载以归，丈尺视旧日，有过之无不及，命工制之竣，庙宇一切皆整齐，择日竖立，以了前愿答神庥焉。有讥余不知者，请直言告之，俾知县官之祀城隍，一如家人之祀灶神，则得矣。是役也，计用钱三百四十五缗，始终经理其事者，则余姻友李光宇焉。尝读《寰宇访碑录》，知赵文敏手泽之在惠民者有二：一为三学寺藏经碑，一为三学资福禅寺书额也。岁丙申适来宰斯邑，复考诸志乘，前明邢太仆谓藏经碑摹丹失真，故碎为三段，无过问者，余以为文敏真笔终异俗手，不当弃置瓦砾中，书额则邢太仆著论记其事，谓闪烁光怪，依依其下，若坐卧碧落碑间。不忍，夫由是世知宝贵，数有修补而见于著录，藏之书院以供诸生观摩。咸丰八年，太守李公其尤著者，无如为岁既久，辗转迷冈，急求所在不可得，余亦以有事河上，鞅掌风尘，不暇及文雅事，然耿耿然不去诸怀者，三年于兹矣。今岁称中稔，三泛安澜，四境静谧，从政馀暇，督工将三段石重为整续并添筑碑楼以防欹侧，而书额亦于黉宫礼器库搜得之，异之署，原板拆裂，李太守所补木片亦摇摇欲落，首尾小字为墨煤涂抹不可辨，大字多有火烧痕，所幸轮廓不失耳。询悉缘刷印匠据以为案，时复移置厨下，蔽风雨障烟燎，非陈筠轩学博急救之，中郎爨下物真成灰烬矣。噫！岂不危哉。亟命洗之剔之，分者合之，散者整之，损者益之，有隙者弥缝之，复于后添横木二，笋以穿之，钉以贯之，胶以黏之，体质之坚若一木然，而后彩以丹漆，饰以黄金，举邢太仆所谓焕若神明，李太守所谓居然完好者。一旦克复旧观，不惟二公九原首肯，即持访碑录以寻文敏遗迹者，亦不至贻误子虚矣，岂非一快意事哉。惟是黉宫非宜藏佛额之所，书院无专守文字之人，不鉴前失，修犹不修，佥谋于寺之东偏禅院中，建亭嵌置之，坐南向北，颜曰覆赵，俾住持僧朝夕相对，世守罔替焉。夫有形之物，久而必敝，况兹一木又何足恃，然邢之爱之也，不知后之继之者有李，李之成之也，不知今之承之者有柳，则自兹以往，又焉知不常有好事，如余三人者，继继承承以绪厥美也耶。工既竣，爰序颠末，寿之贞珉，而三段石之续，亦牵连及之，不复赘。虽然修残举废者，邑宰之责也，其他若黉宫，若城坦（垣），若书院，其宜修举者何限区区一碑铭、一书额，又乌足多乎哉！又乌足多乎哉！

人生在世，德行事业、文章术艺皆足以不朽，顾其所自命何如耳。自命千古，则千古矣，自命一时，则一时矣。赵文敏子昂，以宋宗室，应元人征召，尚论者少之，独其诗画书法流传人间，往往视为珍宝，其遗迹之在惠民者，为藏经碑文暨三学资福禅寺书额。顾自经邢太仆子愿品骘，碑文以摹丹失真，刻手不佳，太仆惋惜之，而世人弃置之。书额则自太仆拂尘踪迹后，不数年而悬天王殿中央，阅三四百年，而李太尊芸渠，搜罗补镌而藏之敬业书院。又四十年，我邑侯柳公纯斋，异之禅院，构亭覆之，颜曰覆赵，而邢太仆所谓顿还旧观，李太尊所谓居然完好者，可永托以不朽。又以藏经碑，虽摹丹失

真而文敏真笔，终异俗手，于是加意物色，从历代弃置碎为三段之
馀，重新完整，覆之以楼，并为文记石，而嵌于亭之西壁，且云自今
以后，焉知不有好事如余三人者，其属望抑何殷哉。顾邢则曰：韬光
埋照，世人曾不过睨者，非独此额；李则曰：宇宙英雄不终沦落，亦
如此额。我公之志李公之志也，要惟人之自命，足以不朽，斯终古不
朽耳。呜乎，区区墨迹而后人之宝贵犹如此，则夫德行事业文章，关
一邦文献之大者，其不朽又当何如也。邑举人李凤冈书后。

知县，官之小者也，而所系甚大，以之治民，官民一体，则协气旁
敷，雨旸时若，以之事神，幽明相通，则明神默佑，天札不生。盖非神无
以保民，非民无以祀神，而知县则界乎神与民之间，得所以祀神，即得所
以保民者也。以故接篆后，未视事，先谒庙，朔望凡载在祀典者皆致敬如
礼。惠民为附郭邑，祀典多太尊主之，一日随班谒泰山行宫，西院为八蜡
神，风伯雨师等庙檐檩折用木柱搘撑，太尊正对之行礼，心为恻然问住
持："山主何人？"以太尊对："缘此庙与龙王等庙皆由府创修者也。"然则
由府创修者，即必由府重修乎，既无问者，责将焉辞。乃嘱余姻友李光宇
鸠工庀材，修残补缺，大殿山门，一律重新，而龙王庙照壁坍塌，大殿后
墙，将陷入水，关帝庙东厢房朔望借作官厅者，墙亦卧，不治将倾，均先
后命工修竣，凡此皆载入祀典，御灾捍患，恃以保民者也。夫治民者为民
制产，或茅茨疏朴，或栋宇辉煌，务使贫富各有栖止之所而后安，独于载
祀典之神，而使之风雨漂摇，梁栋折摧可乎？此番补葺，虽不必金碧照
耀，较之从前欹侧倾覆，或差胜一筹，由是而神明有托，禋祀无缺，其所
以保民者必力，而弥灾患于未萌之先矣。愿后之为神民主者，勿诿之太尊
则幸甚。计用钱千一百馀缗，或筹款，或捐廉，无一取诸民，而覆赵楼覆
赵亭之费亦在内。

今天下未有苦于监狱中人者也，或曰："若辈皆罪有应得，非杀人即
奸盗，死何足惜。"此非仁人之言也。夫若辈非生而匪类者也，大抵幼失
怙恃，长乏训诲，无家可守，而世非三代，既无一夫百亩之田，又无庠序
学校之教，游惰性成，放僻邪侈，无所不为，及陷于罪，悔已无及，百方
避就，希图解免，成谳以后，诸刑备历，皮肤仅存，而解府，而解省，而

往反（返）驳审，过司过院，道路之艰难，差役之凌虐，问官之捶笞，于九死一生之馀。然后发回本县监禁，明知死已有期而父母不得见，兄弟不得见，妻子不得见，亲戚朋友不得见。狱卒之悍者，又闭之不令出入，即天日不得见，惟以稀粥两顿，咸菜一撮，托命狱吏之手而已。春秋天气犹好，冬日则如在冰雪窖中，冷气袭人，毛发倒卷，骨立如柴，夜深鼠子啮耳血淋漓，手不能仰，闻啾啾鬼语，吓人欲死。夏日则暑毒蒸热，恶臭侵寻，蚊声如雷，臭虫与虮虱捉之盈把，地潮浸衣履俱湿，疥癣痈疽一时齐发，此时惟有恨死之不速耳。而大雨倾盆，屋漏如注，房上泥落成块，下视水没踝，欲移他所，又疏防堪虞。呜呼！噫嘻！若辈诚罪有应得死无足惜者，然死于刑可也，死于非刑不可也。设一旦监狱坍塌，将若辈压毙，无论有狱掌狱各官，罪在不赦，即问心亦难安之甚矣。况惠民为附郭邑，外属寄禁者络绎不绝，尤不可不力为慎重乎。然请帑重修，例既不可，而独自捐办，力又不能，反复思维，乃禀准援照萧前县借廉摊修成案，切实勘估，减之又减，实需工料银一千二百四十三两馀，自认六百四十三两馀，阳信等九州县分认银六百两，均归本任六年摊完。于是鸠工庀材，二十五年二月开工，五月工竣，内封外封，女熬男熬以及狱神庙、厨夫、更夫、媒婆等屋无不易坏为砖，力求坚固，又于狱内用木板铺地，以防潮湿。有此一番修理，则罪应斩决者，不至死于岩墙，罪拟充徒者，亦可少安旦夕，而疏防之虞借此可免，不惟体恤刑人，且以慎重职守矣。《周礼》夏官合方氏掌达天下之道路，秋官野庐氏掌达国之道路，以故木拔而道通，雨毕而道除，修除道路，必二轨三轨之能容，四达九达之不悖。先王之所以加意于道路者，至详且悉，岂不以道路险阻，远既碍行旅往来，近亦妨农民出入哉。况武郡为南北通衢，尤商贾之所辐辏，农工之所交易乎。岁丙申，余来宰是邑，夏秋多雨，出南郭门，望洋而叹，道路浸没，桥仅露上面石，断绝行人，辄累月。附近以要事来郡，车马恒陷溺沟坎中，五、十集期，厉揭则不测，乘舟又有费，远近苦之。北关亦然，东西稍好。夫既有桥必有道，桥在而道不存者，年久失修之故也，地方官能辞其咎哉？因立意重修，而四面水绕，无可取土，迟至戊戌春始涸出，乃嘱余姻友李光宇董其事，协同各关地方首事等，以次兴筑，宽使容轨，高与桥平，北关复添筑桥一座以通水，东关桥断，易砖石补砌，西关略为加培而已。工竣，复于各道旁栽柳数十株，不十年后，将浓阴满地，凉翠袭人，虽逊召伯之棠，差同苏堤之柳矣。是岁黄水围城，幸叠道未毁，其残缺处复命余甥聂梯云协地方等培修树之，缺者补之，萎者易之。每车马行其地，觉踧踖然坦坦然，行旅无临河之叹，居民有周道之歌，未尝不为之一快。而犹恐久而失修，康庄又为险阻也，是在后之履是土者。

余于光绪二十二年来宰斯邑，取十二年新修《惠民县志》三十卷读之。纂修者前武定教授李君勖，检校者为邑举人李君凤冈，豕亥鲁鱼，往往有之。适李君以主讲海丰，过郡谈次，始知所谓检校，仅列名而已，且云家存旧本，讹处多已签出，前宰某许以补正，未果也。余诺之，急索阅其签处，均极精当，留置案头，意谓暇时就所签复加校勘。讵知自兹以往，有事于河上，灾赈频仍，转瞬三年竟未能践前诺，风尘俗吏，草草劳人，恐一旦去官，亦如前宰某之无以对李君也，遂乘海丰县试之隙，延君于署，代余执笔，或更补或删除，商确十日得蒇事，即付剞劂氏并于题签加补正二字。刊既竣，爰序颠末，列原序后，不敢掩前人功也。

光绪二十二年五月，余接篆任事后，招父老问民间疾苦，佥以徒骇河淤塞，水不顺轨为词。嗣大雨连绵，报灾纷纷，其南岸之赵家集聂索镇等庄，田禾被淹，几无干土，询悉即坐此弊，决意谋所以浚之。适升任四川总督前中丞李亦主此议，谆谕现任督粮道前太尊尚督同办理。遂于农隙，协前参军张、前县尹梁亲诣河干，自商河县接界之周家庄西起，逐段查勘，至滨州接界之丁家道口止，计长一万三千七百七十三丈五尺，按每里一百八十丈合算，共七十六里零，内有旧河全淤者三段，仅有河形者三段，其馀除畅流不计外，有河身有水而节节阻滞者，有以水冲溜沟当河而待扩充者，有加堤者，有堵口者，均应斟酌缓急，次第兴修。查全淤三段旧河多曲，取直挑挖不惟事半工倍，亦省出腴田数顷，即以抵还所占溜沟民田之户，俟工竣丈明亩数，填写印照交各水户，永执为业，仍完水名下钱漕。南岸至北岸以三十丈为率，河身挑底宽二丈，面宽六丈，深一丈，出土北岸六丈外，即以作堤，河身南北各留馀地十二丈，河北馀地以六丈作河唇，以六丈作埝基，河南馀地以备将来开宽。统筹全局，自以此三段为第一要工，仅有河形者次之，节节阻滞，扩充筑堤，堵口又次之。计自本年十月二十日开工，至次年五月一律告竣，地亦抵还清楚，前后三次，挑土六万七千七百二十八方零，修埝堵口，加土九万四千八百四十八方零，二共合土十六万二千五百七十六方零。援焦前县修徒骇河成案，借资民力，按银分工，徒骇河北岸惠济等十四约，除去灾缓，共粮银二万七千二百九十三两零，每银一两摊土六方一分馀。嗣以民力拮据，请抚宪津贴银三千两，每银一两应领津贴银九毫二丝，一切均办理妥谐在案。虽较之商河，不过仅具规模，而雨水之来，可资宣泄，秋间已著成效。惟此次工程浩大，为日甚久，每土一方，按四百京钱牵算，有银一两者，费钱至二千四百有奇，其津贴银亦只足供各约局费之用，兼之首事从中把持，包工则借以渔利，自作则多方刁难，百姓受累，殊为不浅，若不量加变通，民何以堪。因思仿照商河，筹出底款，每粮银一两，纳河工钱四百，选择一二公正绅士司其事，禀准各宪，以二十四年为始，以三年为限，限满查看情形，再作定夺。乃于城内设河工局，以邑举人武锡庆经管收钱，朱女璧、解克恭辅之，候选教谕李心恕经管包工，马魁英、姜同成辅之。时生员张文硕、前历城教谕巩凤仪等重修申家桥亦已动工，彼此正可相助为理，合计共收京钱一万零八百三十九千零，除修土三万零三百六十二方一分，及加土局费等项共支京钱一万二百馀千，下馀钱五百馀千存库，以备修补。讵河工桥工，次第完竣，而济阳所辖之桑家渡黄河漫溢，奔腾而下，几于全境被灾，尔时深恐新河复淤，尽弃前功。嗣桑家渡合龙，今春查勘全河仅聂索桥上下间有淤塞，外有缺口数处，即谕令附近受害之公、民等约首事李绍文等调夫修筑，每银一两摊河工钱四百之款，即为停止，缘无大工，恐为地方留一弊政也。再者初议原欲岁岁兴工，必如商河之徒骇而后已，继查商河犹不能御黄水，而惠境可知，且商河徒骇远隔黄河数十里，水至已无大力，惠境之徒骇，近邻黄河十数里，且四五里水至势尚汹猛，顾欲以一线卑薄之新堤御千里浩荡之大水，宜乎数十年来未有一济者也。鄙意以为此后无须大举，有不通者疏浚之，有残缺者修补之，借以宣泄雨水而已。至沙河北堤，既为郡城保障，又为直省屏藩，上年如阳信令不存意见，与本境所守同保无虞，何至东南一带尽成泽国。乃自焦前县分段后，金家口以东归阳信修守，金家口以西归惠民修守，而惠民修守之段，如陈坡牛家等工，阳信民且来帮助，以地虽在惠民，害实在阳信也。且惠民沙河北岸，村庄寥寥，难于筹款，阳信则全境为之，甚易为力。焦前县为两邑父母，实任阳信，署事惠民。深知此情，故画开段落，不分畛域，历年各遵办在案。不意去岁黄水贯入沙河，前阳信令既以调夫不齐，致所守之段开决数处，除惠民帮筑之王图家孙鼎家，仅剩一郝家口，始则苟且塞责，继则任意推诿，直至今夏去官，犹意见未化，致后任有先入之言，未免作梗，不得已鄙人倡捐修之说，激以大义，乃各摊工一半，勉强竣事。噫，官虽分任，民则皆吾赤子，意存偏袒，致误大局，岂不深可惜哉。况沙河形势，日见塌陷，每水一涨，作雷鸣声，由下而上，开出河身十数里，已距郡城不远，将来海舶一通，堤更吃紧，则修筑诚当务之急。惠民所分段落，经举人武锡庆、贡生高颇等均于春间次第加高培厚，事尚易为，阳信则迟至秋未满地，始谋培修以致农民啧啧，诸多掣肘，同一兴工，一早一迟，利害判然，可为炯鉴矣。鄙人承乏惠民，将及四载，凡河之源流利弊，无不了若指掌，诚恐后之君子初履斯土，未能周知，爰将历年挑修徒骇暨惠阳两县分修沙河约略记之，并参末议以备参考焉。虽然，武郡踞黄河下游，陵谷变迁，岂能预料，因地立法，随时制宜，是在留心民事者。时在光绪二十五年冬月二十日。

　　徒骇河南岸无堤，每逢水涨，无知愚民往往起意决北岸以泄水。今年五月方挑筑工竣，忽大风雨，水由赵家桥新堤冲开北岸，居民咸以南岸扒抉为词，虽无确据殊亦可疑。因谕南岸附近村庄押号公地人等，嗣后河水一涨，无论昼夜，立赴北岸各村报明，嘱令调夫看守，到工之后再有疏虞与南岸无涉。倘延不报信，骤然开决，即治南岸押号公地等以扒口之罪。每逢盛夏将此晓谕南北两岸，永立为章，并谕南岸首事李书元等调夫将聂索桥上下水流不畅之处，帮同挑挖以均劳逸。缘南岸公、民数十村，既不守黄河，又不修徒骇故也。如此办理，庶可无扒口之嫌，而南北岸首事或可和衷共济欤。二十日又笔。

　　沙河惠民所分之段虽已加高培厚，而风雨损坏车马蹂躏缺残殊甚，必欲抵御黄水为郡城保障，非岁岁补修不可，而岁岁补修非分清段落不可。上年黄水贯入已经三日，而调夫分段犹未竟工，非鄙人住工督催，必至与阳信同一误事。盖缘平日擘画未周，故至临时仓皇失措，是宜于惠阳分界之金家口，立石上刻"西为惠民修守，东为阳信修守"字样，并于惠民所分段中，先分某约守某堤大段，再分某村守某堤小段，逐一插标使各认记，一有工程各赴各段，稍有迟延，查明何约何村，治以误工之罪。至分段时，须视工程之难易，定段落之短长，不得概以尺丈计之，所以昭平允杜口实也。然险工之出，恒在须臾，但系邻段，无论同约与否，均当不分畛域，帮同抢护，抢护平稳，由官酌加奖励，傥坐视不救致误要工，轻者议罚，重者送官，以示惩创。然治法立矣，尤需治人，是宜择一二公正绅士能任事者，不存偏私，善为调停，庶可同心协力共保无虞耳。或曰："阳信所分之段如何。"夫人之欲善，谁不如我，鄙人既不敢强人以从己，又不敢越俎而代庖，有良有司，必有以处此矣。或又曰："郭梓家工如何。"彼处不修，恐水自西来，为害依然。夫郭梓家之工，五县会修之工也，惠民、乐陵、商河、阳信、庆云。向分仁、义、礼、智、信五段，诚如君言，一有疏虞为害不浅，其宜修也必矣。惟是界隔两省，工非一县，非太尊力，未易集事。然所难者犹不在此，查该处两岸均属商河，一主修一主抉，各存意见，不顾大局，往往河水一涨，相持不下，私相械斗，间有杀伤，匿不报官，官亦不能禁止，二十四年其已事也，则兴修，夫岂易言哉。或曰："然则听之乎。"曰："不然水灾之后，元气未复，工作太烦，民何以堪，鄙人而不去此土，当徐为图之，鄙人而或去此土也，是所望于后之君子。"

沙河五县会修之段，均商河管辖，在沙河集上下，每段约五里许，始修于光绪十六年，续修于二十年，皆由庆云县禀准。以此处一溢，庆云全境被灾，乐陵、阳信、惠民亦波及焉，惟商河被灾之村无多，故四县者助之。二十四年，济阳县桑家渡黄河漫溢，此处十分危险。今春邑绅武锡庆等有鉴于此，禀准太尊，札饬兴修，已有成议，嗣以地方不靖，中止。前会哨与商乐阳三大令晤谈及此，意见未能悉合，且恐庆云兵荒较甚，不暇及此也。附记于此，以待将来使有所考焉。

宰惠纪略卷五

光绪二十六年春，余以宣讲圣谕劝民息讼，赴东南乡各集镇，连日狂风，黄尘蔽野，春麦垂萎，秋禾未布，农夫悬耒，翘首望泽，欲归而祷，恐邻于渎，去岁四月旱甚，求雨于城隍庙，灵应无比，有文记其事。嗣秋七八月麦已布种十之七八，定太尊以省中祈雨，强为效尤，渎神甚矣，宜其不应。余鉴前失，非真旱不敢设坛。心窃忧之。适至聂索桥，值演剧赛神，主庄长马秀山客寓为余道前太尊及前某令，祈雨灵应一二事，缕缕可听。因命僧洒扫庙宇，洁治香案，余于是夜斋坐清心，虔诚默祝，昧爽步行，至真武庙前拈香如礼，问诸父老曰："雨以十日为期，可乎？"金曰："未晚也。"余叩头至地，祷曰："知惠民县事柳堂，闻神之灵应久矣，敢以民命相烦，十日以内如降甘霖，皆神之赐也，堂将率诸父老以敬答神庥。"祷讫归署，命住持僧，朝夕焚香以代，此三月上巳也。乃不出五日，大雨倾盆，自戌至丑三时乃止，则神之灵应为何如哉。尤可异者，毗连之区多未蒙泽，而本境惟胡家集一带，虽已得雨，不堪布种，余以公至其地复默为祷，夜降大雨一阵，诘朝叱犊之声已遍郊野，屈指计之仍不出十日内也，则神之灵应又为何如哉。一时农民欢声如雷，咸相与致贺，以祈祷之功归余，余辞不敢居，夫亦谓会逢其适，未必因祈而然耳。而诸父老则曰："非神之雨有春日雷电以风，若决江河者乎？非祈之功有界画分明，合境均沾，而邻封未被者乎？且真武，北方司水者也。雨之来，未有不从西北者，此亦其一证矣。"余以诸父老言近理，而感戴神德也，姑不与辩，爰诹吉日制祝谢神，以酬前志，洽舆情焉。至祈祷之功，则终不敢居也。

文

惟真武帝，其职司水，聂索建祠，自成化始，御灾捍患，民受其泽，每岁季春，禋祀不绝。庚子三月，雨泽稀少，秋谷未种，春麦将稿，余以劝民，薄言履止，演剧赛神，节值上巳，居停主人，道神往事，祈雨灵应，已七十二，命住持僧，洁治庙宇，斋坐清心，默祝无语，昧爽谒神，叩头至地，十日而雨，皆神之赐，不出五日，膏泽大沛，雷电以风，盈沟盈浍，合境百里，均得甘澍，毗连之区，泽未广布，有胡家集，不甚汪濊，日昨又降，仍十日内，绿野人耕，叱犊声起，草木荣滋，农民欢喜，兹诹吉日，仰答神庥。梨园一部，长歌短讴，率诸父老，稽首百拜，凡兹兆民，神灵是赖，惟愿明神，雨旸时若，永卜休征，年丰人乐，人乐年丰，报赛尽礼，继继承承，无替厥祀。尚飨。

稽旧图，桥之跨徒骇河者十馀座，而巨丽宏敞以申家桥为最，邑乘所谓固安者是也。创始于前明万历戊戌，其重修之最后者则为国朝同治甲戌焉。余以光绪丙申，浚河至其地，见已数断，存者仅露上面石，夏大雨，水高桥数尺，往来阻行人。窃谓河浚而桥不修，非计也，然功大费巨，不敢急切议举行。而邑博士弟子员张君文硕者，居桥北里许，锐意任其事。余嘉其志，捐百金为倡，复函致各僚友佽助，而在事诸君子亦分挟缘簿赴各约募化，以书捐所得之数估计之，已有赢（赢）无绌。遂于丁酉春兴工，至夏五告竣，规模一如旧，统计费京钱七千馀缗，非挪借即拖欠，方谋落成，以招集捐款。讵桑家渡黄河漫溢，全境被灾，事遂寝。直至己亥，岁收中稔，始折柬招之，不应，设筵席招之，仍不应，加以余之名帖谕单，亦有应有不应。夫修桥善事也，输财义举也，书之簿者，非必有所强，分而任之，亦非所甚难也，慷慨于先而吝惜于后，如众债何？不得已乃量距桥之远近，分以差等，限以时日，而款乃稍稍积也，款积而仍不敷，即以挪借徒骇河钱抵之，而工乃克竟。噫，难矣哉。张君与诸君子不欲没是工也，故乞余为记而勒石焉。

邪教非能惑人，人自为邪教惑耳。其为邪教惑者何，见理不明也。其见理不明何，未尝读书也。然则欲杜绝邪说，昌明正教，自必以广兴学校，为第一要务矣。光绪二十六年拳匪仇教，酿成巨祸，除照东抚新章匪产变价抚恤教民外，因劝小康之家出资设立义学，小以成小，大以成大，有不敷者捐廉助之，先后已立郭家庄等十五处。由是读书者日益众，明理者日益多，自不至为邪说所惑，或与风化不无裨益，谨拟条规禀明上宪立案云。

一、义学本金若干，必须庄长中之家道宽裕者经手，清立帐簿，按月二分生息，以为延请塾师之资，如有欠户还不到者，责成经手之人先行垫赔再为禀明传追。

一、庄长经手放钱，准以三分或二分五厘起息，所得馀息以备垫赔，如无垫赔，馀息入公自用，均听自便。

一、庄中或有旧存公项，愿入义学者，禀明同登帐簿照章办理，惟馀息无论三分二分，均须入公，经手之人，不得自用，以示区别。

一、承使义学钱文之户，须以地作保，无地者以有地之户作承还保，无地无承还保者，概不放给，以昭慎重。

一、承使义学钱文，至少亦须十千，不得过为零星，至多亦不得过五十千，以示限制而防亏累。

一、每年延请塾师何人，何日入馆，学生几人，束脩若干，须于灯节前后预为禀明，以备查考。

一、每年如得利五十千者，以四十千延请塾师，馀作杂费，如庄中有公款及富户津贴者，则不必拘。

一、塾师须请端方之人，如教读不能得力，次年即行更换，不得瞻徇情面以致误人子弟。

一、义学为贫不能读书者设，无论本庄外庄均准附入，不得勒索束脩分文，如有馀之家，或愿借给房屋，或捐备三节酒席，或酬谢塾师，不在此例。

一、庄中有愿捐义学本金者，无论宅地银钱，禀官赏给乐善好施匾额，以示奖励。

一、每年腊月，须将义学帐簿同众清算一次，有无馀款，将帐簿呈官，标发张贴示众以昭核实而防弊端。

一、此款专为义学而设，庄中无论何等公事不得挪用，如有水旱偏灾之年，无人读书，禀官将款积存，俟年稍转即行补请，无灾不得借口，以致日久废弛。

一、义学本系善举，庄棍视为利薮，缠讼不休，转足为累，本县深以为恨，此后但有为义学控告者，轻则批驳，重则提惩，以杜讼端。然经手之人亦必须洁己奉公，不使庄棍有所借口，如查有弊窦，罪亦在所不宥，切切。

一、此次义学，为拳匪惑众扰害乡里而设，当以抚宪所颁四言告示列入正课，童而习之，终身不忘，庶不致再为所愚。推之乡学五百馀处，亦一律发给，本县于赴乡之便，入学亲为查考，有能背诵上口兼通大义者，奖给笺纸笔墨折扇等物，以示鼓励。

考志乘，惠民县向无书院，其有三台书院自咸丰二年始，建之者前知县事余芰芗先生也。先生既捐巨款购地基、修堂舍，复定善后事宜，以本金若干，发当商生息，以馀利若干，为山长束脩，生童膏火，并捐廉一千一百千，一并发当得利，为科岁两试卷资，至今守其法不敝，享其利无穷。其他嘉惠士林诸善政，邑绅士如李笠村、张贯如、高向廉诸君曩皆身受之，而能道其详。是诸生童，今日之得以优游学校，昕夕肄业者，皆芰芗先生之赐也。夫积德必报者，理之常，而善人无后者，事之变，先生当日以循良上达天子听，后摄武定府篆，善政尤不可殚述，宜其子若孙必昌大蕃衍，继继承承以罔替厥美。讵意不五十载，其嫡孙既夭折乏嗣，其嫡堂孙小舫者，竟以微员需次山左，穷困到老以终，而孤儿寡妇流落郡城，与乞人等。嘻！是果善人无后，先生适际其变耶，抑积德之报，时尚有待耶，不得而知也。小舫名敦培，其妻范氏以没者之窀穸未卜，生者之糊口无依，遣抱具禀，率其幼子弱女涕泣浼余求救于邑绅士，亦以其祖芰芗先生，曾有惠于学校，而学校中之受其惠者，必不忍坐视其饥寒以死而不以手援也。虽然书院本金既不可动移，而馀利又仅敷一年之用，遂与诸生童约每月由膏火项下，酌提一成，得钱十二千文，以六千为范氏母女衣食之需，其馀送其子入三台书院读书，以为笔墨衣食费，如此则所损无多而所全甚大。他日此子果克成立，是余氏之得以转困为亨，家声复振者，又皆诸生童之赐。诸生童之所以报芰芗先生者甚厚，先生有灵亦当冥感无？既而益信积德必报之理之终不爽已，诸生童颇不河汉余言，即以闰八月课为始焉。

城西南十八里，大杜家东张家西有沟焉，为沙河南数十村泻水之处，嗣以黄水淤梗，不能引水入河，每至成灾，乃相地之宜，购地疏浚，救出腴田数十顷，禀明大宪，立石为文记之，其词曰：沟曰惠民，志实也，曰西惠民沟，别乎东惠民沟而言也。先是有张家河沟者，商河七十二洼之水，由瞻圣桥入县境之寇家，北流三十馀里入沙河，河以南数十村无水患，至光绪十四、十八等年，黄河屡溢，节节淤垫，水不下行，夏秋大雨，田尽为泽，成灾几无虚岁。余留心查访，一阻于马家店西之大张家，一阻于淄角镇西之陈家湾，督夫挑浚，而张家集南之水患息，然不能入河，集北十数村患之。二十四年夏，谋由集西北十二里之申家庙，挑沟顺入，未及兴工，黄河由济阳县桑家渡决口，全境几被灾，议遂寝。由是查灾放赈，舟行必出入沙河，惟张家河沟甚便利，其南梗阻者数里而已，申家庙则潺湲细流，不能容舠，道又迂，悟前此失谋。俟合龙，民力稍复，决意由此挑顺引水，由旧道入河。二十五年春，勘定克日兴工，所占民田除道路外，计亩以京钱十五千买之，工具无一阻挠者，而大杜家王玉甫家，意存偏私，淹不领价，复借改申家庙水道，捏词赴各衙门上控，缠讼半年，未得直。余以事赴会垣，大雨，闻该两村擅将所挑之要处堵塞，急归决开。禾已伤，传为首者责之私见，终未化。然积潦不存，得及早种麦，收数倍常岁，讼者意稍转。今春复竟前工，使与韩家湾、吕家湾皆衔接一气，水畅流入河，岁无报灾者，讼者意尽释，乃请领地价云。嗟嗟，小民无知，大抵难于图始而乐于观成，固无足异者。是役也，先后买地三十七亩六分零，费钱五百七十四缗零，地均缓钱漕，并绘图贴说，禀明各上宪立案。独是黄水为灾，无数年无之，倘再有淤塞，难保不仍有意存偏私，如彼两村者，不可不预为防也。故命以今名，砻石记之，俾知是沟挑修之难，关系之重，庶不时疏通，永得与东惠民沟分流并美焉，是所望于后之君子。

余承乏斯邑将及五载，凡庙之载在祀典者，无不以次兴修，焕然改观，惟西门大街有红楼者，祀观音菩萨，墙倾势欹，一片瓦砾，左右居民穷困不堪，每至其地，望之觉有败气，意欲兴修而以不在祀典为嫌。今春有老人李某者，年逾古稀，偕首事高某等来见，据称"此楼之修距今已六十馀年。先是西门数街如钟骆武耿诸姓，富而不贵，有堪舆者谓将楼上照壁撤去，改楼前水道，便利科甲，一时为其所惑，从之。讵知自兹以往，渐就衰飒，不惟不贵，且有穷无立锥者矣。每欲复旧，以工大费巨，不敢轻议，今以鄙人垂念及此，故敢以重修请"云云。窃思此庙虽不载祀典，而菩萨以渡世为心，非若寻常淫祠可比，况有关于数街之盛衰乎？即许捐五十金为倡，克日兴工，规复旧制，倘果如老人言，从此神明默佑，凡托庇宇下者，必日见起色，不六十年，次第驾慈舫，将灾黎渡出，由是而贫者富，富者益富，子弟多赖，礼义日生，转移风化在此一举，岂第富贵而已哉。是又所望于后之官斯土者。至楼之创始，碑碣失考矣。

天下礼典之重，有重于春秋二祭者乎？无有也，故乡党礼器图考，为竹者，为木者，为陶者，为金者，祭有定器，器有定品，品有定数，颁自都会，行之下县，罔有异同，其供奔走诸司，皆责博士弟子员为之，不衣冠不得将事也，偶有失误，褫衿顶，永不开复，典何重，义何严哉，谁敢不奉承维谨者。惠民为附郭首邑，与武定同一文庙，整齐严肃，阔大宏敞，为十属冠，惟祀典不能如礼，祭器祭品寥寥数件，奉执事者，礼书乐舞生数人而已，何简亵至此哉。适邑绅张会一司马予告归，持丁文诚公所订祭器图一册，学博陈君孚庆，欲仿而行之，绌于款，谋之余。先是三典及各银行，应领车脚钱二百二十千文，向可不发，余诸事核实，不欲循陋规，然分给则所得无多，合捐则所成甚大，告诸商作为捐款，文庙生息不敷，以是补之，计添木器竹器三百八十有三，陶器二百八十有八，金器四十有九，均照图制造，祭品亦如之。由是而关帝而文昌而奎星，下至忠义节孝各祠，无不一一如式，其执爵捧帛，读祝奏乐诸要事，由学官前五日选定某生司某事，预至明伦堂演习，以防隕越，祭毕食以祭品以酬劳焉。今岁秋丁，规模已具，踵而增之，当必尽善尽美，行见秩秩然，彬彬然，与邑政者借以将恭敬而交神明，不失礼意之所存。而博士弟子员以有事为荣，亦将娴习礼仪，一切里党因陋就简之习可不相沿，久之，家诗书而户礼乐，风俗且有蒸蒸日上者，仅祭器云乎哉。虽然人存者政举，是在府县两学博随时检点，认真经理，方可久而不敝，不然亦具文而已，何礼典之足云。

余疏浚徒骇河之明年戊戌，张文硕、赵丹桂等先后以重修申家桥白家桥请，余以两工不并举，先申家桥，白家桥从缓焉。讵工竣，黄流为灾，捐款愆期，直至己亥秋，始勉强凑齐。今春赵丹桂协王敬修来，复以白家桥工请，余难之，然察赵情词，若有迫不及待者，不忍重违其意，亦援申家桥例，许捐百金为倡。孟夏赵复协卢本汉来，谓布置已有绪，将动工，需款甚急。余先以所捐之半予之，尔时窥赵头颅，半边微肿，问之，知鬓生疖。初不以为意，乃竟溃而成痈，至五月五日，即以是隕命。其前之迫不及待也，其预有所知也耶，不可得而明也。闻捐馆前一夕，招本汉至榻前，以桥工嘱之，而不及其他，可谓急公好义，不惜其身者矣。嗟嗟！余承乏将及五载，凡黄河工，赵无役不从，从兹东南半壁，助我何人哉？闻之郁郁，几不能视事，幸本汉受其嘱，不负其任，刻工已过半，通车马往来，余急以未付之半予之，促竣工，恐冥冥中负我馨山丹桂字也。异日，诸务皆本汉之责矣，至王敬修为义塾师焉，肯以琐事相烦哉。是役也，费不及申家桥之巨，而集款之难过之，一时相助为理者如劝捐监工司出入诸执事均不无微劳，例得附书焉。书此付本汉，工竣勒石可矣。时庚子十月。

怪力乱神，圣人不语，义和拳兼而有之。光绪二十六年春，抚帅袁出示各州县禁义和拳会，时县境未有学者。夏四月，东关有宁津宋姓童子二，教人以降神之咒，童子皆用为戏，余闻之，驱逐出境。越二日，自相传习已五六人，父兄罔不呵止，私习究不能禁也，然尚知畏官。至五月二十五日，朝廷有义民之奖，公然以庶人而操生杀之权，虽抚宪具有卓识，始终严禁，而百姓只知有天子，不知有疆吏，州县奉承，处处棘手。迨至六月半，势如燎原，几至不可扑灭。而盐山县王刘二匪首自庆云县纠聚匪徒千馀人，径入郡城，谋扎粮台。迩时城内寸兵俱无，同城文武皆瞪目相视①，胆为之寒。承办北路边防委员曾太尊启埙②，以请兵去。本府曹太尊榕坐镇而已。余身任地方，责无旁贷，乃含垢忍辱，从容见以客礼，争以口舌。大旨责以义民宜北不宜南等语。该匪既穷于词，复于暗中散其胁从，剪其羽翼。济阳惠民二百馀人遣之归。又执盗犯匿其中之张黑小斩之，若辈岌岌乎有不克自保之势，遣人秘探，已潜踪去矣。外匪既靖，内匪自易下手，适值有六月二十一日保护教民谕旨，郡城又有张刺史星源督带步队二百人住扎防剿，余得分身，遂于七月初带自募勇队，周历四乡，亲为开导，择匪徒中尤为恣肆之梅鸿文，于清河镇斩首枭示，一时远近无不震慑，均请解散归入民团。而传闻滨惠交界之成官庄一带，首事成言训为首聚众七八百人，揭竿起事。城中诸友皆函致万毋轻往，督办河工何太尊亦以为言。余

---

① "续修四库全书"本《宰惠纪略》为"同城文武无不瞪目相视"。
② "续修四库全书"本《宰惠纪略》为"承办北路边防委员曾太尊某"。

以该首事不学无术，勇于任事，昧于见理，必为"义民"二字所误，决不至甘心从逆。径入其地，唤至前晓谕之，并动以利害，该首事惶恐无地，如梦初醒，一昼夜间传谕习拳各村，立为解散，焰遂以熄。时有讹传余为拳匪所困者，张刺史派裴帮带督队至麻店候调，而余已无事归矣。嗣北来马匪四五人，复传伪帖，相与勾煽，谋于八月初十日同聚于城南三十里之张家集，余预有所闻，先期往剿，获勾匪之张宗信监禁，境内一律肃清焉。是以武属十州县，皆遭兵劫，独惠民无之，教堂均被焚烧，惠民不惟华式无恙，即洋式亦均保全。方在私心庆幸间，讵意能防之于境中，不能禁之于域外。闰八月初一日，济阳玉皇庙聚众戕官之案，匪首孙玉龙既是本境人民，胁从亦不一而足，抚宪札饬，急如星火，烈如雷霆，以余平日官声尚好，从轻记大过三次，勒限半月，如不获犯，将登白简。余悬赏购线，尽力搜捕，虽所费不赀，而于旬日内将著名各匪尽数报获。大抵各庄长之力居多。日昨已奉批将过销去，统计先后正法八人，书曰自作孽，不可活，此类是也。虽慈父母尚无如何，况官长哉，亦只得归之劫数而已。现又拿获十馀人，讯明确有应得罪名，惟案已拟结，且多不及岁，意欲网开一面，得少杀一人则少杀一人，然不加惩创，恐不知悛悔，再贻后患。爰援金作赎刑之例，同与拳场毗连各村之家道小康者，责令出资作为义学本金，以二分生息，延请塾师，小以成小，大以成大，真有不敷，捐廉助之。刻已添设十六处，合之旧有义学十八处，已三十四处。并拟章程十四条，发交各庄长遵照，最要以抚宪颁发严禁拳匪四言告示，列入训蒙正课，乡学五百馀处亦如之。由是诵习既久，人人知拳教为害，必不使子弟误入，或亦转移风化之一助欤。

或问："义和拳谓匪乎？"余口："三尺童子天性未漓，何得谓匪。"或问："义和拳非匪乎？"余曰："白昼抢劫持刀杀人，何得谓非匪。"或曰："然则义和拳其在匪与不匪之间乎？"余曰："不然。匪自匪，不匪自不匪，何得谓在匪与不匪之间？"或人不解，请详其说。余曰："难言哉。是非亲民者不知，有亲民之虚位，而无亲民之实心，能知亦不能言也。子既愿闻，请申明之。夫右义和拳者，非曰'保护身家'，即曰'效力朝廷'，皆非探本之笃论也。盖其初习，犹灯社然，一村有，村村皆欲效尤，在诸儿辈，不过一时嬉戏，争奇斗捷，力欲见好，社首呼之东则东，呼之西则西，浑浑噩噩，一无所知。然而社首贤，则借以报赛，可已即已；不贤，则借以渔利，可已而不已。义和拳香头襄坛之类，即社首也，其贤不贤之所分，即义和拳之匪不匪所系。仇杀教民，小儿乌知为教民也。社首告之也。社首胡为而杀教民？不杀教民，不足赫平民也，平民不随，即教民也。由是生杀之权自操之，祸福之权自主之，何所图而不可哉！其隐恶如此，而借仇教以行之，不惟习拳之小儿不知，即习拳之成童亦不知也。伊但告以'辅清灭洋'而已，告以'勉为义民'而已，乌知其陷入匪徒哉？故社首之贤者，一经开导，即行解散；而不贤者，虽三令五申，若罔闻知。诚以此不肖之徒，北方无事，尚可散处以藏身，京津一失，只有此义和拳一途可以避匿其奸，拳场一彻（撤），近则无所糊口，远者且恐杀身，故始终盘踞，挟制多人。盘踞者，匪也；挟制者，不尽匪也。总之，人而匪，义和拳固匪，即不义和拳亦匪。义和拳杀人固匪，即不杀人亦匪。何也？主杀人者也，首恶所必诛也。人而不匪，不义和拳非匪，即义和拳亦非匪；义和拳不杀人非匪，即偶杀人亦非匪。何也？有使之杀人者也，胁从所宜散也。吾故曰：以义和拳谓匪不得，以义和拳谓非匪不得，以义和拳谓在匪与不匪之间亦不得，惟离义和拳而论其平日，是为得之。"或人闻之，惶然曰："读五月庚戌上谕，有无论会不会，但论匪不匪之语，已救出无数无罪愚民。今子更进一解，无论今日匪不匪，但论平日匪不匪，则更救出似有罪而实无罪愚民不少矣。仁人之言，敢不敬佩，请备书之以为世告。"

今年五六月间，义和拳到处皆是，必以为匪而捕之，则不胜其捕，且亦无罪可加，至聚众擅杀皆匪类为之，不过借义和拳为名耳，故为所煽惑之小民，黠者见其不良，及早散去，石人王家往庆云挂号，见大师兄贪财，请归民团。愚者畏其术，甘听指呼，甚至有玉皇庙戕官之事，其实敢于戕官者，非义和拳也，匪类也。即以惠民先后正法者而论，孙玉龙、梅鸿文，营混也；王惟仔、王雨仔、赵长命仔，人贩也，盐枭也；王之才杀其幼女以祸人者也；张黑小，马贼也，皆盛世所不容也；李芳同、王正南、于两仔，亦土棍也。惟赵产仔、赵连升仔，年不及岁，昔曾习拳，闻风往戏，适值此案，俱行诛戮，未免已甚矣。且玉皇庙供称县境人一百五十有奇，实只三十馀人，馀皆庆、盐、滨、蒲等处溃匪，随孙玉龙奔往，故亦以惠民人呼之。而此三十馀人，多半为匪首所逼，不敢抗违，谋村去一人，以虚应故事，然亦但曰"往聚"非云"抗官"也。即已"抗官"，而此为所逼者，必不敢赴前敌，持刀杀人，当亦在未减之列。况此案戕官一人，杀兵勇十二人，已正法五十馀名，尚不足抵乎！若必追其五六月间之事，迩时朝廷尚重用之，愚民何知，而能见及事后乎？概加之罪，果置皇上于何地？平情而论，七月初十日以前之义和拳，只知有义民之奖，无论滋事与否，皆可不究，盖我军既与洋人开仗，杀洋教正以剪洋人之羽翼，其习之者愈多，益以见天子威灵尚行于海内耳。至七月初十以后，保护教民谕旨，远近俱已奉到，出示晓谕，再不奉行，罪在不宥矣。然试问县境一千二三百村，奚啻十数万民，而玉皇庙仅三十馀人，除匪首又皆被逼，虚应故事之人，益信五六月间之义和拳，多系良民也，是以经抚宪迭次饬拿，俱以实情上达①，而地方亦卒得安然无事。海丰一经兵剿，人心惶恐，逃入郡城，避难者几满，事同而安危不同，岂别有良术哉？亦惟处以镇静，不以义和拳故，误我良民而已。此余所以离义和拳，而但论其平日也乎。

或曰："子离义和拳而但论平日，诚得之矣。然论者人也，非义和拳也；若离人而论义和拳，是耶非耶，当学耶，不当学耶？"余曰："怪力乱神，圣人不语，四者兼而有之，语且不可，其不当学，又何待言。"或曰："五六月间，不惟村农学之，间有读书人子弟父兄亦不深禁；即不学，亦绝不以为非，而心向之者。何也？"余曰："中国受外国凌侮，平民受教民欺压，人人衔恨，无以制之，一旦传闻义和拳烧洋楼毁电杆之奇技，明知非正，未始不足称快。如父母受强邻之辱，人子无能为役，而忽来山狗野兽，将辱我父母者咬死，为人子者能不感之，旁观亦必乐为称道之，岂尚以其非类而深究之乎？其心向之也，亦犹是耳。"忆当义和拳胜时，有问余者曰："义和拳能久乎？"余曰："兵无主则乱，无饷则乱，二者俱无，何以能久。且如能久，遍地皆鬼，是阴世，非阳世也。"或问："朝廷何以用之？"余曰："天地之大，何奇不有，焉知非外国恣肆，神人共愤，特生此类，使之互相杀害。朝廷用人，使诈使贪，不拘一格，或亦以毒攻毒之一道欤？是余亦不能不心向义和拳也。然实非向义和拳，意有在也，而万不料义和拳之恶劣，至于此极，为皇上惹出如此大祸也。惹出如此大祸，

---

① "续修四库全书"本《宰惠纪略》为"只以一禀了事"。

则义和拳罪该万诛，而向义和拳者，亦当反而自愧矣，故余设立义学，以袁抚宪四言告示，列入训蒙正课，以能见事未然，始终严禁，确乎不拔，固不待洋兵不入东境，而已为百姓造福不浅矣。则义和拳直当深恶痛绝，子子孙孙永垂为戒，岂第不当学而已哉！"或曰："义和拳之不当学，吾闻之矣然，拳曰'神拳'，有神乎无神乎？"余曰："以为无神，三尺童子，未尝习艺，持刀而舞，勇力过人，似非无故；然竟以为神，但念咒语，一呼即至，何神如此之多，而招之如此之易。总之不知何处遗此数万无主冤鬼，来勾此数万在劫生灵，不托神不能被诱如此之速，即不能被杀如此之惨也。一言以蔽之曰'在数难逃而已'。劫数已满，咒亦不灵，非其明证欤。"或曰："子之言甚善，请书之以备览。"

自古邪教不能成事，谁不知之，设平日内外大臣修明政教，国富兵强，使无敌国外患之忧，何至义和拳乱及辇毂，剿抚两难。皇上之用之也，不得已也，谁为为之，致有此失也。既已失矣，而不将错就错，急图勤王，同心协力，背城一战，乃于生死呼吸之间，以为邪术能偶胜不能常胜，作局外闲谈，是犹父母病，上实下虚，误服泄泻之剂，致伤元气，益形虚弱，为人子者，当急求良医设法补救，即明知不可，断无不为下药之理。彼识时务者，所见固属远到，而胸横一和字，袖手以俟其败，致两宫蒙尘，终照所议，一似确有把握，乃必加用义和拳之王大臣以罪而后开议，又必加以重罪而后开议，重罪既加，议仍不成，将毋罪及两宫乎？为臣子者何以见天下后世乎？闻前抚毓被谪，锡良谏曰："此人有忠愤气。"太后曰："吾亦知其有忠愤气，只此一人，将焉用之。"言至此，不觉泪下。果尔，则识时务者之有忠愤气与否，早在太后洞鉴中，特大权分持，无如之何耳。嗟嗟！京津既为各国分踞，东三省又被俄国侵占，直省全境糜烂不堪，山左以袁抚帅保护教民有功，尚可偷安旦夕，世局如此，和议即成，何以为国哉。读纯斋柳大令义和拳诸作，仁人之心，见于言外，不禁发狂而抒管见于后，识者得毋有讪上之讥乎？海滨逸士书后。

牧东纪略

牧东纪略序

余宰惠民，《灾赈日记》外有《宰惠纪略》，移牧东平，则《东平教案记》外又有《牧东纪略》。《宰惠纪略》，其体例乃东平院长傅晓麓孝廉鉴定，序称以年冠首，以事附之，实则事作于先，文纪于后，未能一一吻合，所可信者，无一虚饰耳。至牧东诸政皆孝廉所目睹，而学校中事又与孝廉参稽而行者，故孝廉有言曰：他日作《牧东纪略》，除提出教案别成一书，当稍变体例，各分门类，每类即以原禀附之。盖知余之公牍皆出自心裁，即间有幕友手笔亦多经删改也。讵教案已经孝廉成书，而《牧东纪略》未及鉴定，已奉修文之语也，伤哉。谨遵其遗言，分为四门，一门一卷。首河工。坡河之浚有关大局，弭灾也，亦重民命也。次钱粮。数百年弊一旦而清，为州民幸，抑亦自幸也。次税务。筹款局设，骚扰不堪，求为缓颊，余虽获咎，民实获益也。终之以学校者，富而后礼义生，必先富之，然后教之也。此纪之大概也。虽然若孝廉在，当必有斟酌，至当者而惜乎，已不及见矣。此余所以不胜人琴之感也。夫笔谏堂主人柳堂序于乐陵县勤谨之室，时乙巳九月。

牧东纪略卷一

东平四面皆河，水患几无岁无之，近又以运河下游梗阻，改由坡河入黄，办理诸多棘手，而浚淤以畅其流，培堤以防其溢，乃第一要务。纪河工略。附捐置北大桥渡船禀。

禀全境河道大概情形红白禀

敬禀者：窃卑职查卑州二十年来水患几无岁无之，前在省垣，闻去岁前本府潘守民表挑挖坡河，颇尽心力，而论者是非参半。卑职未经查勘，不敢忘（妄）参未议。及接篆任事后访之舆论，咸称二十馀年不曾种麦，自清河门疏通，水不停流，涸出民田无数等语。夫清河门之工不过疏通尾闾，而民之受益已如此，则坡河之挖，统筹全局，其为益自不待言。然得之耳闻，终不若征之目睹，州境河道过多，非亲历查勘不能了然。近因地方诸要务稍有头绪，乃偕沿河绅董将境内河道逐一勘明，而知坡河之工所关为甚大也。爰绘图贴说为大帅详陈之。查州境极东为汶河，由泰安历汶上，至距城七十里之郿城入境，经戴村坝南趋者至汶上县之分水龙王庙，复折而西，由州境之靳家口安山镇戴家庙以下出境，至寿张之十里铺入黄河止。此今之运道也。自戴村坝漫坝西流八里，至岔河门分为二支，偏北者为大清河，绕城北里许大桥而过，偏南者为小清河，绕城南里许大桥而过。至城西北五里，马家堤口与大清合流，其旁支又分为龙龚河、安流渠，同流经东阿之清河门，至庞家口入黄河止。而此数河节节淤阻，上游有堤，下游无堤，有堤者民修民守，修守不力，漫溢为患，在在不免。今之坡河，昔乃下洼民田，水性就下，每逢水涨，运河宣泄不及，北岸开决数处，合诸河漫溢之水汇而为一，运河水浅，粮船盐船货船均由此行。出清河门入庞家口，十数年来遂至刷成河形，今之挑挖乃顺水势为之。其由安山镇东开堤建闸，水涨则放闸，使由坡河分泄水，消则开闸，使由运河下行，所筹可谓尽善。惟查运河连年淤垫，河底高于平地，一经放闸，势如建瓴，名曰减水，势必夺溜，运道之改，恐即由此。两岸若不大筑堤埝，全河所趋，水势过猛，沿河田庐必有淹害。河由自溢，民无所怨，河由官开，民即有所借口。况此次挑挖压占毁坏麦禾，鳏寡孤独涕泣哀求，情殊可悯。虽经朱道庆元督同卑职于查勘时许以缓其钱漕，并择尤酌予籽种，尤苦者稍予地价，以及体恤，然曾不及万分之一。访之诸绅董，金谓挖河不如筑堤。盖水在运河，三尺出闸，便五六尺束之，以堤水必更深。

此次挑河仅将河中所出之土堆于两岸，并未筑修成堤，如遇河水盛涨，恐不足以资抵御，应即酌量加培，以防涣散。或谓无此巨款。岂知河一改道则安山镇至十里铺数十里之河均归无用，以彼修挑之费，移此十之二三便可敷用，且由安山旧闸堵筑，不惟闸可不建，即安山至十里铺，数十里之河身皆可耕种，所得租价亦可充作岁修。其尤利于民者，下游水畅，上游诸河加以修培皆可不至为患。况运河北岸自安山镇至戴家庙向归官修官守，即或岁岁开决，民有漂没之灾，尚无修守之累，而运河南岸民修民守，岁修岁开，且水无出路，俟水消后仍归运河，以致五保九十馀村，湖内湖外三百馀顷膏腴之田不能耕种。卑职数过其地，十室九虚，日不聊生，有此一改则两岸皆无水患，修守可以不事，此固民生之一大转机也。而戴家庙十里堡之闸，官厘局皆可移至坡河、清河门一带矣。或谓恐庞家口黄水倒漾，沙淤为患，然十里铺口门何常不岁淤岁挑乎？而一因高一就下，劳逸省费亦复判然，此径改运道之一说也。运河之病在河身太浅，河堤卑薄，非大加挑筑不能容纳东来之水。若谓运道不宜轻改，则水由坡河之年挑修运河，水由运河之年挑修坡河，盖河身无水，易于施工，亦易查考，此循环修筑之一说也。然费恐较多。总之运道无常，自元明以至于今，迁徙不一，要不外因地之势顺水之性而已。愚昧之见，是否有当，理合缮禀绘图贴说，禀请大帅鉴核云云。光绪廿七年四月二十日。

计呈图说一幅。

抚宪批：据禀并阅，图说均悉。该牧查勘全境河道情形，亟应修筑堤埝。究竟约需款项若干，仰候分行河防局暨司道查照核议详办。此缴。图存。

禀朱督办再求缓开闸夹单前定二十日开闸，曾有禀求缓，改为二十六日。稿遗。

敬禀者：窃卑职顷奉宪谕敬聆。一是窦家庄工出示催夫，皆责成西岸，缘窦家庄在东岸，未得津贴，愚民不无异言，然巩象临已将钱票二百千如数交西岸盂首事矣。工系十二庄分做，昨已黏单督催，或不至抗工不赴。卑职犹有禀者，以督宪与卑职略分言情爱愈骨肉，知而不言，何以自安。窃思坡河建闸原以水大则开，水小则闭，若两河并行，来源恐不易续，问之土人，每逢开口，未有不夺溜者也，今水□□①来源能续与否，未必真有把握。此犹无甚关系，惟晚麦一时不能成熟，被灾之村依之为命，此次工程已经验收，可为万全，万一开闸，稍有淹害，岂非白璧之瑕。以卑职愚昧之见，缓开三五日，闸与公事无碍，而与百姓如愿，且亦慎重之道。况此处留有委员，如运水过大，会同卑职开闸，顷刻间事。在督宪或恐河流不畅，不试之不足以信心，而众论则谓不患不畅，但患过畅，不可收拾。窦家西岸有督宪津贴，堤尚可成全，河俱责民夫修堤，万做不到，此皆卑职之所不敢言而感戴宪恩不忍不言者也。若谓已禀抚宪，不好改日，卑职再为百姓请命，转禀径禀均无不可。如必须二十六日开闸，请督宪捆好占子，不用固好，稍有不妥赶紧堵筑，亦可防患未然。卑职连日精神疲顿，几欲往谒面禀一切，竟不能支持，谨将所欲言者抖胆为督宪陈之，言虽逆耳，心实无他，总欲督宪操全胜之券而无一毫疏虞耳。临禀不胜悚惶，恐惧之至。肃此云云。四月廿五日。

榜示坡河坐近居民领籽种钱文

为榜示事：照得新挑坡河由张家口入大清河之处，前因挑毁麦禾，曾出示晓谕，俟工竣之后为尔地户向朱督宪求情酌予籽种，以示体恤在案。惟查所毁麦禾不及百亩，今按照尔等所递名条亩数核算，已至二百馀亩之多，其不无浮冒可知。若挨户差查，又恐不胜其扰，兹由本州从原报亩数核减一半，除北仓张孙民氏张云贞极为贫苦，不在此数外，即遵朱督宪面谕，每亩酌给籽种钱一千文，合行榜示，将花户姓名、核减亩数、应领钱数逐一开列于后，所有钱文饬差交该团长赵炳代发，免得男妇老幼来城奔驰也。尔等要知即此本州已不胜为难，慎勿再生希冀，致干未便。须至榜者。四月廿五日。

示坡河居民开闸日期催令急收麦禾

为晓谕事：照得坡河之挑原为尔等除害，前因开闸恐伤麦禾，蒙朱督宪由二十一展缓至二十四，二十六又展缓至二十九，昨以晚麦仍未全收，

---

① 底本缺。

兹复展缓至五月初二，可为爱民如子，体恤备至。为此合行示谕，新挑坡河坐近团长村民知悉，自示之后，尔等务须于初二日以前将麦禾收获净尽，以无负朱督宪曲体农民之至意。要知公事所关限期已过，绝无再为展缓之理，尔等如故迟迟，甘心自误，又将谁尤。再者开闸之日，该团长等协同村民在附近新堤处所，各持锹橛，护险可也。倘有男妇老幼赴坝头阻挠者，惟该团长等是问。本州言出法从，勿谓言之不预也。切切。特示。四月廿六日。

致收支朱文案泰书

开闸之事，幸督宪纳弟之言，稍迟三二日，百姓皆各安靖。闻前几有聚众之谋，盖二十馀年被水，灾民所种麦禾眼看收成，万一开闸淹害，全家性命无以为生，急何能择。百姓可恨，实亦可悯，尔时即治以罪，与大局亦不好看。然阳谷店一带，晚麦非午节后不能收获，明日开闸，恐仍非万全之计，弟言已近数，再渎未免不知进退。方在踌蹰间，接准汶上差信，藩台仍由运黄进省，且称河水过小，心颇急躁，嘱下闸抖水云云。果尔新闸一开，来源更不易续，奈何，奈何！弟子才识短浅，已成束手，执事如有高见，匡我不逮，则感戴者不仅弟已也。五月初一日。

又致

日昨由坡河乘舟至窦家庄，始知开口之大过于马家口数倍，百姓满口慢（谩）骂，并无求为堵筑之言，弟之禀请堵筑为平民怨计，即为大局计。兹接丽生兄函犹谓并未开口，将谁欺乎？幸水不大，尚易为工，只有赶紧补救耳。总之万全之工，临收束时致有小疵，皆弟所见及而言之数数者也。本月初一日，曾有上督宪禀未及缮写，而宪节临呈阅后嘱勿再誊，兹为附呈。若照弟之愚见，即有舛错，弟一人当之矣。然督宪无言不从，悔初二日弟不再止之也。五月初四日。

附初一日禀稿一纸

敬禀者：窃卑职五月初一日卯刻接奉宪谕，捧读之下，五体投地，感佩莫名，乃知督宪慈祥之怀，宽宏之度，有非寻常，言思拟议所能及者。

夫前此卑职不敢径请者，即以太涉烦渎，其展缓已属万不及料，兹郭范五等又有无厌之求，督宪不以狂背而拒之，又垂询于卑职，且称应否展缓，惟卑职是定。是督宪迫于爱民之深衷，卑职以为可展，督宪即以为可展，然卑职焉敢再渎耶？惟是前次展缓多由卑职代请，此次百姓不求卑职而求督宪，以卑职愚见，督宪展一日，百姓戴一日之恩，展二日，百姓戴二日之恩，即由督宪出示晓谕，使督宪一片爱民婆心，千万人无不共见。卑职即亲赴阳谷店一带督催，为督宪作刈麦使，何如？若仍以初二日开闸，卑职今晚明早当赴工次，伺候左右矣。均惟督宪命是听，言多非分，临禀不胜悚惶之至。肃此云云。

　　此稿拟就，适朱督宪至，呈阅属无绪，余知开闸意决，即赴阳谷店一带催民星夜收麦。据称籽粒未饱，非过午节不能成熟，不惟仅馀一日不及收获，且亦谁肯收获者。夫五谷不熟不如荑稗，所言诚是。次早即赴安山，据情以达，朱督宪默不语，移时问余曰：汝看能缓至午节后乎？余不敢再阻，时日已沉西，闸遂开，水入坡河如建瓴，顷刻运水撤大半，新河将不能容纳。朱督宪神魂若失，已知其误不可收拾矣。归寓二鼓，运水尽船皆抗浅，新河四溢，不惟未收晚麦被淹，即在场堆积者亦被漂没，沿河居民各持器械聚而鼓噪，而不知余之在此也。朱督宪情急一时，持帖数至，余婉为开导，许以堵口，乃散。次日乘舟查勘，并将所见开口情形具禀，请急堵修以释民怨，而执事者尚以未开口为词，又将谁欺乎？嗟嗟，若非余在，安山事将有不堪设想者，至今思之，犹为惴惴。

　　壬寅春仲，朱观察奉委挑挖坡河，到工时麦苗已秀，在省诸公皆谓估工民必鼓噪，以所挖皆民田非河道也。公知棘手，乃以提调委余，并送津贴百金。夫以地方事委地方官，亦何敢辞，而银则万不敢受。当即亲为缴还，请示一切。由是东奔西驰，供其役使，凡包籽种发地价，百姓所不乐从者，皆余身任之，终其事，无或阻者，非以余平日尚足取信于民哉。独开闸一事，民怨甚深，几至酿成巨祸，然一闻余在，传谕数言，唯唯而去，百姓可谓驯顺，而余之为公谋者亦可谓竭尽心力矣。嗣以改河头禀公，不能不介介于怀，所谓管仲之器非耶。

禀朱督办求坡河修堤夹单

敬禀者：窃卑职昨日禀辞，后初欲陆行，皆为不便，乃改舟行，意谓由窦家庄下船便是陆路，乃其水更大，捞麦灾民怨之颇深，又不好施之以威，所禀开口数十丈，乃卑职目睹，非得之传闻也。此次开闸虽屡经督宪展缓，然晚麦究未收割净尽，开闸而不漫水，百姓尚无他说，但有漫溢之处，是不出百姓所料，无论淹麦多寡，能无气忿不平乎？此皆愚百姓之可恨而实可怜者也。修堤之谋，大半无成，盖诸晓事绅董皆称此坡河之始基，盐船运船皆由此经行，自应官修官守，百姓焉敢与谋，若以一为经手便归民修民守，永无了期者。卑职平心思之，所虑不为无见，不好相强。惟伏汛未过，为日方长。卑职乘船周历河旁，所堆散土多未成堤，万一运水盛涨，东水续来，再有漫溢，为之奈何？以卑职愚见，趁此处留有委员，又有馀款，督宪进省见运宪面陈修堤不敷情形，必不至一款不发，使此工一气呵成，则百姓转怨为德，是亦补救之一法，若但补此数口，恐非万全之计也。瞽狂之论，卑职本不敢上陈，继思督宪愈恒见爱，知而不言，言而不尽，何以对督宪，又何以自问乎。用敢越分再渎，付乞鉴核训示祗遵，实为公便。肃此云云。五月初四日。

禀新挑坡河与商不便请改由安山西开闸红白禀

敬禀者：窃卑职前以赴安山镇查验坡河坝头有无蛰陷，适教职候允范，县丞宋丁臣，贡生巩象临、郭传省，军职郭明福、宋邦安，典籍郭传经、刘廷举等联名具禀，为新挑坡河商民不便，恳恩查验，转详酌量变通事。窃坡河两岸受水多年，方冀此河一开，渐得有秋，讵五月工竣开坝放水，漫溢四出，而运河之水立就干涸，职等逆料及此，曾于未经施工以前。查安山西下渡口运堤内外地势相埒，就此处开堤导入，街北安流渠旧路疏浚二里有馀，东接新挑坡河，溜缓而平，又有旧闸可以下板束水，启闭如法，干涸冲决，均可无虞，已经节次禀恳，未蒙允准。伏思职等数十村田皆被水，百无一获。犹幸安山镇商船往来，生意畅茂，穷民皆可借以糊口。兹因河口开在镇东上，渡口商船径行北去，一切生意非常萧疏，即厘金局亦以不易稽查，多所偷漏，惟有吁恳仁天鉴核形势，据情转详，酌量变通，仍将坝口移东就西，以符原议原禀。职等亦知筹款不易，曾与本地商民妥商，佥愿集资，由镇西自行挑挖，而镇东河口塞否，均无不可。职等愚见，是否可行，请卑职转详。前来卑职窃思通商亦当今急务，由镇东开河建坝，与该商买卖不便，自是实情，卑职以事关商务，不敢壅于上闻，理合据实，转请大人鉴核，俯赐批示祗遵。肃此云云。十二月□日①

抚宪批：据禀已悉。检查原案，河头之在安山，迤东系前泰安府潘守民表勘定于前，运河道崔道覆勘于后，禀经河院咨会前升院饬委朱道按照原勘图说兴办。上年十里堡淤塞，适坡河竣工，南北官商各船得以畅行，不特南运之盐颇资利益，即大工岗椿各料亦赖转输，成效昭彰。本可无事更改，惟既据核商等禀请，酌量变通，欲由镇西挑挖，是否远近商民均能有利无害，抑仅囿安山镇一隅之见，妄拟更张，仰河防局转饬该州，通筹全局，详加覆勘，再行禀候核办。此缴。

禀坡河由安山西开闸有利无害情形 红白禀

敬禀者：窃卑职去岁年终以新挑坡河与商不便，教职侯允范等联名具禀，愿自筹款，改由安山镇西开闸，请转禀。恭候批示，由旋于光绪二十八年正月二十八日蒙河防局转奉，抚宪批示，据禀已悉。查原案河头在安山迤东，上年官商各船畅行无阻，成效昭彰，本可无事更改。惟既据该商等禀请酌量变通，由镇西挑挖，是否远近商民均能有利无害，抑仅囿一隅之见，令卑职通筹全局，详加履勘，再行禀候核办等因。卑职即于二十九日赴安山镇偕同该绅商等周覆查勘，并访之远近船户商人等，或称有得无失，或称得失参半，或称有失无得，而要均不至有害于全局而无利于一方，谨就卑职所闻及管见所及绘图贴说，为我宪台详陈之。近来运河水源不旺，由镇东开闸，其势太急，改由镇西以缓之，不至来源立涸，其利一。将镇东河口填塞，省却岁修经费，其利二。买卖粮船直至该商门口装卸甚便，其利三。厘金局易于稽查，不至偷漏，其利四。此所谓有得无失

---

① 底本缺。

也。即镇西河口便于粮商，不便于盐货各商，则留东口以便赴洛，开西口专为稽查厘金，粮商往来，利虽无四而亦有二。此所谓得失参半也。甚至有失无得，四利全无，以新挑之河作为该镇水围，以防盗贼，该商之款亦非浪费，然此则必无之事也。以上各论，闻之该绅者如此。卑职酌中定夺，拟从其得失参半者为之，将镇西河口挑开，镇东河口不遽填塞，俟工竣后查看镇西河口能否船行无阻，再为核办，如此则有利于商人，而无害于全局。总之，卑职身任地方，万不敢徇一隅之偏见，弃已往之成功，妄事更张，所有奉饬查勘拟由安山镇西开闸，仍留镇东河口，俟工竣后查看情形，再作定夺。各缘由愚昧之见，是否有当，理合绘具图说，禀请大帅查考，批示祗遵，实为公便。肃此云云。十八年二月□①日。

计呈河图一幅。

抚宪批：据禀已悉。移开河口于关西，其利害得失是否确有把握。既云近来运河水源不旺，而又开东西两口分泄，是否无碍正河。且去年挑挖坡河经费先经运库筹垫，续由盐货各船加捐摊还，是坡河原为通行盐货各船而设，非仅便本镇粮商，此中自有命意，未便喧宾夺主，一切均须勘查。仰河防局遴委妥员前往确勘，并筹全局，禀局核议，详覆核夺。此缴。禀图均抄发。

禀动用坡河馀款加修小堤 红白禀

敬禀者：窃卑州新挖坡河以限于款项，仅以河中所出之土作堤，本不足恃，又加去岁夏秋间山水暴涨，冲突数月之久，水消后河身幸未淤塞，而一线之堤已化乌有。尔时臬司尚与何道同来查河，曾经估计非十万金上下不可，是以每逢赴乡，绅民以修堤为请，卑职知无此巨款，徒烦宪廑，不敢禀闻。讵日昨勘验河口，适值东北风起，吹水盛涨，处处漫溢为患，万一将两岸数百顷麦禾淹害，灾民何以为生。卑职睹此情形，不胜急躁，欲调夫兴修，而各村壮丁外出谋食者十居八九，仅馀老幼残癃，无能为役，不得已与富绅宋干臣商，挪借京钱五百千，嘱令督工雇夫，择险要处所每丈加土二方，约有八百馀丈，皆隔河取土，每方京钱八百文，已须六

---

① 底本缺。

百馀千。现在尚未完工，将来此款万不能令该绅垫赔，而卑州别无闲款可筹，拟由挑挖坡河馀存项下动用银二百两，其不敷者卑职捐廉补之，以坡河之款用之，坡河似尚无不合。然此不过救目前一时之急，万一河水再涨，为之奈何，且上下数十里即将坡河存款尽数动用，亦难必其有济。卑职反覆思维，无可措手，可否委员勘估略加小堤，但使麦禾得收，至伏秋水涨，非大加修筑不能抵御，固非目前所敢计及矣。卑职为保全民食起见，所有动用坡河馀存银两，并请委员加修，冀收麦禾而保民命。各缘由理合禀请大帅查考，批示祗遵。肃此云云。二月□日①。

抚宪批：据禀已悉。坡河两岸筑堤，猝难筹此巨款，略加小堤亦目前救急之法。既据称两岸数百顷皆系麦禾，则村民欲卫田庐，筑埝自卫，亦民间常有之事，何该处居民竟置不问。仰河防局姑先委员往勘，俟估需工款若干，再行核夺。此缴。禀抄发。

会禀查勘坡河开口情形并加修小堤工程 红白禀。会运同吕耀良衔

敬禀者：窃卑职耀良蒙河防总局扎委，以奉抚宪批示，东平州知州柳牧具禀请改河口门，并禀请委勘估修坡河小堤请示各缘由。行令前赴坡河工次，按照柳牧所称各节，周履确勘，统筹全局，禀覆一面请加小堤，切实勘估，共需工款若干，开折呈送等因。遵即束装驰抵东平州坡河工次，周历履勘。如原禀请将河口移开安山镇西一节，查前挑坡河由安山镇东入运，原有河口建闸束水之议，因需费太巨，改设草坝，讵距运河上游靳口闸相去较远，束水不能得力，安山闸又在河口之西，不若改归镇西，使河形稍曲，可以缓其水势，安山闸即在口门之上，正可借此闸随时启闭，以资蓄泄。惟镇东河口允宜堵塞，以免水势分泄，洵于盐货各船，通行无碍，而于本处粮商尤为便宜，即厘金局亦易稽查，可免偷漏之弊，诚属有利无害于全局，毫无窒碍，可否准其移开，应候宪示遵行。惟查安山闸旧有闸板，久已无存，既须借资，启闭自应添设闸板，应如何筹办，并乞钧裁。又原禀请于坡河两岸略加小堤，卑职周履查勘，坡河本未修堤，仅将河身所挑之土覆于两岸，旋因水涨漫溢，冲缺不堪，因据各绅民恳请修

---

① 底本缺。

堤，业经柳牧动用存款银二百两，先择险要督饬修补，虽目前水已消落，一经得雨，上游山水坡水汇注，则河身不能容纳，上年未及麦秋，水即涨漫，是其明证，加修小堤诚为急不可缓之工。卑职察看情形，详加酌核，拟请两岸小堤以底宽二丈，顶宽八尺为率，高三四尺不等，以地势高下为准，其有旧土尚存者牵匀计算，东岸每丈加土二方，西岸每丈加土二方五分，一律夯碱坚实，藉以保卫麦田，核实估计两岸工长四千八百九十馀丈，共需土一万四千二十四方有奇，每方连碱工核计需京钱三百文，共需京钱四千二百馀串。第当此库款支绌，公用殷繁，但能力求搏节，不敢稍事虚糜。查该处沿河一带均系连年灾歉之馀，民情极苦，可否以工代赈，招集附近灾民修筑，每土一方酌给京钱一百六十文，约计不过千金之谱。既可节省经费要工，亦可速成，庶几麦秋可望，灾民得以资生，一举而数善备，从此逐渐增培堤工，日臻高厚，俾可免于水患，则亿万生灵皆出自宪恩之所赐矣。是否可行，缮具估修工段丈尺土方各数，清折理合，一并禀呈大人鉴核，俯赐训示祗遵。肃此云云。三月□日①。

计呈清折一扣。

此禀以朱观察作梗竟至批驳，仅准加修小堤，然工未施而水已涨，查勘数次，全成子虚矣。

会禀坡河加修小堤请缓至来春 红白禀。会运同吕耀良衔

敬禀者：窃卑职耀良蒙河防局札委，以奉抚宪批。据本局详覆查议，坡河各工请将两岸小堤赶早兴修，先尽坡河存款支用一案，饬即会同东平州赶将两岸小堤，招集附近灾民即日兴工，如式修培，务期坚实，事竣报候验收，毋稍迟延草率，仍将兴工日期及办理情形随时报查等因。遵即束装起程，驰抵东平州会晤。卑职堂亦奉札同前由。随即会查坡河两岸。以外地亩仅只种麦一季，每逢大雨时行，河水涨发，秋收历年无获，若遇雨水稍早，河水外漾，麦收亦即无望，在春夏间预防河水泛溢，议修两岸小堤，诚为刻不可缓之工。是以前奉委勘，故亟亟以修堤为请也。迨经卑职

---

① 底本缺。

耀良奉饬复来，适今春雨水稀少，二麦业已登场，值此农忙之时，无论集夫不易，近又连日阴雨，河水已渐增涨，一俟伏秋水旺，即恐冲刷无馀，现在麦禾已收，无关得失，与其虚糜巨款，不如缓俟来春再为兴办。卑职等为慎重公款起见，是否有当，理合禀请大人鉴核。再，卑职堂前于春间督同民夫抢护险工，所用之款已由富绅宋干臣设法筹补，坡工存款即可无庸动用，合并陈明。肃此云云。五月口日①。

抚宪批：查坡河两岸以外民田地势低洼，每遇夏秋盛涨，河水泛滥出槽，两岸民田尽成泽国，是修建小堤所以保卫民田，小堤一日不修，即秋收一日无望。据禀现在河水增涨，且新修之工易于冲刷，请缓至来春兴修，尚属实情，应准照办。仰河防局转饬遵照。缴。

小堤何为而请修？为保全两岸麦禾而然也。麦已收获，修堤何用，乃请动用存款银二百两则付之不答，请改河头则未蒙允准，而独准修此无用之堤。甚矣，其不可解也。将以为河头必不可改，与当余转禀时不过谓下情不敢壅于上闻，非必欲改也，批驳焉可也。顾令余查核议覆，若以为余谓可改，即无不可改者及议改矣，又不之信。夫诚不信，批驳亦无不可也。乃又委委员吕来复勘，意以为上宪慎重公事，不厌其详耳。乃吕议如前，且申明河头在东，旧日石闸无用，河头移西借以蓄水，可省建闸之费，有利无害，确凿不易。易曰：三人占则从二人之言。是役也，余与绅商所见同，吕又与余与绅商所见无不同，则固不仅二三人之言，直人人之言，则其宜改而毫无疑议也，明矣。讵意此以为河身太直，一泄无馀，彼则以为河身过曲，易于抖沙，彼以为利，此以为害，不询舆情，不核事实，但就治河书于纸片上驳之，辗转半年，仅以准修小堤了之。彼盖亦知此时小堤已不必修，且水涨亦不能修，而不修之词，不出之彼，令出之我，以为非我不准修，乃伊自不修，以为他日辞咎之地，其用心亦良苦哉。然此皆朱道不学无术作梗于其间也，以河头在东，彼主之也，彼主东而我改西，不论是非，在所必争也。何争乎？尔与己异也。夫河非尔家世业，改之与尔何辱，不改与尔何荣，身为监司，执拗如此，中丞亦不

---

① 底本缺。

询诸两司道府而任其执拗，如此所费不赀，而于事无济，地方官尚敢作事乎？早知有此绅商之禀，不转可矣，然即知有此亦必不以惜费，故而拂百姓之欲也。禀而不准，百姓皆谅我心，曰：我父母官非不为也，不能也。若不禀焉，何以谓民父母哉。嗟嗟，每见老吏奸猾，巧于规避，不问民瘼，但求无事，心甚非之，今而知皆自阅历中来也，阅历深故趋避熟也。语曰：良吏可为而不可为。其信然与，其信然与。语曰：成大功者，不惜小费。朱梓贞观察奉委挑挖坡河，估工太俭，众皆谓款必不敷，而公一意节省，不惟不使不足，且必令有馀，遂至贻有数失。何以言之？挖河无不筑堤，无堤何以成河，公但以所挖之土堆积两旁，并不施工，本难成堤，况河深之处，无土可堆，则有河与无河等，失一。坡河本下洼，民田冲刷既久，致成河形，则自应顺势挑挖，公以由西北入清河门段，长功（常工）巨（遽）改由东北之张家口入大清河，以图省工，而其势不顺，每值水大往来船只仍行旧道，失二。既欲由大清河入清河门，则河中沙淤自应加倍疏浚，而公视与常工等，致船行至此，多有阻滞，失三。承修委员无不赔累，有力者多方挪借，无力者亏工头，工头亏土夫，纷纷械斗，几酿命案，失四。至开闸淹害麦禾，沿河居民聚众鼓噪，其势汹汹，祸几不堪设想，又不在数失之内矣。此皆省之一字误之也。嗟嗟，既欲省费，何如不挑。且款出自运库，并非立有限制，只以估工之故，必欲不失前言。揆公之意，盖恐所费溢于所估之外，必将为众所非笑，岂知有此数失，其非笑更甚于是乎？非尚廉访有以保全之，几遭不测矣。乃知人之作事不可预存见好之心，而公之器量狭小，不足以建大功而当大任也。犹幸所省之费不入私囊，其操守确有可信耳。

分泰安府发审委员周大令梦非庆熊，即府委代理东平者也。余接篆，伊即交卸，因教案有记过一次，嗣朱观察奉委挑挖坡河，周以事来州，朱委以坡河第一段工，周亦乐从事，为销过计也。讵赔累不堪，局设阳谷店，距城三十馀里，督办委员查工至，皆以为食宿之所，又不照章发价。工竣赴安山总局为众工头所窘。余适至，唤工头谕以赴州算账，决不令尔等穷人吃亏，万勿滋闹。工头称，非工头敢与委员闹，乃土夫与工头闹耳。余吩咐毕，乘肩舆回署，有差仓皇至前，曰："勿行！有土夫百馀人持铁锹来，其势甚恶，勿行！"余曰："若辈真敢造反耶？"言未已，已到肩舆前。小队四人，皆空手，茶坊酒肆人见若辈无理，或夺其锹，或拾木柴执土夫数人殴之，血流满面，又往执他土夫。余急止之，即住肩舆问意欲何为，若辈不敢语，但叩头求赦，再问则供称街上传闻州大老走矣，土夫等误以为周大老走，恐所欠米面账无所出，故拦其行，若知是州大老，万不敢如此。余曰："即是周大老，即应如此耶。"土夫语塞，但称小民无知，罪该万诛，连叩头至地，且称虽受伤，死亦无憾，盖恐余治以叛逆之罪也。余初恨之，继且怜之，施以药，令去，嘱其工头数人来州与周算账。周自觉理短，赔银三百两，余派差往泰安取来者。令工头散给众土夫，而工头犹以为赔累不堪也，周可谓冤矣。然果能销过，亦尚不负初心。嗣以抚宪委尚廉访查勘，朱自顾不暇，而尚暇为周销过耶？且本无功过，何由销耶？则周又冤中之冤矣。至其馀委员亦稍有赔累而皆不如周之诚实，故皆不若周受害之甚也。余前论有几酿命案一语，恐后人不解，故补叙其事云。

附禀捐置北大桥渡船并筹办各情形红白禀

敬禀者：窃查卑境城北北大桥地方为大清河往来渡口，地当冲要，桥久倾圮，凡有文报饷鞘大小差使皆须由此经过，而向无应差船只，每逢差至往往赴他处渡口，借船以济运渡，顾此即以失彼，其贻误要公，勒掯行人等弊皆所不免，亟宜设法整顿。溯查昔年原有渡船及岁修地亩，嗣因无人经管，地被穷民侵占，日久遂至废弛。本年河水较大，借船应用甚为不便，亦非经久之计，当由卑职捐廉京钱三百馀千，购置大船一只，专为此处渡口之用，交由附近村庄出夫管理，所收船资，即为船夫糊口之需。设渡以来，办理尚属得力，并查出昔日渡口地亩，仍令原种之户领种，分别认租，免致失业，每年约计可得京钱一百千文，专为岁修船只并渡口等费，无论何等公事，不准挪用，遇有被水免租之年不敷之项，由本任官捐补，其经管摆渡之人亦不得任意需索，漫无限制。兹同该庄长首事等公同商议，明定章程，出示晓谕，咸使周知，并拟勒石以垂久远。有此一番整顿，庶于差务商民两有裨益，而渡船亦不至再为废弛矣。所有卑州捐置北大桥渡船，并查出地亩收租专归修船等费，他项公事不得挪用各缘由，理合禀呈大帅查考，俯赐批示立案，实为公便。肃此云云。二十七年十二月□日①。

计开北大桥渡口章程十二条：

一、慎用人。既有渡船必招船夫水手，然非忠诚可靠，必至借端讹诈。兹责成该庄长首事等具保，以昭慎重。

一、尽职守。船夫水手经管渡口乃其专责，自应轮流值日，无论昼夜风雨，不得擅离寸地，致有贻误。

一、急公务。官渡原为官差而设，公文折报固不准一刻停留，即饷鞘车辆，往来委员与客商货物一时并至，亦须先官后私。

一、津帮渡。如逢军装兵车等大差过境，只此一船，万不敷用，必须调单家楼、武家漫等渡口船只帮载，每日每人津贴饭食京钱二百文，以示体恤，差过即行放还，不准挽留。

一、禁需索。官差过境，固不准讨要酒资，稍为留难，即客商亦须随到随渡。倘或故为抑勒，希图重费，一经查出，重惩不贷。

一、示定价。船夫水手既膺是差，亦难责令枵腹从公，兹酌中定夺，每重大车一辆，京钱三百文，重轿车一辆，京钱二百文，空车均减半，重小车一辆，京钱五十文，空小车一辆，京钱二十文，骡马一头，京钱四十文，牛驴一头，京钱二十文，重挑一人，京钱十六文，空挑一人，京钱八文，单行一人，京钱四文。悬牌渡口，使往来客人无不周知，倘敢多取分文，准其来城呼冤，讯明究办。

一、顺舆情。此处虽系官渡，而城内关外附近村庄每逢集期经过者居多，无论大小车辆，往来行人，不取分文。缘向系该船夫等按季由各庄长等收敛粮粒，以资津贴，询之居民，咸以为便，自应照旧以顺舆情，惟不得任意科敛，以滋事端。

一、筹底款。有渡船而无经费，不三二年即成弃物。兹将渡口之地查出，即租给侵种之人，酌令纳租，该租户既以不夺其地而知感，渡口有此

---

① 底本缺。

经费亦庶可久而不废。

一、减地租。渡口之地皆系临河，每年不过收麦一季，租价多者每亩一千二百文，少者四百文、二百文，均令麦后缴清，以秋季百无一获也。如麦亦未登，随时酌减。

一、定岁修。租价所入不过百千，倘所出无定，必至不敷。兹拟每岁提出京钱三十千作为小修，其所馀之款存库，以备大修，再不敷者由本任官捐补。

一、搭浮桥。水退之日，船不适用，查每岁十月初一日后由船夫等搭浮桥一座，京钱三十六千，向由官垫赔。兹既有专款，准其出渡口项下支销。

一、谨护盖。有水之年，船常在河，不至损坏，偶值无水或弃之坑际，或昇之岸上，护盖不谨，失少敝坏，皆所不免。兹一律责成该船夫等，如有前项情弊，令其包赔。

计开北大桥查出地亩亩数并租户姓名：

王广训领种淤地二分六毫，每年纳租价京钱二百四十六文。

孟毓琢领种淤地八分八厘，每年纳租价京钱一千五十六文。

展景钦领种淤地八分九厘四毫，每年纳租价京钱一千七十二文。

王庆芳领种淤地一亩八分八毫，每年纳租价京钱二千一百七十文。

陈本正领种淤地二分六厘三毫，每年纳租价京钱三百一十六文。

孟传绅领种淤地一亩四分一厘七毫，每年纳租价京钱一千七百文。

孟冠军领种淤地十一亩一分一厘五毫，每年纳租价京钱十三千三百三十八文。

陈本安领种淤地一亩七分九厘二毫，每年纳租价京钱二千一百五十文。

刘长清领种淤地三亩八分九厘一毫，每年纳租价京钱四千六百七十文。

孟朝选领种淤地六亩七厘八毫，每年纳租价京钱七千二百九十四文。

刘长河领种淤地四亩一分八厘五毫，每年纳租价京钱五千二百二十二文。

陈本厚领种淤地一亩一分三毫，每年纳租价京钱一千三百二十四文。

徐玉元领种淤地二亩三分三厘八毫，每年纳租价京钱二千八百六文。

张吉全领种淤地四亩二分八毫，每年纳租价京钱五千五十文。

孟毓殊领种淤地三亩四分四厘二毫，每年纳租价京钱四千一百三十文。

赵守忠领种淤地二亩五厘八毫，每年纳租价京钱二千四百七十文。

展登云领种淤地五亩九分一厘三毫，每年纳租价京钱七千九十六文。

马凤伦领种淤地九亩六分八厘六毫，每年纳租价京钱十一千六百二十二文。

王金才领种淤地四亩一分五厘三毫，每年纳租价京钱四千九百八十四文。

陈四公领种淤地六亩七分三厘一毫，每年纳租价京钱八千七十六文。

王景祥领种淤地九亩，每年纳租价京钱十千八百文。

以上二十一户，共领渡口地八十一亩一分六厘一毫，每亩纳租价京钱一千二百文。

每年共纳租价京钱九十七千三百九十二文。

陈本海领种淤地五亩，每年纳租价京钱一千文。

王立行领种淤地五亩，每年纳租价京钱二千文。

以上二户共领渡口地十亩，因地内多被沙压，共纳租价京钱三千文。

以上通共二十三户，每年共纳租价京钱一百千三百九十二文。

抚宪批：如禀立案。仰泰安府转饬知照。此缴折存。

牧东纪略卷二

东平额征地丁钱粮载之志乘、赋役全书，不必赘述。惟查串票自乾隆年间即正耗并列，无有知其误者。历城庄大令洪烈揭明通饬，始知多征一耗，然亦以见误收者之不只历城、东平矣。当即禀明开征在先，奉文在后，未能中止，多收之款，尽归盈馀。次年即行更正，每岁为百姓省银六千馀两，此一大关键也，而孰知事即由此而起矣。纪钱粮略。

禀钱粮照旧征收盈馀尽数归公 红白禀

敬禀者：窃查本年九月二十一日奉本府转奉宪台檄饬，据历城县具禀，征收钱粮定价，每银一两收京钱四千八百文，如单内正耗并列者，请按京钱四千二百一十文折收正耗，并计共合京钱四千七百九十九文四分，较之原定四千八百文之数有盈无绌，官民两得其平，书吏无从弊混，饬令遵照办理等因。适卑州下忙钱粮已于八月初间开征，不惟单串散出，难以更造，所有零星花户征存在柜亦无从退还。窃思钱粮增至四千八百文本为筹款，酌提盈馀而，然卑县开征已久，势难中止，初欲请示而行，又恐有稽时日，不得已仍照向章征收，俟收有成数，核算能赢若干，即批解若干，尽数归公，决不敢因提数有定藉以取巧。除赶紧催征报解外，所有卑州钱粮开征已久，零星花户无从退还，禀请照旧征收，盈馀尽数归公各缘由，理合具实禀陈大人查考。肃此云云。光绪二十七年十月□①日。

抚宪批：均笼统其词。藩台更有如正耗并列单内者，则应以四八分折，庶合总仍合四八之数等语。不知此即为多收一耗，非必正银一两，再加耗一钱四分也。总之单内只应列正，不应列耗，盖征正而耗即在内也。若东平既列正银八钱七分七厘，又列耗银一钱二分三厘，是以八钱七分七厘之正银，而误征一两，所以谓耗外加耗，故次年更正后，但收单内正银，不收耗银，恰好合历城四千二百一十文之数，不然焉有四千百文之定章而可妄减哉。然此中曲折非细心人不能知，即细心如方伯犹不能遽知，以未身处其难，故也。余以有浮收之控，日夜探讨，始行悟出，无怪乎幕友之含混其词矣，不能了然于心，岂能了然于口耶。夫浮收何事而敢蹈前人覆辙哉，即云误会亦安所辞咎哉。所恃禀明在先，方伯可代余剖辩耳，独异余误收一耗，自行禀明，几遭风波。城武业大令误收一耗，被后任揭出，竟安然无事，并调大缺，此胡方伯所以代为不平也。

或有仍不能了然者，余曰：当日原定章程系每正银一两征收京钱四千八百文，一切耗银火销等费均在其内，故但征正银不征耗银便得。或曰：既不征耗银，何以有耗银之名。余曰：非不征耗银，征正银已有耗银也。当日想恐百姓不解，故征收但以正银核算，至解蓄库时方分清眉目，征收银一两内有正银八钱七分七厘，耗银一钱二分三厘，故余前云凡单内正耗并列之一两，实则只八钱七分七厘也，八钱七分七厘而征银一两，非多征一钱二分三厘乎？此所以为多收一耗也。若照方伯所说，单银一两外又征一钱四分，则三耗矣。岂只耗外

---

① 底本缺。

加耗哉？或人犹不甚了了，余一言以蔽之，曰：切记单上不准有耗字，有耗字便误。

或又曰：钱粮通省一律，他县单只列正，东平独正耗并列，何以上宪无一挑剔，地方官亦无以悟及？余曰：查东平州正耗并列，自乾隆年间已然，相沿已久，上宪何从挑剔，地方官即或悟及，二三百年旧案谁敢妄事更张，况地方官办征收事宜皆以钱席为主，钱席不悟，官又何从而悟耶？余非此次惹出事端，悉心核计，不亦终身梦梦耶。或曰：当日铸此错者不知其有心耶，抑无心耶？余曰：以为无心，每年多征银六千馀两，岂不思从何而来，则其有心也必矣。或曰：既属有心，而能使数百年中无一知其弊者，甚至明为揭，出千言万语，舌焦唇敝，当局犹未即悟，是人之心亦巧矣哉。余曰：心则诚巧矣，但此数百年多征银不下一百数十万两，皆小民之脂膏也，是人之心亦毒矣哉。孟子曰：始作俑者，其无后乎。其斯之谓与。况作俑之始或可与居停分肥，至时过境迁，后之来者相视以为故，然为幕友者即欲染指，而无从是一，已徒伤心害理，而为后来不知，谁何之居停。每年增出银数千两，彼不知其故者既无由归功，知其故而几至酿祸者，且将以归过余，又未尝不叹是人之拙甚矣。或人唯唯，余因撮其问答之语，约略记之，以为有征收钱粮之责者告。

禀起解应提钱粮新旧盈馀银数日期 红白禀

敬禀者：窃查前蒙宪台札饬，各州县应解钱粮盈馀银两，令即遵照定章，分别新旧各案，分款提解等因。遵查卑州木年钱粮定价折收奉文自下忙为始，上忙银两仍系旧章征解，所提银两自应与下忙各款划分核扣，批解清款以清眉目。查本年上忙共征完银号银八千九百三十二两五钱四分，钱号银一千四百二十六两七钱四分四厘，除银号照章免提外，应提钱号一钱，盈馀银一百四十二两六钱七分四厘，应归旧案之款划解；下忙钱粮除蠲缓民欠，实共征完银一万一百六十两六分二厘，内旧案钱号银三千四百九十五两六钱三厘，应提旧案一钱，银三百四十九两五钱六分一厘，又每两长钱四百文，按京钱二千六百文，合银五百三十七两七钱八分六厘，又新案银号银六千六百六十六两四钱五分九厘，每两提银三钱五分，应提新案银二千三百三十三两二钱六分一厘，又每两加提五分，应提银三百三十三两三钱二分三厘。以上共应提旧案盈馀银四百九十二两二钱三分五厘，新案盈馀银二千三百三十三两二钱六分一厘，长钱加提两项共银八百七十一两一钱九厘。现已如数分款照提，随同应解正款各银定于□月□日①解赴宪库兑收，除分款具批另文申解外，所有起解应提新旧各案盈馀、银数、日期，理合禀报大人查考。肃此云云。十二月□日②。

抚宪批：查核解到新旧各案盈馀数目均属相符，惟新案盈馀每两提解四钱，虽已合银价减落加提限定之数，然尚有如能仰体时艰，核实多解，酌量奖励一节，如德平等属均各多解一二钱不等，历城著名赔缺亦能多解五分，每两计提解四钱五分。该州即不能照德平解数亦应仿照历城，每两再解五分，听候酌奖，仰即知照办理。切切。仍候抚宪批示。缴。

禀补解钱粮新案盈馀银数日期 红白禀

敬禀者：窃卑职去岁分解下忙银两，于光绪二十八年正月二十六日蒙宪台批，查核解到新旧各案盈馀，数目均属相符，惟新案盈馀每两提解四钱，虽已合银价减落加提限定之数，然尚有如能仰体时艰，核实多解，酌量奖励一节，饬令卑职仿照历城，每两再解五分，听候酌奖，仰即知照办理切切等因。卑职前在省垣亲蒙宪台训谕，谓加增钱粮系为国家补不足，非为州牧留有馀，闻之不胜悚愧，自应遵照，每两再解五分，乃卑职细为核算，尚能勉强加增。查去岁下忙，征收新案银号银六千六百六十六两四钱五分九厘，兹每两补解银一钱，共应解银六百六十六两六钱四分五厘九毫，合前解四钱已副五钱之数，现已如数倾融，定于本月初八日解赴宪库兑收。除具批另文申解外，所有起解新案补提盈馀银两数目日期，理合禀报大人查考。肃此云云。光绪二十八年二月□日③。

---

① 底本缺。
② 底本缺。
③ 底本缺。

禀藩台 _{夹单附正禀内}

敬再禀者：窃卑州征收钱粮向系每单银一两，内注正银八钱七分七厘，耗银一钱二分三厘，正耗合算以副四千四百文之数，如此办理已久。去岁下忙加至四千八百文，亦以此合算，曾经详细陈明，禀请照旧征收，所有盈馀尽数归公在案。兹值开征之期，是否仍照去岁办理，仰或将耗提出之处，卑职不敢擅专，理合附禀，恭候批示祗遵。总之，为国家筹一分款，即为朝廷解一分忧，卑州缺分虽苦，万不敢多取万民之脂膏，徒充一己之囊橐。卑职曾有迂论谓：作州县官得之地方者用之地方，为逆取顺守。盖作官之钱，校之教读所得，总属非分，是以卑职现任五六年并无积蓄，固由缺分非优，亦以捐输地方者多也。卑职前在省垣面领教言深为钦佩，故敢以区区愚忱用渎宪听。肃此云云。

抚宪批：据禀并另单均悉。核计所解盈馀，每两计提五钱，除银已于本月十八日堂期饬库兑收，一面汇案核奖外，现值上忙开征之时，仰将地丁同盈馀银两随征随解，以供指拨，弗稍延欠，是为至要。至该州单银正耗并列，相沿已久，现在收数既与定章相符，自可毋庸更张，并即知照，仍候抚宪批示。缴。

甚矣，征收钱粮正耗并列之为弊深而未易晓也。去岁请示，便有正耗并列莫若拆算以合四八之数之批，不知误即在此也。兹值开征，复为请示，更批该州正耗并列相沿已久，现在收数既与定章相符，自可毋庸更张云云。夫既正耗并列，收数焉能与定章相符？是仍不悟正耗一两收钱四千八，即多收一耗也，已二月底尚未开征，奈之何哉。或谓既有此批，可以不改。余曰："不然。夫岁以开征在先，奉文在后，其不改者，不知其误也。兹既知其误而不改，又何说之词，以为有藩台批，然亦以与定章相符，毋庸更张，非谓与定章不符，而亦毋庸更张也，此何等事而敢不踏稳脚步耶？其改也必矣。"或谓今年改收四千二百一十文，蒋李二恶绅方欲生事，而无由必追究去年下忙多征之款。余曰：去年已经禀明尽数归公，是本不欲入一己私囊，则亦仍尽数归公而已矣，何畏焉，其改也必矣。质之钱席吴静，如亦深以为然。遂出示晓谕，而二恶绅果借以起讼焉。

会禀本府查明李尚彬等以征收与章不合情形红白禀会知县周庆熊衔

敬禀者：窃卑职庆熊蒙宪台札委，以据东平州举人李尚彬等以征收与章未合，请追上年浮收钱文等情一案，饬即会同印官查明实在情形，会禀核办等因。遵即束装起程，驰抵东平州会晤。卑职堂亦奉宪台批同前。由卷查东平州钱粮向系银钱兼收，其完银号者应征正耗火工解费各款，按银核收，其完钱号者向收京钱四千四百文，正耗火工解费一切等项均在其内。粮串向系正耗并列，每单银一两，内载正银八钱七分七厘，耗银一钱二分三厘。上年奉文自下忙为始，无论银钱各号统改每两收京钱四千八百文，火耗解费皆在其内，当即按数细核，以每单银一两内正银八钱七分七厘，合京钱四千二百零九文六分，耗银一钱二分三厘，合京钱五百九十文四分，并而计之，适合四八之数。开征已久，九月杪始奉通饬历城县禀准之案，维时征收在柜，钱粮数已过半，花户零星，势难退给，随经卑职堂据实具禀，请示在卷。上年十二月间起解应提各案盈馀，禀内声明，下忙钱粮，除灾缓民欠，实共征完正银一万一百六十二两六分二厘，内旧案钱号银三千四百九十五两六钱三厘，应提旧案一钱，盈馀银三百四十九两五钱六分一厘，又每两长钱四百文，按京钱二千六百文，合银五百三十七两七钱八分六厘，又银号银六千六百六十六两四钱五分九厘，每两提银三钱五分，应提新案盈馀银二千三百三十三两二钱六分一厘，又每两加提五分，应提银三百三十三两三钱二分三厘。又于本年二月十八日堂期加解新案一钱，盈馀银六百六十六两六钱四分六厘，前后合计共解银号新案盈馀每两已有五钱之多，其钱号项下系按旧章，每两收钱四千四百文，核算除解旧案一钱盈馀之外，下馀四百文亦尽数合银，统作盈馀，解司兑收均有卷据，班班可考。至此次致讼之由委，以拘泥旧日板串，沿人之误，致有长收耗银。然上年已经禀明，尽归盈馀，今年上忙又一律更正，出示晓谕，统照历城成案征收，是自行核减之举，反为若辈肇讼之端。果如所请，不但致长刁风，亦流弊更多，惟推原以银号改钱号之由，系为国家补不足，非为州县留有馀。卑职上年误收之银既经禀明在先，恳祈仍照前禀尽归盈馀，以公济公，则卑职之心安而若辈亦无所借口矣。是否可行，卑职等未敢擅拟，理合将查明实在情形，会禀大人鉴核，俯赐转禀请示饬遵，实为公便。肃此云云。此禀本府未转。

州县之有本府，非第令受州县节寿陋规已也，亦非以受有州县陋规而即隐匿其恶，宽恕其罪也，亦视州县所得之过何如耳。若其私也，咎由自取，揭之亦可，何怒之有。至今日之事相沿，不知其误者已数百年，知其误即为禀明，则不得谓之私，亦不得谓之咎由自取矣。况藩台亦不知正耗并列之误，昨来封山详陈曲折，始悟前批之讹，临行面嘱将此中致误节情详禀本府，本府一转便可了事。是言也同本府言之，非为余一人私言之也，乃竟畏首畏尾，不敢转禀，而蒋李二恶绅司控批词亦与所嘱者两歧，遂致惹出许多事端。案虽不由本府自主，要不能不致憾于本府之无能也。本府为谁，姓王名绍廉，字砥斋，即周玉帅比之五官中眉毛，默不一语，悻悻而改省河南者。

会禀李尚彬等上控州征浮收现已会商妥议禀请示遵红白禀。会知县周庆熊衔

敬禀者：窃卑职庆熊蒙本府札委，以奉宪台转。据东平州举人李尚彬等以州征浮收恳请留抵本年粮赋一案，蒙批：粮价纠葛，前据该州具禀请示，即经明白批示，如果该州实有误会，多收自应如数退还。上年平阴县亦有误会，多收原定准抵次年粮赋，嗣因绅董请作校士馆经费，即经批准在案。今该举人等佥请拟抵粮赋，自应照准行，令委员会同该州商诸绅董妥筹核办，至票钱应否酌减，亦即妥定禀办，均毋徇庇忽延，致贻后患。切切。抄黏附等因。蒙此遵即束装起程，驰抵东平州会晤。卑职堂亦奉批同前。因卷查卑州钱粮向系银钱兼收，正耗并列，相沿已久，不知始自何时。上年奉文自下忙为始，无论银钱各号统改每两收京钱四千八百文，火耗解费在内，当即按数细核，以每单银一两内正银八钱七分七厘，合京钱四千二百零九文六分耗银一钱二分三厘，合京钱五百九十文零四分，并而计之，适合四八之数。开征已久，九月杪始奉通饬历城县禀准之案，凡正耗并列者，每两只应折收京钱四千二百一十文，折合计算已符四八之数，方知卑州钱粮似有误会多收之事，维时征已过半，花户零星，势难退还，

故仍照旧征收，并将办理情形据实禀陈宪鉴。今正补解盈馀，复将长收银两另单陈明，请作盈馀提解，各在卷。继思此案事关通省，既与定章未符，一误何可再误，已于本年上忙未经开征之前一律更正，出示晓谕，统照历城成案征收。乃核减未久，该举人李尚彬等即以州征浮收等情，前赴宪台衙门具控，蒙委卑职庆熊来州会查，随将拟办情形详细禀覆。尚未奉批，该举人等复以前情控，蒙宪台批饬前因，卑职等遵即谕邀绅董，无论是否呈列有名，均令如期来城，以便商办。查具呈者虽有八十馀人，其中多系冒写，纷纷递呈摘释，以故一再邀催来者，仅有二十馀人，晤商之时有愿报效充公者，有愿留抵来年粮赋者。此外更有城乡十二保绅民联名递呈，以留抵粮赋易滋流弊，地亩典卖转多纠葛，拟请将误收之项提解宪库，以济饷需，抑或暂存州库留备本境赈款之用。似此议论纷歧，势难分别办理，各遂所愿。卑职等伏查该举人等所请留抵粮赋，本可照办，惟地亩既有典卖，则纠葛不清之弊在所必有，欲留作校士馆经费，又士绅不合，难于乐从，体察情形，悉心筹商，只有解上充饷，可杜讼端。或竟留作赈款，以本境公项为本境善举，有公无私，到时并禀请委员查放，以绝弊端，亦可永无后患。该绅民既有急公好义之心，未便壅于上闻，二者究应何从，卑职等不敢擅专，伏候宪核示遵。至原呈内称上年下忙每两长收京钱八百八十二文，询系误收一四耗，合钱六百七十二文，粮书饭食火工钱一百文，底子钱一百一十文。查上年下忙共计征完正银一万一百六十二两六分二厘，每两长收耗钱六百七十二文，共合京钱六千八百二十八千九百零二文，现已如数提出，另款存储，应俟奉到宪批，再行遵办。又查粮书饭食火工一款，从前征银号时本有此项，迨下忙改章之后早经禁革，现又同众质明实未收纳此款，应即毋庸置议。又查底子钱一款，征收钱粮本系制钱，卑州通行街市钱文系属九八，故收纳钱粮，每京钱一千应补底子钱二十文，按每正银一两征京钱四千八百文，加以误收之六百七十二文，共计应合前数。今年上忙钱粮业已核减，此项亦应随之，若完足钱即无此款，此不独卑州一处为然，通省州县大抵相同，未便准予裁革，自应仍照向章办理。至于票钱，系为查造册串纸笔之需，每张仅收京钱一十二文，呈称二十四文，系指两忙统完者而言，为数无多，难以再减，应请仍循其旧。所有会同查明卑州举人李尚彬等上控各节，体察情形，分别核议缘由，是否有当，理合禀请大人鉴核，俯赐批示祗遵，实为公便。肃此云云。光绪二十八年五月□日①。

抚宪批：据禀已悉。查该州误收加耗留抵次年粮赋，本系正办，惟据称花户零星地亩典卖，查办转多纠葛，应准核明误收钱数，按照市价易银解兑司库，以济饷需。至底子钱一项，该州既系市用九八，每串找补京钱二十文，仍是足京钱一吊，并不得谓之多收，应仍照旧办理。又如串票每张收京钱一十二文，虽为该书吏等造办，串票纸工在所必需，然亦不能不示以限制，应查照肥城县禀奉抚宪批准成案，每张折收京钱一十文，永为定章，不准该书吏丝毫多取，违则重惩。其粮书饭食火工一款于上年下忙改章时已经禁革，应准毋庸置议，仰即遵照批示，明白晓谕，遍行张贴，咸使周知，均毋违延。切切。并移该委员加照。此缴。

奉批后即出示晓谕，所有误收京钱六千八百二十八千九百零二文，已易银解兑蕃库充公，事亦可以已矣。乃蒋李二恶绅以未得染指，乘周中丞赴戴村坝之便，呈请将解入藩司之款领出修南大石桥，引出浮收二字，中丞不知端委，又兼余秉性抗直，平日所得罪者，今皆当道从中谣诼，几至祸遭不测，虽方伯力为剖辩，竟不能解。丁云樵谓不可以情理喻，其信然欤。嗣闻北洋来调，始有德平之委，乃知此老盖势利中人，惟势利可以动之，然此调从何而来，则非余所知，余固无片纸只字之求也。总之晦气已过，是皆天命，非关人力。

牧东纪略卷三

筹款以税务为大宗，税务以烟酒为大宗，虽近扰民，通省皆然，东平岂能独异。惟州境灾赈频仍，当委员查办之时，正大水围城之日，不得不请展缓，以安民心。讵众口铄金，几遭不测。纪税务略。附江皖买马过境滋事禀。

---

① 底本缺。

禀烟酒各捐暂请展缓 _{红白禀}

敬禀者：窃奉筹款总局饬办烧锅烟灯等项，领牌认捐，并委员来州会同查明，分别派捐等因。适卑职考试期内，局门在场，未能即为办理，及考试完竣，委员已去。伏查卑州烧锅一项经各前州暨卑职先后查明，举报八家照章纳税，税款之外，又有酒捐归入书院常年经费，如有短缺，由卑职捐补以足其数。嗣奉文改设学堂，亦将此款开册通禀有案，现在奉饬按户派捐，给牌开设，其中一切细情不得不据实以陈。卑州酒商虽止报明八家，若以门头计之，诚不止此数，但此项生意仅在本境互相买卖，并无行栈销售，有专设烧锅而不卖酒者，以出赁器具为业，有卖酒而无烧锅者，资本不充赁人，器具取其省便，亦有伙设一锅，数家轮烧其间，或自有座铺，或专售零贩，等等不一，更有富户婚丧大事用酒颇多，即雇工赁锅自蒸，亦或年节宾祭就在本庄借锅伙蒸，分酒储用。土俗相沿，旋烧旋止，实难预计家数。年来屡经查办，究无善策，不得已始令该商等公议定规，归并字号，呈明认税，与书院捐款由各商家按股摊派，归承办之家，汇集呈缴，遇有闭歇亦由各商酌减捐款，呈明核办，而税课不动焉。此卑州酒税报明八家之实在情形也。本年酒税酒捐业据呈缴，前经遵饬册报，迄未奉局明示，今已秋末，所有院长修缮生童膏奖应支之项均经支用。再者，小民之利只有此数，卑州以灾赈频仍之区，劝捐实官已凑银九千馀两，文庙城隍庙因光绪二十四年大水入城，全行浸塌，集款重修需京钱六千馀串，除卑职倡捐外，无非出自民间，至今尚未报竣。现闻筹款委员到境，人心惶惶，莫知所措，即如酒税一事若因其已捐而不另派则局款难筹，若责令另捐则一再重复，又恐商情拮据。思维至再，策乏两全。刻已冬令，瞬将岁暮，可否将该酒商领牌认捐之案暂予展缓，至来年开春查办，以示体恤之处。卑职未敢擅拟，伏候钧示遵行。至烟灯各捐，卑州并非大道，又无大商，琐屑诛求深恐得不偿失，亦请一律展缓。卑职为安人心起见，所有筹款暂请展缓，缘由是否有当，理合据实禀呈大人鉴核，俯赐批示祗遵，实为公便。肃此云云。光绪二十七年十月□日①。

---

① 底本缺。

此禀但禀护院胡，未禀筹款局，此余疏处，而开罪筹款局即由于此。闻局中见此禀笑曰：一州县官辄即为民请命，何不自谅，若是余亦作州县官多年，上宪饬办即办而已。夫以余谓不自谅，诚不自谅矣。然谓州县官不应为民请命，则不以为然。夫州县亲民之官也，其政之便民与否，上宪不知，惟州县知之，州县知之而不言之，害民之政焉。知不以为便民之政耶？言之而听则造福无量，言之而不听则咎不在我，此所以惟州县官乃能为民请命也，见之真也。惟处今之世而持此论，未免不识时务耳。

函致泰安府筹款分局正任茌平县豫幼竹

敝处酒税一案，月前由弟禀请展缓，昨始奉批仍饬会同阁下酌商办理，遂经传集各酒商饬谕遵办。适刘景袁兄到州，得阅贵局所奉檄文，书院经费准其查明实款，从中划拨各等因。至善至美，吾侪奉公者亦可办理稍易也。查敝处烧锅十数年前共有十家，除纳税外，每家捐京钱二百千，共合二千串，以一千归书院，以一千归城乡十义学，历经禀明有案。嗣以二十四年黄水入城，仅剩四家，后又增为六家，书院义学不敷用者即由各任垫赔。弟到任后，因各宪催甚紧急，又增二家，以八家禀明，每家税银十两，解归蕃库，京钱二百千仍归入书院义学经费，然其实并无此二家，税银二十两由弟垫解，书院义学所少之京钱八百千亦由弟垫赔，此敝处酒税之实在情形也。前已数经开册禀报各宪有案，现在办理自应统筹全局。查敝境为数十年灾区，缓征放赈，无岁不然，此项生意本属无多，城内四乡大小共计不满五十家之数，若必挨家呈报，势必力有不支，纷纷歇业。弟以公到阳谷店，系东阿及敝境兼辖之区，闻五家归并一号伙领门牌，照数认捐，该酒店无不称便。兹拟仿照办理共合为十八家，而以原报城内八家仍照向章，专归书院义学经费司税缴官批解，或将税银缴局拨解，均无不可，盖以城内酒店每家既纳税银十两，又捐钱二百千，不只合四十八两之数，不便更动也。至新办乡间十家，照局章认捐归局收纳报解，如此办法似可于筹款劝学新章旧案两无妨碍，百姓亦不至甚为拮据。现在办理大概情形如斯，是否有当，用特专函奉商，祈即示覆，以便遵循，或会列台衔具禀定案，或弟自出禀由贵局详办之处，统祈核示，是为至祷。专此奉商云云。光绪二十七年十二月□日①。

附禀稿一纸

敬禀者：窃查卑州前禀酒商认捐请暂展缓一案，奉批未准，仍令会同委员酌商办理，并奉筹款局另檄行知分局，其书院经费等款准令查明实数，禀请划拨各等因。遵即会同切实清查，认真举办。惟卑州西南两乡积年灾区，赈济频仍，民食犹且不足，焉能再设烧锅，实无酒商业户，仅东北两乡并城内等处有此生意，然其铺之大小、本之厚薄已参差不齐，而卖酒与设锅两事又有不同，其间委曲细情已于前禀分别缕陈。若必令挨家认捐，则铺小各家势不免于闭歇，非特于商情不协，亦于筹款无益。卑职等悉心筹划，惟有量为变通，使其大小相均，归并字号，伙领门牌，依附而行，应认捐项公同分摊，按牌责成一户齐款呈缴。此外，如有不在领牌之数者，即属私开，查明禀官究办。其应报座数，除原报八家之外，现又查报十家，计共报明领牌字号十八座，委系尽力派办，并无取巧隐漏情弊。至所缴之款本可统缴分局，再拨书院等经费，第查书院等各款册报之数均系实在支销，且捐集此款历年已久，著有成效。现当兴办学堂之际，经费尤为要务，似亦未便。以多年成案遽事更张，拟请将原报八家所捐之钱照旧，仍为书院等费，不敷之项仍归地方官捐补，额完司税缴由筹款局收拨，至续报十家照局定章程，认捐汇款批解乡间，如有添设，仍归局款，不准拨补书院。款项虽为分缴办理，仍属划一，其应领门牌一律填给，凭牌开设，以便稽查，而副定章。如此统派分缴，各有专款，免再由局支拨，致费周折，庶可于经费、筹款两无窒碍。除将领牌各字号造册另文申送外，所有查办酒捐分款呈缴缘由，理合会禀大帅查考。肃此云云。

前信及禀稿交帮查委员刘县丞国枢专差送泰安筹款分局豫幼竹处，迄无回音。十二月梢始来州晤商，先以捐数太少为词，余对以若连书院捐款合计较之他县并不少矣，则又以年关临迩，正酒商讨账之

---

① 底本缺。

日，传之来城，殊非体恤之道，不如缓之来春再办。余以言近情理，不好相强，单禀又似负气，遂尔中止，不疑有他也。讵知刘县丞者当路之至戚也，到处皆优礼相待，余仅以寻常委员视之，既不如意，论烟灯捐事，余又大加非议。伊问上宪定欲办，何如？余曰：上章万不敢抗此等乞儿捐，亦决不屑为也，不得已余亦包出而已。伊默然无语，而播弄是非，惹出后来事端，即由于此矣。

禀抚宪辩行为狡诈等批并请委员查办此稿未用

敬禀者：窃查卑州上年禀酒商认捐请暂展缓一案，旋于十二月十二日奉批未准，仍令会同委员酌商办理等因。奉此，卑职以年关已近，必俟委员到日再行办理，恐已不及，当将各酒户传至城内。正在论办间，帮办分局委员刘县丞国枢适至，卑职即与之妥商，将城内已报八家之捐款及各规费除税银八十两仍解藩库，其馀京钱二千串仍归书院义学经费，至四乡酒户援照豫令咸在东阿办法，大小相并，或五家三四家为一家，合成十家，每家照局章纳税，拟定禀稿加函交帮办委员刘县丞专差送至泰安分局，俟豫令复函到日再行缮发。一面嘱各酒户等将冬季税银措出候缴，嗣豫令亲自来州，卑职又将此情详陈，而豫令以东阿已奉驳饬，不得援以为例，且称他处至少每年收银均在千两以上，东平连解藩库仅五百六十两，必难允准。卑职以若将各酒户捐纳规费之京钱二千串合算亦合千馀金之数，况局札有准其划拨一节，似不妨会禀，听候宪裁。且可将门牌倒填作为冬季起税，豫令谓，与其奉驳，不如稍迟，俟来年开篆后详细查办。尔时已是二十五六，豫令即回泰安分局。卑职拟专衔具禀，又类相争，是以中止，并将各酒户已缴冬季银如数退还，嘱令俟明年委员到日复行查办。卑职前此因公进省，曾将各情面禀藩司，奉谕将书院义学经费必不可少，据实禀明。卑职回署，方拟具禀，而报歇业者纷纷，即照前数，恐亦不易。正踌躇间，忽于二月初七日接准接办筹款分局委员玉令均移奉筹款总局札开，东平一处，柳牧前禀因灾请缓，而实则已将当年规费收起，似此行为狡诈，实所不取，应仍饬令会同委员赶紧办理，毋得从中侵渔阻挠等因。卑职捧读之下，不胜诧异，不知豫令何以据禀，致筹款局以狡诈侵渔相加，又不知筹款局何据而以狡诈侵渔加卑职也。卑职反躬自维尚无此等行为，名节所关不得不详细剖陈。即如因灾请缓而实将当年规费收起一节，卑职之请缓者，合境之新税而所收起者，乃历经禀明之成案。不收起，藩库银八十两何以解。不收起，书院义学之京钱二千串何以支。若以此为狡诈侵渔，卑职不受也。抑或以预收冬季新税为狡诈侵渔，而此款，豫令以为数太少，明年复查，即令各酒户领回，有众酒户可查可问，卑职亦无所为狡诈，无所为侵渔也。现在宦途之杂，狡诈侵渔者容或有之，卑职尚不至如此不肖。至阻挠一节，全省通案，卑职何敢。若谓请缓为阻挠，卑职为惜民命起见，较之任意朘削不顾民命者，犹胜一筹，况并非阻挠也。卑职所陈各节，询之豫令，如有一虚，甘当重罪。卑职砥节砺名几四十年，不意年届六旬，来此不韪之名，应请宪台委员查办，使卑职有无狡诈侵渔劣迹得以水落石出，则死亦无憾。所有卑职办理酒税，奉筹款总局批饬，行为狡诈，侵渔阻挠诸节，请委员查办，各缘由理合据实禀请大帅查考。卑职明知所禀涉辩，然名节攸关，势难默尔，临禀不胜悚惶，危惧之至。肃此云云。

奉前批后函询豫幼竹如何具禀，嗣自泰安分局移来，原稿亦只以恤商为词，并无虽则请缓云云，乃知由筹款局递条面禀抚台加此一段。然批由禀来，禀无此语，冒以相加，殊难甘心，拟见中丞面为剖辩。适得卓异，众劝而止，大抵小人污人必以相反者污之。余性戆直，以为傲物抗上，容或有之，而狡诈决不至有也，然小人亦徒取快一时而已矣，究何损于君子毫末哉，岂以为狡诈而即狡诈哉。

禀抚宪卑州烧锅捐数未定请催委员来州覆查 <small>红白禀</small>

敬禀者：窃卑职接准泰安筹款分局移会，以奉筹款总局札饬，据该分局具禀办齐泰安等六县税务，缮具增减数目清折呈电，并查明东平烧锅座数未及开办缘由。蒙宪台批示，东平一处，柳牧前禀因灾请缓，实则已将当年税规收起，似此行为狡诈，实所不取，应仍饬令会同委员赶紧办理，无得侵渔阻扰等因。捧读之下，不胜悚惶。伏查卑州烧锅屡经奉饬，查明开报，嗣又奉准部咨行令倍征酒税，经前署卑州李牧暨卑职先后查报，八家照章纳税，向有每年捐缴书院义学经费，经卑州各前任于同治九年暨光绪六七年间禀蒙前宪批准立案，上年奉前升宪檄饬，查明向有之烧锅规费及杂税馀款，和盘托出，悉数归公，亦经卑职查明，据实禀陈。嗣于十月初间，筹款委员豫令来州，查办烟酒等项商捐，适逢卑州考试，卑职扃试在场，未能即与会商筹办，豫令随即他往。维时正值大水之后，城乡水陆不通者数月，生意萧疏，商情苦累，忽闻筹款委员到境，人心惶惶，莫知所措，将欲纷纷歇业。卑职试竣出场，闻知其事，殊于筹款有关，赶紧恺谕各商，示以大义，令其照常安业，一面禀请缓办，并将卑州烧锅委曲细情及已收酒税捐缴书院等费分别解支各节，附陈宪鉴明。知事关通案，不能卑州一处独邀展缓，故仅请暂缓一时，借此以安商业。迨奉宪示，会同委员妥速劝办，并颁发告示，张贴晓谕，俾众周知。卑职以年关已近，若必俟委员到此再议举行，窃恐有稽时日，先将各烧锅逐一清查，集商议捐，分局帮办委员刘县丞国枢适至，遂照前禀所陈各节与之，妥商酌拟办法，函会豫令商办，并令各酒户将捐项措备候缴。豫令得信来州，岁已将尽，卑职复将拟办情形面陈，熟筹审计。豫令以综计捐数虽已不赀，而解司正税以及书院等费皆为必不可少之需，若照局文准于捐项内查明实数划拨，则解局无几，意欲再为扩充。以年内仅止数日，各商散布乡间，正值年终清理铺赈之时，再事纷传，殊非恤商之道，不若俟过年关细察商情，再为议定，因而中止。此卑州与委员查办烧锅未及定捐，并已陈明收缴正税及书院等费，循旧解支之情形也。当此时事多艰，举行一切新政筹款极为要图，而奉文振兴学校，改设学堂，经费亦同关紧要，况卑州书院义学向赖酒户，每岁输资为之挹注，相沿已久，卑职身任地方，责无旁贷，不得不统计兼权，以免顾此失彼。上年烧锅未能办定，系为力求核实，多集捐资，逼近年终，赶办不及，委非有所阻挠。所交书院等费因系多年禀准成案，待用孔殷，仍由董事经手循旧收支，亦非卑职所能自私自利。现已函催接办，筹款委员覆查议办，卑职分应竭力襄成，一俟玉令来州，谨当遵谕，会同赶紧认真办理，总期多得一分捐款，即可多济一分公用，断不敢稍涉敷衍，以有负宪台筹款之至意。缘奉前因，合将上年查办情形先行禀请大人鉴核。肃此云云。光绪二十八年六月口日①。

---

① 底本缺。

抚台批：所禀是否属实，仰饬该局查核云云。似知前批之误，然从此与筹款局有隙，事事为难矣。

禀卑州烧锅商捐情形 红白禀。会候选知县玉均衔

敬禀者：窃卑职玉均蒙筹款总局檄委，接办泰安分局筹款事宜，并蒙另檄以奉抚宪批示，饬将泰安等处欠交银钱各家勒限催缴，并赴奉东平州会同妥速办理等因。遵将接管局务次第清理，旋即驰往各处，分别查催筹款。兹挨次驰抵东平州会晤卑职堂。查得卑州境内烧锅率皆小本经营，旋烧旋止，仅于本处零星沽卖，并无商贩流通，虽有专设座铺，亦有伙设一锅，数家轮烧，其或设锅而不卖酒，以出赁器具得价为业，或卖酒而无锅甑，出价赁烧以图省便，等等不一。向有应缴公费，经各前任禀明，提充书院义学等项经费之用，各视其力，分认汇缴。嗣又屡奉饬查办税，势难一例稽征，该等遂有公议归并之举。经卑前州暨卑职先后查报，八家照章纳税，仍由该商等与书院等费分认，上年奉前升宪饬将烧锅规费等项和盘托出，悉数归公，亦经卑职据实陈明。嗣因奉办商捐，咸以力不能支，将欲纷纷闭歇，卑职遂有请缓之禀，无非借安商业，迨奉示谕，仍令妥速劝办。即经卑职先将各烧锅逐一清查，集商公议，适分局帮办委员刘县丞国枢到州，即与妥商酌拟办法，函会豫令咸商办。及豫令来州，岁已将尽，卑职复与面商，豫令以综计捐数，虽已不赀，而解司正税以及书院等费皆为必不可少之需，意欲再为扩充，[以]各商散布乡间，年内仅止数日，万不及办，嘱俟缓过年关细察商情，再为定议，因而中止。今春又据各商陆续报歇，当因商捐案内未定，即经卑职查明，实在无力经营者，准其歇业开除，其有尚可支持者，劝谕照常开设，听候委员到日公同议捐。现在卑职来州，极应周历详查，集商定议。讵意连番阴雨，上游山泉诸水同时暴发，州境地势低洼，四乡多有积水，城乡水陆不通，卑职等既难亲诣查视，而该商等亦复不易来城。兹按春间所查，除歇业各家外尚存城乡四十三家，酌照上年冬间所拟办法，连该商等岁缴解司正税以及书院等费在内，统而计之，约可集捐京钱三千四五百串。惟自春及今时经半载之久，各烧锅座数有无增减，非再清查难于悬拟。刻值道途积水，一时难于消涸，卑职又奉调帘交卸在即，卑职玉均尚须他往，亦未便在此久羁，拟

请俟卑州新任到任后，道路疏通，再行详细确查，分别等差酌定，细数填给牌单领执造册，禀呈所有捐项，即自本年为始，统令于每年秋后一次完缴。至书院义学等费相沿已久，现奉振兴学校就书院改设校士分馆，改义学为蒙养学堂，用项更有增无减，舍此无款挹注，可否同解司正税统由捐项内划拨，伏候宪裁。所有查议卑州烧锅商捐情形，合先会禀大帅查考，训示遵行。肃此云云。光绪二十八年六月口日①。

余去秋之禀请展缓者，缓至今春也，现已夏季，尚未办定，虽遭口舌，于商民究有裨益。况烟土亩捐，肥城出土之地，仅报八顷，以差役与委员从中舞弊也。州差不敢舞弊，查出十八顷有馀。余以报出必来州安局，为地方又添一害，延未禀报。嗣闻后任以余未禀，遂亦置之，则为百姓省钱不少矣。知者得不以余为见好百姓耶，然见好百姓终胜于剥削百姓。

附禀江皖买马过境滋事请咨江督红白禀

敬禀者：窃查卑州地当孔道，为南北往来通衢，凡南省各路出口遣买驿马以及各大军差买战马多系由此经过，每至秋末冬初，各处买马弁役驱马回归，遂程前进。正值麦苗满地之时，马群到此莫不逗留，以图夜间撒放。民间赖地养生，且多灾区，自不容其作践，恒多拦阻起争。而买马之人恃其关税票单，诈称官差，借口失马肆意滋讹，究其真假，又无从分别，往往因此酿成事端。今年以来，买马滋事之案几至无岁不有，甚为农民之累。卑职察悉前情，思以预防，及早出示晓谕，附近大道、各村庄遇有马群过境，禀官设法遣走，不准百姓阻留生事。乃正在查禁际，据州境稻屯庄乡民卜毓峰等联名具控，有北来马贩驱逐马群在伊等地内撒放，麦苗抉根毁陇，践踏不堪，并将其菜园等物损坏殆尽，稍为理论，反向逞横，呈请查验讯办等情。到州末及往验，旋据买马人刘凤彩遣其管马把什马路来州报称，安徽汝州把总刘凤彩奉委遣买两江督宪军营战马，行抵州境稻屯，被乡民阻挡扣留，失少马匹，请为追赔。前来逐将具呈乡民与其

---

① 底本缺。

管马把什马路先为集讯。因本月初五日刘凤彩等夜间驱马绕出大道，至伊庄外地内牧放麦苗，天已过午，仍不前进，以致作践太甚，各乡民向其理阻，不但不让，反依势逞横，将马群赶入庄内，希图讹赖。幸庄长晓事，好言安慰，令将原马驰还，并于出进庄之时均同其马把什将马数当面查明，一百四十四匹，点交清楚，无讹。质之该马把什马路，亦供认无异。而刘凤彩强言短少，执意不允，当即亲诣查验。该庄距大道有十数里之遥，来往行走向所不及，明系贪放麦苗，而至看其践踏地亩毁坏菜园等处，约有数十亩之多。情形糜烂，甚属不堪，亦无怪小民之不能容也。但马群过境偷放麦苗事属常有，虽系有害民田，究属过路客人，劝谕乡民不得争执，善自遣去，即以了事。乃刘凤彩不惟不走，竟以马短借口搅闹，索令赔补。伏思当时马匹出入该庄，数目均经点清，集讯又无异词，且事当白昼，旷野之中马亦无处窜逸，何由而致短少？考其路票税照，所载马数又与来州索讹之数均不相符，再三较白，概置不闻，一味无理混狡，明系借端讹诈。该民人灾歉之馀，本属贫苦，今将其麦苗毁坏，已觉不堪，若再责令赔此讹款，实属力有不及，且亦非情理之平。卑职商令将马匹先行驱走，留人查找，或驱入城内喂养，以便派差查找，均皆不可。直在城外盘踞三日，小雨之后，地未冻结，附城麦苗根尽抉出，百姓纷纷呈诉。卑职深恐再滋事端，不得已认赔两马，由卑职照向买驿马价值折给银三十四两，勉强了事，送令出境。惟以后买马过此，不知凡几，此等刁徒亦不止此一人，图讹得便，必将效尤。卑州连年灾区，小民地涸得种，相依为命，似此任意作践，无情无理，万一愚民情急，理较不服，必至械斗，其患何堪设想？而卑州系南北通衢，无论官马私马又均不能不令此行走，办理非常为难，惟有据实禀陈宪鉴。可否俯准咨请两江督宪，遇有差买官马饬知该弁役，买马回归，每于到站之时，先派人持票预赴该州县衙门知照，以便派差照料出境，俾民间知系官差不得无故拦阻，买马之人亦不得借端扰讹，庶可免沿途意外生事矣。卑职为惜民生，安驿路起见，是否有当，理合禀请大帅鉴核施行，实为公便。肃此云云。光绪二十七年十二月□日。

本府转蒙按察司札开，光绪二十七年十二月初十日奉巡抚部院张批。据东平州禀，本州为南北驿路，江皖买马差人过境滋事，拟请饬知到踣知照，派差照料，请咨饬遵缘由。奉批已据禀，咨请两江总督部堂转饬查照办理矣。仰按察司转饬知照。缴。

牧东纪略卷四

国家之富强恃乎人才。学校，储才之地也。东平当未变法之先，院长傅晓麓孝廉即有策论之课，故较之他邑，独得风气之先。两科登贤书者六人，捷南宫者一人，文风遂为泰属冠冕焉。纪学校略。

观风告示

为晓谕观风事。照得北斗星分，天章绚彩，东原绩底，地脉呈祥，水则汶济交流，光涵日月，山则虎龙并峙，高接云天。是以韫玉含珠，辉腾至宝，钟灵毓秀，代产贤人。固不仅夏侯胜通经，赵邻几著史矣。冉子作中都宰，以德性见称；王朴为校书郎，知枢密必变。梁氏祖孙父子兄弟，一门济美，两状元何足多哉；刘家文苑忠烈儒林，列传增光，一公干殊难尽耳。其他文物衣冠之盛，俱见箕裘弓冶之传。本州法守河东，宦游山左，笔谏堂书罗万卷，大意略观，无棣州治逾三年，有成未逮，自分不材见弃，讵意斯篆来权。韩琦司马光皆吾中州显宦，勤求治谱；彭宣殷教祖尤我陈郡先贤，勉步芳尘。况家仲郢此地旧游，曾敦崇夫义气。岂予小子，裔孙远绍，敢徒侈乎词华哉。欲观士风，爰诹吉日为此示，仰合州贡监生童知悉，定于二月十八日扃门课试。尔等先投试卷，按鳞册以书名，齐集学宫，倚鸾旂而听点，序联鱼贯，笔挟鼠须，抒倚天拔地之才，蓬蓬勃勃，极泻水涌泉之思，本本原原，如闻食叶之声，各尽穿杨之巧。本州心无芥蒂，手自刖黄，知性道必先以文章，技敢嗤夫绣虎？况文学并列于政事，效曾著夫割鸡。观文即以观人，立言无殊立德。漫诩评操乎月旦，定知宏奖夫风流。此时叉手吟来，及第开尚书之杏；他日状头步去，和羹用宰相之梅。勉尔前修，副余厚望。特示。

禀整顿书院暨新章八条

敬禀者：窃蒙本府转奉大帅札饬，以各属义学书院认真整顿，并抄发吴令义培禀稿一纸，饬令遵照酌办，随时禀报等因。仰见大帅振兴学校，激励人材，凡有教养之责者，敢不实事求是，当即转知院长，遍谕诸生，无不欢欣鼓舞，有志向学。查东平龙山书院增设加课已经三年，与吴令所陈大同小异，今已略有成效，重加扩充，尚不甚难，而义学十馀处名存实亡，教者既穷困无聊之士，学者多贫苦失业之家。卑职到任后每赴四乡勘验巡缉，亲至学中，清查功课，有七八人者，三四人者，大抵皆奉行故事，并有有师而无学生一人者，当即传谕各学认真整顿，以学生之多寡计束脩之丰歉，以功课之勤惰定塾师之去留，并饬将学生姓名年貌住址造册送署，以备查考。近始少有头绪，虽中学小学之说一时未能举行，亦当与绅董首事斟酌办理，将卑职前在惠民任内创建义学条规，参以吴令所拟，刊布各学，俟办理有成，随时具禀。兹将书院已经办理者据实上陈。东平书院每月三课均系时艺，经史一道久成绝学。光绪二十五年聊城举人傅旭安来卑州主讲，到馆即增设加课，适前署牧丁兆德到任，与山长意见相同，即将每月院长酒席三卓（桌），折钱十五千，作为奖赏。丁署牧并捐送《经世文编》《渊鉴类函》各一部，庋存书院。该主讲在国子监南学充当学长，多年读书颇有门径，即依宋儒胡安定经义、治事二科，略为变通，分经学、史学、理学、政治学、词章学命题，而时务学即括入政治，每课各有时务策一道。惟事属创见，闻尔时众论颇不谓然。自上年正月三月迭次奉上谕整顿书院，多讲正经正史，不得专以八比教授，恭录张贴，诸生始不敢有异议。冬闲泰安府试书院肄业，文童刘庆长考取七属经古第一，诸生童知与场屋有益，始殷然向学。今春应加课者多至五六十人，较前加倍，院长评定后，卑职覆加校阅，其中颇多可造之士，如恩贡巩象临，廪生宋全龄、窦清翰屮、郑继程屮、刘庆长屮、杜芳屮皆励志读书，学业日进，三二年间可望成就。今又奉大帅钧谕，则名正言顺，愈可以实力振作矣。夫书院为宋人讲学之地，山长乃元代教士之官，立法原自无弊，数十年来，科名猥杂，学校废弛，膺斯席者非乡曲腐儒，即江湖游士，以讲堂为传舍而无意教人，肄业者希图膏奖，以书院为利薮，而无心学道，积习相沿，遂成今日袁枚谓"书院所养皆苟贱不廉之士"，虽立言过激，亦未可尽非也。卑职阅各家条陈书院之书，惟冯宫允《校邠庐抗议》持论颇正，涂径亦捷，当与院长酌定，略仿其课程：诸生居院者为内课，厚其膏奖，不居院者为外课，半之，每月官课一次，再加策论一次，院长时文课一次，亦加课一次，二十二日斋课即改为加课，除膏火另筹，并捐廉酌加奖赏，能读书者破格鼓励，不率教者立加驱逐，苟有聪明特达之士当由院长出具切实考语送州，由州会同两学申送省城大书院肄业。庶几拔十得五，收效茹茅期，无负大帅振兴学校、激励人材之至意。卑职酌定新章八条，理合缮具清折禀呈。肃此云云。

计开新章八条：

一、正名实。书院即学堂也，书院读书之所，学堂讲学之地，命名本无二义，况大学小学明见经传，坊间五经四子犹谓之学堂书。上海格致书院、天津博文书院、京师汇文书院，经史之外皆讲求西学。今存书院之名，求学堂之实，诸生不得逞臆妄言，动加指摘。

一、办学术。经史之学，院长已分定门类，自当实事求是。至西学一门乃当今急务，与西教毫无干涉。韩昌黎曰：孔子必用墨子，墨子必用孔子。盖孔子之道行于中国，墨子之道行于外洋，孔子道也，墨子艺也，道艺相辅而后可以治天下，去我之所短，就彼之所长，则贾谊、陈同甫之流矣。

一、严课程。加课虽设立三年，诸生究以为不急之务。今中外臣工条奏请废八比，改策论，枵腹从事，势难有济。古人刚日读经，柔日读史。孔子之教，博学于文，约之以礼。诸生各就资性所长，自择一门，兼读中西之书，不可始勤终怠，明体达用，有厚望焉。

一、购书籍。东平龙山书院除丁前州捐书二部，别无存庋者，院长有书数簏，足备中学之用。然居院者尽可借观，不居院者未便携取。兹拟捐廉购买简要之书，如《輶轩语》《书目问答》《劝学篇》《盛世危言》《校邠庐抗议》《近思录》《儒门法语》《会典摘要》《吾学录通考》《详节五种遗规》《通商始末记》，各购二部，一存书院，一借附课者阅看，至十三经、廿四史，一切经济之书，亦当购办数种，以资探讨焉。

一、筹经费。每月斋课膏火仅二十四千，今既加经古，奖金太廉，不足以资鼓励。查本州历年课馀，尽归宾兴，今拟提出加增膏火，至宾兴旧存之数，已不为菲，会试场费一人有得二三百金者，而乡试则不过十千，未免肥瘠悬殊。今拟会试二成，乡试六成，其一成归入书院，加增膏奖，购买书籍，书院之钱仍归书院，与诸生毫无所损，如膏奖有馀，当由书院存项内酌送卷资。至常年经费与义学束脩俱出城内烧锅项下，从前十家，嗣只六家，不敷甚巨。今立为定章，无论酒锅多少，每年由州库支领一千串，其书院存旧之二千串拟发当生息，以图久远焉。

一、守学规。书院向有学规，碑至详且要，无庸另议。诸生自当恪守旧章，努力向学，倘有不率教者，即由山长驱逐出院。造作谣言，匿名揭帖，一经查出，定行按律惩办。

一、慎师席。院长为士林表率，师道立则善人多，当循循善诱，因材施教。倘敷衍塞责，虚糜馆谷，或行检不端，为人訾议，自问当亦愧汗，更何颜以对多士，即行辞退，不待一年。

一、择学长。诸生虽统属于院长，必有人为之领袖，且监院只有二人，稽查器具管理钱项亦觉不敷。恩贡巩象临平日读书敦品，为士林所推服，即令充当学长，协同监院办理书院一切公事，并勖诸生，顾名思义，励志读书，勿是古而非今，勿舍本而逐末，文风不变，学术振兴，取青紫如拾芥，亦诸生稽古之荣也。

抚宪批：禀折均悉。具见该署牧留心整顿学校，殊堪嘉尚，惟省城现拟创办崇实学堂，正在筹措经费，议订条规，容竢办有端倪，即当通饬推行各属，以免纷歧而期画一。折暂存。此缴。

禀书院改设小学堂暨草创事宜八条

敬禀者：本年九月二十一日蒙宪台札饬，钦奉谕旨各省城府厅直隶州州县书院均改大中小学堂，并多设蒙养学堂，切实通筹，认真举办，先将如何改设查明禀报，一面考送学生四名等因。仰见朝廷作人之化与大帅造士之殷，忝司教养，敢不实事求是。卑职于次日在书院课士，当即转知院长，并谕监院士子等，以殷忧方大需才孔亟，不宜拘守一隅，沾沾旧学，该士子等均无违辞。查卑州书院自光绪二十五年院长聊城举人傅旭安到馆以来，每月添设时务策论一课，本年四月奉大帅札饬后，卑职每月加策论一课，并捐廉购买中西简要之书，前经禀明在案。中国书院有名无实久已，取笑于通人，见讥于外国，一旦举而更张之，足以起衰振靡，归真返璞，物穷则变，谁曰不宜，然操之过促蹙，或有始而无终，立法少偏则舍本而逐末，他日之学堂犹今日之书院耳。窃思书院为唐代修书之所，宋人讲学之地，使其顾名思义，纵不能博通中外，亦可讲求先贤，明体达用之学。乃文教凌夷，江河日下，教者视如传舍，学者据为利薮，专攻举业，正学灰尘，积习相沿，遂成今日。救今日之弊，不外开风气、励人材两端，风气何以开，人材何以励，亦曰：师道立则善人多。韩昌黎有言：孔子必用墨子，墨子必用孔子。孔墨不相用，不为孔墨。是书院学堂命名不同，而为学则一，山长教习称谓不同，而师范则一。查卑州傅主讲博学敦品，著有成书，在国子监充当斋长多年，于京师同文馆大学堂章程俱能通知其要，值戊戌变法，经本任周牧源翰延聘小学堂中学教习，后学堂中辍，遂沿旧称到馆已经三年，其教士以经史为主，取宋儒胡安定明经治事分斋之义，兼课中西策论，孜孜讲解，不辞劳瘁。卑职时至书院，稽查功课，商订学规，稔知该主讲于西学虽非专长，而五洲政教，各国史事，中西强弱之情形，学术之流别，时时为肄业生童言之，士论翕然，现已具禀公留，经卑职批准，改为卑州小学堂总教习。又经监院等保荐，寄居曲阜之广西举人苏江心术纯正，洋文算法俱能精通，曾在广东学堂肄业，熟悉中外学术，卑职拟函订为西学总教习，其分教习拟用五六人。惟书院常年进款寥寥，须由卑职捐廉补助，请外来举贡则脩脯无从措办，拟就书院中诸生择其通习经史、能读西学书者作为分教习，责成总教习稽查督率，以考课之资为脩膳之费，或不至惊世骇俗，窒碍难行。学堂管理银钱器具亦须得人，查有在籍光禄寺署正范中秋家道殷实，心地朴诚，历来办公一尘不染，为士林所推服，即派充小学堂总办。附生李濂瀛、刘焕生，老成练达，即派充帮办。卑职与监院等公同酌议，意见相合。至考送学生一事，当遵谕另行出示招考，届时再当详禀。合先拟草创事宜八条，缮具清折禀呈。肃此云云。

计开草创事宜八条：

一、教习。从前院长专课时文，敷衍塞责，卑州士子讲习策论已经三年，颇著成效，若改为学堂，循名责实，尚易为功。恩贡巩象临，廪生宋金龄、郑继程、窦清翰、郭鹏程，增生杨玉振、侯延爽、杜芳等于经史大义，俱能通晓，即责成总教习悉心察看，是否胜分教习之任，再行核办延订。

一、学生。卑州旧有义学十馀处，名存实亡，较书院为尤甚，拟在城内改设数处，暂借庙宇。小学堂则设置书院，各学中聪颖子弟由总教习考查，拨入小学堂肄业。分教习一时未能博同中西，即由总教习授业解惑，合师生而教之。西国学校之制，一师而教百馀人，即以次递授之法也。

一、书籍。卑州书院向无存书，虽经丁署牧兆德、石守祖芬并卑职各捐中西书数种，然不敷分给，饷遗有限。书院旧有楼一座，拟改为藏书之所，由文陞当生息，项下提出一千串作购书之费，应俟大学堂中西学书目编出，即行照章赴上海天津购买。

一、款项。书院常年进款，现已另禀陈明，统计生息，烧锅宅地四项不及千金，所有奖赏膏火卷资酒席院长火食书院杂费须由卑职捐廉大半。今既改为学堂，罄其所入不足延一西教习，至修理房屋添置器皿，动需多金，仿照西人学生出资之例，则富者未必学，学者未必富，只有概从撙节，崇实黜华，不必事事效法西制。其不敷之款，卑职现拟倡捐，与合境绅富筹出底款，发当生息，俟有成数，另案禀明。

一、名实。西国学校之制，有书院，有学堂。书院专藏图籍，为游学之资；学堂严行课程，为肄业之所。今既专设学堂，其藏书之处仍名书院，纵四乡士子及往来官绅游观。学生初学入门，书籍理应自备，其至贫极苦者由学堂酌量发给。拟仿京师官书局，凡中西学简当浅近之书，每种多购数十部，学堂内外来购者照原价付给。

一、学术。几何出于冉子，借根亦译东来，溯厥本源，乃中国六艺之一。责成总教习，除每日温习经史授读西书外，令学生人人习算。闻苏教习只通英文英语，宜择学生聪颖者按时逐日教之，果其有志向学，即年在三十以上者仿照京师大学堂之创，准其入学肄业。惟年幼者宜西学，年长者宜西政，语言文字不愿学者听之，每人发给《劝学篇》、《盛世危言》、《庸言》、汤寿潜《危言》、《校邠庐抗议》各一部，使知西学、西政、西教原分三门，中国名臣大儒辨之已晰。西学乃当今急务，与经史原无违谬，庶几中西一贯，有守有为，而国家收人才之效矣。

一、考校。今奉旨改制艺试策论，必学校贡举合而为一，使人人自奋于功名，而真材乃出。拟参用京师大学堂、同文馆、国子监之例，居堂者为内班，不居堂而愿请业者为外班，除常行功课分季考校外，每月由州会同总教习考校一次，经义策论各一篇，内班优者给奖，班外无之。必须面谒总教习，陈明三代年貌住址方准注册，附考无利可图，则枪替抄袭之弊自杜矣。其年幼不能作文者，仿照八旗官学，令其背诵中西书，默写章句，由浅入深，亦蒙养之要也。

一、稽查。教习之勤惰，学生之优劣，专责成总办，或不免瞻徇情面，宜派稽查一人。卑州训导张兆恒办事认真，留心时务，令其三五日至堂一次，据学生稽分日程而勘验之，功课逾格者为一等，入格者为二等，其不及格者为三等，屡居一等者备送大学堂，二等照旧屡居，三等者即会同总教习摈斥出堂。

以上所拟草创卑州小学堂条规，是否可行，应候钧示，至教习修脯学生详细功课，堂中一切应办之事，俟发下小学堂章程，即行遵办。

抚宪批：据禀已悉。所拟小学章程不无可采，惟择聘教习酌立功课购置书籍等事甚有关系，仰候酌定各州县切实办法另行檄饬，遵照办理，以昭慎重而免参差。仍一面先将书院房舍暨现存经费分别绘具图册，详晰（析）禀复，以凭查核。此缴。折存。

禀捐买书籍请立案交两学经管

敬禀者：窃卑职家本寒素，僻处乡隅，深知读书之难，故每官一地于学校尤为留意。初署定陶，该处有书院无山长，卑职倡捐筹出经费延师主讲，至今不废。嗣补惠民县缺，该书院官课膏奖甚优，而斋课寥寥，殊不足以示鼓励。卑职每课捐廉加奖数十千，五年以来，士知振奋。然不筹出底款，终非经久之计，卑职于临去时捐廉京钱二千串发交惠同和盐商生息，专为斋课加奖之用，曾经通禀有案。今春调署卑州，示期观风，阅生童课卷，颇有留心经古不拘拘于八比者。询悉主讲为聊城举人傅旭安，前在南学充膺学长，八年读书既得门径，教士亦循循有方，兼之携来书籍插架盈箧，肄业者得以恣其浏览，故日积月累，遂著成效。一日卑职在讲堂发落课卷，告以改八比为策论，非枵腹所能从事，必平日熟读经史，方不至临时无所措手，而该生童等深以院长去后，无书可读为虑，卑职当即许以捐廉购买。越日，适有人持肥城故家书单求售，且云仕宦之后家道中落，只剩此物，欲变价稍值地亩，为老幼生话计。卑职阅单多经史子集，中应用之书虽间有残缺，然读书与藏书不同，断简残编皆足资益，惟所开价值较书肆奚啻倍之，而又不忍过为贬损，乃于购书之中寓济贫之意，以京钱四百千购得之。在卑职所损无多，而于该生童为益甚大，置之学堂，皆欣欣然有喜色，而又恐无人经管，任意取携，必至遗失，面求卑职移交卑州两学教官，专司其事，而论监院学长等襄理之，许就读不许携归。每逢任卸，移查一次，有短少者责令经管之人赔补，并请通禀立案。该生童等盖为有此一番郑重，则经营之人遇有强借者可有词以谢，而此项书籍庶不至终成子虚矣。卑职以该生童等为慎重书籍起见，自应允准。商之卑州两学教官，亦慨然任为分内，毫无推诿，除照单同卑职前所捐之《劝学篇》《盛世危言》等十馀种一并移交外，所有卑职捐买卑州学堂书籍移交卑州两教官经管，并请示立案。各缘由理合缮折，禀请大帅查核。俯准批示立案，实为公便。肃此云云。

计开书目册数：

《武英殿丛书残本》目列后《郭氏传家易说》《禹贡指南》《融堂书解》《续吕氏家塾读诗记》《絜斋毛诗经筵讲义》《仪礼识误》《仪礼释官》《春秋传说例》《春秋辨疑》《郑志》《水经注》《五代史纂误》《魏郑公谏续录》《直斋书录解题》《汉官旧仪》《邺中记 》《岭表录异》《傅子》《帝范》《公是弟子记》《明本释 》《农桑辑要》《墨法集要》《云谷杂记》《瓮牖闲评》《考古质疑》《涧泉日记》《敬斋古今黈》《涑水纪闻》《后山诗注》以上三十种七十三册

《九朝东华录》六十册，《钦定四库书目提要》一百二十册，《国朝诗别裁》十六册，《钦定明史》一百一十二册，《御纂纲目三编》五册，《殿板康熙字典》四十册，《幸鲁盛典》十二册

《明史纪事本末》十二册，《通志堂残集》四册，《杨氏易传》六册，《尔雅》二册，《四书释地》五册，《诗集名物传》八册，《诗传大全》二十一册残，《晋书》三十七册残，《西汉会要》八册，《东汉会要》六册，《洪武正韵》五册，《康济录》六册，《朱子全书》四十册，《朱子语类》三十四册，《大学衍义》《大学衍义补》共五十三册，《中庸衍义》十二册，《困知纪》四册，《日知录》十六册，《困学纪闻》十册，《道德经》一册，《汲古阁楚词》四册，《山海经图》六册，《庄子因》六册，《陶渊明集》

十二册，《庾子山集》十二册，《欧阳文忠公集》三十六册，《文丞相集》十二册，《山谷诗注》二十册，《剑南诗钞》六册，《公是集》十二册，《彭城集》八册，《絜斋集》八册，《王文成公残集》十册，《怀麓堂残集》十二册，《安雅堂残集》九册，《忠雅堂诗集》十二册，《忠雅堂文集》六册，《来禽馆集》十二册，《张簀山庸书》十册残，《李文襄公奏议》四册残，《张船山诗钞》十二册，《祇芳园诗钞》二册，《松风阁诗钞》三册，《湖海集》五册，《两当轩诗钞》四册，《小仓山房诗钞》八册，《小仓山房十二种》十二册，《全唐诗钞》四十册，《郭茂倩乐府全集》二十册，《古文类钞》十册，《说铃》二十一册缺一本，《山晓阁评点古文残集》二十二册，《类林新咏》十二册，《汪龙庄先生年谱》三册，《陶文毅公集》二十三册缺一本，《春草堂残集》十六册，附捐《新选策论》五十部

以上共书一百五种，一千一百五十四册，均重加装订，分用布套夹板置二大木箱内，移交登明。

抚宪批：据禀已悉。该令捐廉购置书籍，借便初学，具征实心任事，殊堪嘉尚，应准如禀立案。即由该令移会学宫，妥为经管，以广造就而垂久远。此缴。折存。

谕各团长告示

为晓谕事：照得文庙捐款，乃该团长等合境之公事，非本州一家之私事也。春闲曾以帖请各团长面谕，除提富户不计外，大保捐钱五十千，小保捐钱三十千，嗣以大保小保未为分清，皆借口推诿，当即照各保地亩之多少，分为保分之大小，乃谕单去后，讫无应者，不得已改为票催，票催又不应，至改为票传。本州已甚不安，万不料该团长仍置若罔闻，试问该团长意欲何为？夫把持公事，目无官长，载载例禁，本州为各团长顾全体面，不为已甚，若该团长真欲抗违，本州亦爱莫能助矣。且差催一年之久，竟有分文未捐，亦无片纸只字回覆者，即以朋情而论亦属不可，本州虽至愚不肖，尔父母官也，竟轻忽若是乎？本州每工必先倡捐，恐该团长呼唤不灵，又准指名控追，是本州处处该团长地步，而该团长之所以对本州者何在？本州之所以急切办理者，盖欲积成巨款，除还欠项下，馀发当生息，为书院加奖之用，倘半途而废，本州去后谁肯为此无益于己之事。且未

捐者讨巧，已捐者心有不甘，将来必兴大讼，况功亏一篑，岂不可惜。所有各节，该团长试平心思之，其本州之不情耶？抑该团长之无理耶？年内仅馀五日，本州即将该团长等传案讯追亦辗转不及，为此合行示谕该团长等，务将各保能捐钱若干、来年何日缴清、钱项着落何处明白禀覆存案。如到期不缴，定行传追，有花户抗违者，禀明于该团长无咎，如真不愿捐分文亦不妨直为禀明，本州自有法处置也。本州作官将及十载，未有公事棘手如此之甚，总由本州表率无方耳。夫复何尤，为此特示，其各怀遵毋违。切切。

禀倡捐工馀京钱二千串发当生息作为小学堂加考经费<small>红白禀</small>

敬禀者：窃思当此书院改为小学堂，购书籍加考课，在在须有经费，书籍虽已捐买，无用另筹，而加考膏奖亦皆卑职捐廉为之，若不筹出底款，终非经久之计。春闲文庙城隍庙兴修，卑职捐京钱五百千，曾谕该绅董富户等凑成巨款，除工用外为小学堂加考经费。现已工竣，核计尚馀京钱二千串，该监院户部主事范中秋、学长恩贡巩象临等禀请发当生息，转禀立案。前来除禀批示外，当即饬谕卑州当商文陛当具领立簿，以一分生息，按季支领，以光绪二十八年正月为始，此项利息专为加考膏奖，无论何项公事，不准挪用。有此长款则应课生童自必益加振奋，而于卑州学校或不无裨益矣。所有卑职倡捐工馀京钱二千串，发当生息，作为卑州小学堂加考膏奖，各缘由理合具禀大帅查考，批示立案，实为公便。肃此云云。

抚宪批：如禀立案，仰候檄行。藩司大学堂查照。此缴。

宰德小记序

余癸卯四月二十二日接德平篆，甲辰五月初二日交卸，记期月有十日，其大小政治词讼判断均详日记，不赘述。惟书院改为学堂，创办之始诸多棘手，又属无米之炊，迨至延请中西二教习购置图书百馀种，以资诸生观览，四乡复增设蒙学十馀处，规模已为粗具，而心力竭矣。此一事也。又出车运现钱赴省，明知不便于民，一时未能遽革，曾拟章程十四条，谕各乡遵照，使差役不得上下其手，所谓弊去其太甚也。此一事也。前一事士悦之，后一事民悦之，士亦未尝不悦之，然亦已忘之矣。兹忽于乱纸堆中检出前后数稿，命仆清缮，颜曰《宰德小记》，其不曰纪略者，篇幅无多，不足与宰惠、牧东相配也，亦借以存此一二实事焉耳。缮既竣，弁言以付厥梓人。光绪丙午夏五寿道人率笔。

禀筹办学堂经费并酌拟暂行章程

敬禀者：窃卑县前蒙宪台札饬，钦奉上谕，各省所有书院于省城改设学堂，并多设蒙养学堂，行令遵照，妥筹举办，并于小学堂附设校士分馆，认真扃课等因。卑前县以经费难筹，未能议办，卑职履任接准移交，亟思设法振兴，屡邀绅董集议。卑县白麟书院仅有发当生息每年京钱一千零八串，并地租京钱三百千有奇，向赖烧锅规费挹注，上年奉办酒捐，业已和盘托出，悉数归公，仅于酒捐内奉准每年拨给银一百六十两，以之改设学堂，罄其所有，不敷甚巨。是以卑前县徐仅改为校士分馆，改课策论，一切规制仍循其旧。现闻各处学堂皆已办有成规，自未便卑县一处独异，遂与该绅董悉心策划，竭力经营，就原有书院便而通之，以正小学堂之名。仍附校士分馆于内，分延中西教习，定期局课，考取正班学生十五人，入堂肄业，酌给津贴，另取副班廿五人，准其随班听讲，俟有正额出时提补。并设总办正副二人，稽察经理一切事宜，另派司阍仆役以资差遣，酌定暂行章程，现已先行开办。从前书院并无书，拟即照奉颁书局印刷书目所载，各学堂应用各种书籍，购备一分（份）存于学堂，以备诸生观览，所需仪器等项，容再随时添置。至于蒙养学堂，所以广造就而惠寒畯，同为切要之图。卑职城乡旧有义学十处，应需经费系由各义集凑集。今春查办牙贴课税，经委员议将此项经费酌提作为贴费，课程仅剩京钱一百八十千，为数过微，已将就废。现就原设义塾改正其名，先为整顿，并于四乡集镇人烟稠密处增设蒙养学堂十处，择其生童之有品学者充为教习，认真训迪，俾贫家子弟无力延师者皆得入堂就读，容将坐落地方教习姓名另行开报。统计改设小学堂并附校士分馆，增改蒙养学堂所需各教习修缮司事人役薪工、考课膏奖卷资、学生津贴以及岁修房屋等项，撙节核算，岁需京钱四千馀串，购置书籍仪器等项尚不在内。原有之生息地租酒捐及义学提剩经费共止一千七百馀串，不敷之项，既无殷富可以输捐，又无庙产可以提拨，实无款可筹。窃念近年筹备各款原为举办新政之需，现在改设学堂，培植人才，造端宏大，实为新政第一要务。益都、乐陵、邹县等处均因学堂款不敷用，禀准酌拨酒捐，以资兴办。卑县事同一律，合无仰恳宪恩，援照益都等处成案，再于卑县征解酒捐项下，每年酌拨银一千两，以充经费。请自本年秋季为始，即由卑县遵照章程，认真经理，以副宪台建学储材之意。其馀未尽事宜，容再随时筹办理。所有筹办学堂拟请酌拨酒捐缘由，缮具暂行章程清折，理合禀请大人鉴核。俯赐训示祗遵，实为公便。肃此云云。光绪二十九年七月□日①。

---

① 底本缺。

开章程十四条：

一、筹经费。查卑县白麟书院发当生息之款，每年得利京钱一千零八串，地租每年得京钱三百馀千，并奉拨酒捐银一百六十两，今既改为学堂，罄其所有，仅足延中西两教习，而蒙养教习各修金以及月课膏奖卷资、学生津贴、修理房屋、添置器皿等项杂费，其不敷之数至少亦需千金。县境既无富户，又无庙地，而各集镇牙行酒规是以大宗，均经和盘托出，提解归公，屡请绅董商办，实系无款可筹，拟请援照益都、乐陵、邹县等处成案，再于酒捐项下按年提拨银一千两，以为学堂经费，每于年终报明支销，以昭核实。

一、延教习。自中西各学分门，则延请师资不能偏废，现已请中教习一人，历城县举人柳廷诏，每年修缮（膳）二百金，先行兼办。应再延西教习一人，无如风气未开通，西学者寥寥，修缮（膳）非加倍不可。已托友函聘文登县举人曲纬之，一俟到堂分定日课，各专责成，认真启迪。

一、购书籍。书院向无藏，不惟时务诸书无之，即寻常经史子集亦无一存者。拟照官书局所发应用书目，捐购一分（份）置之学堂，以便观览，惟许就读，不许携出，以防遗失。

一、核名实。书院即学堂也。书院读书之所，学堂讲学之地，命名本无二义。况大学小学明见经传，坊间五经四子犹谓之学堂书。今改书院为学堂，名虽今而制仍古，诸生务在实事求是，不得逞臆妄言，动加指摘。

一、办学术。西学一门乃当务之急，然与西教毫无干涉。韩昌黎曰：孔子必用墨子，墨子必用孔子。盖孔子之道行于中国，墨子之道行于外洋。孔子道也，墨子艺也，道艺相辅而行，可以治天下。守我之道，学彼之艺，则贾谊陈同甫之流矣。诸生慎勿误会，以天主耶稣与孔孟并论。

一、分课程。中学，讲明伦理，体也；精研经史，推求政治，讲习策论，用也。西学，当初学之始，先以算学及英德语言文字为主。其每日如何讲习，每季如何挑选，应由中西两教习会同妥商，遵照大学堂章程，酌核办理。

一、定学额。学堂经费无多，若不示以限制，必至临时棘手，现拟正取学生二十五人，副取三十五人，正取者送入学堂，遵章肄业；副取者亦准其随班听讲，俟正班学生出额，以次输补。正班每人月给津贴银一两，

159

以资日用，极贫者酌加，如有犯规及无故求去者，仍将所给津贴追缴，以示儆戒。

一、广造就。十室之邑必有忠信，患无以教之耳。县境旧有义学十处，脩金多出自义集，因办贴税提解，遂至名存实亡，日就废弛。现将旧有之义学重加整顿，改为蒙养学堂十处，并于各集镇人烟稠密之区增添十处，酌定脩金，使穷乡僻壤子弟皆得读书。如查有聪颖秀出可以成就者，即拨入小学堂，以示鼓励而储英材。

一、储师资。现值学堂初立，不惟延请小学堂教习非易，即蒙养学堂亦难其人。目前择生童之有品学者为之，嗣后拟于小学堂正取内中西兼通者充膺蒙养教习，师道立而善人多，庶几风气日开。

一、设总办。书院向有监院二人，一贡生孙德达，一廪生李际唐，每年津贴银二拾两。今拟改监院孙德达为正总办，李际唐为副总办，管理学堂一切事宜，事情较繁，津贴自应酌加。并设司阍一人，酌给饭食，与以号簿，凡有出入实时登记，注明时刻，以备稽查。

一、尊先圣。照大学堂规制，于讲堂内恭祀至圣先师孔子暨先儒先贤，每月朔望，中西两教习率领诸学生行礼，并由中教习宣讲圣谕广训一条。学生环立敬听毕，学生向教习三揖，诸学生相向一揖，礼成退班。停课日期均遵大学堂章程办理。

一、守学规。学生接见教习总办，应执弟子礼，见时必当起敬。每日按时听传点上堂敬听讲授，进退循序，不得紊乱，及一切饮食寝兴起居出入皆有常规，以守礼节而重师范。

一、严考校。寻常功课自应西教习主政，拟于每月择定日期，由卑职会同教习扃门考校一次。其勤而优者列为上等，其仅合格者列为中等，不及格者列为下等。上等酌加膏奖，中下等无之，由此区别，庶人知勤惩。

一、戒瞻徇。近来书院山长义学塾师，一谋到手，如同世业，或经年不到馆，或到馆虚应故事，甚至生徒无人，犹贪脩金不肯告退，甚为学校之累。拟嗣后无论小学堂及蒙养学堂，查有不认真教训，及品行有玷不堪为师者，实时禀明另请，不得稍存迁就，贻误后学。

以上章程十四条，仅就创办大概情形酌拟，其未尽事宜以及详细节目，容再随时筹议，禀报登明。

禀小学堂蒙养学堂一律开堂

敬禀者：窃蒙宪台札饬，以筹款局暨学务处会详东省各州县小学堂，每年津贴经费银三百两，各府直隶州中学堂倍之，在于土药等捐摊注，今即遵照办理等因，并蒙学务处札同前由。伏查卑县小学堂前奉饬办，深知关系紧要，不容稍缓，只以款拙难筹，已于七月间先就原有之款考取学生入堂开学，并将蒙学改设增添，禀陈筹办情形，附请拨款资助。蒙学务处批示，蒙学归各该庄衿者就地捐助，惟小学校士分馆为阖（阖）邑人才荟萃之区，岁收不敷，俟详请另行筹拨。饬遵令即会商绅耆老，先行就地设法捐筹，照本处通饬学额招收，办成详细造册呈送等因在案。正在筹办间，兹奉前因，遵复邀集各绅董宣示宪谕，将小学蒙学各款条分缕析，悉心策划，蒙学固应就地筹办，总核小学堂经费亦共止千金之数，不敷较多，民贫地瘠之区，委难以集此巨款。惟有力求撙节，量入为出，再三计议。原定中学教习仍兼教士事宜，岁修二百金，西学教习岁修四百金，均属不能减少。前取学生名数未能足额，亦因经费短绌之故，现已遵饬另行招考，选足六十名定额。惟按名津贴，无款可支，仍分内外两班，内班二十五名，入堂肄业，每名月给津贴一两，以资膏火，由教习查照课程门目表教授。其外班三十五名，但应考课，随堂听讲，不给津贴，择尤存记，以备内班遗缺之选。此外，月课奖赏等用以及总理副办津贴、司阍仆役工食亦均核实酌定。又如每居乡会试、宾兴盘费等项，并无专款，向由书院经费支销，亦应预为计及，免致临事为难。以上应支各项常年牵算，岁需银九百四十两，京银一千串以外，核之岁收京钱，计尚不敷银四百两之谱，左右筹维，补苴乏术。惟查卑县校士分馆，前系查照书院章程，每逢官课于经费内支销，膏火另有由县捐廉加奖一项，每年共京钱六百千。现已改为学堂，附设校士分馆，即应以学堂为主，况已定有津贴，学生膏火章程，其校士分馆，月课膏奖，自应量为变通，议将此项膏火改为奖赏，不另加奖，将节省加奖之数，补足四百金，移作延请西学教习，修金归于卑县在任之员捐廉办理。所有本年延请西学教习修金即由卑县自行捐办，并先由卑职查照。前奉颁发各种书目，捐备价银赴局购备一分（份），存储学堂，以备学生观览。业于九月初二日开学。至蒙养学堂，旧有义塾十处，均已改设，新添十处亦已择地安置，共计二十处。一律延聘教习开学，岁需学费京钱九百七十四千，内有在地租支销京钱二百一十六千，庄董就地筹集，劝助京钱五百四十四千，尚有筹不足数支销，以及无从筹备者，由卑县每年捐给京钱二百一十四千，以助其成。所有筹办各学堂，开学日期情形分造清册，理合禀呈大人鉴核，俯赐训示祗遵。再，奉拨津贴小学堂经费应于何日起支请领，伏候钧裁。肃此云云。光绪二十九年八月□日①。

计呈清册二本。

禀捐廉购备图书并酌拟条规

敬禀者：窃卑县前蒙宪檄，设立学堂，业将筹办小学蒙学情形，开学日期先后禀陈，钧鉴伏查。学堂为当今急务，图书尤为学堂首要，卑县旧设书院向无存书，今已改为小学堂，延请教习，招收学生肄业，必须广搜博览，方足以成有用之才。各学生类皆寒士，不惟时务诸书一无所有，即寻常经史子集亦多未经寓目，亟应广为购置，俾得恣其浏览。曾于学堂禀内声明，由卑职捐廉购备，现已在省城官书局查照奉颁书目，购得图书全分（份），同宪台学务处颁行，各种书籍学堂章程一并存之。学堂责成总理副办经管，并酌拟条规共资遵守，庶足以昭慎重而垂久远。所有卑职捐购小学堂图书缘由并将书目条规分缮册折，理合禀请大人鉴核，俯赐批示立案。肃此云云。光绪二十九年十月□日②。

计呈清册一本，清折一扣。

捐购图书目录本数

《御纂七经》一百七十本，《御批通鉴辑览》六十本，《御选唐宋文醇》二十本，《御选唐宋诗醇》二十本，《钦定四库全书简明目录》十六

---

① 底本缺。
② 底本缺。

本，《钦定续通典》四十本，《熙朝纪政》四本，《皇朝通典》四十本，《皇朝政典挈要》四本，《国朝正续先正事略》十二本，《皇朝岁计政要》二本，《皇朝经世文初编》二十四本，《皇朝经世文续编》三十本，《皇朝经世文三编》十六本，《皇朝经世文四编》二函十二本，《经籍纂诂》四十八本，《经义述闻》十六本，《经义考》五十本，《康熙字典》四十本，《阮刻十三经注疏》一百八十本，《王本史记》二十四本，《西汉书》三十二本，《三国志》八本，《续通鉴》十四本，《杜氏通典》五十本，《李申耆地理》五种十二本，《近思录》四本，《朱子全书》三十二本，《困学纪闻》四本，《日知录》十六本，《几何原本》《则古昔斋算学》三种二十一本，《重学》《九数存古》四本，《说文义证》三十二本，《段氏说文》十八本，《二十二子》八十三本，《胡刻文选》二十四本，《正续古文词类纂》二十本，《古诗源》四本，《东雅堂韩文》十一本，《东莱博议》四本，《三苏文范》四本，《船山史论》十八本，《司马光通鉴目录》十本，《司马光稽古录》四本，《历代帝王年表》四本，《历代地理志》等书八本，《史鉴节要便读》二本，《读史镜古编》六本，《东洋史要》四本，《西洋史要》二本，《评鉴阐要》六本，《陈选八大家古文》六本，《续富国策》四本，《韵史》二本，《纪元编》四本，《天文地理歌略》一本，《经史蒙求歌略》一本，《直省府厅州县歌略》二本，《泰西新史览要节本》二本，《英法俄德四国志略》二本，《万国通商史》一本，《地理学讲义》一本，《东西学书录总序》二本，《欧洲史略》四本，《列国变通兴盛记》一本，《地理问答》二本，《地理说略》二本，《普通学初阶》一本，《普通学前编》十一本，《心算启蒙》一本，《算学启蒙述义》三本，《笔算数学》三本，《笔算教科书》二本，《物算教科书》二本，《代数备旨》一本，《形学备旨》二本，《化学新编》一本，《格物入门》一函七本，《格致举隅》一本，《格致启蒙》四本，《西学须知》二十七本，《教授学》一本，《学校卫生学》一本，《学校管理法》一本，《德国武备体操学》一本，《日本普通体操学》一本，《支那通史全编》五本，《公法会通》四本，《直隶各项学堂章程》三本，《学堂章程全编》二本，《总校士馆课艺初二编》一本，《四书五经义约选》一本，上海铜板《地球全图》二张，《东半球图》一分（份），《长江图》一分（份），《直隶舆地图》一分（份）

以上共书九十五种，计一千四百一十五本，图四分（份），登明附录扎发各种书目。除发蒙学不记外，存小学堂者列后。

《湖北各学堂折》五本，《小学蒙学章程》二十五本，《养正乐歌》一本，《故事俗说》二本，《求己录》三本，《教育丛书》二本，《绘图妇孺新读本》二本，《绘图妇孺三字书》一本，《蒙学课本》二本，《最新学校管理法》一本，《最新教授法》一本，《东塾读书记》四本，《经序提要合编》二本，《七经纲领》二本，《澄衷蒙学堂字课图说》八本

存书条规

一、购存图书，宜将书目登记印簿，责成总理副办经营稽查，每届年终检点一次，如有遗失，着落经营之人照赔，以昭慎重。

一、学堂购置图书系备各学生观览，讲习之用，只准在堂取阅，不得携出，外人亦不得向学堂私借，违者议罚。

一、学生取阅书籍，只准一二卷陆续更换，不得将全部转入斋舍，如有损失，照全部书价赔偿。

一、堂内取阅图书，某人某日取某书几卷，由经管之人随时登记，缴回注销，以防遗忘失落。

禀学务处 夹单附前正禀内

敬禀者：窃维自强之道，首重人才，而人才之兴，端资教化。伏读奉颁各学堂章程，皆列有宣讲圣谕广训之条，所以重教化而宏造就，正人心而端士习。卑县小蒙各学均应实力奉行，因念卑职前在惠民时，曾见原任海丰县汤豫诚编有圣谕广训十六条俚歌，词句浅近，义理毕赅，最易明晓，虽乡愚目不识丁，教之以歌，亦能上口，知其大义，较宣讲简便易行。当经卑职刊印成本，散给各义塾学生诵习，并遍发各乡村耆老等，使之共相教导，颇著成效。又前奉前升抚宪袁颁行劝谕《勿入邪会歌》，亦经卑职照刊散布，传诵防患未萌，均经先后通禀有案。卑职近来所到之处，即皆以此劝民，于风俗人心不无裨益，可否附入蒙学，使学生诵习之处，理合附禀大人鉴核训示。再，卑职尚有所编息讼三歌，合禀附陈。肃

此云云。

计呈《广训俚歌》一本、《劝谕勿立邪会歌》一本、《息讼歌》一纸。

谕五乡首事出车章程

谕五乡各首事等知悉，照得前年省城官钱局以现钱短少，禀请藩宪饬令，距省二百里以内各州县所征钱粮酌运现钱至省城官钱局交卸，历年遵办在案。惟向无定章，每逢出车差役人等持票下乡，往往得以上下其手，遂至各花户弱者屡出，强者不出，劳逸不均，弊端丛生，殊非经久之计。本县现拟章程十四条，合行谕知，谕到该首事等即遵照办理，限五日内将各乡车户姓名数目开单送署，以便临时酌办。本县为杜绝弊端起见，该首事等亦当矢志秉公，毋得稍存偏私，致滋口实。切切。此谕。

章程开后

一、有地百亩者，出全车一辆，地再多者，照章递加。

一、有地六十亩者，出车半辆。

一、有地七八十亩与四五十亩者同，出车一辆，三十亩以下者，免出。至或亲叔侄兄弟而均有地三十馀亩，则自应伙出，不得以分家借口。

一、十年之内，贫富不同，如先有车而后无车，或先无车而后有车，准首事随时禀明更正。

一、每车一辆载京钱五百馀千，运至省城交卸，脚价京钱八千文，不折不扣；运至泺口北岸交卸；扣钱四千文，以便另雇运省。

一、沿路店钱过河船脚均由官发，派有押运之人代发。不用车户过问。

一、前第五条章程车户不愿到省，准运至北岸交卸者，原所以示体恤，然必须有一二辆原车到省，以便押运之人带回公文等件，内有买卖车，令买卖车进省，无买卖车，令单开各乡第一辆车进省，不得临时推诿，馀悉听其便。

一、进省之车如有公事，等候一日者，每车包银养钱两千，等候半日不包。

一、车自省回，如装系满载，赏以半价，仅半载者，只赏车夫酒钱一千，不得多索。

一、境内有买卖车，另单开出，缘该车户地本无多，不令承当此差，然既以此为利，亦不得置身事外，或雇于花户运钱，或官雇进省。大车以十六千为定，不得仅送泺口，轿车送至泺口者八千，送至省者十千，均不得过昂其价。

一、每车到省，除学院等大差不计外，如有扣官车者，令押运之人赴首县，禀明要回。

一、每次用车大约以十五辆为率，每乡各出车三辆，用车多者由此递加，均按里分，由一至十挨出，周而复始，以昭公允。

一、此次应出张姓之车，或张姓有故，下挨李姓先出，原无不可，然须由外间通融，本县不开此例，以杜取巧。

一、各首事将各乡车户姓名排定，署内与外间各留一簿，每次应何人出车预先即知，不必出票示以谕单，以免扰累，然如误差，定行传究。

以上章程十四条，如有未尽事宜，准该首事禀明酌商。

书五乡出车簿后

此五乡各里首事等所缴出车簿也。议定每里出车二辆，除怀一怀十基四基五宜八出红差者减半，共车九十五辆，周而复始。其运送现钱至省交卸者，车脚京钱八千，泺口北岸交卸者，京钱四千，均不折不扣，沿路店钱船钱均由上发。至兵差过境，非送惠民即送陵县，路虽较省城为近而颇难伺候，轮至某里，某里应付与运钱，车一同办理。惟脚钱上发有限，不过酌发一日，草料之资多则三千，少则二千，其衙门用车赴省亦酌中定价，不令车户向隅，另有章程附卷。癸卯九月。

附复回惠民任禀教养局原款告罄另筹常年经费 红白禀

敬禀者：窃查卑前县筹款设立教养局，酌拟章程开办，当经通禀立案。并因岁歉粮贵，贫民买食维艰，购买杂粮，就局中磨面减价售卖，亦经禀明宪案。卑职到任接准移交，并用剩京钱四百六十四千九百九十四文、麦一百五十八石五斗，随将钱文麦石如数盘收，并局存器具各物一并收存。伏查创设此局拨收情轻罪犯以及无业游民，俾习工艺兼筹平粜，以惠贫民，立意未尝不善，惟原办仅就所筹之款动用，并未计及常年经费，核其月支辛工口食等项，不下二百数十千，加以平粜亏折所费不赀，原款消磨殆尽，又于义仓生息项下借动京钱一千三百串，赖以支持，仅剩移交钱文麦石前数。卑职察度情形，殊难为继，维时已近秋，收粮价早经减落，即将平粜停止，其馀各项工艺亦须整顿。适因有就教养局筹办郡城习艺所之议，曾于前奉商务局委查，略称大概，容俟开拓改良，另行禀办。现在习艺所已另筹办法，而教养一端亟应设法维持，卑职悉心酌核，惟有于原办章程，量为变通，设司事一人总司局务，由卑职自行督率，派勇役四名伺应局中一切，巡查支更事宜，其他冗费一概删除，以期节省。习艺各犯口粮不能减少，自应仍循其旧，所习各艺不外编筐、打绳、弹花、织布织带数端，要须实事求是。原接移交习艺人数无多，现已续行添拨，视其所能，招募各行工艺精熟之人，认真教导，其本有手艺者即令仍理旧业，并教导新入之犯籍，省教师之费。通盘核计，岁需京钱一千馀串，急切实难筹此巨款，现将所存麦石及局存驴六头饬纪照市值变价，同原存之款，计得京钱一千四百六十串有零。又查义仓生息一项，尚可移缓就急，借动历年积存息钱一千串，及接收丁令交代案内原接各前任交存租息等项，共京钱三百二十五千二百五十六文，并另筹京钱二百千，共成三千串作为成本，发交当商承领，按月一分生息，岁获息钱三百六十千，遇闰加增。又邑人焦延鸿捐地五十亩，李中莪捐宅一所、房十间，两项岁约收租京钱百千有馀，拟再于义仓生息项下，每年借动京钱三百千，统计常年可得京钱七百六七十千，以资局用，其馀不敷随时筹补。如无款可筹，即归卑具在任之员捐廉补助。从此循名责实，竭力振兴，庶可垂久远而收成效。以后倘能经费充裕，以及各项工艺可获馀利，即当分别筹还借款，以清界线。所有教养局原款告罄，现在筹办情形，是否有当，理合禀请大人鉴核。俯赐训示祗遵，实为公便。肃此云云。光绪二十一年二月□日①。

---

① 底本缺。

蒙难追笔

余儿时读书，小有聪明，深为父母所钟爱。虽室非富有而不知家计之艰，饮食稍不如意，不逊辄形于词色。自咸丰八年坠入贼巢，出入八十日，艰苦备尝，顿悟前非。孟子天降大任云云，余固不敢当，而所以苦劳饿乏而拂逆之者，亦不为不至矣。此余生一大厄，而亦生平一大长进也。今日所得以为人不甘弃者，皆基于此耳。故序述以为《蒙难追笔》云。

咸丰八年十月二十五日，皖匪匝地而来。太平之世，人不知兵，皆谓贼杀官劫库，不敢逃入城。时先君以商赴白渡口，会先慈率家人赴城冈母舅家避乱。先君闻匪，弃商归，令家眷避苇湾内，挟余兄弟西逃。出庄遇贼，与以银去。行至西关帝庙，又遇贼，将外衣脱去。行不远又遇贼，无银无衣，只有随之矣。夜住吕潭南关营朱家宅，见集内火起，父子三人相对而泣，真度夜如年矣。

旗主姚逢春，蒙城县贾家围子人，距亳州一百二十里。听其语言，先世亦农家，始扰于贼，继扰于兵，家贫，亲老逼而至此。每见烧房屋，淫妇女，即痛诃止之，亦贼中矫矫者。与先君商，令择余兄弟一人随之去，先君泣不语。揆先君意，余读书小有聪明，素为所钟爱，必不忍令去，而先兄已亲迎，倘去而不返，置张氏嫂于何地？此所以终夜涕泣而不能定也。余忍泪言曰："儿愿去！"先君闻之，泣顾先兄，先兄亦泣。时贼众已起营，余遂叩头登车，径随贼南行云。此二十六日早晨也。

少顷旗主绐余曰："余送尔父兄至南土桥，尔家房屋人口无恙也。"实则令避屋内，门前放火一把，贼见火，知有贼居过，无物可取，便不入矣。晚住周口南，时天已寒，余无外衣，其伙贼自外来，挟皂布夹马褂、蓝布棉大袄、月白绸棉裤各一，旗主促余服之。袄长拖地，裤似女衣，殊不雅，置绸于内，反而服之，挡寒而已，急何能择哉。自入贼至出贼八十日，昼夜皆赖此，无所谓衾裯也。一日寒甚，贼母怜之，典以红毡焉。贼有马二，曹县儿刈草喂之，余即席草而眠，草厚则厚，草薄则薄，眠时解扣侧身铺衣小襟于下，盖大襟于上，一袖作枕，一袖亦盖之，谓之神仙睡。贼中语曰："学会神仙睡，一辈子不受罪！"故亦不觉其冷。庄小人多，一井汲已干，又无烹茶具，取磁瓮去其上半，置坑水于内煮之，半夜始煎，着以白糖，自周口抢来者。少取饮之，又臭又甜，真不能下咽。五谷家家俱有，而面甚少，取干麦置磨上，研作大麸片，用水团饼烈火烧之，出火即散，亦不熟，众贼争食。其为饥寒所迫可知，想在家即此亦无之。余惟有对之涕泣而已。旗主知余未食，以豆腐干三块啖余，前自于镇带来者。一猪方行，众贼捉之，分取其前后腿，剥皮置半截瓮中，以坑中臭水煮之，断血即食，而猪方叫不绝声也。

夜静人寂，余出蹲大柳树旁，为潜逃计。适有自他营逃者，贼追至，以刀斫其首，仆地，以火焚之。余徐徐归，从此不敢复设是想云。

二十七日，住槐店左近，半日未前行，以有连庄会拒之也。二十八日至浉河西岸九里十三寨，贼首传令每旗出马二、步三围寨，令车先过河。然无桥，岸又陡，车不能任重。余下车，先推空车至河中。旗主知余不善骑，又不能涉水，旁有一路，约为围寨人修也，指引令余由此行。余失足落水，及过河，冰与足结，无鞋袜易，忍冻而已，余脚疾坐此。至东岸，回顾围寨人，见西岸无车，均解围去，贼首不能禁。时车在河中央者尚多。十三寨中人蜂拥出，贼弃车不可胜计，而余所乘之车则甫上岸，御车贼赤体加鞭，得脱虎口云。

先君家规素严，除年节不曾出，以故读书外一无所知，甚至东西南北亦不辨。过河后，细听贼语，知西岸十三寨皆贼仇敌，惯截其后哨者。早知此，则不过河矣。贼呼十三寨曰"老牛会"，谓见人即杀，故被虏者亦争渡。嗣知老牛会者，练长牛庚之会也。牛庚已死，仍呼老牛会者，原始也。素为贼所畏惮，贼中巡更击柝而呼曰："小心着，莫渴睡，防备湖南老牛会！"因隔一湖，故云。

二十九日到贼巢，一小村落，围以土墙，南开一门，吊桥以木板为之，仅通行人。贾姓居其大半，故呼曰"贾家围子"。旗主住草房二间，有妻，有老母年八十馀，其父则为贼所害。闻出门回，亲戚均来探望。见房来人，争问家世。余触目伤心，痛哭不语而已。

时余不饱食已数日。贼到家，人无伤损，老幼欢喜，以佳饮食进。余视之，则白面条也。记平日放学，见此饭即掉头去，先慈问所愿亦不答，径赴书房，盖以为必不可食也，其不逊如此！兹因别无可食，勉尝之，美口非常，于颠沛流离之际，食尽三器，始知前日之不食，不饥故也。从此顿悟前非，出贼巢后，则无不食之物，不美之饭矣。

自是如入黑暗狱中，不见天日，千愁万虑，举目无亲，不知一日痛哭几场也。

旗主先虏曹县儿，农家子也，刈草、饲马、拾薪，颇辛勤，余坐食终日无笑颜，旗主妻衔之，赖旗主母慈悲，力为调护，得以稍安。同房又有通许县八里冈范姓儿，年小于余，四书注极熟，恃为患难交。嗣见呼旗主贾姓干老子不绝口，又要钱买食物，鄙弃之。伊先余出贼，后余成名，赴省乡试，探听果堕入下流。旗主知余读书，于十数村中寻一册，乃《字汇》也，其为贼扰乱之甚已可概见。

贼首曰堂主，有大小之分。大堂主树一大旗，各自为色，其所领之小旗，多则百馀，少亦数十，色与之同。领小旗之头目人曰小堂主。一旗马三五人，步十数人不等。所抢之物，除供给大小堂主外，马双步单，按分均分。此次大堂主，余所知者，为孙魁新、张乐行、刘狗子；虏余者乃小堂主，其大堂主则伊族叔姚德光，时与巩瞎子盘踞怀远县，令其堂侄姚花代之，其他不知名者尚多。盖五色旗则五堂主，又分为五边以错杂之，则五五二十五堂主矣。故贼之所至，旌旗遍野，尘霾障天，人不可以千万计，然并无利刃，大半饥民聚而谋食耳。

大堂主之子姚修亦在怀远，归家余曾一见之，真贼形也。其家一妻、一女、一幼子。四外堂主出门回，供给甚丰。妻五十上下，非村妇者流，虽为贼，家规甚严。其妾某，骨堆集人，前次虏来者，见余欲语，伊密闲之。其女目炯炯似有所思者。盖伊许字王姓，王未从贼，两亲成仇，不能婚嫁也。伊母防闲，不令与余见，潜使旗主问余有妻否，愿在此久留否，有意作合也。余以实告，遂不复提云。有姚虎者，他围子人，其辈次较卑，呼女曰姑，又戏呼以老王，为争一针线物，致女仆。旗主见之立为逐出，不令进门。此皆差强人意者。

旗主妻一日逼余随曹县儿拾薪，余难之。堂主妻曰："柴草遍地，树木无论何村，执斧伐之，有问者，但曰姚德光教伐，便无事。"因去伐柳树一株，果如所言。旗主妻知堂主妻有爱余意，不令拾薪矣。日所食者非绿豆面，即高粱面，无所谓麦者，菜则不常有，有亦大椒而已。余食高粱面能饱食，绿豆面则半忍饥，不死为幸耳。然爱绿豆面糊涂，以面为汤，俗呼曰糊涂。童而食之也。

自过洮河至贾家围子，蒿莱遍野，狐兔成群，不见人迹，行数十里见一土阜，即村落也。人无八口之家，非死于贼，即死于兵，不得已合数十村为一村，修一围子为自固计。然地不能耕，粱粒皆取自外来，价昂贵，每绿豆一斗十二三斤，制钱一千。贤者坐以待毙，不肖者舍为贼，无以为生。且所抢之物，值百卖一。时乡间正富，一小堂主所得仅变钱二十馀千，即坐食亦难持久，况逢集便至饮酒驰马，争相夸耀，不二十日荡废尽矣。废尽再抢，然不曰"抢"，曰"出门"。出门先数日，各堂主聚一处议事，曰"装旗"。装旗者，预计其旗之多寡也，有整齐之意焉。

贾家围子距临湖铺五里。湖无水，湖北尽贼，南则老牛会也。一日，老牛会持械驰车过湖行猎，贼不敢过问，闭门自守而已。然老牛会亦无与敌意。问行猎何以过湖？曰："湖南地皆耕，无藏狡兔窟；湖北荒芜，狗马三五驰，满载归矣。"一荒村有屋三间，仅馀四面壁，猎者以网堵门焚之，兔争出，网得百馀只。古人云：物有生而无杀，便充塞宇区，无置人之所。洵然。

十二月二十三，将往偷老牛会寨，去一人得一分，旗主妻与其表兄崔欲令余去，余亦愿往，将借此以逃也。闻有武举高老养者，被虏者过其寨，先与钱，后与绿豆一升。忽得脚疾，不青不红，疼不可耐，嗣以烧酒着火洗之乃愈。

当余被虏时，旗主告先君住址甚悉，如张村堡、新台市等集，皆先君旧游地，而贾家围子距张村堡仅二十馀里。故同一被虏，确知所在，不难循途而得。然先君谨慎，不敢入贼巢，至亳州，主（住）估衣店王老玉家，托其探听。适有卖估衣老人，所卖即抢余祥盛之物。即旗主之本家叔，其子留发为贼，而伊则剃发以消赃者。先君托其带信，余见信认是先君笔，不觉哭失声。而伊则云，先君在亳州，得尔回信过年即来。因持笔砚至，写时令老人在旁，只许写"在此甚好，无用挂念"等语。信去后，隔一二日，旗主夜半牵马二，一伊自乘，一令余乘，据称送余回家，白昼恐围主不依。通许范姓儿走，围主曾阻之。余闻之，喜惧交加，莫知所以，急随之去。天明至新台市，离村已三十里，其距亳州则八十里，时十二月二十七八也。旗主将余安置一小饭铺，嘱掌柜供饮食，欠账则皆伊承管。告余曰："尔父初间即来。见尔父但说姓姚的待尔不错便得，使一文钱非人也。"遂洒泪别。有亳州买估衣人，知先君与王老玉交好，令随之去，谓先君必不入贼巢。初以为然，继思万一涂（途）不相遇，余出贼先君入贼，何以为人？已受两月苦，不在此三二日也，遂辞之。

九年正月初一日，饭主人过年，为余备米面油薪并水角（饺）数十枚，谓可以自食。讵平日不曾造饭，先因年节悲伤不食，然难听饿毙，乃以水注锅将水饺入之，火未燃而已烂，不知须滚水下也，弃而不食，痛哭一场，令拾薪儿煮食之。嗣和面炕油饼，面沾手不能出，又痛哭一场。有街市人怜余，代为造作，然忘下盐，借以饿不即死而已。幸先君一二日即至也。

初二日，方西望先君，而旗主叔自东至，谓余曰："尔父在亳州，不来矣。"令余随行。余悔不听买估衣者言。晚宿浙河集，说书唱曲者甚多，人烟稠密，从贼与否不甚记忆也。

初三日至亳州，径送余王老玉家。先君以余信未确，已于二十八日回家过年矣，又痛哭一场。而王老玉恐余非真，细加盘诘，无不吻合，乃领余入内将银交付，余始知以银赎回者。回忆旗主之言，其欺余耶，抑为老者所瞒耶？

初四日，王老玉自外来，谓东门团长李大人知有小儿自贼中出，令留营当差，有银十两可获免。余唯唯而已。自是令余居同室，食同席，不避内外如一家然，至今思之犹未尝不感之也。然东门团长之事，真耶？伪耶？何从而考哉？嗣余中举后，适先兄以事赴亳州，嘱往探问，王老玉已故，伊夫人犹在，无子寡守。时虽未到家，知人口无恙，房屋未毁，心觉稍安，惟日望先君之至而已。

亳州东门常闭，有仇者引至东关拼杀之，无地方报官，报亦不问，以东门外皆贼也。官薄姓，甚得民心。四门团长甚有权，记有孙五雷、李桢等名。贼前曾围城，欲破之，群贼分持物遮身，缘梯而上，络绎不绝。守城者或以炮，或以石击，死者填城濠几满，终不退。又建炮台，将置大炮于上攻之，工未竣，轰于火，贼以为天意，解围去。计被围四十八日，城中粮已尽，三日不解，将自溃。贼以为天意，谅哉！嗣贼所掠之物非此无由消，贼所用之物非此无由取，此城若破，贼将有守货物而坐以待毙之势。故前此数十日攻之不下者，后虽开门揖之而亦不入矣。贼所抢劫之物，令父兄入城求售，买者不得以为赃物而追问由来。商人入贼巢买抢劫之物，贼亦不疑有他而生心留难。贼便，民亦未始不便，故得以稍安。

夫贼之以为天意者，以天欲保全城内数万生灵也。岂知保全城内数万之良民，即保东南半壁数百万之盗贼乎。或曰，天道福善祸淫，既为贼，何保之？余曰："此非生而贼者也，饥寒所迫也。迫于饥寒则入贼，不迫于饥寒则出贼矣。使民既迫于饥寒而贼，不使贼再迫于饥寒而死，姑稍缓须臾以待代天者出而为之请命，拔之于刀枪之中，登之于衽席之上，以还其固有，僧邸之收抚是也。彼不受抚而与官军为敌者，真贼也，在所必诛也，即不与官军为敌，而首恶如张乐行诸人，亦在所不宥也，受抚非其本心也，非其本心则亦真贼也。然真贼有几哉？君子是以知僧邸之善体天心，至薄公之浑浑沦沦，不求甚解，亦不得谓非乱世之贤有司矣。古人云：难得糊涂。薄君真能糊涂哉！"惜逸其名字云。

初十日，先君至，见之不觉痛哭。歇息一二日，十二日雇小车回。余与先君轮坐，所走无多，而脚已起泡，以出贼时所受之伤未愈也。

十五日，至集东，望见修寨。进街见房屋半毁于火，大非从前景象，不觉伤心。至家，见先慈，悲欢交集，叩头罢，问贼中事，不觉又哭矣。而亲戚邻舍齐来探视，几无以应，惟有幸此身之不死而已。

嗟嗟！余非身历此艰，虽小有聪明惟口腹是计，安知不如通许范姓儿之堕入下流哉。是以余叙述此事，痛定思痛，泪下如雨，几叹天之待我何刻。及至终卷，平心思之，又未尝不叹天之待我甚厚矣。劳苦患难，玉汝于成，古人岂欺我哉。

甲辰正月，扶沟柳堂追述。

灾赈日记

灾赈日记序

世俗人作一官便染官派，高卧衙斋，日旰不起。出则卤簿必具，肩舆中常有倦容，若询以城外事，则呼吏以对。噫！官而聋，官而聩，今世有勤求民瘼者乎？吾将物色之。戊戌秋，黄河溃决四出，山左灾区颇广。己亥春，余自京师来武属施放义赈，访诸乡父老，皆称邑侯纯斋柳君贤。既而晤谈，朴实若学究，而勤勤恳恳，惟以百姓疾苦为忧。叩以乡村灾形，应声答如指掌纹，非躬历日久，恐未易至此。嗣余露宿风餐，日在乡村，逐户阅查，自春徂夏，尚未蒇事。而柳君凡赴乡数次，出则数日始回署，迹其惩吏清讼，培养学校，几于百废具（俱）举，而穿渠涸出民田数十里，尤称实惠，始信前所闻誉言非虚。今事竣将返都，见公《灾赈日记》，自初决至合龙，漂没苦状，觳觫备悉，如绘流民图，而公之筹画已心力瘁矣，是真可谓惠民令。光绪二十五年初夏治愚弟刘彤光弁言。

灾赈日记序

河南纯斋柳公，莅任惠邑，三年于兹矣。凡所施行，大抵兴利除害之事，实心实政，几于百废具（俱）兴。岁戊戌，黄流泛滥，惠民独当其冲。公乘舟施放急赈，察勘轻重情形，惟日不足，夜即宿舟中，真有所谓若己溺、若己饥者。尝语人云：明知于事无济，吾以尽吾心耳。今岁四月院试，凤冈谒见，公手一册相授曰：此《灾赈日记》十五卷，其为我校之，但须慎密，不足为外人道也。外人者，当途达官。恐记事直笔，触其忌讳云尔。凤冈受而读之，颎缕委折，罔不备具，不啻设身处地，共尝其艰辛。其尤堪发指者，协济桑工秸料一节，鬼蜮蛇蝎，殆不是过，得谓之有人心哉！而接河工钦使则大官来一章，描写尽致，北山之十二或不均所为叹也。凤冈独爱险阻艰难中发为讴吟，皆轸民疾苦之隐，仁人之言，其利溥哉。课读之暇，摘录刘序、自序、凡例、诗歌及与溥钦差问对之言，辑为一卷，拟小引于前而跋其后，是书之梗概大略可睹矣。五月谒见，复蒙以作序相命，凤冈之谫陋，何足以序大著，谨述校字之颠末如此。光绪二十五年六月上浣治晚李凤冈谨识。

灾赈日记题词

惠民本灾区，民罹昏垫苦；黄流灌济漯，阖境无干土；庐舍归漂没，况于倬彼甫；哀此无居民，鸿嗷谁为哺。我公亲履勘，痌瘝切肺腑；灾较重兼轻，赈施急与普；扁舟所经过，欢忻而鼓舞；周历八百村，情形可悉数。灾宽款偏绌，十不给四五；无计为请命，敢告钦差溥。尤恨邻封创，强令剜肉补；达官尔何人，底事乃相愈。日记十五卷，言之何颎缕；披读一恻然，为颂召与杜。

灾赈日记自序

自济阳县桑家渡决口，灾及惠民，余查灾放赈，在外者多，在署者少。每出经过灾区，大概情形，晚泊取纸笔记之，一纸不尽，续纸或背面书，鸦涂几不成字形，惟余自辨之。略过时日，恐余亦不能自辨也，拟回署誊，不果，如是以为常。适封篆，冬赈竣，查河、查赈两大差过境讫，词讼亦照例不理。整顿书案，乱纸成堆，将命仆焚，复取视，觉百姓之昏垫，四境之周履，历历在目，此不可以弃。初拟为《灾赈记略》，继思半年以来，除寻常词讼，何一非为灾赈计。协济桑工秸料代换南绅现钱，灾之波及也。查河钦差，为灾来也。煮粥、平粜、津贴籽种，救灾也，即赈中事也。查赈钦差为赈来，亦即为灾来也。凡此数大端，或在署运筹，或在城布置，谋之于先，方不贻误于后，岂必在外始有可记乎？命检七月后卷宗之关乎灾赈者送阅，盈尺累存，堆积如山。每卷查奉札、具禀、奉批各日期条记之，自立春至人日，手目并用，废寝忘餐，案上条几盈百，如一屋散钱，须用索子贯串。又逐条核对，按日分合，三昼夜始就绪，取前记挨之，居然不隔一日焉，因名曰《灾赈日记》。夫日记者，记其所可记者也，原不必挨日，然亦何必不挨日乎。惟稿新旧杂乱，纸长短参差，不随手经理，将又弃乱纸堆中。乃订册另草，随改随书。未数页，有札查河钦差来下游，例当接，遂于新正十三日来清河镇俟之。阻风未至，趁此数日暇，稿遂成。爰序颠末于卷首，并添续初一至十二日事。平粜将开，春抚不远，如有可记，即续于后云尔。时光绪二十五年新正二十日序于清河镇王家祠堂之南牖下，知惠民县事中州古桐邱柳堂纯斋甫。

凡例十二则

一、桑家渡决口于六月二十五日，而记自二十三日者，以鄙人是日出城，即与灾遇，原始也。

一、记为灾赈，无与灾赈者不记，间有牵连及之者，如赴苑庄王平口相验之类是也，至寻常词讼不与焉。然词讼亦州县之要，如半年不理，成何政体，故于每卷后查堂事簿，另行低二格，用一附字，下用双行小字，记自某月日至某月日，共理词讼若干起，卷末则附记总数焉。

一、有一日数事而文不相衔接者，则空一格记，如是日奉某札之类。

一、记有详略，如协济桑工秸料，灾中灾也。查赈钦差问答，关乎民命者也，故特详。勘灾一约而再三至，亦此意也，而庄名略焉。粥厂但记五日报府之始，而人数、米数略焉。平粜则但记奉札、请款、奉批而已，以有专簿可取而稽也。

一、查河钦使随员、洋人测量生，星罗棋布，到处居民不安，非灾而亦灾也。郡守交替，本寻常事，而往来灾区，迎送维艰，车户、船户亦皆灾民，如病人负戴，穷民添客，亦非灾而灾之类也。城门出入，关乎民食，故皆详记焉。

一、记中官阶平者，卑者，或称字，或称名，因一时所记，非有区别，亲友亦然。官阶尊者，则用官称，如称太尊、观察之类，尊之也。武定府系本管上司，不称太尊，但称本府某，亲之也。而官印均用双行小字注之。督粮道未放以前称本府，既放以后称观察，纪实也。

一、查河钦差李傅相任河帅，称钦差某。而自直隶来者，如周廉访，孙、吴二观察，启太尊之类，称钦使。张观察李傅相委者，亦称钦使。自东省来者，但称随员，而武职偶记一二，不尽及焉。洋人测量生记数而已，查赈钦差随员四人，皆掌稿之类，称司员焉。

一、自称鄙人、称余，随文为之。称卑职述对上司之言也，亦如述差役言称大人之类。押号头里差也，公地者公正而兼地方也，均从俗呼之。

一、记自六月二十三日至正月十二日二百日事，皆一气衔接，藕断丝连，卷数难分，略就事之多少，次之为十五卷，然终截不清。

一、每卷皆有要处。卷一自六月二十三至七月初二，以经理沙河为要。卷二自七月初三至十三，以分路放饼为要。卷三自七月十四至二十一，卷四自七月二十二至八月初五，均以查放急赈为要。卷五自八月初六至二十九，以查各约灾为要，而送旧迎新附焉。卷六自九月初一至十四，卷七自九月十五至三十，以协济桑工秸料为要。卷八自十月初一至二十九，以查普赈为要。卷九自十一月初一至十八，以经理粥厂为要，而查河钦使附焉。卷十自十一月十九至十二月初八，以放普赈为要，而代换义赈局现钱附焉。十二月初九赴商河见钦差溥，问答数百句，皆灾赈要领，自为十一卷焉。至自初十至十三，迎送钦差出境、入境，则为十二卷。自十二月十四至二十二，则以审问王平环家、纲口李家二庄奸民，赴钦差行辕捏控刘喜父子一案为要，灾案关乎民命，非寻常词讼可比，别为十三卷。十四卷自十二月二十三至二十九，以散放穷民赈为要。十五卷自新正初一至十二，以津贴籽种为要。是则全卷之大略焉。

一、卷内禀稿、禀批皆不录。惟普赈查竣请款批，关乎户口银数、协济桑工秸料初禀及报销抚批，一则为民请命，一则是非之公所在，故备录之。

一、文内称上宪处俱不抬格，称卑职、称名皆不旁列，以记事之文，非禀帖书札比也。

灾赈日记卷一

六月二十三日，赴法字约张家集一带，督令挑毁所筑东西长堰。先是沙河南公字约寇家墩等村，自小支河淤塞，商河七十二洼之水无所宣泄，每大雨时行，田禾为灾。去岁查明淄角镇西之陈家湾，马家店西之大张家，及马家店东井畔三处阻水之处，督令挑开，积水立下，田禾救出十分七八。惟流至张家集北，节节阻滞，不能顺入沙河。适商河县李香阁兆兰有疏通小支河之议，数日前会商于南王家，质之商河众父老，咸称自鄙人挑开陈家湾等处，已不甚为害，能将张家集北积水引入沙河，则害即全除云云。用力少而成功多，且惠、商两县蒙福，小支流之议遂寝，决意疏通张家集一带。回署出示晓谕，各由地头道沟，略加疏浚，不必宽深，以能引水入沙河为止。乃一阻于孟家庄之王永祥，由陈家湾去岁挑开之处，复率众堵塞，押令挑毁后，讹传水至张家集卢家、魏皮、虎家三庄，又纠集邻近二十馀村，星夜筑东西长堰一道，延袤二十馀里，使以上数十村田禾尽淹，而且用桩用料高宽三五尺不等，一似堵御黄水者然。问之村民，皆莫名其故。尔时即恐有黄水之灾，除讯明诣将长堰督同抉毁，并嘱令将为首之王永祥、张和东、卢存云、魏宗典等六人严押待办外，未及回署，而黄河报险羽书已飞驰数至，当即驰赴麻店小憩，抵清河镇时已四鼓矣。

六月二十四日，辰，调夫局首事李心怒等来见。据称在工多日，民夫或数十人，或百馀人，或数百人，分布各段，帮同防营抢险，现白龙湾一带已经抢护稳固云云。余见杨督办、骆营官亦均称民夫踊跃，深资得力，即往白龙湾查勘，果可恃无虞。折赴王平口尖，调夫局首事王在之，亦在工多日，赵丹桂新有丧，据称堤上邵家、小崔家叠出险工，民夫不下数百人。方谈论间，郭营官至，进门既大呼曰：非民夫得力，事已去矣，敬谢敬谢。稍坐，同往视工，仍回清河镇宿。

六月二十五日，辰，赴上段查勘。至归仁镇王枣家，两调夫局首事苏麟阁、刘汝堂等亦均在工，民夫数十成群，沿堤不绝。适遇有赵竹溪自省来，据称济阳县桑家渡工极险要，抢险千馀人，皆惠民民夫，以此处有失，全境被害也，然秸料毫无，恐难保。现有青料可买，盍往助之。余闻言，飞驰去，至于林西，遇济阳马夫云"水已至商家"，余未深信，仍前往。嗣见有抢险民夫回者，知信确，事已不可为，一时神魂俱失，呆立久之。乃折至于林，河水已落数尺，命调夫局首事、差役等，预备船只，候派人来救护放饼，即驰回。沿堤飞谕民夫归修护庄堰，由南北王下堤，天昏黑，至申家桥，已交四鼓。见徒骇河水涨，传谕首事张文硕，调夫修守，坐定天已曙。噫！鄙人两年奔驰河上，创设调夫局，境内管辖七八十里，幸不为害，竟不能防邻封之波及。闻桑家渡有料数十万，便可保护。营委既妙手空空，无能为役；印官又深坐不出，其以害不在本境耶，抑力有不逮耶？忆余初履兹土，清河镇出险，所须秸料数百万，皆余担承，卒能化险为夷，使数百万生灵，不与鱼鳖为伍。由是言之，不得谓天灾流行，不可挽回矣。为民父母，不力求尽职，则贻害岂浅鲜哉！

六月二十六日，查徒骇河新堤，卑薄不足恃，适新店首事马魁英率民夫持锨橛来安插之。余至药王庙，顺道至廖家屋，尖即回城。一面具禀各上宪，一面分谕各押号、各首事，星夜调夫守沙河，并移知信阳县，照章来分守。据押号面禀，分段派夫，非三日不能齐。余严加申饬，吩咐明日沙河无夫，定责革不贷。是日属余姻亲李光宇_{冶国}、聂甥登云带差役数十人赴于林，乘船分赴和、平被水各村救护放饼。将至聂索桥，药王庙口决，水阻不能前，二更后回署。

六月二十七日，辰，谕三班总役，赴关厢搜寻旧船，木作铺制造新船，预备应用。仍令李光宇、聂甥骑快马由东路清河镇绕赴于林，多带船只差役，赴和、平约，并由徒骇河穿过，赴公、民等约救护放饼。即谕放过各村，造花户册，预备委员查放急赈。前押为首筑堰之王永祥等，已成灾民，释之去。此时徒骇南北尽成泽国，不知居民葬鱼鳖腹中几许，恨不呼天痛哭，为斯民请命耳。然沙河能守，尚有一片干土，敢不竭力哉！分布后即赴沙河，由黑风口至上段之王家庙查勘，民夫寥寥，堤亦多残缺，恐难守，惟尚未见水。父老云：水至此系倒漾，已无力，可无虞。遂回城。

六月二十八日，赴沙河，由黑风口至下段王图家，阳信县王清臣_{德本}已到，会晤商修守事。据两县首事均称，金家口以上，归惠民修守，内陈坡牛家险工，阳信西数十村帮工；金家口以下，归阳信修守，惠民不过问，以万一有失，阳信被害重故也。历已遵办在案，议遂定。时阳信民夫数百人筑土牛，窃喜其踊跃。王清臣赴小桑落墅，余顺道回城时，沙河初见水，潺湲细流，冲豆科微动而已。是晚，绅士武锡庆协同马龙池家等七庄首事数人，面商陈坡牛家修守事宜。据称是郡城要工，此处不保，合境被害，向归城内惠、济二约守，距既远，雇夫又不力，易误事。伊数庄皆顶冲，害切身，欲与之易段，惟人少段长，恐不能兼顾云云。余许之能守尺则尺，能守丈则丈，所馀之段，归惠、济，或大家分守。即令速去，率七庄民夫，星夜搭窝铺住工。

六月二十九日，赴沙河途中，闻陈坡牛家辰出漏，幸有马龙池家等七庄人看守填塞之。余驰往，一夜水涨五尺馀，处处皆险，守堤不见一人，即马龙池家等七庄亦无在工者，询悉惠字约首事赵本垿不让易段，该七庄填漏后，将窝铺彻（撤）去，而赵本垿又率夫回城。庸人执拗任性，若听自便，必贻误。一面谕马龙池家七庄仍来守，一面缮票传该管地方率夫来工，公事不准赵本垿过问。并谕各押号各首事，今日窝铺有不齐者，定重惩，由是乃稍有起色。嗣赵本垿请见，余厉色问：汝率夫回城，陈坡牛家如再出漏，岂不贻误大事！天下事不可大意，何处决口，水不到郡城耶？伊深自愧悔，余亦觉发之过暴，好言慰抚之，仍令住工。一面专差赴商河，函知李香阁，调夫守沙河上段郭梓家一带，并移知乐陵、庆云，以向系五县会修故也。是日禀明本府，请李中治住于家寨守上段，撒膏霖住后娘娘坟守下段，梁玢住大朱家守中段，余住刘玉亭家，上下查勘。三更后，闻东面鸣锣，天黑阴雨，驰观之，风吹烛尽灭。至后娘娘坟，借火见撒雨村云，是堤上树摇动出漏，已将树截去。归寓复听东面锣声，而村鸡乱鸣，天已东亮矣。

七月初一日，余复往娘娘坟查探。有自下段来者，乃知五鼓时风雨交作，阳信民夫无窝铺存身，各归去。王图家村东新筑道沟，土性松浮，又未用料，遂冲开。疾往观，宽已数丈，由是守陈坡牛等七庄，半被水，各修护庄堰，守堤人亦不敷分布，而阳信民夫为水阻，下段直无过问者。一时心忙意乱，左支右吾，徒唤奈何，恨不即弃之回城。继思本段无失，城西南两面尚可保全，岂可因咽废食耶！乃折回。适黑风口出漏，水自堤底出如涌，首事朱文璧仓皇失措。余督同用桩料在堤里面厢护，自巳至申，始闭气。晚复命朱文璧拨夫分守阳信所遗之郝家口，以亦郡城要害也。即将决口事函知王清臣，乃不以为伊之误工，而以余词涉诮让，亦殊愤愤矣。是日，城东南筑长堰一道，并堵塞古路沟，使水不贯入城壕。至夜分守之，烛照耀十数里，而沙河堤上，疏灯数点，落落如辰星而已，惟幸尚无疏虞耳。

七月初二日黎明，巡至娘娘坟，村人咸云：后庄水见涨，恐又有决口处。余疑是郝家口，以拨夫彻（撤）回也，往探果然。噫！有此一决，恐东南长堰亦不可恃矣。回遇前娘娘坟人求拨夫帮修护庄堰，许之。自徒骇河决口，往来断行人，派出救护船，亦不得消息，每一念及，不胜焦灼。行至黑风口，有小船二只泊岸，急问之，据称自赵家坊至李家庄来，所过村庄，多有护庄堰，尚不知至伤人，途遇护庄船数次，已过徒骇河。言未毕，差至，本府尚来住工，督守沙河，已出城，因将余所住刘玉亭家屋让出，余移后娘娘坟，与撤雨村同居。布既定，久候不至。侦者云："尹副爷带人堵塞古路沟，被阎家堤口孙家庙等庄所辱，禀本府弹压。本府绕道往古路沟督工，讵水拥积不下行，激从高阜地溢出，阎家堤口等庄有房屋倒塌者，本府知事不可为，已回城。"得信余仍移刘玉亭家，幕友来函促回署者数次，答以水一日不围城，一日不离沙河，谋保上段也。夜二鼓，天黑不见人，大雨如注，出巡，适信来，水已由古路沟入城濠，本府谕速回，照料城门事。余持盖立水中，望守堤人不动，一去恐摇乱，乃托巡东南堰，冒雨归。从者多倾跌，舆夫泥拥踌，行不能成步，衣湿如水洗。距南关数里，听水声澎湃，魂魄俱失。甫及城门，闻撤雨村在后，误入水坑中，家人负以归。方回顾，而新筑叠道已被水冲断，时巡城柝已三更，王少春尚督夫屯城门。至署，神情惝谎，气尽力竭，不能动移矣。命家人持手版禀知本府，自沙河工回，暂请假。

附自六月二十三日至七月初二日，共理词讼十三起。

灾赈日记卷二

七月初三日，禀见本府销假，巡查四城门。守东门者章调甫锡元，马章甫朝端辅之。守北门者张仰虞明扬，陆仲远袜之辅之。守西门者梁华卿玢，陈杏园德铭辅之。守南门者王少春彭龄，尹金甫吉祥辅之。均奉本府谕，在城门外筑一拦水横堰，出水三四尺，一切桩料等物，皆取给县署。西门以梁华卿守沙河未归，陈杏园独当一面，力欲要好，筑堰高且固，行人甚不便，而本府不知也。南门地势高，十五、十六两年，水均未至城，王少春施工故迟迟，行人颇感德，而本府亦不知。至西门则嘉奖备至，至南门则呵责横加，相形之下，王少春为难情，遂不顾是非，亦筑起横堰一道，昨施夜工。职是之故，鄙人欲禀明，论者谓本府有老亲，恐水入城受惊，遂止，而西门于是惹出许多闲言矣。回署，方、正二约首事十馀人请见，据称带夫数百人，持锹橛布袋，在古路沟等候，信至即动工堵筑。余未明本府意，令往见本府，以一误不容再误，拒不纳，伊出，遂传言余，嘱令堵筑。将施工，而阎家堤口等庄亦聚数百人，首事数人来见。据称持械将揽阻，两相持不下，恐酿成巨案。余令速回，谕众无械斗，必无堵塞事。一面传谕方、正二约首事，将夫唤回，乃各散。少顷，东南堰亦开，夫水性就下，听其自流，卑者受害，高阜地尚可保全，激而行之，如阎家堤口等庄向不见水，今亦受害，是谁之咎哉。守是土者，地理不熟，庸人妄议于其间，一有不察，将铸成大错。幸见几尚早，未甚为害，后之君子，可以知所鉴矣。

七月初四日，木匠铺造船成，总役搜寻四关渔船，亦修补可用。新旧数十只，分布西门，为定官价，并分数只赴沙河口门一带救护。每人发给饭食钱二百文，适李光宇令差役赴大碾陈家买饼五百斤，装船后与李不相见，载至城，即饬王升坐船赴沙河口门常家等七庄散放。至晚李光宇亦回，据称至于林，船已备齐，由桑家渡口门出，分赴和、平各庄，即由赵家桥穿出徒骇河，赴公、民各庄，散过村庄各有清单，不日即进户口册，共散饼一千二百斤有零，载回城者不与焉。由是城外渐有外来之船，而水路通矣。是日，本府以张仰虞筑北门堰不力，令撒雨村辅之。

七月初五日，随本府赴郝家口验口门，以马龙池等七庄请堵也。渡过南关水，乘肩舆西绕至刘玉亭家庄茶尖，登堤东行，至口门，适大风，吹浪数尺，堤塌陷不止。又无土，难施工，遂罢议。自初二日水围城，四乡断往来，是日集期，多乘船至者，较前稍有起色。然惟城西无水，买卖粮食、蔬菜，多自西门来，而隔一城濠，堰又高，有涉水过者，以手攀桩，足带水登堰，将送究，幸被首事人劝阻。

七月初六日早，聂甥由和、平约至聂索桥石田家庄过河放饼回，共一千馀斤。另有单，阅毕，余由东门上船，顺城濠南行，至南门，入道沟，东南至纪字约张五家园、瓦匠赵家等庄，高地尚无水。邓家新修护庄堰，水围绕道，沟旁柳树碍船行，命差役牛兴与赴村中，唤人持斧锯，尽削其旁枝。行至富牛家，仅两姓，十数间房，倒大半，人在屋顶立，甚可悯，各与锅饼十馀斤。由郝家口入沙河，望河南郝家、石张家等庄，一片汪洋，西行出齐东道，西南望康家堡、陈坡、牛家等庄，亦尽在泽国，惟双庙房屋有坍塌，赏给锅饼二十馀斤。民字约小郭家、宋家等庄，正临大溜，始见黄水，晚泊第三堡宿焉。大船一丈五六者，船夫四人，丈馀与不及丈者，船夫三人，每日每人发工食钱二百文，不准扣底，自是以为例。船夫无处购买吃食者，赏锅饼食之。

七月初七日，由第三堡顺大溜南行，东望廖家、张家集等庄，地颇高，虽见水，不甚为害。经过段家等庄，距药王庙口门五六里，水均未进庄。由小韩家、大车吴家西经杭家、西陈家、后牛家入药王庙口，见有五六丈大船停泊，意是自省来查放急赈者，问之果然，委员乃余旧识傅大令鲁生善宝及彭大令晓峰丙戌、杜典史小村从恩也。带银三千两，舟子以船大，不敢出口行，方为难，余嘱令暂停。乘船东行至聂索桥，房屋倒殆尽。船浮水面，与戏楼平。余登楼与马首事略谈，赏给锅饼一百二十斤，与倒房者分食之，外给马首事馒首数十，以伊有老母也。命家人邵春赴南五庄、孙福赴南八庄、张铎赴西韩家口等庄，均带锅饼，每庄三二十斤、五六十斤不等。晚回药王庙，与委员船同泊，遇李光宇带饼赴直字约李家庄一带散放，遵余嘱也。

七月初八日，令差役雇小船二只，与委员傅、杜分乘，各带银千两，而余所乘船之略大者，让委员彭乘之，亦带银千两，以彭胆怯，小船恐有不测也。并另雇船一只，饬差役引路，先进城，余由药王庙顺河西行，出赵家桥口，经过高家大湾、周家楼、阎家河、夹河等庄，房屋倒塌，与聂索桥等。而大溜由村内穿过，灾民立倒房土堆上，曲突不烟者已累日。所带锅饼无多，又无处购买，尽予之，每人不能得一口，为不悦者久之。嗣余放急赈，此数庄独多，而放普赈委员王玉堂大令未至村，但按册减口，转少于急赈，冥冥中亏德不少矣。至淄角镇，稍泊，差役往购食。由陈家湾、孟家、安家、隋家经过，东西相望，公一、二约各村均四面水围，幸有护庄堰。隋家南水清黄各异，并流不相混，北望歇马亭等村亦尽在泽国。将至后屯，阴云密布，雷雨骤至，风掀船篷欲飞去，急倚村停泊。雨过，由石庙村入河沙，泊北岸大朱家宿焉。是日委员已到城。

七月初九日，由大朱家东行，出郝家口，过富牛家，雨将至，疾行至张五家园，稍泊，至东关下船回署，而李光宇亦由南关下船，自李家庄等村回矣。共散饼五百馀斤，另有单。

七月初十日，与委员会禀到境日期，并单衔请截留滨州银二千两接济，以滨州无灾，银误解故也。一面将赈银三千两分付钱、当各商变卖，即分运淄角镇、于林二处，以便散放。其被水钱店免分此款，以示体恤，此后不得援为例。嘱李光宇赴人、度二约散放饼，并查被水情形。

七月十一日，请委员入署午饭，以赈钱未运到，趁此稍尽地主意，非敢筵会也。并命押号先往放过饼村庄催户口册，候委员至投之。

七月十二日，和、平、公、民等约户口册陆续至，即分付委员傅赴于林一带查和、平，彭赴淄角镇一带查公、民，各带船三只，差役、清书数名，并饬门丁王庆赴淄角镇点钱。杜以要事，专差令回省，所应查村庄，余许代任之。是日传言西水至，沙河上段吃紧，函知李中治移居王家庙。本府谕守门委员堰加高。西门陈张大其词云：令加五尺，索桩料甚急。北、东门续至，南门未见水，亦将照加焉。余一时忍俊不住，乃托钱席金少仙函询府幕秦子琴，即略提不便行人意。本府见函叱曰：此借棍打腿耶？不知赴县如何需索矣。嘱子琴答余云：不过令严加防范耳，何有五尺之说哉。遂分谕四门，而外间舆论，本府亦不无所闻矣。君子爱人以德，此其进谏之时乎！

七月十三日，见本府，从容言曰："大人谕委员城门堰增高，诚恐水进城，乃保守城池之至意，实则城里地高于城外，即无堰，水亦只到瓮城内，况堰已数尺耶。再者，郡城食用，皆由外取给，而西门尤多，即如粜粮一节，驴驮至城濠，不敢令过堰卸粮，将驴寄关厢，须厂钱一百，复回将粮上船，或负以涉水，均非过此堰不可，稍有不慎，便不无毁伤。传闻有过粮食一驮索钱四百者，是以粮价日昂，其他货物亦然。大人到武定，无一不协舆情事，此恐非大人意。且委员无枵腹从公者，即照守沙河支发每人每日京钱一千，每月已须钱二百四十千，加以油烛桩料，总在三百千以上，以三月计之，便须钱一千馀千，何处筹此巨款乎！以卑职愚见，责成四门首事看管，每门由卑职派差役二名伺候，每旦令赴府报水。如水过涨，再调夫加高，否则守之而已。如此则事不废而款省，又甚便于民。倘有遗误，卑职是问。"本府闻余言未毕，即连称是、是，即日将委员彻（撤）去，并委王少春赴谷家寺守沙河，亦从余请也。贤哉大守，可谓从谏如流矣。由是乡民皆称便。是日，李光宇自度、人二约放饼回，共六百馀斤，庄村另有单，而合境已无不到之处矣。

附自七月初三日至十三日，共理词讼十起。

灾赈日记卷三

七月十四日，五更，大风雨，沙河水涨三四尺。除前报灾村庄数百不计外，沙河南岸报护庄堰开者纷纷，缘中游东阿县王家庙开口，西水与东水相汇也。拟往勘，适北道字约首事数人报险，据称水涨堤塌，危在旦夕。禀请太尊派材官刘玉泉抢护，以十五年曾在该处抢险，人颇相信，太尊许之，即命往。余复接委员函，急赈查将竣，因安排出示晓谕，公、民二约应赈村庄赴淄角镇领，平、和二约应赈村庄赴于林领。天晚未出城。

七月十五日，赴沙河南查勘开堰村庄，并会同委员商酌放赈事。方启行，而沙河五县会修之郭梓家首事武来报险，即余前函知商河者。据称水涨堤卑薄，率夫修，商河民不让使土，商河南岸民与北岸民械斗，互有伤，且毙命二人，是以惠民夫不敢动，恐酿成巨案云云。余闻之即禀见本府，本府一面飞札饬商河县弹压，一面札梁华卿同首事即由沙河赴郭梓家照料一切，以防滋事，并谕刘玉泉由北道字协往，以该处已抢厢稳固也。余复严谕正、道二约首事昼夜防守，毋得稍有懈弛，致干未便。先是水由东倒漾至城北，方字约曹家将道沟堵塞，故未遽贯入八方泊。及水溢出，正字约复由城西北至青阳店筑一拦水长堰，该约地卑下，向多种高粱，连日收获已得十之八九，是夜风雨猝至，守堰人稍懈，遂冲开，而城西北已成泽国，所剩者城西南一隅耳。是日又未及出城。

七月十六日，由东门登船至郝家口，入沙河西行，由齐东道出河。一路查勘开堰村庄，由十五里堂、第二堡、宋家、屈家庙等庄经过，房屋间有倒塌者，其馀报多不实。船泊第三堡宿焉。庄西护庄堰漫溢几开，督令推倒院墙堵之，得无虞。首事数十人求急赈，未许，颇不悦，详为开导始去。

七月十七日，由第三堡西南行，所过村庄，间有水入者，房屋均无碍。至淄角镇，会晤委员彭，据称连日乘船赴进册各庄查勘，无一不应赈济者。如村多银少何？即择其尤苦者，民字四仅放聂索桥六庄，公字五、六、七、八仅放阎家河等十二庄，照章大口一千，小口五百，以银一千两换钱计之，不敷尚十之六，而此十九庄又无可剔除，十分为难。不得已商定先发四成，即谕十八、十九日散放，其稍次村庄，俟续请款批准再议。

七月十八日，帮同委员放民字六庄急赈，放过村庄，即将花户姓名、人口、钱数榜示之。放已竣，公字十二庄期明日来领，属委员自放，留王庆点验钱数。饭后开船，自赵家桥穿徒骇河，行大溜，直通双庙街。顶溜顶风，船不能前。庄中灾民十数人，凫水牵缆，始得至村南。稍泊，南行，水已尽归洪，两岸地多成沙，距村均三二里内外。一路逆风，半日行二十馀里，依乱柳数株泊岸。有二童子赤脚立，询系和三约郭郎王庄，遂安排住宿。初更，饭未毕，电闪雷鸣，大雨倾盆，至船，长不及二丈，上下几二十人，不惟无可栖止，即促膝坐亦难容，乃命舟子三人，赴村借宿。家人孙福、邵春用高粱秸撑布幔在前，差役顶席片在后，余在官舱，虽搭席棚、遮油布，风吹雨旁入，湿衣衫衾裯几透，而丁役之在外者可知。然此时巢居穴处之灾民，又不知如何支持，恐求此席棚不得矣。偶一念及，不禁怆然。方无聊间，忽有二人求上船避雨。噫！此好真不能行矣，指点令赴庄内去。二更后雨渐止，月亦高出，可以安寝，而席地不便出入，船小幨大，不能容仰卧。听蚊声如雷，以手取之盈把，夜长如年，不能成寐，愁闷已极。成《郭郎王庄晚泊遇雨》七古一章，不论工拙，记实而已。诗云："波涛万顷连天起，电闪雷鸣惊百里，大雨倾盆天上来，廿人同在扁舟里。我在官舱虽小小，三尺席棚搭尚好，舟子家人无处眠，促膝椅背待天晓。问地说是郭郎王，房屋未塌意差强，最可怜是巢居民，夜来风雨何处藏。"是日，守沙河者获商河县河南爬（扒）口人李庆，送案捕听讯押。

七月十九日，五更，舟子自郭郎王庄回，问以情形，据称屋内多有水，倒塌者尚少。该庄年老数人来诉困苦状，慰之去，后予以急赈，酬舟子借宿也。命开船，风仍逆行，至寄庄郭家，稍停，望东西各庄情形。将入桑家渡，风忽顺，船入口甚平稳。口门以下河水浅可涉，有盐船自下来，篙撑者、揽牵者、赤足推者三十馀人方行动，下水船略易。至于林，会晤委员傅，查亦竣事，村多银少，更甚于淄角镇。以两千银换钱计之，照章仅可放十馀村，若亦发四成，平、和二约距口门近，四十馀村尚可给，议遂定。晓谕各庄，二十、二十一日来领，其距口门稍远者，俟续款至再议。

七月二十日，帮同委员散放和字十村，放过一村，即榜示，与在淄角镇同。风闻平字有毛王庄、商家、二寄庄，半系济阳民，户口多浮冒，几经核减，仍不实。因查照十八年赈册，严加剔除，核计可馀钱五百馀千，除放和字十庄、平字三十庄外，可多放二十庄，为之一快。即连夜传谕，令明日早来。

七月二十一日早，帮同委员放平字三十村。竣事，下馀款五百馀千，委员置不问，余未明何意，其以余放饼数千斤，留此弥补耶？亦未免以小人之心，窥君子之腹矣。查和字村距于林较远，取平字册核计，内注房屋倒至一半者，挑出二十村，即日散放，榜示放毕，将册送委员查看。闻委员对人曰：柳某君子，真不愧读书人矣。然倒房屋者，究不能遍及，有此一举，求者盈门，竟至舌焦唇敝，开导不去，非怒目厉声加之不可，愚民无知，可恨可怜，许以普赈乃各散。委员傅以续请银必不准，欲由于林回省，俟委员彭带去禀折，同销差。固留之不可，送之去。适肩舆送到，午后由北大堤取道查勘平、和二约放过各村榜，并验其房倒虚实。至桑树王家，入直字约界，查堤两面村庄，水一过即涸出，不甚为害。惟朱家与平字约小刘家毗连，水进庄，房亦多倒塌。至周家、马家，房屋倒殆尽，肩舆踏残墙，自灾民院中过，妇女露坐无可藏头处，不觉凄然久之。李家庄东面亦然，入庄，灾民跪接，许以续款到赈之。有教读生员周某，失目，房又倒，予以京钱六千；李孙氏夫修护庄堰淹毙，予以京钱四千。借福寿堂药店宿焉。

附自七月十四日至二十一日，共理词讼六起。

灾赈日记卷四

七月二十二日，由李家庄东门乘小船赴徒骇河，经过塔子、小桥等庄，房屋均有倒塌。至申家桥西行，登北堤，瞭望南岸夹河翟家、荆家，房屋亦有倒塌，而高、杜、陈三庄尤甚，孟家较远，不甚了了，然传闻水进庄，其有倒塌，信矣。北岸十数庄较轻，即质之张首事，亦云然。复由旧路回李家庄，饭后乘肩舆出庄，接委员彭函，称十九日放竣，欲由淄角镇回省，并探听傅委员消息。余以有续请赈款事，未敢许，取回片予之，请回城候批。行过庄东灶户王家、杀猪刑家，房倒亦甚多，然地势较高，村亦富，水至三二日即退出，高粱谷既登场，豆科亦大半青青，篝车往来，行堤上不断，灾轻于李家庄西等庄多矣。东行至杨家集，并未见水，余呼地方，将答责，数求情，宽之。赴河北验李、马、冯、细狗刘家，张、孙、陈等庄首事以报灾不实，求免验。至河而返，借杨家集赵姓宅宿焉。狗皮苏家、马家口二庄进花户册，询悉水一过即涸，掷还之。

七月二十三日，由杨家集过徒骇河，张、陈、孙等七庄田禾茂盛，樊家、陈洪口更属丰稔，报灾可恨。然首事、地方无一来见者，自知理短也。至宋家桥尖，午后至陷棣州，易船行，一路查勘度字一、二各庄，船泊麻店宿焉。

七月二十四日，五更风雨大作，辰刻稍停。由麻店东行，至腰里、王家等庄，复为风阻折回。接城内专差信，续请赈款批准一千五百两已解到，请余回城。余函知委员彭无回省，候余至酌放。至晚风雨更甚，仍泊麻店宿，作《勘灾遇雨诗》云："雨打席棚如打鼓，扁舟一叶乱飞舞。此番本为灾民来，那惜身与灾民伍。灾民无屋我有舟，舟小如屋可藏头。胜他露宿风涛里，曲突无烟使人愁。"

七月二十五日，风雨仍不息，度、人二约各公地冒雨来探行止，余执雨盖立船头，望小船在风浪中簸摇，浪过船数尺，险甚。因唤公地至前，问各村被灾情形，欲往勘不可，不往勘又不安。令公地稍候，归坐小舱，听风雨淅沥，愁闷无聊，仍回麻店宿。作《勘灾行》长古一篇，诗云："冯夷肆虐没田畴，八百村庄付黄流。日日历勘驾轻舟，舟小进退不自由。偶一欠伸篷打头，蹲踞一似阶前囚。渴饮黄泉食干糇，向晚泊舟无干土。席地不堪容衾裯，蚊雷聒耳鸣不休。长夜何时报鸡筹，天明解缆赴上游。黑云忽起拥山邱，倾盆雨至风飕飀。衣衫尽湿使人愁，惊涛骇浪飞凫鸥。舟子乱呼何处投，伸头南望绿树稠。应是小村可句留，那知村已成浮沤。居民几与鱼鳖俦，屋顶树梢室家谋。老幼啼饥声啾啾，况复风雨送新秋，朝不谋夕等蜉蝣。灾民危苦竟如此，回视舟居胜高楼。作官当与民同忧，糇粮百斤饭盈瓯。先为老幼图一饱，再救尔等出壑沟，好言慰抚复移舟。如此辗转十余日，八百灾区履已周。屈指极重盈百二，帑藏支绌难尽酬，此事未雨宜绸缪。"吁嗟乎！为民父母不能救民，死何以觍颜对赤子，吾将平粜煮粥以尽分内事，合龙与否且听之大吏。

七月二十六日，风雨稍息，急回署商办续赈事。命昨来公地回，俟再来往勘。方安排开船，而雨又大作，水路之难如此。幸风顺，张帆冒雨行如飞，顷刻至沙河。将近郝家口，船掉头，帆未及卸，被风吹回，倒行三四里，几濒于危。至王图家庄，始停泊。雨仍不止，欲投宿而村内无干屋，船上席经雨淋数日，已俱透漏，衣裳尽湿。乃命押号头借席二片盖船上，复整棹行。出郝家口，至邓家西，柳树株碍船行，旁枝虽削去，大干尚在，船至须卸帆，舟子手稍迟，风又大，树绊帆桅折，声如雷，砸船篷倒，舱内水瞬息五寸馀。幸余仰卧，未受伤，急鳖行出，命家人持衣被，而水已将满矣。一日两遭险，丁役皆惶恐失措，面几无人色，而余若固然者，非轻生也。古人云：忠信可涉波。余心无欺诈，何惧之有哉！复易船至南城门，天黑不辨路，舟子不敢行，遂停泊。而署内无知者，俟差至，方持灯登岸，一路泥没踝，舆夫行数倾跌。至署，听更鼓已三更三点矣。

七月二十七日，吩咐将银一千五百两，仍照前分付钱、当商换钱，运送淄角镇三之一，续放和、公、民等庄；运送李家庄三之二，补放直字约等庄。所用不尽者，留赴度字约散放。

七月二十八日，奉河防局札，蒙抚台饬协济桑家渡秸料二百万斤，限八月十五日运到工一半，九月初运齐，丁督办达意派也。身为中游督办，不能防患未然，使殃及下游，不知自愧，犹责以协济秸料，亦乌知灾民与鱼鳖为伍，何暇及此乎！是犹人身染重病，日以参苓养之，犹恐不保，而乃令负重行百里，其有不速死者几希，抑亦不仁之甚矣。

七月二十九日，谕和、平二约首事，八月初三日赴李家庄商办买料事。是日，沙河上段均抢护平稳，水亦不再涨，委员欲回城销差，请本府示，许之。

七月三十日，沙河委员均回城，酌给薪水。梁华卿、李邽香均支钱三十四千，王少春支钱十八千，撒雨村支钱十千，均按日计算，由沙河经费项下支销。提讯李庆爬口，无证据，释之。未刻出城，住第三堡，以有示三十、初一日续放和、公、民等庄急赈也。

八月初一日，由第三堡至淄角镇，会晤委员彭。所有应补放村庄，昨日已至，委员以余未来，不敢放，恐仍有应赈者来此滋闹也。即帮同散放，其未赈者，令俟领普赈。事竣，余船至王和普家宿，委员即由淄角镇赴桑家渡回省，候禀折送到销差，而直、度二约急赈，成余一人之事矣。

八月初二日，由王和普家至李家庄，仍借住福寿堂药店，令押号传谕应赈村庄，明日来领。

八月初三日，除放过朱家等十七村庄外，有灶户王家、杀猪邢家，即余前此见其箦车装载谷梁剔出不赈者。有生员某来纠缠不已，出言甚不逊，复令妇女来滋闹，余以盛气临之。赏灶户王家贫民钱十千，杀猪邢家贫民钱十八千，始散去。心抑郁不乐，居停主人王涉凡以诗献，读而和之，气始平，惟恨涵养之未至而已。仍住李家庄。是日和字约李振声、李思由至，谕以办料事，甚为难。余嘱令有料户无卖，归禀抚台求免，候批示。和王涉凡原韵，并序云："岁戊戌，黄水为灾，合境几无干土。八月初三日，查放急赈，至李家庄，假馆于福寿堂药店。其西地势卑下，连年灾区，东则地渐高，水一过即涸出，禾稼且纷纷登场，不得不稍示区别。乃妄生希冀。有秀才王某，饶舌不休，言语狂背，余怒不能平。与以京蚨十千，嘱其分散，挥之去。方抑郁间，仆执医师王涉凡诗以进，问之，则居停主人李强斋所延以济世者也。亟读之，不以余为激烈，而以余为至诚也。延之谈，雅甚。古人云：不为良相，当为良医，先生殆其流亚欤。夫博施济众，圣人犹难，况吾辈乎。诗有'而能济众圣人难'之句。念至此，则一切冰释，惟自悔涵养之不深而已。阻雨无事，步韵以酬。"诗云："救灾拯溺不辞难，恨不将心与众看。来复已占风浪息，此处水来甚猛，七日即消，故较公、民等约为轻。无端饶舌起波澜。轻重灾区辨不难，忍将饥溺等闲看？我无点石成金手，莫挽滔滔舌底澜。活人济世古来难，良相良医一例看。倘借先生医国手，定纡（纾）妙术挽狂澜。"

八月初四日，在李家庄，得信本府尚得明保，将交卸，新任黄太尊已出省，安排回城。适平字约首事刘汝堂亦到，亦以嘱和字约者嘱之，并令传谕归仁镇、于林二局首事各遵照。速登舟行，至徒骇河北之张家庄宿焉。

八月初五日，由张家庄回城，错道至第三堡，已过午，少泊，至沙河，天黑，张灯行至南门，下船回署，已三更。接差信，黄太尊自桑家渡换小船，星夜至第三堡住宿，初六日接印。

附自七月二十二日至八月初五日，共理词讼十四起。

灾赈日记卷五

八月初六日，禀贺本府尚毕，即赴南关，乘舟接黄太尊，至张五家园，与遇，泊岸，略周旋，速回。本府尚与同城均在南关接官厅，相见后，黄太尊赴东门，同城由南门赴贡院，候禀见。黄太尊入公馆，少停，出拜尚太尊与同城，未刻即接印。尚太尊约申刻启行，至刘玉亭家住宿，上灯犹未出，同城与黄太尊均在南关候送行。天黑不见人，大雨复潇潇不止，尚太尊行李船与黄太尊行李船不辨，一催装，一催卸，乱如麻。黄太尊家眷船刚至，尚太尊冒雨出迎，至官厅小憩。命差役唤船，船户多避雨去，人声与雨声、车马声相乱，无应者。余左支右吾，执雨盖立泥中，冠戴淋漓，与三班总役为难许久，始有船户至。然舟子多农人，黑夜行恐不便，不得已以实情上达。而刘玉泉已禀明尚太尊，乃回署，改初八日行。众散后，照料卸黄太尊行李船，三更始竣事。应差船十数只，有自桑家渡来者，有自徒骇河、沙河来者，大半村农失业，三五家买一小船糊口。而送旧迎新，不下数十日，虽发给饭食，丁役不尽诚笃，不知受几许冤抑矣，岂不甚可悯哉！

八月初七日，雨止。检点船只，有逃走者，有被差役卖放者，已不敷用。除责革差役，将船追回外，复调船数只，余亲自发价，三日令候差。嗣后勘灾出发，船户饭钱，皆余目睹之。然余岂皆在船时哉，甚矣，用人之难也，亦随时查察焉耳。

八月初八日，尚太尊启行，命家人随船办差，余送至沙河回署，王平口被窃，报案张大其词，请诣验。

八月初九日，赴度字约查放急赈。船至小李家，水浅不能行，十数人推送至阎张家，天黑令回，赏钱十五千，即作为急赈，以该庄有穷民十五户也，船依护庄堰泊宿焉。

八月初十日，船行至陷棣州，乘肩舆至王平口，见王在之，告以办料事，即顺验窃案。验明贼挖出门限石，由门下入，窃去洋布等物，开门去，追至河套崔家，无踪，后获贼三人，皆邻村无赖。饭后拜防营郭希仲，晤，仍回陷棣州，赴小刘家宿。作《勘灾偶成》诗云："惊涛骇浪任西东，小小扁舟短短篷。八百村庄行殆遍，恼人总是打头风。打头风遇最难行，况是雷鸣雨又倾。罅漏欲弥弥不得，巢居屡架架难成。巢架未成叹未已，家人舟子色难喜。为言西北天放晴，风不鸣矣雨将止。"《悯灾偶成》诗云："百里灾区广，扁舟远近通。有田皆付水，无屋可栖躬。穴处偏多雨，巢居不避风。非遭昏垫苦，谁识禹王公。"《勘灾自责》诗云："民在惊涛里，风雨又不止。上天本好生，底是逼人死。应是贪污吏，无状触天怒。与民干何事，祈将蚩蚩怒。余作惠民宰，已二年于兹。贪污与清廉，自有上天知。有患不预防，便难告无罪。灾民伍鱼鳖，敢曰邻封致。"《勘灾自负》诗云："河鱼急乱呼，从人多有腹疾。贱子犹故吾。十日风涛里，堪称铁汉无。"

八月十一日，由小刘家经过油芝麻店、商家、胡家三庄，虽房屋未塌，而四面水围，十逃四五，其苦甚于他庄，予以急赈，以示体恤。至人字约，由小支河查勘各村，入沙河，至桑落墅南泊焉。除河北数村，馀尽在汪洋，惟尚不至房屋坍塌，漂没资粮耳。饭后顺沙河西行至宁家胡同、盖家，均予以急赈，至小班家宿焉。后查盖家，系寄庄，阳信实户，普赈除之。

八月十二日，由小班家经过岭子孙家、崔家、小宋家、小郭家、周杜靳家，均择鳏寡孤独辈予以急赈。小周家尖，后得顺风回城，而急赈竣事矣。至各约查灾时，见有流民，或家有淹毙人口者，均赈济之，另有册，不及登。是日，禀抚台丁督办料为难情行，其略云：惠民六月被水时，秸料未长成，灾民牛车均变价。现在徒骇河以南，水虽归洪，高地秸料有拔出者，均弃掷泥中，欲运家而不能，何力运至桑工乎？至徒骇河以北，一片汪洋，水深三四尺不等，秸料在水中仅露梢，船由上行，大半皆折断，或朽烂，即不至如此，欲拔出而不能，更何力运至桑工乎？况灾民东逃西奔，性命不顾，而责以运料，是犹呼饥病之民而予以重责，其不至倾覆者几希。若谓责成县官，县官亦须购之民间，民间无料，何从购起？再者，惠民边界虽去桑工数里，而城则距桑工百里，现由水路绕至陆路，几二百里，往催既不易，出境亦呼唤不灵。且既有此五十千料价，何人不可买，何地不可买，岂必灾区？可否委员在桑工采办，而卑职督催之，则工不误，而灾民感德亦无既极矣。卑职为灾民起见，是否有当，伏望批示祗遵。

八月十三日，由东门登船，赴方、正二约勘灾。至城北台字崔家，四望村庄，历历在目，大约高粱收而豆禾被淹，即回城。

八月十四日，赴城东纪字约查灾。至傅牛家、蒋家、常家、徐家、蔚家、前后苏家等庄回城，房屋间有坍塌，嗣以赈款已竭，仅予傅牛家一庄，不无遗憾。

八月十五日，禀急赈竣事，共一百三十二村庄，计五千九百六十八户，大口二万一千二百三十七口，小口八千一百七十六口，折大口四千八十八口，共折实大口二万五千三百二十五口。每大口给赈京钱四百文，小口减半，共放京钱一万一百三十千文，又放淹毙流亡钱一百千文，二共放京钱一万二百三十千文。奉发赈银三千两，每两易京钱二千二百八十文，共易京钱六千八百四十千文；又奉发赈银一千五百两，每两易京钱二千二百六十文，共易京钱三千三百九十千文，二共奉发赈银四千五百两，共易京钱一万二百三十千文。照每大口一千章程，先发给四成，馀俟补发。

八月十六日，赴沙河南法道各庄勘验。肩舆至王家庙，验路死贫人。尖后登舟过河，命肩舆在于家寨等候，一路查勘，至李御使家住宿。李毛家、葛家、张破鞋家等庄首事均来见，大概道四重于道五，后择尤散放普赈。

八月十七日，由李御史家经过崔家、王六㧯家等庄，至袁家庙过河，赴于家寨尖，乘肩舆回城。

八月十八日，乘舟过东门城濠，由旱道赴纪字约杨家、五里井等庄勘验，水已涸出，有种麦者，即回城。是日派差赴省，与放急赈委员送折稿，令销差。

八月十九日，赴沙河南勘验，恐有未勘明村庄，至沙河北岸，遇尚太尊自省回，遂回城。

八月二十日，奉院批：协济桑工秸料不准辞。其略云：该县灾重且广，办料为难，自是实情。惟仅二百万斤，较之中游各县，承买七八百万者，为数无多，尚易为力。仰即设法采买运工，毋得借此推诿，致误要需等因。明知此事扰民，州县力不能主，奈何！遂分谕沿河调夫局首事，五约分办，每约四十万斤，每一万斤，上发京钱五十千，有不敷者津贴之。

八月二十一日，属宫道生赴桑家渡设局，监收秸料，照料一切，命家人李玉随之，并派差役多人听用。

八月二十二日，勘验民字下四图村庄，至卞家天黑宿焉。是日，纲字约范家庄报命案请验。

八月二十三日，由卞家至陷棣州，一路查勘民字下四图村庄，除溜沟有水，多有种麦者。绕道赴苑家相验，仍回陷棣州尖，至郝家口宿焉。

八月二十四日，由郝家口回城。先是有娘娘坟人在黑风口卖饭，来往客人多至彼处下船，由旱道行。自郝家口船路通，一水可至郡城，而彼处行人遂少。此处卖饭者亦娘娘坟人，伊心忌之，无如何。适道沟旁有柳树一株，风吹倒，碍船行，伊阴用钱购之，故弃置不问。舟子行颇难，将兴讼。余昨闻知，即传谕该庄地方，速令伊将树去，舟子即称便，而讼端亦可不起矣，行至此为之一快。

八月二十五日，送尚太尊进京，至信家坊，一路经过方字约各庄，虽多四面水围，而秫秸堆满场圃，其收高粱可知。前此仅到台子崔家，未若今日所见之真也。至王平环家、堤上李家等四庄，全在高阜矣。尖后与尚太尊别，复绕正字约石头孙家、俎家各庄，高粱收获与方字约各庄等，天黑始回城。

八月二十六日，勘验城西正字，肩舆至左家等庄回城。

八月二十七日，乘肩舆出南门，渡过城濠，赴庞家勘验。缘该庄上年以雨水蒙缓，今复存冀幸无灾，而请验者再。该庄豆禾茂盛，去水遥远，将地方掌责、首事严加申饬，回城。

八月二十八日，乘肩舆验城西孙家、刘安庄高家、王瓜刘家、何家等庄，回城。

八月二十九日，复乘肩舆至正字大皮李家、小王家勘验。水虽围庄，高粱、棉花均有收获，所微受灾者，惟豆耳。以连年灾区，从宽归入较重，而道字约小皮李家不与焉。

附 自八月初六日至二十九日，共理词讼五十八起。

灾赈日记卷六

九月初一日，奉抚台札催协济桑工秸料，以丁督办禀玩视要工也。其大意扬济阳而抑惠民，济阳有丈夫子某，颇能干，得丁督办欢心，力欲成全之，故禀内亟称赞。幸余将办料为难情形禀在先，抚台不深加责，札催而已，而丁督办遂处处与余为难矣。

九月初二日，命家人王升往桑工帮催，并函知宫道生赶紧催各局首事采买运工，余明日即往。

九月初三日，检点查灾密册，八九百村庄，有一信心不过者，即不能遽定，而桑工事关紧要，又不能不去。与钱席金少仙商，从缓出禀，赴桑家渡督催秸料。船行至郝家口午饭，接宫道生自桑工发插翼函，其略云："自二十三日到工，局设刘旺庄，五约首事均在工等候，秸料陆续送到者，已有数十垛。惟丁督办济阳料以高宽一丈二为率，且不必实排，收惠民料忽改章高宽一丈三，亲督勇丁监垛，有一排不实者，便棒责垛夫，并嘱收支委员苏巨川不准离左右。一垛已堆至一千五百束，尚不敷丈尺，现堆成五垛，每垛约有一万六七千斤上下，是以料户观望，不敢再垛。百姓传言，丁督办有意与东家为难，非速来必误工等，因伊尚不知已禀余玩视要工也。"读函罢，不觉气满胸臆，恨不能插翼而往。水路较近，又适值顶风，不得已船行至陷棣州宿焉。

九月初四日，早起由旱道至陈家门口过徒骇河，至杨家集尖。至于林，天晚欲住，而宫道生专人来催，遂至刘旺庄局宿焉。先饬差赴桑家渡禀到，五局首事同来见，各道为难情形，好言慰抚之。

九月初五日，早起赴桑工晤收支局苏巨川，余旧雨也。亟道丁督办逼监垛，不能作主意，少坐即过河禀见。先诉到工之迟，一为灾案未定，限期已迫；一为禀督办未奉批，尚存希冀幸免。再者由郡城至此，半水路、半陆路，非竭两日之力不能到，办料实不易。伊谓济阳能办，惠民独不能办耶？余答曰："是。"少停，从容言曰："惟一本境，一出境；一无灾，一有灾，不无区别耳？"伊未答，余即续问曰："惠民与济阳，高宽丈尺何以不同？"伊谓济阳买时，路多泥泞，故从宽验收。现路已干出，故仍归一丈三旧章，非独惠民也，不过惠民会逢其适耳。余答曰："是百姓皆谓督办有意难惠民，故知督办必不能。"又问："昨日督办督同所垛之垛，有足一万斤否？"伊答以不止，约有一万二三千斤，料户未免少吃亏。问何故？答以初开垛，不得不然，并无他意。余曰："既如此，尚易为。若必以昨日所垛为式，百姓皆灾民，实赔累不起，恐必至误工，尔时即参卑职官已晚矣。"伊似有愧色，答以但与济阳料相同便可，并嘱余见料委员张倅，堆成即验收，一切无不可通融。且云：几见口门有足数料耶？百姓闻之，喜出望外，争先上垛。晤张倅后，已成垛三十馀，即验收。复见丁督办，禀明灾案未定，不能在工督催。伊答以令张倅与首事面质，以后能照今日垛，便无不验收，惟嘱在工友人，务于十五日前垛齐，方不误应用。余唯唯，遂禀辞，仍回刘旺庄局。时已上灯，众首事来见，余催令速垛，咸以为如此验收，必不至误工，各散去。

九月初六日，由刘旺庄至桑家渡，趁直字约送料圆船回城，查验已堆成三四十垛，首事皆云十五前可竣事，遂行。至赵家桥泊岸，有小船一只，将呼易之，见余至，如飞东去。问之，乃本村渡船，往追不及。是日李家集集期，该管地方赴集，饬差往传，并谕带船二只，顷刻至，易船，赏圆船钱一千令去。问地方逃走船户姓名，留差传进城。夫船户之畏支差，常情也，无足怪。然所畏者，差役隔绝不能见官，或官不理琐事，以致枵腹从公，受累不浅耳。今日者肩舆仪仗均在船，官即必在船，差役既无能隔绝，而余到任以来，往来过渡，必赏钱二百或四百，至坐以赴聂索桥、楼子冯家查灾，均赏给一千，余又非不理琐事者，何故避匿乎？况终年渔利，偶一支差，亦所应分，若不稍加惩创，伊必谓见几之巧，亦乌知弄巧之实以成拙乎？再者，自黄水为灾，每渡口均出示晓谕，船会支差一次者，予以票，非循环遍，不再令支差，可谓体恤之至矣。今非余目睹，必以为差役卖放，岂意有此刁诈之民哉。余开船，伊即从东鼓枻回，见差役当必一惊矣。以易船误事，至第三堡天黑宿焉。船三只，每船三人，各予饭钱六百。

九月初七日，由第三堡东行，再至民字下四图查勘。有欲列入极轻村庄，恐有屈抑也。实在柴草丰足，麦苗青青，意遂定。回城方吩咐赏船户钱，而赵家桥船户已传到，窃思有此一传，不惟不得钱，且必多费钱，亦足以罚矣。乃当堂发给支差船户钱六百，并问昨日六百钱得乎？曰得矣。故令逃走船户闻见之。发讫，问曰：逃者便宜耶？支差者便宜耶？均不应。乃呼逃走船户而教之曰：昨日若送余来城，一日得钱一千二百文，即摆渡亦不过如此。汝欲讨巧，反不如拙者之得钱，汝知悔乎？伊但叩头不敢语，乃令与支差船户同去。自是余出，船户皆乐于伺候。

九月初八日，禀明分谕沿河五局首事李心怒等办料大概情形，以抚台有饬局议加运脚，务期不累官，不扰民，不准首事勒派札也。

九月初九日，赴民字一常家、后李家等庄勘验，至谭家庙天黑宿焉。

九月初十日，由谭家庙至民字一等庄，地有涸出者，柴草亦尚丰盈，遂列入极轻。夫以雨水灾论，今年九百村无非较重者，然国课与民命同重，固不得不略分区别，一概捐缓矣。

九月十一日，禀抚台，桑工秸料自八月二十二日开局，至九月初十日，已运工近一百垛，如随到随收，十五前后可竣事。以丁督办禀玩视要工，不得不随时禀也。

九月十二日，查灾密册已核定等次，交钱席再核，拟稿出禀。

九月十三日，灾案禀稿成，统计成灾七成，应赈者一百七十四村庄，较重者四百七十馀村庄，较轻者三十馀村庄，极轻者一百三十馀村庄。其持平与否不敢知，而心不为不尽矣。命星夜缮发。是日奉抚札办平粜。

九月十四日，奉局札每垛料加运脚四千，除出示晓谕外，并饬令将示稿禀明抚台备查。先是抚台查知买料赔累，人人视为畏途，饬局以路之远近，酌加运脚，兹议定惠民与济阳均加运脚钱四千文。夫济阳在本境，灾又轻，皆干道，运料易。惠民相距百馀里，灾又重，多水旱不通，运料难。同一加价，惠民亦吃亏不小。然多加一千，小民少受一千之累，宪恩高厚，不深可感哉。方议出示，而丁督办札饬，初九日未奉文以前，已收八十垛不加价，初十日既奉文以后，未收一百二十垛，准加价，亦甚为有理，并出示晓谕。忽接宫道生自桑工发来插翼函，急读之，略云："自东家去后，连已收、未收，堆成八十垛，以抚台札饬加运脚四千文，济阳料将竣事，不好领加价，丁督办亦不愿惠民领加价，令收料委员张函知，领加价则拆垛秤收，不领则按垛验收。弟稍为迟疑，即拆开二垛，一垛秤一万一千馀斤，一垛秤八千馀斤，每垛照足一万斤折算补秤。料户不得已，情愿不领加价，已按垛验收矣。最可笑者，误拆济阳一垛，仅六千馀斤，委员方叱呼惠民料户，视牌骂垛夫曰：谁教尔秤济阳料，该死！剩一垛底不再秤矣。再下馀一百二十垛，百姓讹传东家为料得过，有包给料贩送者，有自送者，有水路送者，有陆路送者，有大车、小车送者，有水旱不通而肩挑者、驴驮者，有老幼男妇就地用绳捆拉者，自十一日起至十三日止，已齐运工。惟丁督办仍不愿加价，以抚台札不敢违，乃传谕领加价四千，须每垛一万二千斤。夫加价四千，加料二千斤，百姓皆知不如不领之为愈。然宪恩所在，谁肯轻弃，弟亦不敢自专。现料堆如山，均未成垛，料户守候日久，恐滋事，见函务祈星夜前来为妙。更难说者，传出惠民料只要一百五十垛，下馀五十垛，令运送杨工，不愿者拉回，似此刁难，殊不可解，东家到此，当有一番解释也。千万勿迟，千万勿迟。再者闻丁督办左右云：东家不速来，将禀抚台，惠民料运者无多，恐误公，令济阳续办五十垛。实则惠民料早运到，总之不愿惠民独领加价耳。"颠倒是非，不意至于此极。阅函反覆思维，不知丁督办何故与余为难，不胜气忿。继思似此无情无理，有何气生，只好任伊铺排不致误工，堕伊术中耳。好在灾案已定，安排明早起身，此次不目睹将二百垛验收竣事，不回署也。

附自九月初一日至十四日，共理词讼三十二起。

灾赈日记卷七

九月十五日，再赴桑工，登舟风不顺，至郝家口已过午矣，尖后至陷棣州宿。

九月十六日，由陷棣州陆行至李家庄尖，晚到刘旺庄料局，苏巨川已三四次来探，恐余不到，丁督办出禀也。余当即赴桑工，苏巨川见余到，连声曰：好，好。赶紧往见丁督办。余过河禀见，徉若不知者，问料已运齐，如何堆垛？伊仍如宫道生函所云，加价即加料。余答以百姓虽愚，亦知加料不如不领，加价已均愿不领矣。伊云："百姓真不愿领，须首事出具甘结，不然恐往抚台处控告。"余答以必不至有此事，且如首事欲控，即出结，岂即不控耶？伊语塞，乃推曰："俟明日再议。"余回刘旺庄，众首事来见，已交三更矣。

九月十七日，早起方净脸，有差自桑工来，报云：丁大人见惠民堆垛，亲往叱呼，非一万二千斤不可，且只要一百五十垛，下馀五十垛，以抚台所加之运脚四千，运往杨工，否则运回。噫！百姓恐鄙人得过，千辛万苦，方凑满二百万之数，乃复命运回，岂真料已有馀耶，亦逼令不领加价耳。岂真为公节省耶，亦私心偏袒济阳耳。余检点赴工，又有差来报云：丁大人方在厂叱呼，听坝上乱喊，水声澎湃中，如屋倒塌然。众正惊惶，有勇丁来禀曰：东坝走埽矣。旁观者见丁大人面如土色，匆匆赴坝去。噫！有此一失，恐全收惠民料亦不敷用矣。何造物弄人之巧耶！一时料户哗然，皆以为无理之报云。余至工，见桩料漂浮走埽，确不敢遽禀见，适吴提调自王家庙合龙回，以有年谊，往见求先容谈丁督办事，颇不以为然，即在工张鹤亭诸人，亦皆谓无理，岂非公道自在人心哉。吴提调偕余见，代言百姓不愿领加价，并求不运送杨工。伊颇气馁，允全收，惟不领加价。言之再四，终恐百姓控告。余性急，质言曰：承办秸料者，惠民知县，非惠民百姓也。如督办不信心，卑职回署出一印结何如？伊未答。吴提调从旁云："不然先令柳令与收料委员一亲笔信，俟回署补禀，再不然借收支局钤记亦可，有卑府作保，柳令必不敢食言。"乃许之。将辞出，吴提调又云：将垛成者先验收何如？又许之。料户待已久，闻信踊跃争先，半日堆成五十馀垛，请委员张验收，斤秤丈尺均相符。收讫，张灯回刘旺庄。自辰至戌，一粟未到口，真觉心力俱瘁矣。

九月十八日，桑工料厂来报，除前收八十垛，昨日收五十馀垛，连夜及今晨又堆成六十馀垛，已满二百垛之数，请余赴工催委员验收。余当即赴工，见收支苏、收料委员张，同赴料厂勘验，丈尺斤秤均与昨日同。收既竣，时大王数家至方演戏，余拈香后，同众委员往观，点《伐子都》一出，赏钱八千，以余有桑工合龙酬神心愿也。稍坐，辞众见丁督办收支委员周心卿，商领料价银，伊请示，许之。约明早嘱宫道生来领，亲笔信事不提矣。先是与丁督办有在工伺候合龙之说，以择定二十日也，嗣走失二占，恐不能如期，禀见丁督办，探其意。伊催余回署，遂禀辞，回刘旺庄。见众首事，询悉料价陪累，每垛加价四千文，既出示，决不肯失信，致负抚宪意，许以垫发，各散去。

九月十九日，宫道生赴桑工领款回，分饬各约首事具领讫，并嘱令赴城领加价。余由缕堤回城，见堤内麦出土，各庄柴草亦不枯，大异水初到情形，心为之一喜。至归仁镇尖，仍由堤东行，麦苗更茂盛，直无异完善之区矣。晚至清河镇宿焉。

九月二十日，由清河至陷棣州尖，易舟行，风不顺，至郝家口宿焉。

九月二十一日回城，与钱席商禀协济桑工秸料完竣事，颇为难。加价未领，不禀明，与抚台公事不合，禀明恐与丁督办有碍。乃议定正禀不提，夹单略叙及，且云丁督办为节省经费起见，甚不欲以属员而攻上司也。至丁督办报销禀内，添百姓均不愿领加价，合并声明句，以践前言，庶几可以两全矣。

九月二十二日，协济桑工秸料正禀拟就，命先缮。

九月二十三日，夹单稿亦拟就，斟酌再四，乃命同正禀缮发。

九月二十四日，三赴民字约，勘何、李家等庄，以列入极轻，请复验也。查庄内秋秸堆积，麦已布种，伊以邻村有缓、有赈，未免希冀耳。回住第三堡，是夜水陡落，传言二十二日已合龙，为之一快。

九月二十五日，速回城，船已抗浅，至城，水复涨，乃知合龙后复由东坝走二占，料用尽，已停工不做。天下事求省反费，求速反迟，理固然也。桑工著名险要，单坝进占后，饯又跟不上，在工均以为不可。即中丞亦谕令放开手做，无以估工太少，顾前言失事机，今竟至束手，试问省耶，费耶？速耶，迟耶？虽其心无他，亦未免执拗任性矣。

九月二十六日，和、平二约领加价钱一百六十八千文，具领状存卷。

九月二十七日，直便纲领加价钱二百五十二千，具领状存卷。

九月二十八日，赴王瓜刘家复勘，以赴府署投诉也。往勘已种麦，以毗连何家庄蒙缓，故生希冀耳。

九月二十九日，查放东赈委员挟赈票至，即用知县王玉堂_{宝瑜}、候补州判宋遇滨_{汝璜}、候补县丞王小堂_{遇贤}也。住署东郭家店，吩咐每日送差饭。

九月三十日，奉丁督办批：协济桑工秸料报销相符，折存。

附_{自九月十五日至三十日，共理词讼十五起。}

灾赈日记卷八

十月初一日，请委员进署，商分查事宜，并令差役预备船只，书吏编写赈票号，无误应用。

十月初二日，议定分四路，王玉堂查公、民等庄，宋遇滨查和、直等庄，王小堂查平字等庄，至道、法、纪、度则余自任之。

十月初三日，委员由东门登舟分路去，各带底册、赈票、清书及各押号差役。

十月初四日，闻桑家渡复动工，崔军门督同进双占。

十月初五日，赴法、道等庄查赈，由大朱家过沙河，至袁家庙，按册挨户查阅，有人口不符者更之，有可支持者剔除之，有极苦于册上图记之，馀俱列次贫。尖后至崔家、王六裁家，亦如袁家庙办理，至火把李家宿焉。是日禀请领平橐银五千两。

十月初六日，冒雨至双庙王家、李御史家、张破鞋家、李茂家、葛家，均挨户查剔，暗分极、次，仍回火把李家宿。

十月初七日，风雨大作，水浪高数尺，小船不及丈者不能行。执雨盖，挨户查本庄，仍宿焉。

十月初八日，早起风雨仍不息，心燥甚。命能水之差役阎洪恩，冒险赴王家庙调船，以集期亦渡口也。酉刻始回，调船三只，冒雨登入，舱以木板覆之，头不能仰，侧卧其中，仅容身。开船得偏风，张帆行如飞。余在舱内，惟觉敧测不平而已。至大朱家泊，已二更，借地方朱升宅宿焉。

十月初九日，由大朱家回城。

十月初十日，奉抚札开设粥厂。是日，绅士武锡庆请堵沙河口，每银一两，摊钱一百二十文，批准行。

十月十一日，赴纪字约双庙等庄，按户查剔，至后灶户李家宿焉。

十月十二日，赴民字约第三堡等庄挨户查剔，晚回刘玉亭家宿焉。是日，奉本府札，催沙河堵口动工，查照向章办理，以阳信王清臣推诿故也。传闻桑家渡合龙。

十月十三日，尚观察由京回，出北门，登船往迎，阻风而返。设接官厅于北门城瓮庙内等候，本府黄、同城皆到，派全执事迎关外，观者荣之。至接官厅相见，略坐回署，随同城禀见，各散。

十月十四日，王玉堂查公、民二约各庄赈回城，添出楼子冯家、陈家二庄，后附入他庄，以灾案已定故也。晚在尚观察署中与诸幕友同饮，略尽宾主堂属之意。是日奉抚台批，买料不领加价，逼出印禀，令丁道明白禀覆。余不胜惶恐，以不愿有揭上司之名也。批云："禀单、清折均悉。该县此次代办秸料二百垛，尚为迅速，新料未必能干透，每垛以万斤秤收，系属定章，往往亦有不及万斤者，断无加收一万二千斤之理。奉文以后，收料应照加价发给，免得失信于民，续办庶无踊跃。究竟因何勒令出具乡民不领加价之结，殊为不解，仰候檄饬丁道明白禀覆。此缴，折存。"

十月十五日，出示冬三月开粥厂，收养贫民，令首事进户口册，领同来食粥，如无住处，除庙宇外，予以席片，搭席棚宿焉。并设平粜局，除买乐陵漕米五百石，即在本城俟集散后，在集厂收买，恐与食户争奓长价也。是日尚观察进省，余送至棘城，回城吩咐制买粥厂应用器具并循环签。

十月十六日，赴于家寨散放道、法查过各庄赈票，即日回城。

十月十七日，赴度字约小李家等庄挨户查剔，忽水忽陆，甚不易行，宿油芝麻店。

十月十八日，赴宁家胡同等庄挨户查剔，有水旱不通者，小崔家、郭家二庄仅数户，传谕首事，问以极苦者记之，不得已也。其他无不到之村矣，遂回城。

十月十九日，赴钦风镇。令度字约查过村庄来领赈票，以路难行，有未到者，俟之宿焉。

十月二十日，散票完竣，由沙河堤回城，以查堵口开工也。

十月二十一日，赴刘玉亭家散放纪、民二约查过各村赈票，回城命将南关吴家胡同西道沟用桩料填塞，以车路不通，承尚老太爷命也。是日宋遇滨自和、直约查赈竣事，绕道至桑落墅回。

十月二十二日，尚观察家眷赴德州。先是尚观察因双亲在堂，眷属上下数十口，须用车辆过多，恐沿路骚扰，嘱代雇大车二十辆，自行发价，走差路者轿车数辆、轿数乘而已。送至南关回署。是日尚观察接粮道印。

十月二十三日，随本府黄赴王图家查勘堵口事宜，本日回城。

十月二十四日，请平粜粥厂银，均批准。

十月二十五日，放粥循环签成，红、绿各二千枝，命烙一恤字，以防假造。

十月二十六日，王小堂查赈由商河绕道回，车覆水，衣被尽湿。

十月二十七日，各约赈查竣，统计极贫折实大口六千九百八十四口，棉衣二千七十三套；次贫折实大口二万三千七百三十二口，具禀请核发。是日，查河钦差到省，李傅相鸿章、任河帅道镕。

十月二十八日，禀明本府黄，王县丞回省养病，放时余代之。是日签二千枝俱烙成，命聂甥收藏。

十月二十九日出示：十一月初一、初二日发签，初三日开厂。谕令自带碗快（筷），来厂足食，以有鉴于省城粥厂，领回多喂猪狗也。

附自十月初一日至二十九日，共理词讼三十一起。

灾赈日记卷九

十月初一日，在城隍庙发签，人甚拥挤，未竣事。是日乐陵解到头批小米。

十月初二日，恐签仍难发，有误开厂，余赴城隍庙，嘱署捕厅李郅香中治在县大堂分发，以期迅速，而于是有一人两签之弊矣；有怀抱小儿索签者，许以挟之来不必签，而于是有小儿倍于大人之弊矣；首事、公地进册不实者，当厂点验，以期认真，而于是有弃衣涂面假作乞人之弊矣；有非贫貌饰为贫而予以签者，即有真贫稍顾体面不予以签者，而于是有贫富混淆之弊矣；有一二不贫者杂其中，则凡不贫者皆藉为口实，妄生希冀，求之不得，而于是有屯聚滋闹之弊矣。夫粥厂，小事也；放签，初基也；

而弊端之多已如此，岂救荒果无善策耶，抑余不才耶？总之皆由不先清查户口耳。《中庸》云：凡事豫则立。不事前筹画，而迫切为之，未见有能立者也。悔之，悔之！亦随时考查焉而已。

十一月初三日，赴城隍庙开厂。贫民得此，不胜欢欣，有谓向不见米，今得食米者；有谓向不得饱，今得吃饱者。闻之为之一快。惟发签不过一千三百馀枝，而每人按十两米煮粥，不敷用者尚十之三四。一以饥民食过多；一以无签者不仅怀抱小儿，有十馀岁而带之来者，不以为其子，即以为其侄，此即余前所云小儿倍于大人，而深悔余之失言也。至求签者尚拥门，几无可措手，善门难开，不信然欤。是日续请平粜银五千两。

十一月初四日，赴粥厂，小儿大者剔除之，贫者补以签，然仍无头绪。是日乐陵二批米解到。

十一月初五日，赴粥厂，再剔出小儿之大者，补衰残者签二百馀枝，以米与人数核算仍不符，剔未尽故也。时有已至境者，有闻风来者，大抵多外州县人，若不稍示限制，款必不敷用，且每日添人，亦不胜其扰。因出示禁止外境人，本境人每月十五日补签。是日查出假签二，一妇人不言来历，掌责之；一小儿言二百钱买者，传卖签人已逃去，怜之，予以真签，令来食。嗣签暗添一烙印，而造者不易矣。先是每日收回签比放出者多数枝，不知何故。聂甥谓被人盗出，容或有之，万不料为此一顿粥，有造假签者，收签时亦毫不留意，见红头则换以绿头而已，今日细为点验，假签多至数十枝。如今日发出，明日人持以来，验出假，问以来历，必说不出，谓由厂中发，其谁信之？且必将责之矣，岂不冤哉！且又乌知今日所责之妇女，必不冤耶？惟余亲见其由外来，不应已食粥，掌责时牙齿米尚满，嗣闻乃张五家园人，先以真签人食讫，不知何人与以假签，令来换真签，被查出，果尔则不冤矣。噫！无论男妇，官刑一及，终身洗濯不净，乌可不慎哉。

十一月初六日，接济阳转准历城差信，查河钦使赴下游，正值水旱不通，除吩咐家人厨房预备一切，星夜先往。余辰刻起身，踏冰至陷棣州尖，清河镇宿。是日闻钦使船住归仁，一直隶候补道孙慕韩宝琦，一前济东泰武临道张虞箴上达，一统领王得胜也。其随员知名者有前临清州陶荃生锡祺，候补知府前下游提调孙厚菴嘉荣。

十一月初七日，在清河候钦差，船阻风未到。傍午有坐车二，买卖车十六，同来办差，家人李玉亦到。据称车在于林，索二日价未发，到此必滋闹。嗣果来，余问昨日何时到于林？曰：午前。问：何不来清河？曰：济阳差令等候。余曰：果尔，则咎在济阳。惠民所辖九十馀里，若至一处不走，便索一日价，则岂有穷已。伊语塞，求恩乃发一日价，每车加赏酒钱五百。以车户多武郡人也，饬差押赴老君堂滨州界。

十一月初八日，钦差船到，泊清河镇。禀见谈白茅坟分溜事，送酒席，辞不受。张观察者，同乡也，伊子曾从余受业，虽气谊不投，阔别数年，不无见面情。嘱余云：船行吃食尚便，回时由旱道查勘徒骇河，须预备人过多，尤非宽大公馆数处不可。亦关切意也。稍停，开船去接济阳差信，吴钦使等将至，命办差家人候之。由是此往彼来，络绎不绝。缕堤、大堤、徒骇堤均近百里，钦使随员、测量生、武弁、洋人几于到处布满，而食宿无定所，期会无定时，夫马酒席无定数，办差非常棘手矣。赴陷棣州尖，麻店宿焉。

十一月初九日，回城。自初六日出接差，本府日赴粥厂照料，余禀见以为收养太宽，宜再剔除。是日奉抚札，代义赈局换银一万两，限半月期，钱运齐东，即分交各钱、当商。

十一月初十日，赴粥厂局门，剔出年力富强者，家不甚贫者，儿女之十岁以上者，一概驱出，不予以签，亦不准来食。统计实签一千五百馀枝，有此一清，而略有头绪矣。是日奉到赈抚局批云："禀单均悉。查明应赈一百七十四村庄，统计极贫灾民，共折实大口六千九百八十四口；次贫灾民，共折实大口二万三千七百三十二口。现经由局酌定，极贫灾民每大口给赈京钱一千二百文，次贫灾民每大口给赈京钱八百文，小口均各减半，核计共需京钱二万七千三百六十六千四百文。已由局札饬滨州在于漕折项下拨解京钱九千二百八十千文，按照该州所报银价，以京钱二千三百二十文作库平银一两计，合库平银四千两，下馀京钱一万八千零八十六千四百文。按照该县所报银价，以京钱二千三百文作库平银一两计，合库平银七千八百六十三两六钱五分三厘。除将该县征收、截漕等银二千九百二十七两五钱八千三厘尽数拨放外，实由局找发库平银四千九百三十六两七分，同所请棉衣二千七十二套，一并饬令收支委员分别照数支出，派员解交，除汇案详咨外，仰即遵照。俟前项银两、钱文、棉衣解到，照数验收，赶将局发银两易钱，同该县征收、漕折钱文一并提出，于灾区适中处所，择定一两处，会同核实散放，毋稍浮滥。放竣一庄，即榜示一庄，咸使周知。事竣缮折通禀查考，仍先将收到银钱、棉衣数目各日期分报查考，一面将拨用该县漕折钱文并拨滨州款项，查照批示银价，分别合银，补具批领呈送，以凭印发备案，均毋迟延，切切，并候院司批示。缴。折存。"

十一月十一日，派家人赴夏家桥借公馆，并布置一切。即命善走王凤鸣持禀往，面投详陈。夏家桥是惠民徒骇河入首之处，已预备宽大公馆数处等候矣。并询何日可到境，伊不能确指，付王回片，令销差，由是厨房夫马，均不敢撤矣。绅董武锡庆等禀沙河堵口工竣。是日禀粥厂开厂日期、收养人数兼续请银两，并章程十四条：

一、设厂放粥，必须宽筹经费。除禀准动用赈捐等银外，官为倡捐，次及盐、当，次及殷实富户，不稍勉强，不拘多寡，随缘乐助。捐者姓名皆登印薄，以备完竣之日，分别标榜示众。

一、粥厂设立郡城城隍庙，每日黎明开厂放粥一次。贫民凭签领粥，并分男、女两厂，以分其势，免致搀杂拥挤。

一、签分循环，用红绿二色。附近灾民先期由首事造册呈县，查明真贫实苦，按名发给循签。俟开厂放粥时，缴签领粥，换给环签。逐日循环缴领，以杜冒滥重复之弊。

一、厂中派出诚笃耐劳亲友二人，常川驻厂总理一切。其经费、柴米、器具、人役，造具清册一本，出入流水账一本，归其经管，以备稽考。

一、每日放粥时，酌倩诚实幕友二人，分男、女两厂料理发放。同城官轮往稽查弹压，以防口角滋事。

一、厂中安设大锅灶二十四座，大水缸四十口，用草围好，一半装水，一半盛粥，并做草盖如数，盛满盖好，以防粥冷。

一、厂中须用勺夫、水夫、火夫，派定每锅勺夫一名，火夫一名。先择一承充饭锅头之人，令其挑选勤慎精壮者充当，以专责成。如有怠玩徇私情弊，一经查出，轻则立时更换，重则枷责示儆，不稍宽贷。

一、厂中每日需用木柴，先期按每锅一座，应用若干，如数秤出，点交火夫承领；需用小米若干，亦约计秤出，装盛布袋封记，锁存空屋，俟夜间煮粥时，逐一点交饭夫人等承领；必须水烧滚开，方准下米。每下一锅，俱由厂中管事人轮流亲眼验看，概不假手丁役，以防徇纵偷减等弊。

一、厂中前后门，各派把门二名，以司启闭。放粥处并派听事四名，以备指麾。均遴选勤慎之民人充当。各项夫役人等，均准在厂吃粥外，每日每名酌给工食京钱一百零十文，以示体恤。如有偷惰情弊，查出重责不贷。

一、灾民距城较远，及外境流民，内有老弱残废者，雪地冰天，往返领粥，甚非易易。俾于城内附厂左近庙内，搭盖窝棚，由官发给干草、席片，以资栖止。其有实系御寒无具者，酌给捐备棉衣。

一、开厂之日，先期出示晓谕，通知于何日起、何日止。停止之日，预筹经费若干，每人酌发三日口粮，令其自谋生活，或借以还家，庶免难于遣散。

一、放粥虽令贫民各自携带盆碗，然有竟不持器，空手领粥者，亦须预备瓦盆若干，以便发给使用，免得临时搅扰，转形棘手。

一、路过难民，往往百十成群，经费无多，力难留养。然抚恤之谋，何分畛域。亦未便令其向隅，致滋搅扰。每人酌给馍饼若干，善为遣散，以免逗留滋事。

一、撤厂之日，须将捐输人名、银钱数目及粥厂起止日期，共享柴若干，并厂中器具、工料、灯油、工食一切经费，统计盈绌，标榜示众，不敷另为筹捐。如有盈馀，少即散给贫民，多则发当生息，以备来年放粥之用。

十一月十二日，随本府验收惠民沙河堵口工，阳信工甚草草。是日粥厂较前大有头绪，食粥者亦多贫民，吩咐在厂、领出，听其自便。

十一月十三日，赈抚局派县丞刘枟解赈银四千九百三十六两七分，当面过平收讫，其馀款在本县及滨州截漕项下，即移知滨州，速将截漕钱送归仁镇，以备散放。

十一月十四日，赴粥厂，见有衣不蔽体者。问姓名、住处，晚派人送棉衣一套。是日赈银分发钱、当商换钱，并将本县截漕钱分运第三堡于家寨。

十一月十五日，赴粥厂，有求签者百馀人，未之理。嗣聚满街巷，县署大门内外，拥挤不能行，且有赴府署滋闹者。盖以曾出示，是日补签也。乃嘱令赴城隍庙，俟验发。及至，扃门查看，大半有签者。余厉声言曰：有签者本县尽识之，走者免究，否则重惩不贷。由是走者已过半，除不应食者，仅补签二百三十馀枝。嗣后每逢补签，便不放粥，恐有签与无签混也。是日禀各宪沙河堵口完工。

十一日十六日，赴粥厂，见有一二荡妇，前夺其签，今又持签来，知必司签不慎，差役盗出者为之。谕聂甥签锁柜中，收发俱不令差役经手。日添一暗记，一日不来，暗记不合，便扣留，而签数出入，遂无不符矣。是日差信孙、张二观察至陈家庙，十七可至夏家桥。

十一月十七日，赴粥厂，查签出入相符，而按每人十两米煮粥，总不敷用。秤准米煮粥一锅，以承粥之铁勺量之，每勺只合十两，米收回，签又无假者，反覆推求，不知其故。嗣见有持一红头签来者，至大门内换给绿头签一枝，伊持绿头签，赴厂领粥一分，由后门去。稍停，是人又持一红头签来，心疑之，至大门内复换给绿头签一枝，见伊持二器，心更疑之。潜随其至粥厂，乃出两绿头签，领两分，复由后门去。余乃言曰：此弊也。众尚不悟，余告之曰：是人有签二枝，一次来领，只领二分（份）；两次来领，则领三分（份）矣。何以知之？伊先持一红签来，又换一绿签，领一分（份）粥去，伊已有一枝绿签矣；再持一红签来，又换一绿签去，伊遂有二枝绿签矣，不又领二分（份）粥乎？此所以以二枝签领三分（份）粥也，何人心之巧诈哉！夫作二人之饭，而三人食之，其不敷用也宜矣。众遂晓然。嗣谕每人只准领一分（份），不准代领，而弊绝风清矣。是日出赴夏家桥接钦使，大桑落墅尖，至夏家桥已二鼓。

十一月十八日，在夏家桥候半日差，无信即折回，以明日本府寿辰也。至小桑落墅，四面水围，缘冰过客店，皆扃门，呼之不应，家人诈言查赈，方开门，以属阳信地也。未带火（伙）食，有单饼二，以水煮之，无油盐，然有咸菜，胜于灾民多多矣。赏店钱二千。是日棉衣陆续解到，解者正任曹县典史胡尚志也。即用其原来二把手车，分送第三堡、归仁镇、于家寨。

附十一月初一日至十八日，共理词讼三十六起。

208

灾赈日记卷十

十月十九日，五更自小桑落墅启行，到署略停，赴府署拜寿，同城尚在官厅候余也。是日，代义赈局换银一万两，现钱办齐，请抚台饬齐东设局验收。甚矣，惠民之多事也。以灾赈之区，自顾不暇，而令协济桑工秸料，民既受累，方竣事，又令代换义赈现钱，运赴齐东，商不又受累乎！值此水旱不通，节节阻滞之时，本境尚易为力，一至齐东，呼唤不灵，款又甚巨，前日饬差探路，据述能解旧齐东便得，然限期已迫未奉覆函，不得不预为地步，此禀之所以不能已也。

十一月二十日，赈钱、棉衣，连日分运，今始报齐，以须五更踏冰，傍午开化，便不能行也。是日，滨州头批钱已送到归仁镇，先出示晓谕，二十二在第三堡放公、民二约，二十五、六、七、八在归仁镇放直、和、平三约，二十三于家寨放道、法、纪三约，二十五在本城放度、子约。

十一月二十一日，王宋二委员赴第三堡放赈，坐于小车冰上行，二十二日始到。

十一月二十二日，谕车行头预备大车，解义赈局现钱。

十一月二十三日，赴于家寨放道、法、纪三约各村赈钱、棉衣，放过一村，榜示一村，与急赈同。并将应领钱数、棉衣以朱笔标之，以防弊端。即派亲信人往查，委员所放亦知之。

十一月二十四日回城，奉抚批：代换义赈现钱，已饬齐东设局验收矣。先是以探路未奉回信，钱办齐后又派差去，其复函大略云：须运送新齐东，伊距三十馀里，照应不便，一切水路、陆路，均不过问。更云：中多水旱不通之处，须多带差役，节节抬运，方不致临时棘手。阅函令人气极，又为之好笑，他人为尔县事，数百里不为远，到尔境内，三十馀里便以为远，且令多带人抬钱，更属无理已极。试问二万数千串钱，带几许人能抬运完乎？何不通一至于此。方拟禀中丞，而复函适到，据称运旧齐东便可，奉中丞札饬也。益知前禀之不可以已也。

十一月二十五日，在本城放度字约小李家等庄赈钱、棉衣。

十一月二十六日，滨州二批钱解到归仁镇。

十一月二十七日，接委员王函，问棉衣短数，如何散放云云。余函复：好在花户并不知棉衣之谁有谁无，应领一套者，与以一件，将短者均出云云。是日奉抚批：粥厂章程十四条可行，续请银未准，如不敷用，饬仍捐本地富户。嗣余捐银三百两，盐、当各商捐银多寡不等，另有册。

十一月二十八日，冬赈一律散放完竣，委员来讨禀稿，专差送之。

十一月二十九日，接委员函，已由归仁镇回省销差。

十一月三十日，查赈榜道字约李茂家未张贴，方拟传讯，而李法昆呈控，饬差押令首事李明兰，将榜速贴出。该庄有绅士李荔村凤冈者，端人也。是日来面禀，缘伊在海丰主讲，管事人李明兰将伊父子名缮入领赈册，伊实不知也。余放票时，见名颇诧异，盖知李荔村必非食赈者。诘问李明兰，李先生知否？伊答以知。既知之，亦只好仍之。然有此一问，广众中无不听闻者，遂传入先生耳，向李明兰追问，明兰无以对，因痛加呵斥。有李法昆者，与明兰有讼嫌，遂以冒赈来控。实则李明兰粗人，不知君子爱人以德，而以财爱之，并无意肥己。赈榜之不贴为此。嗣李荔村督同李明兰将浮领之钱，分散该庄穷民，另榜示众，并禀明存卷，乃知端人终为端人也。

十二月初一日，赴粥厂，扃门补签，新旧共一千八百馀枝，而无签就食者，日二百馀人，已足二千之数矣。先是有遗失签者，补之则又失，以残废衰老故也。乃壮盛者亦失签求补，岂果失哉！亦逞刁耳。是以命残废衰老者就厂食，不与之签，而壮盛者乃无所借口。是日郝太尊奉抚札催冬赈。

十二月初二日，代义赈局换钱运赴齐东，并取有回照，即禀抚局，按大车一辆每日钱四千领运脚。是日续请平粜银五千两批准。

十二月初三日，赴夏家桥接查河孙、张二观察，已过去赴清河镇住宿。因驰赴，以有勘白茅坟之说也。黎明到，与青城令段受谦先见孙观察，极谦和。往见张，门云：方净脸，燕窝粥点心尚未吃，令少候。顷刻径登车，余二人急往，伊勉强下让屋内。余谓：恐大人勘白茅坟，连夜来伺候。伊答：不勘了。余谓：因查赈钦差将到，冬赈未竣事，帮同放赈，是以来迟。伊答：做官惟赈是大事，一有错，便是玩视民瘼，切记、切记。匆匆遂辞去，窥其意似有不悦者。忆自十一月初八日接见嘱余预备宽大公馆，已在夏家桥、清河镇伺候二十馀日，夫数十人，马二十馀匹，公馆六七处不敢撤，一切应用俱照办，有何开罪而不悦耶？殊不可解。作《大官来》诗云："大官来，小官去，东奔西驰知何处。小官来，大官去，东奔西驰差竟误。误差大官怒，大官不怒难自怒。此次误，再来补，一闻差信便出署。昨传差又至，出迎无此事，如此往返几三四，命健仆，广流布，缕堤遥堤漯河堤，俗呼徒骇河。行辕预备十数处，夫马足用，酒席不论数。那知差来到底误，伺候月馀只一顾，过夏家桥公馆门口未入。靡费千金向谁诉。传言余办差费七千金，禀明抚台。我无逢迎奔竞才，不若挂冠官不做。君不见陶靖节，不向督邮将腰折，归去门前栽五柳，高风至今人称说。"是日郝太尊赴阳信。

十二月初四日，问吴某、周馥各钦使均自下游回，候之晚，接本府黄函查赈。溥良钦差已至德州，先赴武定一带查勘，嘱余速回城。

十二月初五日早回城，本府已赴商河矣。

十二月初六日，奉溥钦差札，调取赈务卷宗，到境禁男妇屯聚喧哗。有泼妇数人闻钦差至，在贡院招聚多人，候求赈，查看大半在厂食粥者，挥之不去。乃传四隅关厢及十里内外村庄地方，查明如有遗漏穷民，准于十五日补签，无则令具甘结各散去。是日奉札津贴籽种。

十二月初七日，赴棘城。至半途，接本府函，钦差在临邑，尚未到商河，嘱余俟确信，折回城。

十二月初八日夜，家人孙福持本府函来，据称钦差申刻到商河，已禀见，嘱余挟卷宗图折赴行辕投递，以便顺路查勘。

附自十一月十九日至十二月初八日，共理词讼五十一起。

灾赈日记卷十一

十二月初九日，遵本府黄函谕，赴商河。至沙河集，遇本府回，立谈送上舆，至商河已上灯。先赴钦差行辕禀到，将一切卷宗图折投递，至南门客寓更衣，即往见。传谕不行礼，接见言语和蔼，让屋里间坐，问距商河若干里，某字某省人，到任几年，一一对答。又云：闻官声甚好。即将所呈之图展开，先指问成灾一百七十四村庄，何者有急赈，何者有普赈，急赈何时放竣，普赈何时放竣，放急赈何人，放普赈何人，又一一对答。
问：因何有庄有急赈，有庄无急赈？答以放急赈，以房屋倒塌、漂没资粮
为率，故距黄河徒骇河口门近村庄居多。问：凭何散放？答以水一来，倩
诚实亲友数人，赴桑家渡口门雇船分路救护放饼，放过村庄，告以进花户
及倒塌房屋册，委员到时，何处灾重已知之八九，即以所进之册为凭。
问：放银若干两？答以委员来时，带银三千两，以不敷散放，续请截留滨
州银二千两，批准一千五百两，二次共放银四千五百两。问：何以截滨州
银？答以中丞闻桑家渡决口，知武属被灾，即委员带银分投各州县，尔时
滨州尚无水，故请截留。问：每口放钱若干？答以上章每大口一千五百，
小口五百。若照章散放，应放者一百三十馀村，核计钱数，仅足放三十馀
村，恐向隅者多，不得已先发四成，许以普赈补六成。嗣奉赈抚局批，外
州县每口放三四百者亦有之，不必补放，以清界限。是名为大口一千、小
口五百，实则大口四百、小口二百也。问：赈抚局何以不补？答以尔时黄
水猝到，未筹出款，实无可补。问：放过急赈村庄，灾果重于不放急赈者
否？答以查放急赈在七月初，水势汹猛，见房屋倒塌，灾民露宿者，即予
以赈。尔时看是放急赈村庄灾重，欲办不计分数，灾及迟两月之久，水由
徒骇河、沙河宣泄到定，灾案时，再往查勘，水归大溜，两岸地亩，已遍
种麦，转较轻于放普赈村庄。是以急赈与普赈，共一百七十四村庄，同办
成灾七分。问：既种麦，何不禀明，不放普赈。答以灾赈有例案，山东无
放急赈不放普赈者。核减其户口则可，不放恐百姓有话说。是以有急赈放
过二百馀千村庄，普赈只放一百千者，从实剔除也。不然以急赈四百、普
赈八百计之，已加一倍，以普赈一千二百计之，则加二倍矣，何至普赈少
于急赈乎！草册内有涂改，为此之故。遂取草册数本查看。问：放过普赈
一百七十四村庄外，尚有遗漏否？较重四百七十馀村庄，岂均不应赈耶？
答以以百姓希冀之心，均有赈才好。问：何以不请？答以向来普赈不过倍
于急赈，急赈二次，仅准银四千五百两，普赈请万两银足矣。赈抚局屡奉
中丞札饬，帑项支绌，认真剔除，多请恐亦必驳，徒劳往返，是以未请。
至一百七十四村庄，除去放过急赈一百三十二村庄，仅添放四十二村庄，
于五百馀村中挑出此数，何能不遗？不过择连年被雨水灾村庄，及房屋间
有倒塌者赈之而已。卑职自问，放急赈仓卒之间，急何能择，不能无滥；

普赈灾宽款绌，不能不遗，实觉抱歉。问：不赈村庄，民至流离否？答以去岁收成甚好，今年麦已收三四成，高粱在水中可剪上穗，不赈尚不至流离。惟来春为日方长，不无可虑耳。问：何以知其必不流离，来春又何以抚之？答以开设粥厂，正为此不得赈之民。出示晓谕较远村庄，来郡就食，为觅住处，庙宇住满，给以席片，现开厂月馀，无一至者。所有食粥穷民，大抵皆城内关厢及十里内外村庄，是以知其尚不至流离。至办理平粜，正为来春计。惟款既少，粮价四外又昂贵，但在处采买，终恐无多，难济事。闻山东京官有义赈，将来能一百七十四村庄归官赈散放，义赈于四百七十馀村内择尤散放，庶可无遗，然恐做不到。问：何以做不到？答以官赈、义赈恐不能兼有也。问：平粜领银若干两，粥厂领银若干两？答以平粜二次领银一万两，粥厂连绅商捐输共银三千馀两。问：粥厂若干人？答以二千上下。问：每日安静否？答以昨闻钦差将到，聚妇女多人，候求签。卑职查看，年老者皆有签，或与他人，或卖去，复出滋闹。年幼多荡妇剔除者。传谕地方挨查，有真穷民遗漏造册，俟十五日补，如无遗漏，另具结，乃散去。地方已具无遗漏穷民甘结矣。然钦差到时，恐仍不免，以泼妇不可情理谕也。钦差云：粥厂往往有此。稍停，问赈抚局详定章程内，有极贫、次贫，何以分之？答以大抵鳏寡孤独老幼残废及衣不蔽体者，列入极贫。问：何以记之？答以卑职笔谏图章盖花户姓名者，即极贫。一图章则一套棉衣，二图章则二套棉衣也。以此为记，填票时亦然。因取册翻看。又问：委员亦有暗记否？答以有，皆随意为之，不必相谋，恐书差知之舞弊也。问：果能无弊否？答以家丁书差，严加防范，可以无弊。若首事庄长，往往有老幼残废及家无壮丁者求其代领，代领十数口，兼有棉衣，便须顾脚力，每口或扣十文，或十五文，此弊恐不能免。问：何以知之？答以放过一村，张贴一村榜示，恐首事握榜不贴，密派人挨庄查访，知有此弊。问之花户，皆云比自领便宜，以未合龙须船脚，既合龙水旱不通踏冰涉水，皆非所能也。然亦偶有之，不必皆然。具有此一查，有将扣钱退还者，此等弊似可不深究。钦差云：此雇人领赈脚力耳，不得为弊，不究甚是。问：水来有淹毙人口否？答以六月二十五日申刻开口，白昼尚易躲避，沿河村庄亦多有护庄堰，春间出示令补修，尚无淹毙人口。所有十数口，大抵捞禾稼被淹及房屋倒塌压毙耳，已均赏给棺木钱。

又指图中徒骇河、沙河问：此口俱合龙否？答以沙河合龙，徒骇河未合龙。嘱贴签记之。问：坡有积水否？答以有。问：何以治之？答以来年春融，可顺入河，现地冻不可施工。惟城西北八方泊积水无可宣泄，即雨水亦然，以受害在惠民，施工在阳信，故屡议疏通，未协。问：此处有赈否？答以无赈，以地势卑下，向只种高粱。桑家渡水，此不为害；王家庙水至，高粱已收获。卑职查灾往来，见村内秫秸拥满，且去岁高粱即丰收。以连年灾区，从宽列入较重，故今年仍列入较重，钱、漕并缓，已足示体恤。又指图中小刘家等庄问：在武定城西南，明日可以顺道查看否？答以须由商河至济阳方能到，合龙后正路尚不通。问：能验何村庄？答以能验道字约李御史家等村庄，须绕过沙河。稍停，令换茶。又问：惠民村庄，此图全否？答以不全。纲、便二约完善之区未报灾，三百馀村不在图；报灾未实者一百馀村不在图。问何以不实？答以或水在道沟，与田禾无与，或水一过不留，田禾无伤；甚有去水数里而亦报灾者。大抵小民贪恩，妄生希冀，一验不实，伊自无语说，若不勘验，便啧有烦言，刁者且上控矣。卑职平时无十日不下乡，村庄尚熟悉，水来，在水中几三越月，虽不能各村俱到，而大概情形亦瞒不了。故灾案定后，赴府投诉者，仅去城三里之王瓜刘家一村，亦以毗连之何家庄缓征为词，夫村岂有不毗连者，蒙府批驳，遂亦无事。问：山东灾以何处为重？答以闻杨史道口出水五分，桑家渡只出水三分，以河南为重。问：何以知之？答以闻河南船在高粱穗上行走，河北乘船剪高粱穗尚须仰攀，以此知之。问：京中以武定为重，何也？答以武定十属，九属有水，他府未必如此，或以灾宽为重耳。即惠民延袤一百三十里，尽成泽国，何得谓不重，然论水浅深，较轻于河南。方谈论间，有人禀司员查灾将进城，钦差命商河办差多派灯笼往接，遂让茶。余请示明日何时起节？答以明早再定。计自八点钟进见，至是已十点二刻，问答之可以记忆者如此，其不关灾赈者不与焉。出赴商河县拜李香阁，留饭。闻司员至，往拜未见。回寓已十二点钟矣，宿焉。

附此一日无词讼。

灾赈日记卷十二

十二月初十日，卯刻，往钦差行辕禀安，请示何时起节，仍未定。传谕令余回郡，遂禀辞，赴棘城，留孙福探明确信飞报。方至棘城街，孙福回云：钦差已到沙河集矣，住宿棘城勘灾，以惠民灾在西南，至郡恐折回查勘，绕道也。实则除桑家渡口门村庄，灾区多在城南，住此亦只距道字约较近，他约皆窎远。且店寓狭小，一切夫马均难容。方踌躇间，钦差已至门，迎至店中，随员亦到，均卸车，为住宿计。余见钦差禀明前情，钦差令速见司员商议。余挟图指点，住此只验道字约较近，不知验道字后住郡城。司员见钦差议已定，乃复驾车，令在沙河北岸候，钦差与司员各骑马过沙河，嘱押号与孙福引路，余飞驰回郡。已张灯，命多预备灯笼往迎，二鼓尚未到，本府黄及同城均在南关候。孙福回云：连至李御史家、双庙、张破鞋家三庄，照册点花册户名，问以口数、钱数，有无棉衣，在何处领，何人来查，何时散放，所答一一均相符。又与榜对，亦无讹。押号引路，赴李茂家去，钦差云：不须去矣。言未毕，西南一片灯光，钦差已至大于家矣。预备肩舆，辞不坐，下车复换马，以天黑，传谕本府、同城到公馆再见。至行辕，本府与同城均禀安去，余以地主，少等候，司员晏传见，以在商河未晤，棘城又匆匆也。见面问一切公事，精细与钦差同。嘱令将粥厂、平粜卷宗送阅，钦差已开饭，余禀安回署，已三更三点。嗣开一条，问小支河旁小刘家有赈否？在何约何方？无知者，余条答：在人字约东北方较重，无赈。有赈小刘家在东南平字约，须由商河去。其念念不忘者，缘一百七十四村庄，以小刘家居首，意为惟小刘家灾重也。其实以平字一居首，造册时挨写耳。稍后无事宿焉。

十二月十一日，早起赴行辕禀安，后赴粥厂。钦差吩咐，亲诣法、纪、公、民各约村庄查勘，以受炭烟薰，头目不清，早饭过午尚未开，乃命司员瑞、乐、祭三人往晏在行辕看公事。钦差一切酒席均不受，略与随带厨房通融而已。是日城内泼妇果又囤聚多人，一以未得食粥，一以传言钦差来放赈，每人米四斗、钱二千、棉衣一套也。在行辕滋闹，驱之不去，闹更甚。余禀明钦差，命司员开导之。告以来查赈，非放赈，欲食粥，须求本县官，乃散去。余暗访闹者姓氏，二人一荡妇无耻，不应食；一有签二枝，已食月馀矣。殊堪痛恨。午后天微雪，司员查灾回，孙福随之去，到纪字约双庙等庄，问犹前，有不在家者，更挨门查看，无一不符。见钦差，亟称惠民公事整齐，钦差喜甚，以为他约不必再勘矣。他县能均如此，岂不好办耶。钦差头已愈，饭后禀见，自道平日失教，致泼妇惹钦差生气。钦差云：此常事，到处皆有梗玩不化者。谈修守沙河及徒骇河事甚悉。出见司员，命摘录急赈、普赈、平粜、粥厂卷。是日禀抚局，于平粜本内买麦百石，作为津贴籽种。

十二月十二日，至行辕禀安，赴粥厂。昨日闹者，见余皆低头。钦差问发折仪注，本府以明本暗折对。吩咐预备跑折马，禀见进呈沙河、徒骇河修守图，八分泊亦在内，指问后命带回详细贴说。出见司员，命调十年灾赈卷，嘱该房检送。早辰（晨）阳信来禀见，问以公事，不甚了了，钦差甚不悦。出，钦差随员自备饮食，不骚扰地方。及惠民县放过急赈、普赈钱数目甘结，交钦差。

十二月十三日，卯刻赴行辕，伺候发折。辰初，钦差在上房拜折，五门洞开，本府、同城均站班，利津县亦来。拜折后，捧交司员一人，司员跪接，余在屏门外跪候，司员跪交余，余受之，捧起由大堂中门，行至大堂前，分交马夫。一递德平，奏入山东查临邑、商河、惠民大概情形；一递斜庙，贺元旦也。钦差看马夫上马加鞭飞驰去，复掩门讫，钦差开饭，吩咐赴阳信。余以手版递贴说河图禀辞，赴何家坊送出境，钦差辞，令派人引路，乃派孙福带马夫壮丁四人导引，余与本府、同城均送之东关回。

附自十二月初十日至十三日，共理词讼五起。

灾赈日记卷十三

十二月十四日，酉刻，孙福回。据称昨日至何家坊，拦舆者纷纷。随晏大人带至店中审问，将阳信差役驱出，令惠民差役伺候。问后赴他庄，拦舆者更多，钦差不再勘，遂进城。晚间海丰县管、沾化县丁俱至禀见，后命家人回销差。今午家人在院中行，钦差问何以不回去，禀称候送钦差大人，钦差亲付名片，令速回，云已有海丰差领路，再晚便摸黑，不比余之到海丰路近也。其蒙优容如此，宜其为阳信所忌矣。

十二月十五日，绅士武锡庆面禀，八方泊居民百馀人联名赴溥钦差递禀，求疏通。据称禀府批惠、阳二县会勘，惠主往勘，阳信不管云云。钦差以无庄名命补写，伊闻来请示可否再递。余以此泊已绘图贴说止之。又称闻有方字约堤上李家、纲口李家二庄为未缓征，赴钦差递呈。余疑信参半，以该庄在北堤上，余查勘二次，如有屈抑，灾案定后，何以不来诉，又何以不赴府投诉耶？有无姑听之而已。是日赴粥厂，局门补签一百馀枝，认明有签赴钦差滋闹二泼妇，掌责示惩。

十二月十六日，奉钦差札发纲口李家、王平环家二庄李化林、李彦彬、李登鳌三人控告刘喜父子因灾舞弊呈词，有无其事，饬令澈（彻）底根究等因，即出票传讯。是日出赴油房张家，验长山客人被劫银两案，连夜回。

十二月十七日，传到纲口李家地方李汝化，供称该庄并无李化林等三人，该二庄首事均在堂下候讯。即传讯，供称小的郭玉树、李振龙，是纲口李家庄首事，小的王振广、赵玉树、李振湖，是王平环家庄首事。又同供此事先前不知道，因奉票传李化林等三人，才知道的。合庄查无其人，都是已革刑书赵清汉，因刘喜之子刘三湘接充伊所遗刑书典吏，心怀不平，句串两庄素不安分之李鸿来、李振菽、李登高三人，捏写鬼名，赴辕控告的，希图告准后索诈乡愚钱文度岁。小的各庄蒙大老爷两次亲勘，因在北堤高卓之处未准灾，现在钱、漕已俱完纳，各花册亦无一人说闲话。贾文德是方字押号，催钱、漕则有之，并无因灾诈钱之事。小的地方李汝化亦并无见证的事，皆是赵清汉捏的，呈词亦是他亲笔，都认的他的笔迹。刘喜父子并不管方字约的事，无人见过他。现在赵清汉尚在家，李鸿来三人具呈后畏审，都躲避不知去向。小的情愿具甘结完案，俟李鸿来等何日回来，小的地方李汝化即将他送案云云。反覆究诘书差，实无因灾舞弊事，除将刘喜被控照例责惩，并传赵清汉对笔迹外，该首事等具甘结完案。

十二月十八日，传到赵清汉，供称与李鸿来三人在十字街同卓（桌）吃饭，不知道他赴钦差控告事，呈词亦不是伊写的。查刑房所存伊缮写旧卷光绪十四年等字，一一相符，押候与李鸿来对质。是日于林、归仁镇、清河镇、夏家桥办差家人厨房一切铺垫俱撤回。据称钦使十数人，均陆续回省。自十一月初办差起，已糜费千金，而来往仅见张、孙二观察，亦冤矣哉。

十二月十九日，录郭玉树等供词，并缮禀派专差赴溥钦差行辕探投。是日，接青城段受谦函，钦差催取十年灾赈卷宗节略，以卷盈尺，一时看无头绪，将卷掷还，复来取此也。令星夜缮写。又接差信，涂大令绍光带洋人丈量徒骇河申家桥至刘家桥一带，令随处预备公馆，准于二十日出省。

十二月二十日，本府赴东南密查阳信赴钦差控告各庄，本日回。《十年灾赈节略》缮成。

十二月二十一日，专差赴溥钦差行辕送《节略》。是日戌刻，自德平递到钦差批折，当递滨州，以钦差已过，不收，马夫恐误事，递蒲台，取有回照。

十二月二十二日，派专马送本府奉钦差密札查阳信民控告灾案公事。

附自十二月十四日至二十二日理词讼三十七起。

灾赈日记卷十四

十二月二十三日，本府面委赴粥厂查极贫之人，注册赈济，以有穷民津贴经费也。先是此款京钱三百馀千，在本府衙门留一半，大约幕友、丁役皆有所私之人；以一半交委员，委员亦有所私，再留一半，穷民得者寥寥矣。本府力欲整顿，故委余清查，于二千人中挑一二百人，夫岂易事耶。是日迎春。

十二月二十四日，赴粥厂，扃门令陆续出，见年老穷困者，问以姓名、住址，亲笔登册。自辰至申，挑出一百五十馀口，晚见本府，以数少命复挑，须二百五十口。是日打春，奉抚批，以平粜本买麦作籽种，准行。

十二月二十五日，查出极贫一百余口，共二百七十六口，自辰至申，始查竣。皆亲笔登册，命该房誊清，将某街、某村人汇为一处，以便查放。

十二月二十六日，持册见本府，多二十馀人，禀明如无款，以县署布税馀项补之，以此款本为赈济用也。据云：填出赈票二百七十张，留三张，恰好无须布税钱，俟盖戳记后，即专人送去，准于明日散票，令赴府经衙门领钱可也。余留册回署，本府晚命将册票封送。是日巳时，奉到自德平递到钦差批折一件，当递回商河。

十二月二十七日，扃门放粥后，持册点名，放穷民赈。所记姓名，多有未符者。一以不知放票，来领粥者非本人；一以外境穷民，前日随口混答，今日忘却也。按册有未到三十馀人，欲另补，而厂内穷民尚盈百，厂外闻放票，令人代领粥之衰老残废亦蜂拥而至，票既不敷，又恐一出入，跌倒踏伤，滋出事端。不得已，属李光宇将布税钱四十馀千取来，择尤放厂内穷民，每人钱贴一千，不必留册，以期迅速。厂外穷民，余带署，扃大门，问姓名，另以笔登记，府署公事，不得不然也。将未到之三十馀人涂消，而以此票分给之，乃散去。过午，府经来取册，余函知见票发钱，以册为齐，令执票久候，恐亦有拥挤之虞也。放既竣，检点名册送府经，命走府家人王太持手版禀知本府销差请假，明日往见。余自黄水为灾，日在一片汪洋中，坐小船往来不为劳，无有如今疲困之甚者。良以于二千穷民中择二百馀人，散票本不易，尤难在点名，所有聋聩老妇，非十问不应，即问此答彼，竭尽气力呼之，始问出姓名，而住址又多歧，以忽说娘门，忽说婆门也。其黠者即乘此冒名将票诓去，嗣知此弊，令伊自报名，故剩此三十馀张票，无一合者。甚矣，善事之难而人心之诈也，其穷使然耶，亦余之失教耶！夜晚朱淦熙自府署来，据述吴湘亭称赈钱少十千，属以布税钱补之，亦乌知非布税钱即无以解围哉，实以告之。是日谕纪字约首事进穷民地亩册，领麦种。

十二月二十八日，禀见本府销差，适钦差有公事到，仍系阳信民为灾案赴辕控告事，呈七纸，札饬本府明查暗访，据实禀覆，无涉徇隐，致干未便等因。阳信令有眼疾，查灾固稍差，而阳信百姓亦未免过矣。甚矣，作父母官平日不可不与民联络一气也。所谓民喦（言）可畏者此哉！是日，沙河北纪字三各庄进地亩册，领籽种。

十二月二十九日，沙河南岸纪字四、五等庄进地亩册，领籽种，查核已五十馀村，恐不敷散放，不敢再谕他约矣。本府夫马单下，正月初二日赴阳信东南乡查村庄，钦差所委不敢延阁也。

　　附自十二月二十三日至二十九日，共理词讼二十二起。

灾赈日记卷十五

　　正月初一日，卯时，雪即止。谕各押号分赴徒骇河北、沙河南各约查麦种几成，有无水坑，不能布种村庄，限五日禀明。

　　正月初二日，出东关，送本府。即赴沙河北常家、徐家、蒋路庄、前后苏家、蔚家、杨千家七村查户口，津贴籽种，即日回。先是水来此七庄，曾放饼五百斤，传言以饼坏不堪食，颇说闲话。该七庄亦不多贫民，急赈、普赈均未及。合龙后，数过后苏家庄，见房屋倒塌，虽不无稍有盖藏之户，而穷困者亦复不少，深悔务远遗迩，未免失察。钦差至，亦无一投诉者。余益觉抱歉，遂多发籽种，以补余过。嗣每亩发市斗四升，二十亩以上始扣除，河南则六亩以上便不发，所以示区别也。本府回，转到钦差札，饬禀明淹毙人口数目村庄，并有无饿毙之人，限文到即缮折禀明。是日领代换义赈局现钱运脚，奉赈抚局批驳。

　　正月初三日，纪字六、七进津贴籽种地亩册，已七十馀村矣。

　　正月初四日，禀本府，递淹毙人数目村庄折，并具无饥毙人口甘结。

　　正月初五日，公、法约押号查明各庄种麦分数递禀。派专马赴钦差行辕，送本府查明淹毙人口公事。

　　正月初六日，出东关，送本府赴阳信，即赴纪字约河南进地亩册村庄查勘，本日回城。是日，人、度、民三约查明各村种麦分数递禀。

　　正月初七日，复往沙河南查进地亩册村庄，本日回。

　　正月初八日，核定应津贴籽种四十二村庄，谕该房算明写榜与放赈同，即传谕初十日放沙河北村庄，十二日发沙河南村庄。是日，本府回。

　　正月初九日，谕道字押号赴孔家、杜家、岳吴家三庄进册领籽种，以道四、八各庄灾同，双庙等五庄有赈，遗此三庄故也。是日，送淹毙人口公事马夫回，在新城行辕投递，钦差住龙山。初十日进省。

　　正月初十日，赴平篓局督同散放沙河北七村庄麦种。先是禀明每市斗二升，以市斗误为大斗也。兹问斗纪，仅十六斤，二升不敷布种，因加倍予之。有一庄领十馀石者，无不欢欣鼓舞，而余之抱歉亦可稍释矣。即将榜示改正，令张贴。

正月十一日，道字四孔、杜、岳三庄进册到，核定命该房写榜。纪字约河南村庄榜示亦均改正，每亩发四升，均于明日发。

正月十二日，赴平棐局散放沙河南纪字三十馀庄及道字三庄津贴麦种，自辰至酉，始发竣。有不敷数庄，每麦一斗，发大钱一千，均于榜示注明，共发一百三石零。有信，尚观察今日乘舟出省，来下游。

附自新正初一日至十二日无词讼。

自光绪二十四年六月二十三日至二十五年正月十二日，统共理词讼三百二十一起。

附春赈记事一则

闻溥钦差查赈回省，见中丞张翰仙汝梅曰：查过省东十五州县，当以惠民县为第一，以钱数、口数无一不符也。是以他县冬赈委员，次年春赈多有更换，独惠民仍委王大令玉堂宝瑜司其事。而不知钦差之所查，在距城三十里内，皆鄙人自查自放，若查出三十里外，则不符者多矣。甚矣，王君之幸也，则宜如何感愧。讵春间到惠，自负有能，不问灾区之轻重，但就冬赈名册剔除口数，致灾民多有向隅。尤可笑者，请闻赈归来银五百两，未蒙允准，嗣于银价内增出银三百馀两，则借此以补其缺，岂不甚善，君乃必欲带省缴还赈抚局。盖误会吉剑华灿升观察以省银为贵，而不知吉恐查放不实，若但欲省银，何如不放之为得乎？无知君执拗任性，牢不可破，不得已余从权补放其半，一半付君。然票则余放，而钱则仍令君经手，君放竣，禀见督赈委员吴中钦太尊，以余为择富散放。夫谓补放，未及清查，容或有之，若谓择富散放，一似受富者之贿赂而与之者，而钱又经君手散出，则非受贿也明矣。质之于君，果作何解。乃称伊所放之村，有贫于余所补之村者，皆未及赈，故以余谓择富散放。余谓既知其贫，何不补放？无银犹有可说，有银而不散放，是何居心。且既分查分放，各有专责，余只能就余所放之村，分别贫富，固不能越俎，与君所放之村合而计之也。果如君言，则非余择富散放，乃君弃贫不放耳。君语塞，而此一半银则终带省，不肯施及灾民焉。甚矣，其忍也。闻君至一村，有款待以酒食者，便许以赈。去岁灾案已定，增入数村，皆为此也。此尤其卑鄙不堪者。君尔时未膺民社，为谋缺计，闻君对宋遇滨曰：此银缴，还可望署事。只知见好上司，刻已为民父母，想顾名思义，不似从前之于民瘼毫不关心矣。春赈未记，故追叙此事于后，以博大雅一噱云。时乙巳九月。

跋

盖尝读《灾赈日记》十五卷，而知我公之大也。夫自桑家渡溃决，驾轻舟遍历乡村，或六七日一回署，或十馀日一回署，风栉雨沐，星饭水宿，夫人而知其勤民矣。而不但已也，引而伸之，触类而长之，可以见世态之炎凉焉，可以见民情之诈谖焉，可以见仕途之险巇焉，可以见职守之劳瘁焉，可以见君子自反之功焉，可以见圣贤不欺之学焉。使斤斤以勤民目之，亦浅矣。古者左史记言，右史记动。灾赈之记，记动也，亦记言也。昔范文正公夜寝时，必计划之所行，与食相称，而后即安。赵清献公每日所为，夜必焚香告天下，不可告者不敢为也。司马温公云：吾无他过人者，惟生平所行，无不可对人言耳。读此记者，当作如是观。光绪二十五年五月下浣治晚李凤冈谨跋。

东平教案记序

今之地方官有重于交涉者乎，交涉有重于教案者乎，夫人而知之矣。何以教民相争之案层见叠出？盖偏袒平民者，既无术以处教民，而偏袒教民者，又遇事抑勒平民。始亦欲调停无事，久之教民恃符逞刁，欺侮凌虐，无所不至，即官亦莫可如何，稍不如意，诉之主教。彼主教者，信其一人之私言，函告抚帅及洋务局，雷厉风行，羽檄交至。在大府原无成见，而州县误会，屈意左袒，使平民之冤无自而伸。庚子拳匪之乱，固百姓怨气所致，亦地方官有以酿成之也。

余宰惠民五年，民教辑睦，即当京津大乱之际，拳匪布满境内，而华式洋式六教堂，俱免于回禄，无积怨故也。<small>徐青莲被抚，乃入滨州教堂，无从保护。</small>

辛丑春，移署东平，前任李恂伯大令已结之教案蜂拥而起。其尤横者，天主耶稣两教合词攻东乡团长尹式翔、副团长李树芳为匪首。尹乃荐绅之士，素以富称；李家道小康，亦乡党自好者流也。抚帅、洋务局、泰安府石俱严札到州，一日间或数至，石又委邵介眉刺史来东平会审。

余甫权州篆，几应接不暇，闻前代理周梦非大令，传案少迟，教民吴某即赴府控以受贿，前车不可不鉴也。商之邵，星夜差传去。尔时外间讹言，余幕友有持摩醮戒者，教民闻之如虎附翼，气增百倍，平民益惶恐不知所措。

余意先示以趋向之所在，彼之声势或可少减。一日坐堂皇判事，厉声曰："上年教民被扰，人所共知，果拳匪耶，诛之可也。若仅买教民器物，加倍偿之足矣。概诬以匪，官可罢，心不可昧。凡地方官于教案不能持平者，皆怵于祸福耳。余数求去官而不得者，无所系恋，何所顾忌乎。如尔教民能听吾言，必曲为保护，倘仍前恣肆，即将为首者解省。如沾化县教案武生张某者，袁大帅亟欲杀之，无谓一入西教，便可无所不为也。教民之善者，余当爱之重之，讼棍无赖之徒，亦不得借词奉教，幸逃法网。且伺隙寻仇，不过一时快意，贻患无穷。庚子之乱，岂若辈福哉。至平民如有敢仇教、毁教、扰乱教堂者，法约俱在，决不宽恕。尔等其各释前嫌，同归于好，无复相争，自取罪见戾。"教民瞪目相视，神魂若丧，而被控者转忧为喜，如庆更生矣。

越数日，适有乡民井怀箱、首伊子、井衍文恃教犯尊，不孝不养，立即传案讯明后，量予笞责，闻者无不称快。盖教民犯法，州县官不敢过问，匪伊朝夕，虽当时教民啧有烦言，致陶副主教函告洋务局，谓余不乐管教案，而自是厥后，杜绝讼端。去秋州境士民公送屏额，教民列名者数十人，果有屈抑，能如是耶。

迨冬间，天主神甫宿仁林、耶稣牧师陈恒德先后来署，余优加礼貌，责以大义，各予津贴百缗，通禀立案，永断葛藤，两教士称余爽快，叹息而去，从此民教辑睦，一切交涉不难矣。

夫今之牧民者，未有不以教案为畏途者也，即余办理民教各案，亦非确有把握，乃始以诚心导之，继以平情折之，而其能相安已如此，亦何畏之有哉。

麦秋例得停讼，镇日无事，属书吏检旧时案卷，录其颠末，将质诸识时务之君子。嗟乎，教民平民，无不可以情理动也，亦视御之者何如耳。壬寅孟夏，权知州事扶沟柳堂率笔。

上　卷

余于辛丑年二月初八日履东平任。先是耶稣教民吴思亮被盗，指控东乡团长候选训导尹式翱窝拳通匪。盖东平教案起于庚子八月杪，是时拳匪已遁，惟愚民贪利，以贱值购其器物，事后追赃，倾家者累累。尹式翱束身庠序，不无腐见，当拳匪入境时，或微辞以泄忿，杜门谢客，作壁上观，教民因而切齿，谓其不调团丁与拳匪接仗也。

辛庄教民王思俭被拳匪割去左耳，遂诬控副团长李树芳所为，乃尹之指示。十二月吴某一案，又牵入尹之佃户，意在借此罗织之。代理州篆者，为周梦非_{庆熊}大令，讯案少持平，吴即不胜忿忿，遽控之。府石太尊_{祖芬}疑周左袒，别委邵介眉_{元瀚}刺史，来东平会鞫。邵先一日到，余由泰安道赴东平。时教案重翻，举州鼎沸，教民皆扬扬自得。余宿旅店中，探知其事，召村人询之，略得梗概，而尹某之为人，并案之曲直，固已了然胸中矣。

初七日，由省城五百里排单递到袁世凯抚帅札饬云："兹准陶副主教万里函称，东平州城东北尚庄正园长尹式翱、副团长李树芳，于光绪二十六年七月间，窝聚拳匪熊方岱、尹景琢、尹式桂及李树芳之佃户王二仔等，将教民王思俭、王步云掳去，牵至尚庄，将王思俭左耳割去。李树芳犹嫌太轻，欲杀之，并将辛庄、阎村两处教堂所有神像祭物等件及两处教民二十余家抢掠一空，带至尚庄。事后尹式翱将神像、经书、铁钟、天棚、台帏什物等件，俱藏于土井。十月间尹某始令庄头只将铁钟送回教堂，他物均未归还。查尹式翱系一方富户，兼充团长，李树芳长于刀笔，又小康之家，二人在州城手眼通灵，虽屡经教士教民指控，终未拘案惩办。可否请贵抚严饬该州，勒限缉办，勿任漏网贻害。等因。准此。除函复并分行外，合亟札饬。札到该州，即便确查该围长尹式翱、李树芳等，有无窝聚匪徒、滋扰教堂各情事，秉公核办，据实禀复，毋稍枉纵。其辛庄、阎村两处教堂所失物件及教民二十余家俱被抢掠，是否查明办结？王思俭等被掳案内，匪犯是否悉数缉获？并着分别究办，随案声复，均毋违延，切切。洋务局泰安府札。"

同日到石太尊札，则云吴思亮一案，据东平州详复核，与原告控词大不相符。噫，若与原告相符，民无噍类矣。

初九日，饬差传案被告尹式翱、谷士桂、李百营、李玉田、李鸿居、李树昌、马长言、刘三，干证林传水、毕清溪、胡克忠等。旋据州绅介宾陈崇德等数十人联名公禀，据称民教各案，屡和屡翻，任意牵拉，而地痞讼棍，借此渔利，沟通分肥。且有假充教士，在乡沿门吓诈，愚者既被控以倾家，狡者遂入教以避祸，并力陈尹式翱、李树芳公正无他等语。

批云："现在和局尚未议定，迭奉旨令地方官妥为保护，尔等宜仰体君父之忧，怜其无辜被扰，委曲从权，多方礼让，以期民教从此调和。倘敢有得陇望蜀，结而复控，讹诈不休，本州当择尤禀请抚帅，按例惩办，决不稍事姑容。至州境绅董之贤愚，各乡之利弊，本州明查暗访，成竹在胸，如尹式翱、李树芳素行端方，读书明理，虽被指控，衅非己肇，亟应听候澈（彻）底根究，秉公断报。他若乡间果有冒充各国教士，希图诈财，准即指名密禀，立予严拿究治，以靖地方。"

十三日，传讯吴思亮。供称去年十二月二十七日夜，被尚庄的李百营、李鸿居、刘玉田、马长言等七八人抢掠我家，半系尹式翱佃户，李鸿居打伤我嫂嫂，马长言劈我木柜，馀人抢去物件，有失单可凭。诘问何以识认如此清楚？曰从火光中瞥见。何以初次呈辞未指明，迟至半月之久始行添控？曰我兄吴思明来城报案，忘记他们名姓，从前教中牧师不在这里，未曾见他，不敢控尹式翱等。支离闪灼，满口遁辞。余即怒曰："自去秋以来，教案数十起，一一禀命牧师耶，其自作主张耶！由汝所言，非牧师乃讼师耳。教民架讼，按律惩创！"吴语塞。

旋又供去年八月间，尹式翱窝藏他庄上一二十名大刀会，抢过我家后，托响场庄林传水交付大刀会五十千，团长尹式翱面许以后无事。据林传水说，此项交与尹某人。诘以林某为何不到案？曰他年轻怕官，不敢来。余曰："伊怕官，汝独不怕官耶，亦恃有'教民'二字耳。林传水不到，此案不能结也。"吴计已窘，遂称向牧师商妥，再请讯断。

尹式翱供，平日与吴思亮并无嫌隙，去年职员曾向他族兄吴思恭说劝其改教，又因他侮慢关帝，为之不平。是其以言语开罪，确有明证。诘以五十千交与何人，则云系吴思亮表弟林传水经手，他人不得与闻。去年吴思亮被劫之后，同教士杨培华到尚庄，授意职员，举李树保是拳匪，当时未允。后又交一失单，属职员为之访查，并京钱五十千落于何人之手。以事不干己，婉词谢之。

毕清溪、胡克忠供，曾为吴思亮调处过事。谷士桂供，得大刀会一个破木柜；李百营供，得一破抽屉桌；李鸿居供，得一领破秫秸，薄铁锅一口，木凳一条，均系吴思亮之物。或以瓜果易之，或以贱价卖之，事后经人处和，已邀客设席，加倍酬偿。而刘三则反覆究诘，毫无沾染，不过家有两顷地，吴思亮欲讹其两千贯耳。谷士桂又供是尹式翱佃户，馀皆无涉。吴思亮之奸，不攻自破矣。

判曰："查吴思亮二十六年十二月二十八日报劫，并未指出何人，直至今年正月十五日始添出尹式翱等，显系有人架唆，凭空结撰。讯之吴思亮兄弟，亦难自圆其说。再三研究，乃供称牧师作主，方敢指明。所控不实，已可概见。至吴思亮去岁以京钱五十千贿大刀会，系伊表弟林传水、林传海二人经手，此钱交之何人，到案一讯即明，乃吴思亮不令伊等来案，情虚可知。总之劫案别是一事，此五十千钱非质之林传水兄弟，不能水落石出，候勒传讯夺。所呈失单，核与报案时增添多物，想亦牧师所为也，即行掷还。属毕清溪等调处，毕乃吴思亮之姊夫，供称尹式翱居乡公正，并无窝匪情事，不私其亲，故委之。"

十五日覆讯毕清溪，供称前日下堂后，向吴思亮兄弟苦口顺说，反覆开导，伊终执不允，只云牧师作主，须往泰安见之，方能定局。他教中先生徐茂印、铉永荣俱来城，恳其从中处和，仍推在牧师身上。前次府控，确系二人架唆，果如天断。

尹式翱供，上年吴思亮曾讹过职员佃户苏庭兰五十千、周廷珍四十千，俱是毕清溪过付。当教案初起时，曾告过北乡团长元乐典、南乡团长刑部主事吴毓琦及刘锡龄、东乡团长井兴涛窝藏拳匪。数人俱是一方绅富，公正无他，为公为私，难逃洞鉴。

刘三与吴思亮风马牛不相及，去冬伊随同教士徐茂印到尚庄集上，扬言刘玉荣儿子学过大刀会。刘某乃农村中小富者，恐受株累，托人解说，持酒肉登门赔礼。伊家有田二百亩，安肯作贼。

吴思亮以众证确凿，无可砌饰，遂云："上年被抢，或系仇人，所失物件，亦不值几何。腊月盗案，确是尹式翱主使，有牧师李绍文嘱我控他。"恃符狡展，自相矛盾，拟重惩之。又有新约，地方官不得擅责教民教士，遂判曰："吴思亮恃教欺压平民，诬良为盗，希图讹赖，殊堪痛恨，着差役看管，勿令私逃，并勒限传林传水兄弟到案，听候覆讯。"

吴思亮知余与邵怒不可回，即云作速与林传水寄信，并将教士招来，商酌了事。

时两教中观者数十人，绅民递保状列堂下者亦甚夥，教士徐茂印等并传到。余即大言曰："教民伎俩，吾知之已悉，地方官秉公讯断，少不如愿，诉之主教，函致抚帅撤任罢官，只此而已。他人畏尔，余不畏也！"嗣经监生杜瑞林等以调处自任，遂退。

十六日，同邵介眉刺史赴辛庄、阎村等处，查勘去年拳匪过境所毁教民房屋。地距尚庄六七里，遂至尹式翱家，观其有无土井。乃一地窖，藏旨蓄以御冬者，逐户有之，不独尹也。验毕升舆去，男女夹道呼冤者数百人，痛哭流涕，口称被教民欺压，日不聊生，求仁天作主云云。用好语慰抚之。

林传水之母，年七十馀，龙钟掖杖，至揽舆喊控。询之，乃称继子林传水与吴思亮中表兄弟，二月十一日吴思明领伊进城见官，并未回家。去年吴思亮给大刀会五十千，系氏继子与吴思恭同交，均与尹式翱无涉。伊怨继子吐出实情，所以窝藏他，不令到案等语。始知前日之判，正中窍要。惜彼以西教为护符，不能治以反坐之律耳。

十九日，监生杜瑞林等呈请吴思亮一案，经戚友处和，伊既应允前项五十千，即由中人垫出，不关尹式翱事。吴思亮亦呈称怀疑妄控，甘愿息结。批曰："迭次会同委员研质府控各情，均属子虚，本应澈（彻）底根究，据实禀请抚帅，按律惩办，以儆诬罔。姑念该教民尚知悔悟，首明控因怀疑所致，并无别故，具经监生杜瑞林等，同教士徐茂印等多人处妥归和，办理极为详善，自当免其深究，以顺舆情。"

二十日，传讯当堂具结了案，教士徐茂印等邀同中人来案，吴思亮词气大变，非复从前之狡横矣。判曰："尹式翱世代书香，为一州之望。乃吴思亮被人架唆，借被窃之案，罗织多人，直谓尹式翱使佃户抢劫，所控刘玉田等去年曾贱买大刀会物件，虽经息结，咎由自取。至刘三即刘传习，是刘玉荣之子，只以有地两顷，为小康之家，辄以拳匪诬之，意在讹使多钱。尹式翱不肯附徇，遂一并指控，丧尽天良矣。幸教士徐茂印、李绍才、铉衍堂三人尚存几希，杜瑞林等用釜底抽薪之法，与伊等竭力婉说，吴思亮始以'怀疑妄控'呈请息结。至贿大刀会之五十千，具结呈明与尹式翱无涉，而过付林传水，淹不到案，是否吴思亮窝藏，姑免深究。

杜瑞林等既愿代林传水备钱五十千，为两造了事，并与教士徐茂印等一同作为息结之人，办理尚为妥善。惟此项钱文，必须当堂领缴，免得再有后患也。"

方传讯时，咸代余与邵危。苟余两人稍涉游移，彼吴思亮者，挟其主教之威，何求而不至，不独尹某倾家荡产，而已结之教案百馀起，死灰复燃，州人将不胜其苦矣，可勿惧哉！

二十三日会详泰安府云：

为详销事，案蒙宪台批，以卑前代理州周详复，教民吴思亮以纠匪掠害等情，府控尹式翔等一案，核与原告控词大不相符。究竟因何起衅，檄委卑职元瀚带同原告吴思亮前往东平查明起衅根由，会同卑州传齐被证，悉心持平断结等因。奉此，卑职元瀚遵即束装起程，驰抵东平州，改装易服，密至荣花树庄并左近庄村详细访察。

尹式翔世代书香，家道殷实，人极公正。委因去秋拳匪由平阴闯过州境，寻仇教民，吴思亮房屋被烧，器物失落，附近无知愚民，贪贱误买匪掠零星之物，在所不免。嗣后地方平静，教民归来，旋被查见，已经退还，仍怀不甘，借欲指为拳匪，株连讹索。尹式翔身充团长，未能曲顺其情，转以正言劝阻，肇祸之由，实基于此。

遂至州城，会晤卑职堂，所采舆论，亦各相同，即会同卷查原呈已备宪案，请免重叙外。光绪二十六年闰八月初八日，据州属教民吴思亮呈，称于本月初四日，有本庄恶徒井省朴、井省山、井省孝因挟讼仇，勾通尚庄李树昌、马朝言、刘玉田、李百营，胡家村赵宪富、房玉山，及其馀不识姓名约三十馀人，各持洋炮刀枪，齐至伊家，口称剿教，抢去钱文衣物粮粒，并烧毁住屋七间等情，恳请拘案到州。

卑前署州李牧维诚正在差传间，旋据原告吴思亮呈明，案经庄长张浴新等，邀同邻佑处说井省朴等误买匪掠伊家零物，如数送还，并为摆酒服礼，伊因情面允和，甘愿不究。其李树昌、刘玉田、李百营三人未经人处，另呈恳迫等情，同原处张浴新等各乞罢讼，免累前来，即经李牧俯顺舆情，取具切结销案。

九月初三日，该教民吴思亮复以查明尚庄刘玉桂有伊铁锅二口；

李鸿居蓝棉被二床；李鸿训蓝粗布男大祆、皮祆各一件；谷士桂柜厨各一架，白毡二床；王庆海桌一张，棉褥二床；周廷珍檩二根，白布裤三件；雷玉山锡壶一把，锄三张；李有圣蓝布女褂三件；苏兰亭白粗布百馀尺；夏明五铁锨一张，蓝洋布女大祆一件，经伊用钱回赎，各霸不与等情，呈请传追到州。复经李牧批准票传，旋由贡生李树芳等处还误买确有之物，带同原被呈投甘结归和附卷。

十月十三日，该教民吴思亮又以访问张家庄，胡天爵用小车推其小麦石砘，向讨不给，请追到州。李牧因屡行罗织，迭自息结，批令庄长查明究竟，有无其事，妥为调处息讼。

去后，十一月十三日，吴思亮转以伊家被匪扰害之后，有尚庄团长尹式翱，复称拳匪又来剿教，令伊花钱五十千，即免祸害。伊闻畏惧，照数措同林传水、林传海送交尹式翱手收，兹向追索原钱不吐等情，呈请传究前来。李牧因核情词支离，批饬词证林传水等查明调处覆夺，未到。

十二月二十八日，该教民吴思亮呈报，伊家于本月二十七日夜被贼托开大门屋门，进院入室行窃钱文衣物，伊侄吴骚虎警觉起捕，被落后一贼，用木棍拒伤头面，携赃逃逸等情，呈请勒缉到州。据此即经李牧会营亲诣勘验，该教民吴思亮家被贼行窃，伊侄吴骚虎并被拒伤属实，详批饬缉，勒捕贼赃，未获。

本年正月十五日，吴思亮旋以当日失事，经其兄弟吴思明认明贼是尚庄刘玉田、谷士桂、李百营、李鸿居、李树昌、马长言并刘玉荣之子刘三，均听尹式翱唆架，肆害强窃，其嫂李氏及侄女年姐均受重伤等情，请予拘讯究办。

时值李牧奉文饬回本任卸事，代理周牧庆熊到任接准移文，因查原报，并无认明贼人，李牧亲诣勘验，其嫂李氏并无受伤之事，显见逞习捏砌，批准票差澈（彻）究。而该教民即以前情，奔赴宪辕控。蒙批饬迅集被证，秉公讯明，设法完案详报。

因该民逗留郡城，将传到被证，分别取保候质，各在卷，奉饬前因，即经提同原被，按照所控逐层悉心研鞫。如所指尹式翱素行强霸，乘机聚匪，纵赴伊家烧毁住屋，搜掠器物，窝囤威逼出钱保免复抢一节。查去秋外境拳匪，串过州属，该教民住房被烧滋扰，业经李牧亲诣勘明抚恤，禀报有案，则非尹式翱招聚会匪，纵令烧掠，已属确有案据。

至若素行如果强霸，自难允符一方之望，今公正绅董，闻其无辜被控，联名切保者四十馀人，称其毫无非分妄为，亦觉可信。谓有器物窝囤其家，究竟该教民见者何物，诘之不能指举。如威逼出钱，既有过付，亟应澈（彻）究。查林传水等为该教民中表兄弟，迭经比差严传，林传海逃荒不家，林传水被该教民领赴进城候审，且据其母刘氏喊控，吴思亮之兄吴思明藏匿其子，根追则谓不知下落，显见情虚畏质，串匿不令到案。其与尹式翱无干已可概见，然既有交给林传水等之项，仍应勒传质明，照数追还，俾免借口。

至该教民于二十六年十二月二十七日夜，被贼行窃拒捕，时在黑暗，无论不能认见贼人面貌，纵经其兄吴思明当时实在看明，何以原报并不呈请讯究，直经半月之久，始行罗织混控。查所告者非旧日误买其物、涉讼处和之愚民，即家道小康、平素畏事之良善，显系有意拖累。

迭诘吴思亮等亦俯首无辞，但称当日未见牧师，不敢列名指告；诘以乡邻误买其物，接踵在州株连控追者，是否节（接）见牧师，该原告方觉理屈词穷，不复习狡。随（遂）经卑职反复开导，伊始颇有悔心，愿仍归和，当谕听候查处，以期民教辑睦。

旋于二十七年二月十九日据吴思亮首呈，以伊因去秋被匪扰害，乡邻刘玉田等图贼误买其物，更番涉讼，迭经处和了结。嗣复被贼行窃拒伤，致伊怀疑挟嫌，报复泄忿，添砌情节，由州赴府呈控，并因尹式翱系属团长，拳匪串过，不为保护，致伊家被焚掠，心怀不甘，即随意捏造聚匪勾劫，一并牵列，其实控由图准希速缉获赃贼究办所致，并无别故。

兹经亲友杜瑞林等多人处说，伊被匪被贼先后扰害，实与尹式翱并刘玉田等毫无干涉，嫌疑冰释，仍各归和。至伊交林传水转给拳匪保教之钱，现在过付未到，杜瑞林等情愿照数代垫，给伊具领等情，同监生杜瑞林等及教士徐茂印等共十二人具呈，各恳免究详销，以全邻谊前来。

查该教民吴思亮，既自具呈，首明伊家被匪被贼先后扰害，委与团长尹式翱并贪贼买物迭次涉讼处和之刘玉田等，毫无干涉。经杜瑞林等调处，公同代垫钱项，呈缴给领，永绝讼蔓。办理尚属妥协，自当免其深究，准听如处销案，以免拖累。

但案关交涉，不厌求详，即复会同细讯，该教民吴思亮心愿诚服，毫无异词，当即取具两造切结，将杜瑞林等代备之京钱五十千，如数发交吴思亮具领讫。除原被人证立即分别省释，一面由卑职堂比差勒限，严缉该教民吴思亮被窃钱文衣服，伊侄吴骚虎并被拒伤案内赃贼，务获究报外，所有息结缘由，是否允协，拟合具文会详宪台查核，俯赐批示销案，实为公便。

至三月初一日，接奉府批，知吴思亮复于三月初六日邀同美国牧师乐正德来府署，以赃贼未获、毁屋未赔等词，要求追办。太尊剀切声辩，多方劝解，始怏怏而归。迨后破案获贼，赃证确凿，吴思亮犹云非是，盖若辈皆贫民，意在择肥而噬也。使非教民能如是之凶狡乎，不得不太息痛恨于作俑者矣。

二十八日禀抚宪云：

前奉大帅檄饬，以准陶副主教万里函称，东平州东北尚庄正团长尹式翱、副团长李树芳于光绪二十六年七月间，有窝聚匪徒，滋扰教堂各情事，令即逐一确查，秉公分别究办，据实禀覆，等因。奉此，正在查办间，适奉本府札同前由委员候补知州邵元瀚抵州，遵即会同严密访察，检齐去年七月以后州境教案卷宗，详细参核，略得梗概，特就陶副主教函中各节，条分缕晰（析），敬为宪台陈之。

如陶副主教函称，尚庄正团长尹式翱、副团长李树芳于光绪二十六年七月间，窝聚拳匪一节。查尹式翱系属尚庄人，由廪贡保举训导，充北慈仁保团长，父曲阜县训导，兄拔贡内阁中书，李树芳系贡生，二人均极公正，排难解纷，士民悦服。去年曾公送不安分之客民赵成顺，呈请驱逐出境，嗣经教民王思俭将赵成顺保出，赵成顺遂即入教，意存报复，此尹式翱等基祸之始。

至七月间，匪首乔振邦等由平阴闯入州境，往返经过尚庄，势甚凶猛，州县之懦者尚不敢深问，尹式翱等即明知为非，何敢显与为难，兼以奉谕劝教民反教，措词容有未当，此亦开罪教民之由。然借此诬以通匪扰教，未免有意罗织。

又函称熊方岱、尹景佐、尹式桂及李树芳之佃户王二仔等，将教民王思俭、王步云等掳去，牵至尚庄，将王思俭左耳割去，李树芳犹嫌太轻，欲杀之一节。查王思俭被匪割去左耳、王步云被掳事均属实，询诸庄民，咸谓外来拳匪众多，实指不出姓名。

复查九月初七日王思俭因耳被割，呈控张大同、尹式桂等，并称李树芳坐视不救等情。旋又两次呈请将张大同开释，与李树芳和息，具听信传言，误将李树芳等控告，甘结各在卷。事已完结，应毋庸议。

至熊方岱、尹式桂、尹景佐、王二仔四人，查匪首乔振邦案内，有逸犯肥城人尹玉琢、平阴人尹式桂，均禀明通缉在案。尹景佐想即尹玉琢，熊方岱并无其人，王二仔前曾与被逐之客民赵成顺跑腿，赵成顺被押，王二仔遂无下落，应俟弋获到日，确讯惩办。

又函称辛庄、阎村等处教堂所有神像、祭器及两处教民二十余家俱抢掠一空，尹式翱将神像、经书、铁钟等物藏于土井，十月间始令庄头将铁钟送回教堂，他物俱未归还一节。查阎村教民被抢者八家，辛庄教民被抢者六家，两处共十四家，此外有辛庄教民潘绍成、潘绍洲两家并未被抢，阎村教堂中物件被拳匪从教民赵永昌地窖搜出，尽行毁弃。嗣有前海子庄游方道士李树昌以京钱一百六十文买教堂铁钟一件，经赵永昌之姑父邢怀德查出送回无事，与尹式翱无涉。

统查去年拳匪抢去粗重之物，皆随抢随卖，愚民无知，一时贪图便宜，事后教民控告，株累不堪。即以辛庄、阎村两处而论，平民被控者一百六十余人，经庄长交还原物，具结和息者有之，私自处结者有之，皆赔有巨款。间有未结者，非贫民无力，即富户无故被控，庄长不肯赴徇，未遂其欲。

然查卑前州李牧维诚于去年十月初五日禀明，包赔合境烧毁教民房屋京钱二百六十千；十二月二十八日禀明，包修合境教堂京钱一千三百八十五千，经管理教堂宿仁林领去自修，各在卷，似亦俱经了结。况州境并无人命重案，若将前控之百馀家复行传讯，诚恐不胜其扰，且亦无此办法。

又函称尹式翱系一方富户，李树芳长于刀笔，家道小康，二人手眼通灵，虽屡经教士教民指控，终未拘案惩办一节。查尹式翱、李树芳二人从前并无被控之案，自去年七月间，教民被抢，至九月十一月间，始被教民先后呈控，或差传讯结，或呈请和息，并非终未拘案。

复查九月十四日教民廪生王景虞呈称，李树芳系读书明理之人，秉公竭力处和民教各案，生弟王思俭赋性执拗，被人架唆。昨卑职同邵牧赴辛庄勘验，又据王景虞面称，该二人系一方善士，教中人良莠不齐，一言难尽各等语。此言出之教民之口，则二人之为正人，益属可信。

以上各节，卑职反覆参稽，平心论断，案关交涉，断不敢稍存成见，要誉百姓。然惩办匪徒，必须劣迹昭彰，众证确凿，方足以服众志而儆群邪。若素为循分守理之士，即教民少知自爱者，亦称赞不置，辄据疑似之词，率然究办，不惟舆情多拂，亦非调和民教之道。至匪首乔振邦案内逸犯尹玉琢等自应妥速购线严缉，务获惩治。所有遵查陶副主教函中所称各缘由，理合据实禀覆，伏乞查核。

抚帅批云："据禀已悉，应候酌覆陶副主教查照可也。"

是年冬，教士某来州赈恤，被劫之教民廪聚而至。王景虞亦在劫中，他人有领百馀缗者，伊父子一钱不名，辄遭白眼。后王某因出贡至省城教堂，乃某教主一见大怒，责之曰："尹式翱、李树芳一案，汝为何作梗？"王云："两人均属善士，安忍以匪类诬之。"教主又曰："不诬之尚可，汝为何作禀呈官，使我不能翻案？若治以西教之律，汝敢当乎！"王嗒焉若丧，归而述于人，未尝不色变也。由今思之，此案若非拉王作证，尚须大费周折矣，王亦庸中佼佼者哉。

下　卷

二十八日，乡民井怀箱，年八十馀，目双瞽，呈称逆子井衍文不孝不养，恳恩拘究。略云，衍文素行不法，将所有产业荡尽，遂即入教，依恃凌亲，难以枚举。二子衍学，四子衍泗，五子衍美，在家侍奉，与衍文分居各爨。本月二十二日，衍文率其子井庆五将衍泗等之椿树伐去二株，向之理论，伊即逞凶。迫身亲往教训，伊颇肆恶言，推身倒地，声称衍泗等系属拳匪，将控之官等语。批以分别拘传确讯究办。

次日，井衍文到案，供称兄弟六人，身居长，独自奉教，其五人都习大刀会。诘云有何凭据，则曰去年他们将朱村赵永昌之门头木弄去，伊将告官，经我调处了事。

复诘云："汝父双瞽年老，不能理家事，汝在兄弟中最长，当遇事教训之，如何听其为匪。事前既不加管束，事后又不呈明送官究治，汝窝藏拳匪，律应连坐。且尔兄弟是拳匪，别人何以不控他乎？"伊语塞，遂叩头乞恩。旋云父亲所供，半是事实。余作色曰："一语实，汝罪已不赦矣。"答以百，具结了案。

判曰："井衍文以习教为护符，弃亲不养。大清律有不孝之刑，即耶稣经训，亦载敬父母一条，显抗王法，隐背教规。西教本系劝人为善，有如此败类乎！伊父所供不孝各节，伊亦自认半是实事，本应重惩，为忤逆者戒，姑念其年过六旬，自知愧悔，量予薄责取保，以后安分事亲，不得再蹈前辙。"案遂结。

是时观者如堵，皆谓余轻撩虎吻，必有后患。盖井衍文词中所引之赵永昌，乃教民中之尤横者也。

十八日，小店子庄教民刘凤林呈称，去年被拳匪扰害，当即呈明在案，经前州李将杨尚合等传讯，追回原赃，已经具息结案，有卷可稽。但前次追回之物，不过十之四五，下馀各件，今已查明屋门四扇，在王金瑞家，铁锅一口及零星物件，在阎兴文、郭士元、刘四、马香瑞等家分存，屡次催讨，抗不归还，恳恩传追等语。

既批云："上年拳匪串过地方，附近愚民贪贱，误买其所抢之器皿者甚多，倘均如州境教民，纷纷呈控，和而复翻，民教何能辑睦，讼端永无已时。今既据指明究竟，所呈是否不虚，姑候传集，秉公确讯究断。"

二十九日，传案刘凤林，供称家居小店子庄，奉教五年，庄上习教者八家。刘四、郭士元离小店子四里地。去年大刀会来时，家人皆逃走，藏在高粱地内，事后听人传说，郭士元等曾到我家把门窗弄去，其馀物件现在王金瑞家里。诘以何人传说，藏匿者果系何物，责令一一指明，伊遂无词以对。

郭士元等供则与刘凤林毫无沾染，去年被控，一字不知。据刘凤林供与原呈亦多不符。余即怒曰："汝仗恃奉教，无故讹人，凭空将郭士元等控告，本应反坐，因尔乡愚无知，从宽免究，速速具结了案。"

判曰："愚民贪利，图买贱物，事后被控，究属咎由自取。如郭士元等供称，伊家并未存有教民一物，质之刘凤林，亦词涉影响，无端逞讼，是何道理，本应治以诬告之罪，姑念教民去秋被扰，情实可怜，从宽申斥，当堂结案。"

同日东乡营子村教民刘玉琢呈称，去秋拳匪扰害，被侯原广诈去京钱四百八十千，系王常泰过付。当经身伯父刘福存呈控侯原广、林白、刘山在案，身为抱（报）告前州李传讯，林白等逃避，惟侯原广差传到案。堂讯谕令添传侯庆芳、郭士举、徐绍芳，再为覆讯核断。前因患病未能来案，兹已病愈，恳赏传究等语。余以未结之案，只得覆传，方成信谳。

三月初二日，全案人证到齐。王常泰供，去年刘玉琢被大刀会抢劫之时，代邀庄邻说和，并垫出京钱四百八十千，交给侯家贞转付大刀会，与侯原广无涉。刘玉琢供，王常泰代垫四百八十千交付拳匪，究不知落于何人之手，因侯原广儿子跑了，所以怀疑控他。与原呈大相矛盾。

讯之侯原广，则侯家贞并非伊子，遍查邻近，亦无其人。去年被控各家，凑集京钱六百二十千，经介宾郭士举转交教民，禀生王景虞处和。郭士举供，侯原广交付之钱，当即交王景虞三百千，郑敦诗二百千，其馀百二十千作为进城川费，王某面许，以后不准教民告状。

余即语刘玉琢曰："教民贿拳匪四百八十千，平民又贿教民六百二十千，数已相敌，且尔之钱系交王常泰，为何别追侯原广？须俟王常泰寻得侯家贞，方能水落石出。"刘知狡计不得逞，遂愿罢讼。

判曰："据郭士举供称，刘玉琢去岁被拳匪扰害，经王常泰贿给拳匪京钱四百八十千无事，嗣经平定追究，既经伊等以京钱六百千，分交教民为首之廪生王景虞等，王景虞许其以后不准教民呈控。是此款已经还讫。兹刘玉琢复控侯原广诈伊钱文，及经质讯，又情词支离，不能据实指出。似此一教民所费之钱，众教民皆欲追出肥己，多方讹赖缠讼，何有已时？殊属逞刁，严为申斥，具结了案。俟王常泰查明侯家贞果系何人，再行禀明讯断。"

同日，小店子庄教民傅得明呈控，去年八月被拳匪张马、于六、邵学信等，将伊获住，带至柿子园庄北庙内殴打，逼令出钱来赎。事后呈明，蒙前州李赏票严缉，至今未获一人。家中房屋拆毁，牲畜器皿多被抢去。年前亲身出外访查贼伙，知有平阴县元家集庄孔二、东阿县大寨庄徐茂竹之子徐士英及伊弟二人，恳求追办等语。饬差传案，乃张马等惧罪逃匿，惟获孔二。

三月初一日，传讯张马之父张全秀，呈称去年十月间，商家庄教民潘梁氏、大洼庄教民胡兆殿诬控身父子系拳匪党羽，当经王广义处和，各予京钱二百三十千无事。腊月间，小店子庄教民傅得明复控身子在案，予以京钱二十三千了结，田产罄尽，全家冻饿云云。是案已私和，姑置勿论。

既传孔二到案，神色不定，语多支吾，讯之傅得明，但云听说孔二分钱十九千，别无确据。余笞之百，责令具结了案。

判曰："察看孔二，辞气似非安分良民，惟傅得明所供，并无为匪确据，势难依盗贼律科以重罪，既已薄责示惩，各回家安分度日，永断葛藤可也。不得再以影响之词，无端控告，致干重咎不贷。"

同日阎村教民赵永昌呈称，去年于前州李案下，控井延曾等，蒙差传拘讯，乃井延曾、井延和、王善、张元田、张应溪、许方宽、刘玉田、李树昌等，闻风逃匿，终未到案。兹听传说，伊等不时回家，扬言复仇。又控焦广普，运去树株，并未付钱；候选训导尹式翱，得伊京钱五十千，诈言贿给拳匪，由邢怀德经手；又查明赵家村刘锡真有织布机一张，木砧枯一个，朱家村许方祐有皮箱一个，红缨帽二顶，眼镜二付，缎鞋一双，李家小村李相一有木门两扇，屡向催讨，置之不理云云。

批曰："查核前卷，此案已经和息，乃事隔数月，该教民凭空罗织多人，复来翻渎，似此蔓讼不休，教案永无了日，惟不传案质明，难以折服，应候传集确讯澈（彻）究。”

二十日，邢怀德呈称，赵永昌控焦广普等，罗举多人，牵职案内。赵永昌系职妻侄，去秋外来拳匪过境，职借团长尹式翱车马与赵永昌，搬运粮食器物，并管伊全家酒饭。嗣闻拳匪欲焚其屋，念系至亲，遂即垫京钱五十千，交给不识姓名之匪首，始终与尹式翱无涉。刘希珍等有伊破织布机一张，砧栲一个，职邀同王善教向伊处说，送回无事。不料伊方将职垫出之钱归还，遽尔翻控等语。

邢怀德年六十馀，短小矍铄，为一方义士。同治初，僧忠亲王督师山左，伊为团丁，奋勇杀贼，面承奖励。此次拳匪过境，保护赵永昌家属，命其两子整理枪械，势将与之对垒。事后赵永昌讹诈平民，伊多方排解。赵以至亲必左袒，故拉邢作证，而不虞其中立也。

三月初二日，传案原处事人王善教，供称去年文童合邢怀德、井兴运给赵永昌、焦广普处和，令焦广普出钱二百三十千无事，焦广普交文童七十千，当即交付赵永昌，馀事一字不知。

焦广普供，去年赵永昌诬控身买伊树株，声言非出多钱，不肯罢讼。经文童、王善教、井兴运并赵永昌之仁兄弟徐清顺调处，说定出京钱三百四十千无事。初次由王善教交钱七十千，由井兴运交四十千；二次由稻屯庄徐清顺交二百三十千，在徐清顺家交付。至赵永昌之杨树，在井怀志家里，与身无涉。赵永昌供，实得焦广普京钱一百一十千，其馀是否交徐清顺，无从得知。三人所供钱数不同，而赵永昌之吓诈得财，则确有实据矣。

判曰：“赵永昌控焦广普一案，既据自供得钱百馀千，似已满其欲壑，应令暂为销结。惟焦广普所交徐清顺钱文，是否属实，姑候勒传讯明后核办。”

邢怀德供，去年赵永昌家被大刀会，经职垫出京钱五十千交与大刀会头目，并未交给尹式翱，现经戚友调处，职情愿退还赵永昌所归之钱，彼此无事。邢有薄田数十亩，轻财仗义，拯人于危，亦豪侠之士哉。

三月二十三日，覆讯焦广普一案，首传原处事人徐清顺对质，乃供称去年与焦广普说过事，令伊出钱三百四十千，与焦之原供符矣。又云由王善教交赵永昌七十千，井兴运交赵永昌四十千，与赵之原供亦符矣，惟徐清顺覆供，同焦广普族孙焦焕五，交与梁传绪一百一十千，馀钱焦广普并未交付，何从吞使，愿与焦焕五对质云云。即将徐清顺管押退堂。

四月十三日覆讯，焦广普供，去年徐清顺向赵永昌说二百三十千了事，向我浮报三百四十千，两造未经见面，伊遂从中谋利。初次交徐清顺四十五千，二次交七十五千，三次交一百零十千，共二百三十千，合之王善教等所交之钱，共三百四十千，有账簿可凭。徐清顺素不安分，去年他屡次勾教民讹诈百姓，曾唆架秦兰田告过刑部主事吴毓琦，此次赵永昌控告多人，亦是他主使的。

即诘徐清顺何以吞钱肥己，则曰焦广普向伊借烟土一百五十两，合价一百一十千，土价未归，遂从说事项下留抵。

质之焦广普，乃云土价另是一事，已经按数归付，是差吕锡良送去。

立传吕锡良到案，供与焦同。余知徐某既非良民，欲假此以惩创之。

判曰："质讯焦广普，去岁许贿教民赵永昌京钱三百四十千，由王善教、井兴运、徐清顺等过付。乃王善教、井兴运所交之钱，与焦广普、赵永昌供词一一吻合，独徐清顺供向焦广普说三百三十千，而赵永昌只知有二百二十千，焦广普虽不必全数交清，断无不付足二百三十千，遽能罢讼之理。总之，徐清顺架使一百二十千钱，绝无疑议。断令徐清顺将欠赵永昌钱文，速行措还，俟缴足一百二十千存库，由赵永昌亲赴具领，永段葛藤，再行释放可也。"至五月初八日案结。

二月二十三日，大洼庄教民胡兆殿呈称，去年被拳匪扰害，屡次指控薛三、朱二并贼首尹玉琢等在案，伊等闻控远扬。今各潜回本庄，薛三在南流屯伊甥亓乐典家，窝藏不出。又去年所控之张圣绪，畏罪托人处和，曾许赔礼包赃，迁延至今，置之不理等语。亓既富户，张亦小康，教民之意，不问可知矣。

批曰："去秋拳匪由外境串过东平，寻仇肆扰，致尔教民荡析离居，情殊堪悯。然已由李前州遵奉抚帅檄饬，逐一亲诣勘明，将合境被扰教民及被焚教堂房屋，均经筹款分别抚恤赔修，禀报在案。一面购觅眼线，擒获匪首乔振邦，讯明立置于法，并勒限严缉伙匪尹玉琢等，务获究办，亦足雪教民之冤，泄尔等之忿矣。至于匪徒过境，横肆劫掠，附近无知愚民贪贱误买其所抢之物，诚恐不免。然既已珠还合浦，原物归偿，揆理度情，事亦当已。若因亲邻处退，难满所欲，辄指为匪，混行罗织，结而复控，牵涉多人，甚或兄已求息，弟即接翻，缠讼不休，更番晓渎，准予批传，又请和息。似此株连颠倒，起灭自由，被证往返候质，拖累不堪，毒愈结而愈深，又岂尔教民之福耶。听断为民生所系，安民必先弭讼。此案既经前州屡传未结，姑候同尔堂侄妇胡王氏控告扣物不归之案，一并按照现呈被证，勒集研讯确情，秉公持平究办。"

比及传案，而胡某赴平阴白云峪教堂，求神甫指授矣。

同日大洼庄胡王氏呈控薛三等，批饬庄头候允亮调处。旋据胡王氏复控，查明失物在刘阳、解春、孙麻五、张大仲等家中，屡向讨要，抗不归还等语。

三月初六日，传讯候允亮，供大洼庄人去年与教民胡王氏调处过事，伊议罚刘阳等酒席三十桌，合邻佑商量改折钱三十千，刘阳、解春是穷民，令每人出京钱七千五百文，孙麻五自出京钱十五千了事。刘阳家赤贫无从得钱，是以不曾说妥。张大仲家有胡王氏床一张，门两扇，邀同黄云德说合，令伊出钱三五千文，亦未应允云云。

胡氏供称奉教二十馀年，辞气横厉。薛三等俱已逃走，惟刘阳到案，年不及岁。

余即语胡氏曰，汝年老孤寡，又无侄辈，以薄物细事结怨平民，他日苟有变故，汝祸将不测矣。据尔言，所失之物不值几何，由本州赏给五千，以资糊口，刘阳一幼童，姑从宽免。即回家安分度日，勿再兴讼。案遂结。

十月十八日，教民胡兆殿复呈张圣绪窝藏薛三，曾许包赃二百七十千，事后反复等语。批曰："民教调和，隐弭无穷祸患，况失物细故，并非万难忍受，尔动辄任意牵拉，旋控旋息，既息复控，甚至事隔年馀，死灰复燃，实属寻隙好讼，大非辑睦民教之道，仰即回家安度，勿再混控，自取拖累。"

东平教案，始而民教相攻，继而天主、耶稣两教相攻，后则同教相攻矣。王景虞之堂弟王思俭，去秋被拳匪割去左耳，忿控多人，历经驳斥，志不得遂。一日，余坐堂皇受呈词，王思俭突来呈控伊堂兄王景虞得钱肥己，弃仇不报云云。即语之曰："教中朋友犹相亲，何况兄弟？习教本系为善，同类相残，恐失教民体面。况拳匪割汝一耳，乔振邦割去一头，尚不足相敌耶！原呈掷还，回家安业，勿再生事。"后遂不复控矣。

三月初一，通禀各宪云：

敬禀者：窃卑职仰沐宪恩，调署斯缺，忝繁剧之谬膺，每冰渊时惕。伏查卑州讼狱繁多，盗贼出没，近年以来，号称难治，然能随时审断，认真缉捕，尚易为力，惟教案诸多棘手。

州境东北乡毗连平阴一带，去秋被匪乔振邦等由彼串至大洼庄、柳家庄等八村庄，致教民胡兆殿等有被滋扰之事。无端罹祸，情固堪悯，然已由卑前署州李牧维诚逐一亲诣勘明，筹款按户抚恤，并购线擒获匪首乔振邦，禀蒙批准，按照土匪就地正法。勒缉伙匪尹玉琢等，虽未弋获，业由卑职悬立重赏，派差四出兜拿，期以悉数就擒，尽法惩治，似亦足平其忿。

乃因匪徒串过，掠有教民粗重之物，多在沿途弃卖，而附近无知愚民贪贱买取者，自所不免。嗣经教民查见，有设席磕头送还者，有数十倍出资赔偿者，亦有并不买物素挟夙嫌妄被栽害者。乡邻调处，难满所欲，即指为匪，来州控告。甫为持平断结，而纷纷效尤，他案复来，甚有父兄已呈请和息，子弟复捏分居、翻控重追者，更番逞习缠讼不已。在图便宜之愚民，被控固有自取，而毫无沾染之良善，亦遭池鱼之殃，同兹拖累，情殊难堪。

即以辛庄、阎村两处而论，平民被控者一百六十馀人，均经庄邻处有重资，由各该教民自行呈准李牧取具和息甘结。间有未能了结者，非贫民无力，既富户凭空被控，庄园各长不能曲顺其情随同附和，既赴诉主教，诬为窝聚匪徒滋扰教堂。

及经主教据情函转，仰奉宪台檄饬查办，会同本府委员切实严密访查，如尚庄正副团长尹式翱、李树芳等，俱系家道殷实，读书明理，公正和平，素孚众望之人，并无越理犯法之事。当已按照陶副主教所指遂层查明禀报。

乃该教民等，尚恐不能耸听，复勾被贼行窃拒捕，经李牧勘讯详报勒缉赃贼，尚无就获之事。主教民吴思亮捏造伊家被贼，系尹式翱架匪勾劫，并将拳匪经过，自恐寻仇，交其中表兄弟林传水确已给匪保教之钱，亦谓系尹式翱聚匪纵扰，威逼所出等情赴府控。

蒙委员候补知州邵牧元瀚至州，随即会同传集被证，逐细根究所控，尽属子虚。即证之指控当时认明贼人，未见教士不敢列名控告之刘玉田等，非旧日误买其物涉讼处和之愚民，即家业小康，素畏多事之良善。当向反复质诘，该原告吴思亮俯首无词，供其控由怀疑，原听调处归和。因念尚非始终狡执，且据监生杜瑞林及教士徐茂印等公同处和，联名代为乞恳，随准免其深究，如处取结，详销在案。

讵此案始终，彼案复翻，卑职愚以时局至艰，和议将成，辑睦民教，为第一要务，遂酌量控情，立予覆传确究，仍属捕风捉影，并无凭证之事。

伏查州境教民被扰，既经筹款挨户抚恤，即有愚民图贱买其被掠之物，亦有庄邻处赔巨款，或已涉讼自求和息，是八村庄之教案，已俱经了结。若再将罗织之人，因未逐户偿愿，重生枝节，遍行翻控，非惟小民不堪其扰，且恐积怨滋深，复蹈相仇覆辙。

卑职责司保护，凡关交涉，万不敢稍存成见，见好百姓，致贻外人口实。除仍随时妥速秉公持平办理外，合亟仰恳大人鉴核可否，转请婉致管辖东平教堂之陶副主教，严切晓谕各该教民，另照条约，安分习教，毋得借端缠讼，积怨乡里，俾期民教从兹调和，地方官绅易于保护之处。卑职未敢擅便，伏候核示祇遵。

八月十九日，奉抚宪札饬云："顷据陶副主教万里函称'查某人报说在东平州有村庄数处作乱，声言"扶清灭洋"，倘该管官置若罔闻，恐宪帅不能确知，特为函达。再东平州官，总不乐意办理教案，其在武定为官时，业经查有证据矣'等情，并开清单到本部院。据此，查单称该州大洼村等处设坛聚众等情，是否事出有因，应由该州迅速查明禀覆，如果实有其事，既行严拿首要，务获惩办，毋得稍涉宽纵，以弭衅端而杜口实。除行府外，合行札饬。札到该州，立即遵照办理毋违！"此札另粘清单一纸，不录。

八月二十四日，通禀各宪云：

敬禀者：卑职接奉抚宪札开，据陶主教万里开单函称卑州大洼庄等处，声言灭洋，设坛聚众，是否事出有因，饬即速查禀复，并蒙本府札委卑职瀚藻会同查禀，各等因。蒙此，遵即驰抵卑州，会晤卑职堂卷。

查本年八月十四日，准教士苏经邦函报前情，卑职因近来各乡民均尚安分，未闻仇视教民，创立邪教，差查相同，据实函覆。兹奉前因，当即差传，卜玉珍、刘德龄久已外出贸易未回，将焦化三、王心田、李玉文、瞿存善、刘献兰并各该庄长团长王笃厚等传案，会同连日研讯。焦化三等佥称平素安分，并无创立九宫八卦邪教，聚众闹教情事，庄内亦无习学邪教之人。该庄长等情愿作保，屡诘不移。卑职等亲诣密查，附近庄民均言系教士访事人传开之讹。

伏思去年刀匪猖獗，势成燎原，若非宪台剿办得法，几至生民涂炭。幸叨威德，刀匪扑灭尽净，大局转危为安。如再有别项邪教滋事，卑职惩前毖后，自当乘其甫经蠢动，尚易擒制，悉数剪除。

今提焦化三等环质，皆言事出无因，密查又无动静，似属可信。惟教士既有此言，无论虚实，宜防患未然，遇犯必惩，以期民教相安，维持和局。除取庄长王笃厚等切结附卷，焦化三等无干保释，一面出示严禁，暨随时密查外，理合会禀大人查核。

九月初四日，奉抚宪批："据禀已悉。仰候酌覆陶副主教查照，并由该州移会任府经知照。缴。"

十一月初十日，奉洋务总局札饬云："案据美教士正乐德函称，东平、宁阳两州县，被难教民各案，至今尚未了结，等因。除函复外，合行札饬，札到该州，迅速查明，凡归该教士正乐德所管被难教民各案，秉公核办，妥为了结，毋稍迟延，切切此札。"

十一月十三日，禀洋务总局云：

敬禀者：案蒙宪局札开，据美国传教士正乐德函称"东平、宁阳两处教案未了，饬即妥办"等因，奉此。窃查卑州教案，经卑职次第清厘，并无未结案件。辗转筹思，惟德国教士宿仁林，因去年教堂失少云牌门窗等物，未经赔偿，本年十月间，前来索讨。卑职因此物究系何人取去，无从追究，附近村庄，均属贫民，无力赔还。卑职捐廉，优给宿教士京钱一百千以了此事。宿教士喜出望外，并无后言。

今正教士所称，尚有教案未了，想系指美国教民吴思亮窃案而言。第吴思亮家被贼行窃拘捕一案，吴思亮坚称失事之日，伊兄吴思明认明贼系刘玉田等，均听团长尹式翱架唆扰害，屡次由州控府。委候补州邵牧元瀚会同卑职确查研讯，尹式翱世代书香，公正廉明，素孚众望，而刘玉田等均有地数顷，何至勾窃扰害？

诘讯吴思亮当时何未据控贼人是谁，事隔半月，始来指控？吴思亮混称因未告知教士，故先未指明。复诘以尔家被窃，何未与教士商明，先来呈报？吴思亮理屈词穷，无可置辩。

旋由教士徐茂印等以吴思亮控由"怀疑"，呈恳罢讼。当取甘结附卷详销，并禀明前抚宪暨宪局在案，似不得谓尚未了结。

况已获此案窃贼王七、刘四到案，未加刑讯，直认伙同在逃之孙结岗等，械窃吴思亮家钱文衣物，孙结岗用木棍拒伤事主之侄吴骚虎不讳。赃已起获，饬主认领。犯供历历如绘，即经解府勘转，虽首犯未获，案则已破，吴思亮亦可息喙。除勒缉逸犯孙结岗等，务获究报外，所有卑境查无未结教案缘由，理合禀请大人查考。

十一月某日禀洋务总局云：

敬禀者：昨奉宪局札饬，据美教士正乐德函称，东平、宁阳两处被难教民各案未了，令即秉公核办。当查卑州别无未结教案，惟教民吴思亮家被窃控尹式翱一案，虽已查讯获贼破案，该教士因有求未得，有欲未遂，总以为了而不了，业将大概情形禀明，尚未奉批。适耶稣教教士陈恒德来州，亦面陈前因。卑职询以何案未了，伊即以吴思亮一案为词。卑职将吴思亮控告尹式翱讯明不实，嗣经教士徐茂印等以吴思亮怀疑妄控息结，并拿获此案正贼王七、刘四二名，解府审讯后，复将王七解省定案递回各在案。至其馀供出之贼，现正勒缉，似与寻常教案未了不同。且尹式翱是否好人，该教士经过其村，亦必确有所闻，岂得妄累无辜。

乃该教士回称，尹式翱既系好人，自应撤开办理，惟吴思亮本系穷人，被窃后益行困苦，但能设法调剂便了。卑职以该教士人极谦和，持论亦得情理之平，自应允许。

窃思教民与平民相争，更借诸教士之力，必须为全局面方肯罢手。此案春间天主、耶稣合力攻团长尹式翱为匪首，势欲得而甘心。及蒙宪台札饬查办，并蒙本府委员审讯后，该教民未能得直，虽经该教士等息结，心终不甘，是以屡嗾该教士追究。

然如该教士必以尹式翱为匪，则势难曲从。兹既称撤开尹式翱，但能调剂吴思亮便得，则事属易为。卑职即送该教士京钱一百千，嘱令转交，并取回名片，注明收到资助吴思亮京钱一百千。查比吴思亮原失之物，奚啻倍之，该教士与吴思亮均喜出望外。有此一番周旋，既可顾全该教士局面，而吴思亮气平亦可不再向尹式翱寻衅，从此教民庶可相安。

卑职前以京钱百千了天主未了之案，兹以京钱百千了耶稣未了之案，所费无多，而所全甚大。卑职前禀以未知所指，申叙未明，诚恐有烦宪廑。兹既办理清结，理合据实详陈，禀请宪台查考立案。

十二月某日，通禀各宪云：

敬禀者：窃卑职自今春二月接篆任事后，所有二十六年已了教案皆蜂拥而起。当经传案秉公讯断，以次了结，曾经禀明有案，乃不知何以讹传有卑职不管教案之语？

夫事关交涉，当今案件固无有重于此者，卑职身任地方，何敢不管。惟情节琐碎，悉图讹赖，或经递呈词，或托教士函致关说。卑职诚不能尽如其愿，盖恐此风一长，纷纷效尤，民教必无相安之日，其不管正所以管也，是以讼端从此遂息。

嗣天主教教士宿仁林来州，卑职接以客礼。据称去岁有毁各教堂门窗者、云牌者、玻璃者，通计所值不过京钱三二十千，嘱令传追。卑职以为前嫌方释，一传必至为该教士结怨，恐以后再生事端，若谓事未收场，卑职为一州主，过在卑职，即为加倍赔出何如？该教士深以为然。即交该教士京钱一百千，作为合境赔修教堂之资，注明该教士名片存卷。此一事也。

又有耶稣教士陈恒德，函致洋务局札饬，谓山东教案皆了，惟宁阳、东平未了。卑职奉札，茫然不知所谓。嗣陈恒德到州，卑职亦接以客礼，据称光绪二十六年十二月二十七日，教民吴思亮被窃，控卑州团长尹式翱一案未了。

卑职以为此案曾经各宪札饬，及本府委员讯结，通禀有案，何为未了？且已获犯王七、刘四二名，分别解府解省审讯。若必欲加尹式翱以匪首之名，该教士自泰安来，必经行其村，是否匪徒，亦当确有所闻。

该教士答称尹式翱既是好人，可以不讲，惟吴思亮穷甚，奈何！卑职以为中国无包赃之理。该教士又称窃案亦可不讲，怜其穷何如？卑职以该教士性情和蔼，持论亦极平正，当即允以资助吴思亮京钱一百千，较之所失之物亦已倍之，该教士具领，亦注明名片有卷。此一事也。

且二教士均称，闻卑职不管教案，不敢来见，不料爽快如此，从此一了百了，民教永可相安矣。一时传闻，无不称快。此卑州教案之实在情形也。惟未禀明有案。

卑职诚恐日后或教士更易，或卑职任卸，教民之黠者，再将旧案掀起，缠讼不休，有烦宪廑，岂不辜负二教士美意。所有卑州教案全行了结各缘由，除前已禀洋务局不计外，理合具禀大帅查考立案，实为公便。

二十八年正月初八日，奉抚宪批："如禀立案。缴。"

右《东平教案记》二卷，乃余壬寅夏命书吏检教案卷宗，录其颠末，付傅晓麓孝廉以待抉择者也。孝廉藏之箧笥，未及阅，余调帘卸事。癸卯夏，余又调署德平，而此卷亦已忘之矣。孝廉冬解馆归，绕道枉顾，余留之弥月，孝廉检此卷尚在行箧，出而编次焉。虽札文、呈词、堂判、禀批皆系原文，而首尾承接，一气贯注，如一屋散钱，用索以贯之，亦大费周折矣。且自序文、上卷至下卷初一日禀前四行，皆亲笔录者，余则命抄胥为之。窃意全书告成，功亏一篑，何不终其局耶，岂果精力不给耶。讵由此而岁暮旋里，而新正会试，赴汴而不第，抱病归东平，郁郁不得志，已即于甲辰五月赴玉楼之诏也，伤哉。岂非天年不终，当日已兆其端哉。

夫余凡有著述，多孝廉所鉴定，然亦不过略加点窜，未有如此记之一手成之者，伤哉！谋付梓人，孝廉已不及见矣。爰跋数语于后，以志人琴之感，并不没故友之善云尔。时光绪乙巳八月草于乐陵衙斋。

书札记事

书札记事序

余好弄笔墨而不喜作无题文，盖一生精力尽用于贴括五经四子书，其面貌同者不知凡几，而核其实皆有精神之所在，善作文者撮其精神而略弃其面貌，不使有一雷同语犯其笔端。国朝诸老辈未有不如是而文能寿世者也，经义然，诗赋亦然，推之书札亦何莫不然。家居读书，不与闻外间事，所接恒稀。自入仕途，缔交渐广，世家能文之彦日把臂，而接踵至也。讵偶得一书，妃红俪白，藻饰满纸，虽曰张冠李戴不防李戴，至节寿贺词，相传以不切题为妙诀，间有一二关合时令姓氏者，即竞以大手笔呼之，十二月通启八面锋之类，其滥觞固不自今日始矣。余于上宪官样文字皆友人代作，恒不一寓目，其寻常等辈无事则断绝往来，有事则概不假手于人，何则？或人同而事异，或事同而人异，亦如五经四子书，面貌似而精神别，顾可以雷同出之乎？且朋友何为而通书，为事而然也。若无事而致殷勤叙寒暄，亦无谓之甚，其亦可以不必矣。闲尝读陈文恭、胡文忠、曾文正诸公手札，而因文以求事，因事以知人，可以见志趣之大焉，可以见心术之正焉，可以见节操之坚焉，可以见学问之富焉，可以见器宇之宏焉，可以见韬略之精焉，可以见道德经纶之素裕，冠古今而参天地焉，而要无一剿说雷同，可以张冠李戴焉。余心慕诸公，未能望其项背，而窃取其一端，爰捡到东以来书札之存者，汇为一册，颜曰《书札记事》，重在事不在文，以仰企诸公于万一。特是蜣丸苏合，臭味异也，巴里钧天，仙凡异也，河海行潦，泰山邱垤，浅深大小异也，以区区而上拟诸公，毋乃类是。虽然，子舆氏有言矣，人皆可以为尧舜，又曰乃所愿则学孔子也。圣如尧舜，孔子犹不禁人以攀跻，而况陈胡诸公也哉，而况陈胡诸公之一端也哉。

光绪丙午夏五笔谏堂主人序于乐陵勤谨之室。

卷 一

复虞礽夫煊浙江人孝廉书初到山东

春明一别，匆已年馀，前奉手示，敬悉。将弟朱卷散之同人，集银若干，拯救之恩未报，解推之惠又来，且感且愧，惟有临风下拜，结草异日已耳。弟到东后尚不为各上宪所菲弃，闲有差委，亦幸无陨越，所虑山左局面太小，河工长差，每月薪津三十四两，近以经费不足，又减一半，家眷已到，万难敷用，若无变通，势必亏累。再者宦场习气专事奔竞，书生本色皆以为迂，时人语曰彼岸然道貌，破帽敝衣，坐室一隅，默默不语者，非即用即大挑也，其为人讪笑如此。弟年过半百，习惯性成，天生丑妇，万不能学风流佳人对客画眉，夸时样装束，吾行吾素，弃取听之而已。至补缺更属无期，即用三十馀人，庚辰科尚未补到，挨次轮补约在二十年外，若酌补到省，四十五日即已合格，然非大有力者不能，何敢设此妄想哉。阁下学有本源，书法秀韵，明春获捷，定是玉笋班中人物，决不至堕入恶道，为五斗米折腰。叻在知己，言之不觉发狂，其毋为外人道则幸甚。韵语一章古音古节深得十九首遗意，惟揄扬太过未免汗颜，风尘吏无复风雅怀，勉强次韵以答知己，亦略词取意可耳。附呈楹书二联，一赠阁下，一赠万爱周兄，乃倩郭友琴同年书，其书弟名者以悬之壁上，如侍左右也。

与同邑王子堃方田进士书在省

客秋与裴晓麓谈，知携杏农世兄来东就亲，不胜欢幸，良以数载离别可借此一聚也。自兹以往日切停云，乃迟之冬腊，尚无音闻，弟亦以为小儿完婚前有成约，势不能待，遂于十二月望苍黄就道，讵弟于是日去，公即于是日来，何相歧之巧耶。然失之于前，犹望图之于后，今春东归总可一见。而下车致询，又于前二日赴都门矣，一面缘悭竟至如斯，乃知人生聚散皆有天定，非人所主也。嗣奉手书，稔知官阶声望进而益上，他年循吏传中定是传人，不惟为里党生色，即朋友谈及亦皆手舞足蹈，大为快意，不知身际其境者又当何如也。尤可喜者，杏农一表人物，亭亭玉立，非玉堂金马无可位置，况少年老成，文艺亦卓然成家，其为发品无疑，不知阁下有几许阴德，始获此佳儿也。若弟年将半百得此功名，株守碌碌，片长俱无，兼以人员拥挤，非惟补署无望，长安米价高，即糊口亦不易易。而小儿弱冠后毫无成就，将来能进一学，吾愿已足，以视阁下，霄壤天渊，然亦自无德行，夫复何尤哉。鳞鸿有便，尚祈不遗在远，箴言时及，是为至盼。

复马瑞宇 秀芝项城人 同年书 在南坛堤工局

别来将十年矣，回忆莲溪风月梁苑诗歌如同梦幻，而梦中偶触前事又未常不以为真，彼此相思当有同情也。宦场专事奔竞，无真朋友，而山左尤甚。盖以在上者惟利是视，虽人品卑污，但有金璧先容不惟优差可得，即补署如在掌握，一二儒素，恪守正规，甚至无以糊口，三四年来老即用饿死者屡屡矣。上之所好，下必有甚，势当窘迫而欲同侪中有一伙助之人难矣。春间于路星白、王子堃之便两奉手书，均以出资相助改省，践同官约为词意，诚厚谋诚善也。东省中安得有此良友哉。惟近年爱读白香山诗，兼以事故阅历颇能安命，虽极困穷不生烦恼，诚知穷命人不能骤通，强欲求通且恐穷将益甚，尔时累及友朋，悔将何及。语云食禄有方，弟之来山左非人谋命也，其穷亦命也，命既主之而欲迁地为良，得乎？且以前事验之，去岁春夏几断炊，多有债负，以秋冬所入补之尚无大累，今年入较丰而家中多故 星垣病故，仍然无馀，则命之穷也。益信使命而不终穷也者，物极必反，东省中又安知不有转机，而岂必尽惟利是视者哉？不尽惟利是视，则安知不有通时，又岂必汲汲求合以与命争哉。鄙见如是，谅智者不河汉予言也。虽然，念及前约竟成子虚，畴昔风情仅入梦寐，则读公之书又未常不怦怦欲动，恨不舍此而去矣。天道靡常，聚散无定，他日或终能践约亦未可知，视我辈缘分何如耳。欧子绮堂归营葬事，谈及夙契，不禁神驰，聊抒胸臆，以当面谈。鳞鸿有便，尚祈箴言赐我，不贻在远。

复马瑞宇同年书 在南坛堤工局

秣陵一别相见无由，暮云春树徒萦怀思，不知莲溪旧雨得续何日矣。客春两奉手书皆劝改省，践同官约，兼许以重金佽助，弟即木石亦当动情，只以命薄恐累故人，故于前函中详析陈之。且年过半百，精神膂力大非从前，谈及远行未免色沮，古人云"安土重迁"，山左虽非安土而夗系五六年，偶有差遣尚不至陨越贻羞，为上游所菲弃，是以无好事情亦无大亏累，惟有苟安以俟命运之至耳。执事荣补贵县，已奉部文，未饬履新，大家意皆不平，是粤西尚以此事为怪，若东省无论何缺，无一二年不更动者。所以然者，以不如是无以为有才同财貌同帽者地也。山东百馀州县年内外悬牌六七十处，皆非无因而至株守，如不佞才非所有貌，又不屑，何处缺从天上下来乎？然需次不过坐困，百姓何辜遭此暗无天日，一年一扰耶。夫无往不复者，理也，物极必反者，势也。吏治之坏一至于此，后必有人焉，矫而正之者，执事志之，他日必验吾言也。镇日无事，焚香静坐，偶思子夏"仕优则学"一语，当是为候补者言，故从新读书，爱前人名集如拱璧，非读之终篇不能释手。物聚于好，近来裒集已不为少，查《粤西文诗丛载》一书，系国朝汪森官桂林时所编，谢启鲲《通志》亦有名，如能代购须便掷我以偿夙愿，则所感当不啻助予改省已也，《山东通志》成，当有以报之。临楮不尽欲言。

与翟月樵 莱州人 书 在南坛堤工局

日昨自齐河归，在官寮与李子奋同年语，知尊驾仍在沂水，锡惠一幕，宾主之欢久而弥笃，概可想见。回忆薄暮东皋，隔城望沂河，弯环如带，铁笛一声，山谷齐应。嗣复寻碑野寺，读前人重九唱和诗，归署挑灯小饮，各道生平蹭蹬状，以为事犹目前，而屈指已是岁馀，白驹逼人，光阴难再，宜古人不胜今昔之慨也。次日送到，公为鄙人写行役图八幅，传神阿堵，洵是妙笔，他日装潢成，征名人题跋，如苍蝇附骥，区区微名亦得以显，岂非幸事。弟风尘鞅掌无善可述，吟咏一道久经弃置，惟出入相敷八口以下托庇平顺，足慰锦注耳。至补署，非别有门径不可，守株待兔，兔岂可得耶。人生富贵通塞皆由命定，亦只好听之而已。嘱录拙作，俟有顺鸿即当报命。惠一同年到省未晤，歉甚，代候不另。

与李子襄攉英商水人同年书在南坛堤工局

都门一别，数易寒暄，回忆诸同年促膝谈心，诗酒酬唱，何乐如之，而一入宦场，全是势利。到东数载，欲求一良友，如我辈者百中无一，而诸上游又非有过人之才同财，惊人之貌同帽，不足以动其心。需次诸正途，循规蹈矩不惯钻营，率多赋闲，而如庞复菴、金琴舫两即用，皆穷困以死无以为殓，令人寒心。即间有分外垂青，与以差使，所得亦日计有馀，月计不足，且应酬亦较赋闲者多增数倍，如兄之去年局差是也。至补署咸谓非有彭祖之寿不可以，余看来即有彭祖之寿，风气不转，恐亦难望。盖轮不到班则论轮，轮己到班则论酌，每出一缺，即令有力者抢去，我辈安分守己者何日是出头之日哉。念至此，恨不舍此而去，而家无负郭之田，又虑退无以守，真令人徒唤奈何耳。去岁悬牌不下六七十处，而无因而至者寥寥，似此成何局面，成何政体。前闻丁、阎二中丞相继为理山左，吏治甲天下，不意不数十年，败坏一至于此。方太息痛恨间，裴小麓自都门归，据称执事以不能仰副上宪，京察竟未之得，始叹首善之区尚且不公，如此何怪外省之是非颠倒哉。虽然，天下事皆由命定，此亦我辈命途使然，塞翁失马，安知非福，亦只有居易以俟耳。且物极者必反，想苍苍者亦当厌之矣。闻世兄已入庠，能联捷固好，不然丁酉选拔亦不落他人手。恨小儿不读书，不能作两世同年，亦兄不善教子，有以误之也。去岁两奉手书，以无善可述，未即裁答，兹借门人姚蔚然赴都之便，草此带面，不觉其情之激而词之过也，尚望不遗在远，箴言时颁，是所至祷。

与徐友梅世光天津人孝廉书在南坛堤工局

想前月已平安到京矣，家庭暌违已经两载，一旦聚首，天伦之乐当必过于平时。场具已检点好否，背城之战在此一举，东省诸友立盼捷音矣。河工尚无动静，闻较去年用人更少，提调每游一人，仓太尊下游，范直牧中游，馀俱未委。雨宪初一日赴工，由章丘到东阿，三日即归，瀛舫随往，俟买石料事略有眉目，亦即回省，仍照前上学也。局设叶雨存公馆，余与徐友梅、张瀛舫充当局差。一日两往，如上学然。兄禀明挂禀辞号不出省，恐早设局，经费无可报销，薪水何日起支尚无明文，只好静以俟之耳。走时匆匆，同作雅贼，所得之物，忘为送上。兹乘姚蔚然赴都之便，嘱为转交，宜如何装潢，斟酌可也。齐河城内某姓家庙悬有集锦寿屏，多国初诸名人笔，后人已绝，剩一老妪，不知此为何物。余与友梅往游，破纸满地，拾之而归，知者以雅贼相嘲，其悬壁之上半恐终归销沉，伊先人有知当恨余辈不俱挟之去也，即余亦至今悔之。

复马瑞宇同年书销南坛堤工局差在省

别来将一纪矣。日昨奉手书并七古一章，查系客岁十月缮发者，一信之来，迟至周岁，亦难矣哉，然犹幸终能寄到，若由马递达，项之件未审沉沦何所矣。回环展读，莲溪风雨如在目前，而天涯地角各羁一隅，竟未卜南皮之游再续何日，不禁恻然者久之，夜分不能成寐，犹仿佛二三友人青灯对谈时也。秋闱有见藜轩者，闻执事三月初八已履贵县，任缺属上上，我辈读书人志在民社，原不为赢馀计，惟缺分较优，欲为地方作事，不至窘步，亦可喜也。敝邑王子垄居乡声名，平常在官竟有循良之目，岂真功德及民耶？抑善揣摩风气耶？不得而知也。宜法宜戒，君自辨之矣。至云无意恋栈，与鄙见甚合，但此时进无以战，退无以守，不敢预作是想耳。山东宦场积习已深，前此非有才貌，不能冀得一当，李鉴帅节临，一洗陋习，正途人似有转机，而海疆多事，仓猝赴烟台，一切事宜尽归汤方伯作主，揽权纳贿，罔利营私，宵小得志，正士裹足，其坏更甚于前，或亦天将明而复黑之征，此理难晓亦只好归之于命，静以俟之而已。弟到东后锐意作官，不复留心典籍，虚掷光阴已三四年，自去岁购得《前明忠义别传》，随笔批点，每传后为作韵语一篇，不拘格律，大抵古体多而近体少，以便于叙述故也。刻尚未完卷，然以此触我痴情，爱书成癖，每遇书贾有一名集或于书目见此书，购之不得如有祟然入我梦寐，驱之不去，近日所积已不下百馀种，而负债亦往往为此。余是以有"家贫总为买书多"之句也。前函托购之书，如能寄到，胜以千金助我矣，幸勿意外置之。八月销河工差，已赋闲数月，山东局面有事则仅可敷衍，无事则不堪支持，兼以翰华入庠，家中一切尚须接济，总是入不抵出，然尚无大累亦可幸也。知关绮注，谨以附闻。

致郯城令仓隽臣尔爽中牟人书在省

丛谈数日，获益良深，厚仪稠叠，感激莫名。尤可嘉者，诸同事皆一班老友，衣冠古处，言论笃诚，而秀山、海帆二公虽极精明，却无少年佻达习，觉幕署中另是一番风景。不意执事宦游廿馀载，绝不染一点习气，如此洵所谓不变塞焉，强哉矫者矣。厚菴长公子举止端方，气象浑穆，可卜载福，而文艺造就卓然成家，来年秋闱定当蟾宫高步，如此人物，决不令久食首蓿盘中也。预贺预贺。承嘱题王节母事，只以诗兴未动不敢强凑，而究时时有一题目在胸，拜别后登车仰卧，不知诗思自何处来，觉前后布置遣词用韵已有成竹，而迟迟然未即脱稿者，于今又复数日矣。抵莒为袁子粹菴所留，遣价赴日照未归，晴窗兀坐，暖日烘砚，忽于案头拾得破纸，不加点缀一挥而就，非敢云工，昔曾有句云"诗不堪传事可传"，或者借王节母事不至覆瓿乎。惟满篋琳琅，杂以碔砆，殊愧不伦耳。谨录稿以呈诸同事，统候不另。

与夏津令赵小鲁尔萃旗人同年书在省

频叨郇厨兼蒙厚赐，醉酒饱德，感激莫名。尤可喜者，执事开口见心，每论一事彻始彻终，毫无影响，而且时于戏谑中特饶风趣，令人听之解颐忘倦，似此直谅多闻近今罕有其匹，求之宦场，尤为不易，深悔尔日在省相聚之疏也。诸幕友亦皆我辈读书人，相与飞花赌酒，刻烛吟诗，在牧令署中另是一番风景。孰谓风尘吏必无雅士耶。至履新未久，颂声载道，不知执事有何神力而化导之速如是，秘谋妙计当有以教我矣。弟别后依次到临清、馆陶，由东昌回省销差，略无善状可述，惟是闭门静坐，把书度日而已，曾口占一绝云："那许寻常客到门，茶杯生锈几生尘，乱书堆里闲销日，不友今人友古人。"疏放如此宜乎，不合时宜也，然生性所秉，万难强移，只好守我迂拙听之彼苍耳。不知高明以为何如。嘱物色《渔洋全集》一部，已购得矣，纸板平妥共十六函三十六种，济纹十六两，已经垫发，倘有便差，可令来取也。

与峄县令某书在省藩委催税契

自古循良吏必出强项令，未有随流逐波仰承意旨而能独立不惧为民除害者也。然必大吏知之真，任之专且久，又使得便宜行事，而后能大展其才，如汉之汲长孺、龚渤海是也。明府在齐河赈局独往独来，中立不倚，设施已著成效，后几为魏秀才诬，在峄又以不左袒劣商，拂某道意无故撤去，非上宪知之不真，而任之不专且久之过耶。然煤窑一案，抑强扶弱，固已没存，均感舆人之颂，客冬曾亲聆之，此峄之民所以无不日夜焚香默祝，还我好官者也。夫民之所欲天必从之，中峄到东力除积弊，任人一秉大公，凡洽舆论为众情推戴者，无不饬回本任，使得尽其所长焉，峄民已如愿相偿，其乐可知已。峄民乐则明府之精神当百倍于前，其为峄民谋教养者又当何如也。行见循良奏牍中贺、罗诸公不得专美于前矣，谁谓强项令必不可为哉。弟迂拙如恒，终日赋闲，除对本阅卷，无所事事。现奉藩宪札委，催兖属税契政，可借此以叙契阔聆教言。奈事既有类托钵，而车马所临又必劳贤东道一番经营，则多一事固不如省一事也。谨遣价将公文呈览，即希查照示一禀稿，以便销差。

与东阿令某同年书在省藩委催钱粮

仆生长田间，赋性迂拙，于宦场诸多不谐，而惟于伦常则拳拳然，不敢或苟。朋友，五伦之一也，而同年则朋友中之以人合而几以天合者也，以故庚寅到东后探知癸酉科有团拜之举，在东省称极盛焉。当即谒执年刘子贞，乞得同年单一纸，挨次登拜，不敢有遗，惟现任诸公投刺无由，只好静以俟之耳。二年以来，或因来省而先施，春间拜谒留有名片未审见否。或以于役而假道，三十馀人，接见几遍，窃幸仆非封人，而世多君子也，独于公未常一晤，心窃憾焉，然究未尝一日去诸怀也。月初适奉道宪札委，催泰属钱粮，同年中有告予者曰：东阿，泰属也，宰东阿者某某也，即平日子所愿见而不得者也。仆闻之涣然，怡然喜不自任，以为是役也得见君子矣。讵忆一面缘悭，竟值公出，初到门者，杨姓以为粮船过境，公出；及闻升公堂理事，又以为初归，明早赴寿张会，哨不暇见客，岂门者之专权耶，亦有授之意者耶。旅邸怅望，奈何！奈何！独是邑宰之一出一入，前呼后拥，通国皆知，非若差委者之敝车羸马阒寂无闻也，而仆又具有耳目，官骸不能自饰聩聋也，论者纷纷竟有以闭门不纳为词者，其果然也耶，何为而至于是耶，抑仆之过听耶？不然，或执事预有所闻，以仆有乞人行，故不以同年视之耶。即有行乞，乞之在人，予之在公，何必吝此一见，殊属不解。又不然，或同年中有有乞人行者，执事曾为所误，而于同年之差临者，遂概以乞人视之耶？仆诚不得而知也，然而仆抚躬自维，实非乞人也。犹忆《咏怀诗》有云："自负平生多骨鲠，怜人从不受人怜。"不受人怜而又得谓乞人乎？夫非乞人而以乞人视之，则同年中将无非乞人矣。且必有高出乞人万万者，而乃可以乞人视人而不自居于乞人矣，特惜不一望见颜色耳。他日尊旌赴会垣，问之同年仆果乞人否，仆而非乞人也者，行将邀同年中之铮铮者，为仆先容袒膝而行，叩门请罪以叙彝伦焉，未知仍见拒否耶？言多渎聪，明知获咎，秋水阻人，溯洄无从，伊人谅我沿门托钵人草于东阿署南隅四方风动之旅寓。草成前函，忽奉厚贶，差费八金，车价一随封四千，不为不厚。不胜踟蹰之至。夫奉檄文而从公，非有薪水之资也，受之原不为伤廉，第以以朋友待我，则虽薄可受，以乞人待我，则虽厚不可受，此其却而不受也，必矣。继思人既以乞人待我，而我必不以乞人自居，则又安知不以为所乞者多，所予者少，而以为乞人之尤者乎，不得已敬谨登收，藏诸箧笥，归将遍告同人，以颂大德于靡，既沿门托钵人又及。尝谓出例差有类沿门托钵僧道行乞，而复于差费中斤斤较量者，又乞人之下者矣。或者日允若兹遣一价可耳，何必亲临惹诸烦恼。是盖有说焉，仆虽身入宦场，而麋鹿野性结习未除，一好登临，一喜吟咏，故去岁赴登州登蓬莱阁，今春赴武定游谢恩台，秋又作《重九》于泰岱峰头，凡遇名胜制为诗歌，与东道主更唱迭和，为文字欢，窃以为亦风尘中一雅事也。况谷城为黄石公授张子房书处，其他如管氏三归台、檀道济量沙冢皆载之志乘，将求贤主人作向道（导），寻其遗迹，歌咏盛美，为拙集光，不意相需甚殷，相遇转疏，未逢催租，已败诗兴。昔王子猷有云："乘兴而来，兴尽而返，何必见戴"，亦只好作如是观耳。旅寓无聊，夜不成寐，复起书此。

　　右函欲达恐为门者阻，至平阴见李济生同年求马递焉。据云事已过矣，以不校为是，想门者之过耳。噫，是诚忠厚之道也，鄙人读书半生有亏，涵养不少矣，谨留是稿并讳大名以志吾过，且以告后之出差者无轻投刺以自取辱焉。

与新城令史竹孙思培遵化州人同年书在省

尊旌荣任去，癸酉同年诸盛举尽行消歇，良以子畲既不喜事，弟亦疏懒又未见账簿，无徒措手，只好付之浩叹而已。新城为渔洋山人里，执事得以先贤后裔为部民亦大幸事，其子孙之能世其业者未审何人，虽非公不至，谅贤令尹必隆以礼貌，时通闻问也。弟平日读《论语》"仕优则学"句窃疑，即如县令一官一邑中，若何繁剧，何从得优，近以需次，乃悟圣贤智周，数千年后预知后世必有名登仕版，除列班听鼓，无一事可做者，则真仕优之至也，此而不学尚待何时。虽系强解，理亦可通。然经史汗牛充栋，既学不胜学，周秦诸子又未易晓，乃降而搜求各集，而各集亦搜不胜搜，又降而专搜山左各集，盖作齐鲁官当知齐鲁故实，且文献所关亦非浅鲜。近来搜得约数十家矣，而渔洋大集所传者只三十六种，昨购新城张汉渡《白云山房集》，展读有与诸城李雨村书中言，山人著作甚详，谓三十六种外尚有已刻者若干，未刻者若干，未审汉渡后裔又是何人，与绅董晤可一一问之。表扬先贤，邑大夫之责，且亦风尘吏一雅事，贤如执事必乐为之矣。再省城购《渔洋全集》颇不易易，乃零星收买已有二十馀种，所未得者开单附呈，祈留意焉。并节录张汉渡书，如能照购，书值少昂无妨也。不胜盼望之至。

与潍县令王元植修培山西人同年书在省

别来已数月矣，一县大局想已如在掌握，大才如君，虽素号繁剧，无杂就理也。山左文风以东三府为最，而东三府又以潍为最，荣膺是邑，公暇与诸名士辈谈文章，论吏治，亦大快事，视浮沉会垣列班听鼓者奚止径庭哉。弟近有书痴，又爱搜山左人著作，查潍县柳氏有《山左古文钞》，并自有著书，一时不忆其名，晤潍诸生知板在城内尚属完好，想必有印成者，祈代购一部，顺便掷下以慰渴怀，书值如数寄呈。不胜翘企之至。

复东阿令张伟生世卿固始人同乡书在省

昨奉华函，知已履新，大局想已布置妥帖，刑清政理指顾闲事耳。弟照旧赋闲，无善可述，惟爱书成癖，债已累累，而搜求仍未能已。东坡谓搜检名人字画等件，亦玩物丧志事，初不解其语，乃今而知其言之非妄也。盖欲得此书，几至形诸梦寐；得而读之，又至寝食俱忘，非丧志而何。东坡至晚年方看得开，弟兴致方浓，不知何时了却此癖也。查东阿前明刘隅者有《范东集》，于文定慎行及其弟慎言者有《谷城山房集》《庞眉生集》，未知犹有存者否，见绅董时可留心问之。至本朝想亦著作有人，但系山左人手著，无论经史子集俱代为购之，购得多时，弟欲汇为一集，以为山左文献之大观，然此等事无官绅中好事者助之，恐未能成，亦聊存此志以待将来耳。

复马瑞宇同年书 交卸定陶在省

别来十馀载，见诸梦寐者不知凡几，遥遥两地当有同情也。春仲翰华自陈郡归，据述尊旌告假旋里，问以详细则不甚了了。嗣因瓜代有期，冗务纷繁，未遑裁笺致询，兹于四月半奉到手书，展读之馀，稔知以极优之缺，而决然舍去，固是艰于时势，然非浮云富贵具大识力者，必不能如此通脱也。敬佩敬佩。恨骑虎人不能下背，与赓同调耳。虽然，弟犹有言者，吾辈读圣贤书原期见诸实用，以执事之才之学之精力，何所施而不可，政古人所谓不与盘根错节，不足显利器者。乃遇难而退，方当服官之年，忽作高蹈之想，揆之中道殊有未谐，无已则试，更进一筹，愿执事裁焉。夫同官之约久盟夙昔矣，而所以未践前言者以粤西地处极边，舍近求远，不待智者而知其不可。若避远就近，一转移间岂不易易，统计离省指省所费不过千馀金，而使吾两人十数年未尝之素愿一旦相偿，将莲溪风雨梁苑诗歌重于鹊华明湖间遇之，岂非一大快事乎？且知交如省，吾辈亦可偕来作纪录事，不较之曳屐来游，徒托空谈者，尤为得计乎。况李鉴帅已归自烟台，汤方伯已劾去，读书人大有起色，在粤时执事属鉴帅旧部，久蒙推赏，到此有不一帆风顺为所欲为者，吾不信也。惟东省局面较小，州县苦缺约有三十馀处，而一二上上缺如泰安、即墨亦仅及贵县之半，舍腴田而就脊土，弃已成而谋未然，识者必笑其计之左矣。然亦以执事能超然物外，不为俗累，故敢为是通论耳，谅执事多情必不能不动于怀也。弟需次六七年仅得陶丘一署，而缺属下下，百五十日亏空千五百金上下，刻虽悬牌饬赴惠民新任，而交代不清例不下委，极力张罗，尚未如数，想接篆任事在午节后矣。再惠民距黄河北岸，屡遭水患，托天之福，三汛安澜，尚可敷衍，若河伯肆虐，尽成泽国，官民坐困，更难措手。弟一生不多佳境，凡事有命听之而已，李绅留用恐自广厦来，视此卑栖不堪托身也。省吾鹤年可将此信令阅诸友人，统候不另。徐晴轩仍教读否？想马头挂剑儿，早露头角矣。弟沉于吟咏者有年，自到山左诗兴顿减，所谓一行作吏，此事遂废也。读七律一章，情文备至，足见身分，惜依装匆匆不及酬和，与前所欠诗债，暇当并偿，但恐任事后又牵于俗务，终成画饼耳。前托购书，约计函到时君已赋归去来，不暇顾此琐琐，置而不论可矣。

复钱席左葆三 以忠桐城人书在省

别来不见者数年矣，朋友之一聚一散若有数焉以存乎其中，而非人所能主者。如弟到东后即得良友如吾子，窃谓他日倘有机会，借以指南，即使瞎马亦当不迷于途，是以逢人说项，凡属至好，无不知吾辈交情之厚，且无不预贺弟之得一良友者。讵以运途乖舛，需次五六年竟不获假手一试，迨客岁八月间，陶丘命下，遍访吾子，无有能道其详者。最后见王筱珊，始以海疆多故全眷南旋告，问以归期，又未能指定，弟怅然若失者累日。嗣推毂纷纷绝少当意，不得已乃延今友金绍先，而绍先先有海阳一席同一短局，决不应聘为曹丘者，非以惠民相要不可，急切须人，无可如何，只好听人铺排耳。幸到馆后气谊尚投，笔墨亦觉明畅，然使吾二人数年前之约不能复践，岂非数哉，岂非数哉。虽然，知交不在行迹，惠青密迩，凡事皆可通融。吾子千金买产，饮食无缺，可称小康，延师课儿一项，弟到惠当代为忏之，他日诸侄辈成名，不独老封翁有功，即老夫亦当稍分一二也。呵呵小儿虽幸入庠，年来以无长师，颇觉废弛，恐张老善颂不能复验矣。弟三月初二日交卸，前函到定时已上道，复由曹达省，展读后方欲裁答，适后函又至，感良朋殷拳，急遽草此以代面谈。尚祈箴言时及为盼。

致钱席金绍先 述曾书在省

陶丘一别匆易，月圆刻当富贵花开，想执事与泮香诸友人，日在姚黄魏紫中饮酒赋诗，何乐如之。弟一生命薄，无此眼福，只好时作痴想，默祝梦寐，闲与曹国夫人一遇耳，又未知花神许我否耶？一笑。交代已算清否，何日来省？念念。弟三月十五六两日夜谒见诸上宪毕，抚宪未提前禀整顿捕务与上忙仅征百馀金，地方又未撒盐，颇为许可。惟亏空不了，恐难赴惠，泮香款志在必用，立票起息，与宋豫堂酌办，无不从命，或随钱粮车带省，或执事带，皆好，至需用多少，弟不甚了了，代为筹算可也。再藩宪新章不准私相授受，达部册结一项亦须牌日堂缴，将来杂款需费更多，安居盐价有馀，能留交后任作抵似较省便，未知能办得到否。到省荐申韩者不一而足，皆以已延泮香先生为辞，何日悬牌当安车以迎，想有前约，不至见弃也。至宋豫堂，已面许，必无他说矣。晤时道候，恕不另笺。

复吏部焦梦九锡龄彰德人同年书在省

捧读华函，敬悉鼓盆之戚易为合卺之欢，想都中女色甲天下，以清高之极品遇窈窕之仙姿，退朝馀暇画眉吟絮，赌酒添香，绣闱中别有一种风情。回忆在东，鞅掌风尘，俗吏面目应必掀髯一笑，乃知人生遭逢万难逆度，刻虽长安米价高居之不易，得此有福人为贤内助，将琴瑟调和，嘉祥备至，当必有意外好事，几见有才子佳人，天成匹配，而令坐困者乎。预贺预贺。弟迂拙如恒，别来数年，毫无善状，自李鉴帅到东，颇重正途，风气一变，弟叨蒙赏拔，先署后补，官运不为不好，惟财运不佳。定陶自陈杏村捐廉养勇，登之奏牍马步队数十名，不入报销遂成赔缺，而盗贼充斥，又非此不可。弟适承其乏，兼以岁歉缓，漕盐又缺运，故视事五越月，亏累千五百金，欲借惠民弥补，而新章交代不清，不能到任，刻因此款颇费踌躇，然好在有缺可指，或不至张罗不出也。再惠民滨河最怕水患，弟一生不多好运，倘值决口，官民坐困。但愿托天之福，到任后两年丰收，则公私无累，进退绰绰，从前良师益友亦稍可酬答矣，未知能有此造化否耶？厚禄无忘之语，弟敢不铭诸肺腑哉。

卷 二

复给谏李子襄同年书在惠民任

都门拜别，八载于兹矣，每忆执事职掌秋曹，勤勤恳恳，诸事认真，乡先达无不许为出色人物，不仅为中州光已也，嗣入兰台更能不避权贵，言人所不敢言，例灾一疏，尤切中时弊，非平日留心民瘼，不能道及只字。古人云作官须称职，如执事者可谓真能称职矣。兄承乏惠民事已期月，除清理案件之日，衙宿无多，凡访得民间疾苦，及有益于地方者，但使力所能为无不勉为之，亦求如执事之称职而已。然终恐有做不到处，故堂悬一联云："家惠民扶沟有惠民河故云，官复惠民，须在在顾名思义，务使惠民民受惠；职知县，俸亦知县，非时时训俗型方，难云知县县周知。"似此触目警心，或不至于惠民知县四字大相背戾也。境内河道为害者三，一黄河，一徒骇河，一钩盘。黄河境辖八十馀里，向归防营看守，地方官多不过问，去岁霜清后清河镇忽出奇险，寸料俱无，中峰以在工人员好事铺张，勒不发价，已成束手待毙之势。兄闻信驰至，嘱绅民星夜运料至工，督率民夫抢护二十馀日，前后用料三四百万斤，银数千两，皆兄身任之。一日，堤裂尽，后戗已见水，万民奔逃，危在旦夕，不得已乃制祝祷神，跪败（拜）堤上涕泣，为民请命，卒能化险为夷，使万数生灵不葬于鱼鳖之腹，虽事出偶然，而百姓之感已基于此矣。后中峰查知，亟为赞叹，与本府尚太尊书，有非柳令几至不堪设想，是以地方重循良之语，不惟料价照发，复于抢险保案内列入异常事，后无不啧啧称羡，而当日则未有不笑兄之愚者也，是以本府有愚不可及之论。徒骇河向受商河七十二洼之水，自十八年南北王决口为溢，黄淤塞大半，水来无所容纳，兼以秋雨连绵年年为灾，历任无不议修，皆以工大费巨而止。兄以清河之役与绅民浃洽，趁此机会于去岁九月间兴工疏瀹，兼施全资民力，已于五月底报竣，虽规模未遽复旧，而去路无阻水不为灾，已收成效矣。是役也，挑土十七万馀方，方价银三万馀两，劳民伤财，如此而奔走，恐后绝无怨言者，以相信有素故也。天假之缘，再能将钩盘河疏通，则武郡永无水患矣，岂非惠境而已哉。然地在邻封，权不自主，事之成否有定，随时力谋之而已。民情不悍而诈，讼狱繁兴，每逢三八牌期及讯断时谆谆开导，究难遽化，刻于境内捐廉添设义塾多处，发给《圣谕广训衍说》，责令塾师于村镇集期，切实宣讲，兄亦不时查考，定赏罚以课勤惰，久之或不无效。王道无近功，圣人有成犹待三年，况我辈乎。惟趁此中峰用读书人，不得不及时加勉兼程而进，求治太急之诮，知不免已。兄自癸酉叨附骥尾于执事，文章道德不知若何，爱慕而钦佩之。入官后又事事可法，故承下问，敢以见诸实事者，略举梗概以对，尚望不遗在远，箴言时及，匡我不逮焉。

敬再启者，兄每北上，蒙诸同年赐食招饮，勤勤恳恳备尽东道，庚寅分发来东，又复蒙饯厚仪稠叠，时铭于心，思有酬报，力与愿违。今年如黄河安澜，年景顺成，当稍效绵薄以鸣悃忱，但未知能践言否，附呈京足三十金，除馆捐外作为癸酉团拜之资，即祈查收，并将收到日期示知为盼。

复前高苑令欧阳绮堂绣之项城人书在惠民任

数载未晤，渴想时深。昨奉手示，知服阕春明候选，秋间即可到班，不胜欣慰之至，食禄有方，将来仍选山左，亦未可知，弟翘跂以望矣。所嘱之件本当照办，惟惠民进款在冬三月，弟以赔累之躯，仅去岁收漕六成，所得羡馀，除填亏空外，不足今年前半之费，兼以弟求治太急，过事铺张，一切栽护城柳，修徒骇河，添设义学，修许忠节公祠、泰山庙、桥梁道路等工，捐廉几至千金，而协济西韩工秸料一百四十馀万斤，运现钱二万馀千，赔累又在千金上下，良以既受中峰知遇，欲稍有建树，不得不撒开手去做，倘较量出入，诸事掣肘矣。到任已一年，仅带家银六十两，弟之家境执事所知，昨接报房屋倾圮，院无四壁，舍四弟棺木暴露，几有断炊之虞，为凄然久之。有现任知县哥而使为弟者在家如此穷困，似大不情，然亦以初入宦场，正在立功之顷，古人公而忘私，国而忘家，当知勉矣。本府尚太尊接见中峰有循良第一之誉，固属声闻过情，亦以不较量出入，故为所特赏耳，敢不益加惕厉哉。属在至契，用敢直陈，方命之处，尚祈见原。谨附呈伴函银六两，即希查收为盼。

致吏部焦梦九同年书在惠民任

稷垣一别，七载于兹。去岁奉手书，当即裁答，想早邀青睐矣。新娘子既工翰墨，又善摒挡家事，德容俱妙，亦何修而得此耶。执事班列清贵，当兹风天雪夜才子佳人，围炉笑语于琴棋书画旁，何乐如之，有时兴之所到，磨墨添香，诗酒唱和，直不啻九重天上神仙人，不知有尘凡世界。偶思前此需次东省列班听鼓,东奔西驰,真不堪回首矣。抑知有老友年过半百,堕入其中,风尘鞅掌,不能自已者乎。犹幸棣州承乏,两易寒暑,雨旸时若,河伯效顺,不使蚩蚩者氓与鱼鳖伍,差堪告慰绮注耳。曾记前函有厚禄勿忘之语,此等瘠缺,难云厚禄,惟升斗所得,尚可敷衍。廉泉之分,无多寡也,谨呈炭敬八两,想销金帐中得此焰焰物,必更增一番热趣矣。一笑。

致内阁郭友琴之全汝宁人同年书在惠民任

春明一别,将及十载,回忆风雨梁苑诗酒谈心,如同隔世矣。尔时同录中,或赋玉楼,或滞异域,风流云散,念之伤怀。执事书法为同年冠,铁生夫子曾以大魁相期许,而几度春风,竟未分南宫一座,岂非人间憾事哉。然班列清贵密迩宸居,龙章凤诰出入怀袖,荣已极矣。左文襄岂必定有出身耶。弟年过半百,堕入风尘吏需次八年,艰苦不堪言状。李鉴帅抚东,读书人始有起色,而补此瘠缺,一遭水患,官民坐困,犹幸年谷顺成,冯夷敛迹,差堪告慰锦注耳。谨呈兽炭诗八韵,聊伸芹献,即希哂纳。再东省友人有索《何大复集》者,便中祈代购一二部,价当随呈,如邺架有此书,先借读更佳,不胜翘企之至。

复给谏李子襄同年书在惠民任

阅邸抄,知巡视北城,自来豪杰之士,每到一官,必有一番振作,一番设施,方欲致贺,而适逢还云。据称今之吏治规模备具,弊在不能认真,诚破的之论。如有职守者,无论内外,大小臣工,俱能认真,则无旷官,无废事,百姓安业,万类蒙庥,何愁天下不太平乎,特巧宦多而正士少,不肯如吾辈迂拙耳。夫以执事之才之优且长,又加以西曹廿年之历练,例案娴熟,世事人情洞若观火,何难惊奇立异以骇人耳目,乃严缉捕治土豪,亦只就老生常谈,认真办理,地方遂以肃然,直报谓断案如神,民咸受福,自是本实而道非溢美也。兄自田间来,词讼亦尚不糊涂,时亦有断案如见之誉,他日相见当各道所得,一相印证。至久居言责除奸邪扶善类,正好借此建白,所谓一言出而天下之安危、民生之休戚系之。若百里侯鞅掌风尘,即使得志亦不过造福一隅,则相去奚啻天渊。然就职言职，各有应尽。君勉为直臣，我勉为循吏，亦惟于认真二字，交相惕厉而已。李鉴帅负一代重望，到东后亦不过诸事认真，而不顾情面，不随流俗，遂使宵小无所施其伎俩，虽《齐鲁吟》之毁散满中国，正士读之不觉发指，然平心思之，伪学党人之碑究何损于君子毫末哉。兄以赋性迂拙，半百后得此知遇，良非偶然，然故教养兼施，百废俱举，昕夕不遑，急思图报，诚恐一旦超迁，后替不知何人，倘不谅愚诚，不为地方官作主，虽有所欲为必多掣肘，今果不出所虑外矣。奈何奈何！且东省自丁文诚、阎文介二公相继为理，吏治甲乎天下，嗣后或喜夤缘，或尚苞苴，不二十年，其坏亦甲乎天下。鉴帅下车伊始，力除积习，大加惩创，矫枉过正之处，固所不免，而砥廉砺隅，崇实黜华，风气一变，即从前不肖牧令无不栗栗危惧，勉为循良。使由此做去，吏治有不蒸蒸日上者，吾不信也，吏治善而百姓有不蒙福耶？新抚老同乡未知是何路数，或亦震于鉴帅盛名，用人行政不好，大事更张，倘能于严厉后济以和平更为美善，未知东省有此造化否。然此大局所关，卑职微官，何事杞忧哉，守吾迂拙，尽吾职分焉已矣。兄与执事同乡同年同门而又知我，深望我切，故读君快论，触我狂怀，不觉词之赘而言之长也，其勿为外人道则幸甚。鳞鸿有便，幸赐箴规，不胜翘企之至。

再者，言官进谏如医生治病，须对症发药。东省河工至张勤果而极盛，亦至张勤果而极敝，求一防汛买料差须有若大帽子，得此差者，除酬谢函者外，较胜署中缺一次，故防汛买料为东省第一优差。自李鉴帅到东，力惩积习，已有矫枉过正之虞，从前优差人人视为畏途，言者于此正好宽以济猛，乃某给谏摭拾从前河工极盛之积弊，而进谏于人人视为畏途之时，如大病后宜施补剂，而投以大黄芒硝，虽不即死病亦加重，嗣后所参买料各员不无含冤，谁职其咎哉。读廷襄劾谭制军疏尾进李黜德一语，可谓得体，能见其大矣。鉴帅之擢迁未必不基于此也，韵珊黼门皆有言责，亦时作凤鸣，同乡同年可称一时极盛，见时道意，怒不另笺。

与给谏李子襄同年书 在惠民任

近日有何设施，想北城积弊革除，不少风气当必一变，然亦不可操之过急，王道固无近功也。新抚到东，尚无甚新政，看其路数与鉴帅似不相同，一痛快一深沉也。牧令官无能为，只好任人转移耳，然本来面目则终身不变也。癸酉同年在京者何人，现居何职，兄屡经叩饶，年节欲尽绵薄而记忆不清，暇时祈缮单示知为盼。临楮不尽欲言。

复给谏李子襄同年书在惠民任

癸酉同年在京者大约不过十人，函已缮就，未发，恰奉手书，印证之下与兄记忆不甚歧异，已照来示，各酬以八卦之数矣。胶州事言之令人发指，东抚开缺尤咄咄怪事，在鉴帅声价益高，如国体何？一国如斯，他国必纷纷效尤，将来不知伊于胡底矣，割地求和，读史每恨当事之愚，不意及我辈身亲见之也。又闻俄罗斯铁路由伊国直通京，业已开修，如果属实，患更难防，岂当事果见不到耶？抑见到而无可如何，贪位谋禄，得过且过耶？真令人不解，国是如此，可胜叹哉。此古者有心人所以上痛哭流涕之书也，官职卑小者徒唤奈何耳。谨附呈《兽炭诗》十二韵，即祈晒收是荷。

复给谏李子襄同年书在惠民任

数月前奉读至"论忠义激发可歌可泣"一篇，寿世大文章已命儿辈什袭藏之矣，所以有稽裁答者，以适值新政纷繁，言之恐触时忌，不言则情不容自己。回忆当日集股票则民离，改科场则士离，裁兵则兵离，裁官则官离，加以敌国窥伺，句（勾）通奸人，潜谋不轨，人心惶惶，危如累卵，至今言之，犹为股栗。幸太后明断，规复旧制，外间稍安，而黄流为灾，无有如今年之甚者。惠民居济阳桑家渡下游，水势之来，如同建瓴，汹涌澎湃，围绕郡城，全境被淹，几无干土，兄乘乂馀舟于惊涛骇浪中已三越月，初颇以为苦，及见昏垫情形，觉上巢下窟犹不足以尽之。曾有古风云：小民危苦竟如此，巡视舟居胜高楼。盖纪实也。水退后，种麦已晚，来春青黄不接，为日方长，不得不竭力擘画以思拯济于万一，因禀请于郡城，开设粥厂，筹办平粜，汲汲皇皇日无暇晷。而境内管辖黄河、徒骇各八九十里，查河小钦差星罗棋布，络绎不绝，食宿无定所，来往无定期，夫马酒席无定数，所过之处居民为之迁徙，洋学生有硬入民宅者。一切供应非常棘手，距城六七十里，水旱不通须缘冰而行。稍有不如意即殴打家丁，摔毁器具，<small>前直隶臬台在济阳县事</small>。似此骚扰，丰壤犹且不堪，况灾区乎？小钦差如此，而大钦差何如乎？然果能一劳永逸，忍一时之痛，谋数岁之安，民亦在所乐为，试问众执事有何高见，有何把握，将来不过耗费国帑，为私人图中饱保官阶而已。太后锐意爱民亦乌知爱民者之适以扰民耶？河差未竣，赈差又至，东省何不幸若是哉。夫以兄之短于才而复值多事之秋，欲舍之而去，两岁之有余难给一年之不足，又已成骑虎之势，谅老同年闻之亦必代为扼腕也。中座廉静自守，到东后欲仿袁文诚公行事，而无其学问才力以辅之，故设洋务、水利、保甲、团练等局，非不极力铺张，而徒多名目，不核诸实，正如画地为饼，剪纸为衣，虚应一时，无补饥寒。其尤不餍人心者，南山雄狐父子，为我中州所驱逐，而一调以总理黄河，一调以总理运河，于故旧诚笃矣，如不孚众论何，被议或非无因，独谓急赈十月未竣，实属传言之讹，所少者未履灾区一勘耳。兄窃有请者，股票一役虽已停止，而病根未除。州县无富户者，不得不勉凑塞责，有三四人认领一股者，二十年贫富不同，票又不能分执，讼端必至竞起，如准以股票作实银报捐功名，愿捐者捐，不愿捐者或卖给他人，或仍留按年取息，均听自便，似此略为变通，则为百姓造无疆之福，而仍不失信，未知可以一言否。兄家无蓄积，去冬稍觉宽舒，于诸同年略尽绵薄以酬凤惠，不意遭此奇灾，无能为继，且迄今有未奉片纸只字者，风尘吏从此不敢多事矣。一笑。十二月二十日。

　　再启

　　李傅相进省之日，观者数万人，城门为之闭塞，聚仙楼碑挤倒压伤数人，行辕借设贡院，办差者前道张上达以两万银为率，除一切铺陈不计外，每日河防局供给银二百六十两，傅相又自备银七两交伊表亲，署首道李正荣以避骚扰之名。向晚五门洞开，蜡烛辉煌不异宫殿，宵小奔走伺候者彻夜不息，欢欣鼓舞如戴二天，正月五日为悬弧之辰，必是一场好热闹。兄素性冷澹，畏其焰不敢与会，明春如到下县，既有河工不得不一接见，庚亮尘污人恐终难避也，然亦不必避，所虑者骚扰地方，无辜小民复罹灾殃耳。前此皇上求治太急，致有康有为之变，今太后宵衣旰食，力图富强，团练保甲积谷数美政不啻三令五申，而因循积习既非一朝所能振，兼以强弱丰歉，各省情形不同，有非可咄嗟办者，是在疆吏悉心筹画，因地制宜耳，如不胜任更代焉可也。多一钦差则多一骚扰，太后亦乌知此情形哉，惟望左右大臣潜移默化，格其求治太急之心，则万民幸甚，天下幸甚。前函草就未发，适溥钦差到商河，札饬将赈务卷宗并缮写简明手折，绘图贴说，赴行辕投递。兄星夜前往禀见，时按图垂询至详且尽，兄亦对答无讹。次日随节回郡，小住三日，分赴各灾区查核村庄、户口、人数、钱数，质之底册，一一相符，深蒙许可，灾民亦无拦舆投诉之人。兄三年于兹，无日不以"惠民知县"四字自励，被灾后尤时深刻责。白昼坐小艇散放馍饼，掀天风浪中与河伯争雄，屡濒于危。夜晚傍村头宿，溽暑逼人，少假寐，蚊啮人无完肤，以手取之，可得数十，然犹不敢稍息者，以民苦义不独甘，所幸小民尚鉴此衷耳。闻起节到阳信投诉者不下数百人，攀辕卧辙，几不能行，益信兄之终岁劳劳不为无功，而直道之犹在人心也，谁谓民之无良哉，彼为民父母，平日于民瘼漠不关心，至此弄出丑态，应亦自悔矣。知关锦注，用敢附陈。涡阳匪去家乡太近，肃清之说未知确否，牛世修未被擒，恐终是祸根。心所欲言，随笔书之，略无伦次，以不如是不足以当面谈也。再我辈书札中语多犯忌，须慎秘为要，千万千万。

复邑绅张贯庐会一孝廉书在惠民任

三月十一日戌刻，奉到阁下初三日自商河递到手书，展读之下觉满腔忠义流露毫端，佩服佩服。阁下家非素丰，犹顾全大局，认领股票，足征慷慨。弟亦寒士，昨与舍弟书，嘱以县尊招时斟酌认领，亦以既入仕途不得不然，与阁下所见正同耳。惟读至派字不觉惶恐无地，此何等事而敢派耶，而敢派阁下耶，即派阁下能无函商耶，其传言之讹耶，抑世兄误会言者意耶。弟一奉此札便觉为难，以惠民境论，除魏家集谁可认领者，其凋敝弟尚不知耶？再四踌躇无可如何。初意藩宪饬弟认领五股，弟欲认作十股，以免累民，商之委员，以为迹近负气，且即领十股，恐民亦不能免，不得已乃于贫中择富，又恐稍涉抑勒，多请说客，婉为开导，或二人一股，或三四人一股，皆李强斋与众花户面商，弟除陪饭外，未与交一语，亦以以尊临卑，不勒亦勒也。弟属有天良，不颠不狂，顾借凋敝之民命以媚上宪耶，此固不待有上流民图者，弟已决不忍为矣。来书有惜无上流民图者云云。无如委员守催，以惠属首邑，如太减色他县效尤，必难销差，窥核情形亦似有不得已之势。不然彼亦读书人，文郁字焕廷，即用知县。何乐为此不良之行耶。然弟究不忍以此要功也，缴卷焉已耳。阁下之柬本不欲送，缘系抚宪知名绅士，有柬而不领则我无过，若欲领而无柬，岂非阻人以向义耶，且抚宪问及，将何以对耶。嗣世兄交还原柬，弟谓已作罢论，故十数日内计算股分，未及阁下，他日问李强斋当自知之。且果派也，委员去后，讵不催款耶，此又其明证也。至李湘臣系作说客，原许以不领股票，缘伊举出二户，为人所扳，李强斋家非昔日，以既劝他人不得不为之倡，以故二公共领一股，然弟与湘臣除陪饭外亦并未一见也。现已约有三竿，大可缴卷，阁下一股认亦可，不认亦可，诚如所云不及沧海一粟，且不惟阁下一股，即竭全省之力，恐亦不及沧海一粟也。弟谓此举是古今创格，是国家丑事，真不得已，借官可也，借民不可也，以官之与民不好措词，非勒亦勒也。若不假说词，出一告示，听民自便，必至一股亦无领者。阁下思之然耶，否耶？弟自谓此举幸赖诸友人力，不激不随以了此局，不料又获派之名。夫派即勒也，弟实无此事也，且弟自到惠以来，反扰民事无一忍为，自信此心可告天日，惟力不自主，徒唤奈何耳。愿阁下察之谅之，无惑浮言。

致委办柘城盐务题补商河县李香阁兆兰高阳人同年书在惠民任

久暌雅教，时切驰思。贵处盐务办理必臻妥善。昨阅省抄，荣补商河，想酬劳耳。昔年同谱，今又共事一方，不禁欢忭者累日。兄棣州承乏，罕善足述，惟凡事足踏实地，实事求是，虽有时为上宪所疑，终必水落石出，涣然冰释。去岁为风雹事，几经密查，后竟无事，职是故耳。所难者幕友一道，毫无把握，初意必求延请好手老手，虽重聘在所不惜，以九等缺脩金增至二等，所请刑席马泮香、钱席金绍先皆知名士，孰知老手好手非漫不经心令门徒代看，即不到馆送一代苞，虚应故事，伊但分脩金而已，幕习之坏至此已极。兄刑席尚在菏泽，屡易庖代，俱未得手，钱席虽已到馆，不过坐镇，幸伊学幕门徒曹生即昔从兄受业学时文者，曾在历城考取第一，以伊尊公在东候补，恐为人揭，未敢终场，文理通畅，心地湛清，大可望中，嗣以家贫不能卒业，改学度支，兄深惜之。然书既读好，无所为而不可，兄署中公事皆伊经手，毫无贻误，以心既明白人，又朴诚新手，诸事小心，故也。如执事钱席无人，兄敢作曹邱荐之，台端必得指臂之助矣。况惠商密迩事可函商，伊又分属弟子，不防随时教诲，则寒士有一枝之栖，又可不误阁下公事，一举两得，较之延请好手老手而不经心不到馆者，不胜万万乎。兄非阅历不敢妄言，非知此生之真亦不敢妄荐也。谨开名号籍贯附呈，如以兄言为不谬，即祈俯赐延订，免得到省后宪幕荐者纷纷也。可否之处，统祈酌夺示知为盼。

复同邑李仲庚<small>绍白</small>学博书<small>在惠民任</small>

别来已经数载。昨奉手示，知欲杖策东游，为欣幸者久之。兄鲍系一官，知交落落，每念梓里故人，恨不插翼飞去，又恨不命驾往迎，风雨一室，连床话旧也。况知己如吾弟，又无日不神驰左右者乎。然不敢折柬以招者，以吾弟子宫尚虚如，夫人又在中年，恐不能脱然耳，兹闻枉顾扫斋下榻以待矣。兄一介书生，躬膺繁剧，深恐陨越贻羞，接篆后即制楹联云"家惠民，官复惠民，须在在顾名思义，务使惠民民受惠；职知县，俸亦知县，非时时训俗型方，难云知县县周知"，悬之大堂，以自警惕。三四年来切实做去，除清理案件，在城者少，良以高坐衙斋，蒙蔽多端，非不时与田父野老接谈，必至外间事一无闻知，然鞅掌风尘，劳人草草，其若有甚于教读数倍者，而事上之伺候奔走，又不在此内矣。夫处尊养优州牧类，然兄独矫而为之者，缘目睹乡先达后人不类，知非冥冥中有亏心之处，即积德不厚所致，日夜疚心，栗栗危惧，必不欲蹈其覆辙，因仿古人画之所为，夜必书之，著《宰惠纪略》四卷、《灾赈日记》十五卷、《补正惠民县志》三十卷、《惠民县志补遗》一卷，非事铺张亦聊以记实事考功过而已。古之良友司未知其孳孳为民者何，如以兄今日而论，合境一千二百馀村，无不了如指掌，每过一乡，农民侧立道旁，皆欣欣然有喜色，至寓则一二有年者，不衣冠不传禀，径入谒见，如家人父子，知无不言也，所谓官民一体庶乎近之。吾弟入境试暗中采访，有道兄溺职者，贪泉之水不敢污故人，驱车而返，大声吾罪可也。此间男耕女织，力崇朴素，风俗不异吾扶，惟文风不佳，所请山长亦知名士，究不当意，官课则兄自批点，然一暴十寒，何能取效上科，已为筹出宾兴经费，乡试每名元卷银二两五钱，会试每名元卷银三十两，禀明上宪，永为定章。士子颇知感奋，惟苦无师程，吾弟到，代兄秉笔，转移风化，在此一举。况岁逢大比，亦可借此自励。南北两元，听君自为领取，岂必作豆腐官乎。吾弟勉旃，拭目望之矣。再者兄见平日受人煦助，到有馀时，不思报德，而惟治富之是急甚，至罢官后后人不敢归里，心窃非之而不欲效之也。兄年近花甲，仕途岂能久淹，但使宦囊充盈拟于服官之地留千金，以遗爱归家，则仿范文正公义田义塾之遗意，除赡族人外，拟购宅一区，捐作书院，将十数年在东所购之经史子集分类罗列，公诸同好。并买地若干亩为修缮膏火之资，大约亦以千金为率，此所以庇寒士。至乡里穷民无力遍及，拟遇丰年谷贱积数百石，俟凶荒之岁择尤散放，或年终出借于极贫之户，能还与否听之，果能如此办理，想苍苍者必不负此一番苦心，但不知子孙有此后福否，默祝予告后假我数年，或不至徒托空言也。吾弟到署，从长计议，如何下手能助兄成此善举，则子子孙孙感佩无既矣。

与武调之光鼐太康人秀才书在惠民任。此函未发，已捐馆舍，惜哉

别来已十馀年矣，回思诸友人在李二哥处聚首谈心，如同隔世，而今日健在者亦落落晨星，可屈指数，每一念及不禁怆然。柳禄卿来问阁下起居，据称精神照常，惟艰于步履，闻之不觉悲欢交集。弟服官数载，其贤与否问柳禄卿自能道之，兹有家人之便，谨奉上贡绸袍褂料各一袭，以示不忘故旧之意，非贪泉物，笑而纳之可也。如能秉笔示我数行，以当面谈。

复庆云令欧阳绮堂书在惠民任

前奉华函，知荣任庆云，以凤昔至好，同官有年，自经别离，天各一方，虽音问稍疏，固无日不神驰左右也。万不料于隔省中竟为密迩邻封，是天假我辈以相见之缘矣，会啃沙河工皆可一晤。不禁狂喜者累日。棠境兵荒较甚，元气想不无稍损，得执事犖犖大才以善其后，如将稿（槁）之苗陡沾时雨，生机浡兴，自必立见行见，召父杜母，歌溢境外，遥听之下，能不为之一快乎？来函询敝县拳匪情形，欲举以告而头绪纷繁，执笔而止者再。总之五月初犹视为儿戏，不以为意，至六月而炽甚，至八月而焰熄，

最后有济阳县玉皇庙戕官之案，弟为此几遭风波，官场之险令人可怕。瑞宇之高尚，我辈皆逊一筹矣。年终决不恋栈，囊中虽无赢馀，较之昔日教读，穷年矻矻所得无几，相去岂不天渊，倘必待富而后已富，岂有穷期哉。况须发白已过半，精神衰惫日甚一日，强为支撑，折鼎覆竦，恐将不免，鄙见如此，未知高明以为然否耶。贵县钱漕能否开征，缺居何等，较之井陉何如，随任何人，均祈便中示知为盼。

与马瑞宇同年书在惠民任

别来已十馀年矣。每忆执事高尚，未常不服其勇决而窃笑弟之恋栈，甚无谓也。然适值直省拳教相仇，惠民与之毗连，自五月以至于今日，在刀枪林中，欲舍而去，有涉规避，不能自主，不得已，以镇静处之，亦自化险为夷，叨庇无事。乃一波未平，一波复起，洋兵窜入直省交界，惠民相去咫尺，无所适从，人心惶惶。弟思当此议和，既不能战，又不能守，土城无女墙。如果临境只好优礼相待，告以东省剿诛拳匪情形，无令深入。虽孤注一掷，未免冒险，而身为民牧，断无先去之理。百姓见弟布置坦然，遂均安堵无恐，刻已折回沧州，为袁中丞保护教民素著成效，不入东境，百姓受福不少矣。而庆云县正值绮兄署理，闻洋兵将至，张皇失措，未免胆怯，先避乡间，官一出署，城内抢掠一空，溃兵土棍骚扰不堪，实则洋人并未犯境，一静一动之间所关岂浅鲜哉。翔墀避难居署，询悉近况，颇慰于怀，草此敬候起居，并附《义和拳记略》呈览，兼示诸友不另。

与邑绅李荔村孝廉凤冈书在惠民任

来书论义和拳，甚有见地，惟外间传闻多有未确，李鉴帅秉衡并木放直隶总督，有旨帮办武威军，马玉昆、夏辛酉、陈泽霖、张春发二十四营均归节制，此见之邸报者也。尔时中外衅成，决意与洋人开战。及到天津，适值马军战久不利，李力为接应，复振鏖战一昼夜有馀，互有杀伤，张陈二军不战自溃，七月十七日李欲整军复战而于药已罄，士卒不能用命，遂以身殉。然亦传闻之词，究无确耗，而身殉则确也。此后京报不通，二十日京师陷而天子西狩矣。或云二十日出京。前銮舆在太原有旨，以总督例赐恤，二子赏官有差，长孙赏举人一体会试，李之死可谓所得矣。义和拳能否避炮则不敢知，玉皇庙之役确无其事，拿获在场小孩提讯当得实情。非义和拳能军，乃官兵不战耳。查委员亦无补滕县之文，蒲台马湾刘事又属张冠李戴，惟称委员有取死之道，自系定论。何以言之，在青浦一带随同督带马队张剿匪，每破一村必屠之，良莠不分，杀伤过当，宜死一也。回省销差后，抚台令赴德平、陵县等处剿匪，许以归当，酬以优缺，补滕之讹以此。乃急欲邀功，求赴济阳，抚台嘉其勇，予以马。八月二十九日晚派中军马步一百五十人，促令登舟宵行，哨官素骄，又与查不相习，初一日早至济阳南关泊舟，夜未食宿，人马俱困，士卒欲少息饱食，探明匪数多寡，济阳县沈令亦以为言，无如死期已迫定，欲乘其不备，立即登岸前进。此时军心已离，沈令不得已派差役二名，领同前往，至距玉皇庙二里许，未及列阵，拳匪已鸣角杀入，官军放十数枪即败走，闻该委员尚满口慢（谩）骂，已落马被匪众尸解矣。欲乘人不备而不问己之备不备，任性轻敌，宜死二也。此确凿情形，余在仁风镇二次闻之最悉，至云多寡不敌亦官军饰词，实则拳匪仅四百馀人，并无利器，以百五十马步队各持无烟洋炮，真与之战，断无不胜之理，即败又何至杀文员而武弁无一伤者乎。且该委员并无前敌之责，不过令与县官会同办理，乃既不邀地方官同往，又不与武弁和衷共济，已近匪巢尚不知觉，左右又无一近侍之人，欲不死也得乎。该委员一人之命不足惜，酿此巨案，已正法五十馀人，尚未了结，即县境亦多死近二十人，当场格毙五人，受伤死者四人，拿获头目解营六人，官兵自获三人，畏罪自尽一人。岂真在数难逃耶？天意茫茫不得而知也。此次剿匪之令非常惨刻，济阳多全村毁平者，玉皇庙以聚匪故亦并焚之，是何理也。余以此案与官军抵牾，官军相戒不敢入境，以囤石人王家，余束抚台。不然则驻扎王判镇，四外搜捕，平民受累更大矣。然余初总以为玉皇庙无本境人民，乃径供出匪首八九人，姓名村名确切不易，抚台反言相责，直无词以对，只有任过缉匪而已，设非急将各首要拿获，官军之搜捕将有甚于济阳者，以与余有隙，故也。且此数首要皆戕官正犯，有吃活人脑子者，言之令人发指，正该万诛也，其馀胁从被获者尚十数人，现均在押，意欲网开一面，得少杀一人则少杀一人，此余之志也。然既有其罪，不得不略示惩创，令称家有无出资作为义学本金，在该庄设立义学，现已办有头绪，将来约可成十馀处，郭家庄即以蠹役赫诈之钱追出，作为义学，不在此内也。抚台新章七条最易流弊，余是以有查封拳厂，无不身亲之示，然抽绎示内，"自示之后"一语自指将来而言，非咎既往也，恐愚民不解，被人舞弄耳。刻又有剿拳厂以恤教民之令，办理未免棘手，县境被害虽只十数家，而中有讼棍徐青莲一家最不易易，此皆在滨惠交界处所，彼处拳风颇盛，即以该处曾经滋事，拳厂变价，略为点缀该处教民，但取民教相安，不再起事已而。州县之难未有甚于此时者矣，宜乎古人之高尚者多也。和议尚无成，两宫九月初四日到长安，谨以奉闻。庚子九月。

与徐友梅太守书在惠民任

菊老曾否驰赴行在，念念。兄为义和拳奔驰四乡三月之久，愚民得以保全，不胜庆幸之至。玉皇庙虽系济阳所属，而距敝县边境仅十数里，兄带队防堵，当即四散，是拳是民未易猝辩，刻下官兵分路捕拿，每至一村，挨户搜翻，不胜其扰，且搜此村则附近各村扶老携幼逃奔旷野，风坐露宿，啼泣之声，耳不忍闻。不意一律肃清，后遭此兵劫，且拿获一人，逼令供人，严刑之下何求不得，即如敝县与济阳分辖之石人王家庄，前系四县总坛，曾经抚帅札查后遵即撤坛，禀明批准，宽其既往，现将该庄长拿去，逼令交出拳匪，若以昔日学拳者为匪，则交不胜交，亦断无蒙恩后复为追究之理，至玉皇庙匪徒诚属罪该万诛，然又乌从而知为谁何耶。菊老为抚帅旧幕，可否顺便请抚帅札饬各营官，如有供出巨匪，责令该州县捕拿，捕拿不力严参可也，胜于扰民。如能转移则为东省百姓造福无量，不仅敝县已也。至查蔼阶欲乘其不备，先着制人竟至为人所制，以此殒命岂不冤哉。盖此次匪徒，两省十数州县之人皆有，多系著名巨盗，被拿紧急逃入庆盐大股匪内，借以自卫，年既壮盛，又属亡命，庆盐被剿，复窜聚至此，仍以寻常小儿视之，未免轻敌矣。总之无内匪难引外匪，济阳固是祸首，敝县密迩梗顽之徒当亦不少，惟无姓名，不易查拿耳。

卷　三

复李荔村孝廉书在东平任

无棣一别，瞬将半载，每一忆及，耿耿于怀，昨奉手示并留馀集一部，读之不胜欣幸，弟山左文宪（献）中又多一种矣。惠民志书补遗将竣，是亦快事，《宰惠纪略》经此处院长傅晓麓孝廉参酌，以为标题乃文集体非纪略体，改作以年冠首，以事附之，所见甚是，已分命其及门诸子缮写过半，大约秋间必可成书，尔时当分寄之也。院长在南学与阁下有旧，大作序文谓以时文证政书，似嫌不伦，改用太史公列入自叙，较为大方，又删结尾数句，读之气尚不促，故悉从之，想阁下不以为专也。此间民情不及惠民朴诚，而富家较多，百顷上下者十数家，三五十顷者倍之，十顷八顷者不可屈指数也，故连遭水患，无流离失所之叹。弟二月初八日接篆任事，所有已结教案蜂拥而起，天主、耶稣合攻富绅、世代书香候选训导尹式翱为匪首，诬以抢劫，必欲得而甘心。上宪委员查办甚急，弟就来札所开各节一一判辩，公牍三上，尹冤得白，教民各自敛迹，而被诬之平民一百六十馀家亦可安枕而卧矣，由是民心称快，诸事顺手。惟捕务废弛，盗贼充斥，前代理周一月内抢劫七起，凶伤事主者三，非仁柔所能为功，不得已严惩玩捕一人，购线拿获著名二巨盗，处以极刑，始知畏法。三月以来，仅路案一劫案一，皆登时获犯，然心力俱瘁，回思在惠直无事人矣。河道之多无有过于此者，汶河、大小清河、运河，堤埝多民修民守，已不胜其扰，而又委朱梓贞庆元观察在安山镇新挑坡河，事非不利于民，而工太省简，有河无堤，致将晚麦淹害，惹出许多事端，非弟力为排解，几酿巨祸。刻委三游督办尚、上游督办何会勘查办，一二日即到境，又是一棘手事也。五载惠民，官民相安，颇不忘怀，而抱孙一事又所私幸，不意竟于前月十一日得疾而殇，老年遇此未免悲伤，恨不舍此而去。而袁中丞遭故保案，未能即出，何日是息肩时哉。闻成言训为教案受累，平心思之亦所应然。弟未免待之过厚，王凤鸣之孙梦臣取县案首，未必非西惠民沟之益，水势环抱，该村将来必日见兴旺，想不起意堵塞矣。一笑。临楮不胜神驰。

复宁阳县陈小云汉章大令书在东平任

郭城之役，弟为东道，本当先期而往，乃因朱观察新挑敝境坡河漫溢为患，护院胡委枭台尚、督办何会勘，初九日到工，连日随同周历，十一日二鼓后始回署。诚恐有误迎迓，先派带队孙把总益智往候，弟于十二日雨后启行，至距一担土村名数里，山沟内四面无邻，大雨如注，顷刻水深数尺，舆夫十数人举肩舆过顶，勉行至村，人马俱困，然恐有负执事也。外县有云进省者，有云营汛来者，惟执事云必到，故深感之。少憩复催上道，讵所历山沟以十数计，冒险行至敝境之接山集，距鄣城八里，天色已暮，尚隔大水，正踌躇间先往鄣城之马队来迎，据称外县无一至者，遂留宿于此，检点衣物湿几尽，所备款客蔬肴有随水去者，有味败不能食者，舆夫以大汗时经冷雨击之，病者过半，幸贱躯无恙，窃忆执事亦必在途，食后即宿，拟明日往鄣城等候。次早起沐，奉到手示，函夜半到，仆辈以余睡熟未即白。急展读，知尊旌已到泗高，为汶河阻绕，西路归城，当此溽暑，即静坐衙斋尚觉不堪，谁肯不辞劳瘁远道跋涉，急公如执事真令人钦佩，且有言必践，不愧诚笃君子，虽未晤面而心心相印，已不负此一行矣。当欲函复，以携带信笺悉著水，仅付名刺销差，弟亦即折回。初思此役险阻备历，是我辈一小厄，及归途见秋苗得雨，生机勃然，甘雨随车之谣，农民争唱，又未始非我辈一大快事也。贵营汛何人，祈开一衔名条交去差带回，以便列禀。

复张旭之兆桓同年书在东平任

梅花诗册非咏梅也，忆自十九年二月至二十一年八月，日日有一恶俗之上司画梅，即日日索诗，倩徐友梅题其上，送各大宪以自夸，并借以钻营，始犹用墨，咏梅诗皆可通用，嗣用朱为之，犹清高人衣以文绣被，以朱紫失品甚矣。梅如有知，定当呼冤。或谓叶之以朱画梅，本于东坡以朱画竹，固无不可，然苏不过偶一为之，逢场作戏，若叶直欲于板桥二树外，独树一帜，以擅古今未有之奇，妄耶，否耶。夫彼以妄来，我以妄应，不必切梅切朱焉耳。但是红字典故都拉将来，然犹用典也，甚至目之所触，无非诗料，见美人蕉由美人蕉说起，见雁来红由雁来红说起，二月杏花红则说杏花，七月火星红则说火星，画者不伦，作者亦不伦，牛鬼蛇神无所不至，犹得以咏梅诗律之乎。且当日情事后人何从悬揣，如朱笔画梅赠汤方伯一首，用战功字，缘汤有“犹堪一战立功勋”私印，自负名将，用满江红以忠武况之，上句枫字就时令言亦红者类，并为江字伏根，梅字一点，便得合二句，读之即谓为满江红梅，亦无不可。此诗当日脍炙人口，非必果佳，中好诋者心窍也，执事改作，只是咏梅与题情题事全非，亦切梅不切朱，画梅所同也。朱笔所独也，而可不切乎。总之执事在诗册上看知为咏梅，不知皆题朱笔画上，赠一时权贵者也。古诗一首，结用"寄语画梅莫画白，画白俗眼人不识"，已为画者抬高身分，执事改作"我今画梅闲画白，不愿俗人争赏识"，身分非不更高，如背题何？再执事全篇涂改者，不一而足，甚至换韵，无论佳与不佳，他日以为弟之诗乎，无弟一字，未免冒名掠美；以为非弟之诗乎，辜负涂改厚意，然终不能为弟之诗也。以弟之见，其恶劣者删之，可存者稍为改正，总无使失本来面目，如以为意是而词非，情不容已，拟作可也，和作可也，代作不可也，代作而涂抹原稿不能辨认，更不可也。盖诗之是非，原无一定。工部，古今第一诗家，五色批杜亦皆名人，而一句有圈拉兼施者，将以何者为是乎，亦从吾所好而已。好细针密缕，见乱头粗服以为野，而要不得谓野者之必不可存也。好乱头粗服，见细针密缕以为拘，而要不得谓拘者之必不可存也。各有所偏亦各有所长也，而可执一以论乎。执事病中不自珍惜，竭数日精力，必欲粪土之墙加以涂丹，虽未免枉功，而心实可感。知而不言，是自外也，故敢直抒管见，敬陈左右，庶与执事苦相诘难之语有合乎。

再与张旭之书 在东平任

梅花诗册以标题不清致，执事枉费苦心，弟不胜悔恨。细思题目，当作代前观察叶雨存题朱笔画梅杂事诗，添杂事二字，使阅者知咏事非体物，便不疑无题矣。总之刘四骂人绳以风雅，犹观妓以风流相尚，而责以不贞不节，可乎？执事见弟前论知亦必悔恨，然弟终不欲枉费苦心也。拟将全改者另誊作为执事咏梅诗，其改之少者作为弟诗，以见点金之妙，如此则两为得之，而执事之悔恨亦可以解矣。

复傅笠泉淦同年书 在东平任

未接芳辉，时深怀想，前以不腆之仪借呈左右，蒙挂齿芬，逾恒奖饰，歉仄奚似，法书联语以包杨二公相况，尤觉非分然，虽不能至，心向往之矣。弟以田间老学究，年及半百始入宦途，诸多违时，惟幸一切恶习尚未沾染，不至失我辈读书人面目耳。晓麓公子分本西席，只以癸酉叨咐年未，谦退不居，弟亦不敢以西席外之。数月以来略分言情，气谊投洽，深得臂助，良以学问既有根柢，心地亦极光明，训教生徒口讲指画，不辞劳瘁，士论翕然，具（俱）见家学渊源，教有义方，有才如此，万不至久居人下，弟是以切切然以少保之勋名相望也。近日老同年家运多乖，然逆来顺受，只有忍耐以处，否极者泰自来，天或者借以玉汝晓麓公子使知艰难困苦之境乎。自古名人不得志，于时往往而然矣，弟赋性迂拙，言多质直，如有见教，万毋拘定端楷，致涉客气。

复院长傅晓麓书 在东平任

前月二十五日由马递奉到函示，当即草复想邀垂睐，嗣又由汪星南带来一函，并尹君著作各件展读之，余不胜狂喜，不惟山左文献中多此数种，增荣箧笥，亦可为考金石之助。惟弟不识碑字，而喜为搜积，可发一笑，所存之碑有在所寄碑录外者，将来进省请尹君代考。昨命工拓东平全碑，在东乡搜一魏造像碑，武平年号尚可辨认，馀多漫漶。在西乡搜一齐碑，当是皇建年写，经会碑字在篆隶之间，经文另一石正书，均《寰宇访碑录》所不载，谨各拓一分（份），转赠尹君，必能详释考定也。正在复书间，又奉到王汉章带来一函，据称大学堂条规已定，以所取之人分送各州县，掌教办理恐不易易，大抵世局之变迁，天往往特生一二人以主持之，其盛衰皆气运所关，非人力所能争。学堂新政窃谓袁制军操之过急，新中丞张或济之以缓，乃昨阅邸报，政府请旨督催，已奉上谕，各省均以山东为程式，固已无望中止矣。夫学堂一立岂即富强，想当道者确有把握，我辈浅陋未能见及耳。特科之应白是正办，营求不可，矫情亦不必也，何念乔已入宦途，来东愈早愈好，已命仆扫室以待矣。刻字匠至今未来，应如何办理可径作主，不必函商也。

复邵介眉 元瀚 书 在东平任

前以敝州公事延迟，致执事守候半月之久，诸多辊褒，方恐见责，讵日昨放场后奉到手示，逾恒奖饰，不腆之仪，蒙挂齿芬，使弟滋愧矣。据称金书翁图书集成与弟系属一部，深愿互易，各成其美，具见执事闲情逸致，谋事必忠，而金书翁之通脱亦可概见。俟试竣即当查点清楚，将戎政、闺媛二门尽其所有送呈左右，应如何和会之处，惟执事之命是听。惟以互易之数计之，弟多得十数本，殊觉不安，弟有《群芳谱》二部，如金书翁无此书，可以配之，数便不甚相悬也。头场四书"义子罕言利"一节题记，执事曾言及之者，前二十名均能脱去八比习气，殊不易得，此傅晓麓山长加课之功也，大约十五日即可定案矣。

再复邵介眉书 在东平任

昨自坡河查勘缺口回，适奉手示并书八十八本，函称八十七本当误，即为检收，益信执事之谋事有始有终，尤以见雅人深致，不失读书本色也。佩谢佩谢。谨遵嘱将弟之戎政二十三本、闺媛五十本包封，交来差带回，惟茫无次叙，又比来书少十五本，殊觉愧对书翁耳，他日当有以报也。弟本拟赴郡，既以考试初竣，未免困惫，又以差信到已是十九，恐安师已过，遂尔中止，总之凡迎谒事，弟当常居人后，调首则专以迎谒见长，弟能胜任耶。执事以为非弟本心，诚知己之言哉。已专禀恳辞，能否邀准，尚未可知。尤可笑者，于簿书忙迫中，既癖书籍又癖金石，癖书籍或偶一寓，犹可说也，癖金石直不识碑字其何以解，然物恒聚于所好。泰安黄书估来东，弟令拓东平全碑，于无意中在西山僻处搜得一齐碑，首行"齐海檀寺碑"大等字尚可辨认，字在篆隶之间，尚不恶劣，中有"龙华会写经"等字。其另一碑正书当即所写之经也，谨持赠一套，执事长于篆法，祈详释，系之题跋亦一雅事也。近闻洋人到省甚多，不知意欲何为，世局如此，我辈犹为此不急之务，识时务者能不笑以为迂耶？各行其是而已。来差守候一日，付酒资一千并以附闻。

拟与钱席朱冕臣书 在东平任

工库二房控户房一案，前经堂讯，户房王西庚等三人同供效敬执事银百两，亲送书房，账房并不知情。弟问何故效敬，伊未及答，工库二房即同供买钱谷师爷，钱粮统归户房经手征收，以专责成，批嗣经大老爷亲批，以串根为主，户房自知未买到手，将行贿之钱开单，令书等二房均摊。尔时户房已将书等二房粮银征收过半，即由进款内挫下，是以禀请讯追云云。弟又问户房效敬钱谷师爷银两岂能亲说，户房供称皆由钱谷师爷家人夏云串通。弟反复思维，执事不至有此，恐是贵纪假冒，故专函请将夏云送案，与户房质证，以期水落石出，为执事辨冤。兹经驾临，乃告门丁王庆，此百金为钱号未改银号时，柜规内有征收宫聂二分各银三十两，已经转交等语。弟闻之不胜诧异，是户房真有效敬执事百金之事也？无论何等名目，以钱谷大席与书吏私相授受，且为征收小席作过付人，既有柜规必有随封，想更为各家人作过付人矣，无乃太自轻亵乎。况既曰柜规，私而公者也，何不明目张胆为之钱漕，家人不知，弟亦不知，后任又何从而知之，是此项规仪自执事始至执事止，不谓之贿得乎。且钱号未改银号是何年月日，州父老无人能道其详者，执事何以知有柜规百金，即有之亦数十年前事，骤为复旧不商之于弟而擅自创添可乎？擅自创添而不由钱漕家人经手可乎？即谓征收各分银三十两，然得之执事之手非得之书吏之手，得之执事之手犹可推脱，得之书吏之手何以推脱乎。不意去岁公事猬集，执事百忙中不惮为人作嫁之烦也，况天下人莫猾于书吏，旧有之款尚须比敲，而新增之款不动声色公然到手，谓该书吏无所图得乎。工库二房之供恐不为无因，惟执事之批弟皆经目盖章，是弟亦难辞咎。然幸蒙混于先，尚能觉悟于后，若无弟以串根为主之批，则鼓噪不待今日矣。执事不辩，弟可不言，执事必以为应得之规，弟殊难默尔也。其他街谈巷议莫须有者，弟不之论，仅论执事自认不讳一事。得失寸心知，愿执事思之。

复张旭之学博同年书<small>调帘交卸东平差竣在省</small>

东原揖别匆及两月，出闱后三接手示并七律数章，反复展诵，觉爱弟之忱流露于墨楮间，令人感佩，莫可言状。弟力疾从公，未免冒险，然临场告病有涉规避，只有听之而已。讵意内监试赵小鲁直牧精岐黄理，以生石膏旋覆花猛剂投之，竟立取效，出闱已脱然。嗣以解元单廷兰山弟房，一切请主考，诸公务皆归承办，不胜其劳。旧症几至复发，幸请假数日，亟服旧方已无碍矣。弟决意在省养病，好坏缺皆非所望，盖以孱弱之躯临民，万万不可，况弟诸事躬亲，劳倍他人乎。来信称堂翁不甚浃洽，合则多见，不合则少见，我无所求于彼，彼亦无所损于我，度外置之可也。东平居然得中三人，执事与有荣焉，谁谓整顿学校无功耶？病后不能著想，来诗未和，歉甚，尊驾到省面罄一切为盼。

复东平山长傅晓麓书在省

出闱后两读手示，敬悉。一是《宰惠纪略》错二十馀处，已签出交善成堂挖补签面，均徐太尊另写，令其改刻，其馀诸刻务令先印一本，校勘无讹再行多刷。弟此次带病入闱未免冒险，讵意病既得痊，又获解元单廷兰以下十四人，且十数年风尘俗吏，论又非所素习，竟能拟作，虽自问不能出色，而尚不似某作之泛为句践商鞅论也，未知外间评论何如。侯生等报想早到，犹忆初八日写榜，拆号唱郑继程名，方伯顾问余曰：知此人否？余曰在书院肄业，本属可中，以平日论尚不及侯延爽。嗣果唱侯名，方伯喜甚，又问仍有可中者否。余曰其刘庆长乎。少顷又唱刘名，方伯益喜。余曰此傅晓麓山长教训之功也，方伯曰亦尔捐书之功耳。谁谓地方官不能振兴文教，转移风化乎，一时赞叹，传为佳话。尤可异者，入闱后，一日与曾笃斋闲谈，伊问东平谁可中，余以侯对，伊援笔记之，而侯即出其门，岂师生亦有前缘耶？至郑刘皆出张耘心门，倘三子出弟门下，憎我者又将捏造黑白矣。我二人勤勤恳恳，所期不过若是，亦稍足自慰，再者有此一番功效，知文章有价，足为勤学者劝，是亦东平文运之一大转机也。预贺预贺。

复项城邓文垣锡章秀才书在省

吴林来奉到手书，反复展玩，觉生死别离之感、骨肉朋友之情俱触于怀，而不能自已，令人郁郁不乐者累日。至言及舍侄昂藏，又不禁泪涔涔然下矣，已娶妻生子而不务正业，除衣服饮食外一无所知，终日昏昏，如在醉梦。舍三弟教之不可，兄纸上空谈，又何能为耶？若四弟在，何至如此，惟有付之浩叹而已。犹幸尚无匪为，或者不至败我门风耳。反而思之，皆兄做官所误，即翰华亦无寸进，一秀才终身足矣。兄虽久入宦场，依然故吾，凡属故旧不敢或忘，每与瑞宇函，叙述山东事，皆另有通稿属与诸友人传观，如庚子办理拳匪一案不下数百言，每人一纸不惟多费笔墨，亦甚无谓，未知阁下曾经寓目否。兄历二县一州，幸所至相安，未贻隙越羞，惟遇不平事即属长官亦必抗颜与争，大祸临身所不避也。是以知我者以为强项令，爱之敬之，不知我者以为负性使气，傲不可近，兼以弟口快心直，不知顾忌，官幕两途，得罪不知凡几。去岁调补历城，力为辞之，以此之故。现在疆吏倡行新政，平日宿怨小人渐多得志，捏造黑白毁言日加，几成不白之冤，幸方伯知我，力为扶持，不至有他。然彼小人者亦具有天良，究指不出兄为人做官劣迹，但说太利害。夫彼所谓利害者，不过以兄不同流合污，俯仰随人，较之软弱无能溷澁无耻者尚胜一筹，则毁我，实以誉我，甘心受之矣。且新政既非所习，中座又视读书人如仇雠，为此等上司属员即毁我无人亦难讨好，况欲加之罪何患无词，则借此赋闲以韬光养晦计，亦甚得塞翁失马安知非福，亦听之而已。人当家居，恒思出而谋官，及身历其途，觉处处皆险，转慕家居之乐，兄前有句云"富贵须从局外观"，今益信其不诬矣。阁下佳儿佳妇聚首一堂，内无所忧，外无所慕，何等快活，兄俟将先人封典请下，决意告归，天伦之乐不让阁下独享也。惟鹡鸰抱痛无可补救，徒唤奈何耳。吴林人甚老实，然既不能供奔走，又不能任琐屑，衙门尚可，公馆殊难位置，且人满为患，直无下榻之地，来年春暖只好遣回，俟有缺日再来，必不拒之。小筠事处之深得大体，省吾较健否，荃亭纳宠相安否，有喜信否。念念并道候不另。

复马瑞宇同年书在省

前由汴寄暨吴林持来手书，均先后奉到，捧读之下敬悉种切。弟赋性朴诚，虽历宦途十馀年不稍变，每见富贵利达人不念故旧，或故旧子弟造庐，拒而不纳，即纳之亦鄙夷视之，淡漠处之，无复昔日笃棐缠绵之意，世态凉薄，深以为恨，是以近年来凡属旧雨皆欲稍尽绵薄，以抒微忱，况知己如阁下，又非寻常泛泛者比乎。离轩即不来东，亦必有此举，其曰为诸侄纸笔费者，非以纸笔不给之，故尽吾情焉耳。回忆莲溪拜别，兰蒸绕膝而语尚在孩提，曾几何时亦为成人，且闻昆仲中有应试提覆者则奖以纸笔，亦长者之分应尔。夫与不伤惠，受岂伤廉，而必欲却之焉，抑亦过矣。至离轩语言支吾，故知阁下姜桂之性老而愈辣，必不降而求人，然万不料为碎屑家务惹嫂夫人生气，如此家庭之间类有难言，阁下以区区微物一为转移，遂全其母子之情，所处甚善，弟早知此径以与之，无此周折矣。诚恐为非，所为厚之以资，实增之以过，夫岂敢冒昧耶。观其性情不定，久在外边，恐非所宜，谅阁下已早见及，不待弟之过虑矣。

复李香阁书 在省

壬寅岁除前一日，奉读贵纪孟升赍来手书，并面询一切情形，稔知执事任保定农务局提调，深为上游所倚重，平日抱负庶可借以稍展，视为牧令时动辄掣肘，局促如辕下驹者何如也。况近在珂里，又有家庭之乐，兄徒切艳羡，恨无从一步芳躅耳。别后中途受风，左臂屈伸不便，初不以为意，嗣日甚一日，恐成偏枯之症，服京城虎骨酒一瓶，不无微功，而热气结胸，兼之事多拂意，肝气上逆，每界辰戌胁筋疼楚不堪，几至废事，不得已借调帝交卸。七月中旬到省益加沉重，所求之差又不好辞，力疾入闱未免冒险，继思生有时死有地，何必计较哉。讵考得内帘内监试赵小鲁直刺精岐黄理，数求诊视，以石膏旋覆花诸猛剂投之，竟立取效，并得解元以下正榜十三人，副榜一人，一时称极盛焉。尔时稍存退缩能有此耶。出闱后方伯屡拟酬以优缺，奈中峰小有参差，以毁我者有先入之言也，然亦只说□[1]太利害，并指不出做官劣迹。夫利害者，刚烈之谓，较之执事所称软脆者差胜一筹，非毁我实誉我，甘心受之矣。且衰病之躯正好借以静养，塞翁失马安知非福，听之而已。现在东省人才济济，道府均三十馀人，大小政事无不焕然一新，迂拙者从旁目窥，几于应接不暇，未知与执事所谓日本每立一法雷厉风行者，奚似而说者，顾以百废具（俱）举，一事无成，短之抑亦过矣，但未免杂乱无序耳。嗟嗟，当今之世能佐新政即为豪杰，兄何敢谓新政之非，惟守旧者既非所素习，而维新者又惟虚名之是务，而不求诸实，执事以为不能争雄，岂徒不能争雄哉，且必有扰乱民心者。《书》曰："民为邦本，本固邦宁。"侈谈变法不顾民命，而曰吾将以富国，将以强兵也，何暇琐屑之计。是犹欲引水而塞其源，欲养木而伐其根，吾未见有不立竭而立枯者也。瞽狂之论不敢为外人道，未知执事以为然否耶。兄初拟过班开缺，被尚廉访改为四品衔，且州县有四参处分，保亦有干例，议将来亦只有修墓一途，可以抽身。兄已老矣，夫复何恋，

---

[1] 底本粘没。

沙碱，贫民尤多，每到一村叩头乞恩者男女成群。若辈以秋苗甚好，意欲缓至下忙，两限齐缴，然此等公事敢擅专耶，只有好言慰之，尽力催办而已。边境远者四十里，近者三十馀里，所有各集镇已无不到之处，每到一镇于宽大处所陈设卓倚（桌椅），约绅耆等为宣讲圣喻及息讼等俚歌，放告坐大堂亦如之。听者无不称快。非好劳也，良以州县为亲民之官，最怕与民隔阂，我常与之相见，开诚布公，示以趋向之所在，再作一二惊人事，如听断中，久为冤抑之案，我能伸之，易为蒙蔽之案，我能破之，非必惊奇立异。使人人知新官洞达民情，办事认真，非如庸庸者之可以欺罔而舞弄，则宵小自必敛迹，而诸务不难就理矣。事未作而颂声起，谁谓小民之无良哉，亦作官人不肯下此身分耳。昨黄伯昭明府来，知阁下已到省衙，参事毕静待好音，指日为民父母，请试兄言，当无不效也。兄与执事交非甚久，而过蒙见爱，气谊之投，非同泛泛，故以马齿加长，从实称兄，想不以妄自尊大见责也。

再启

前次与方伯谈，深悔失言，受方伯知遇深恩，问而不以实对，有似于欺，实对则又似扬人之短。先问某以长于会计，对当年为张道总管收支张（账），数十万之富皆由伊一人之手，嗣感其情，为求署陵县，并助数千金捐大花样，肥城之补所由来也。然其人既善事上，又善交友，权势虽大，忌者绝少，其制事亦颇有才，惟做官平平，有谓长于缉捕者，或不虚也。次问，某沉吟许久，以少年不检对，缘某曾以淫行被褫，为士林所不齿，到东同县寥寥，不得不顾全大局。前年隆冬无裘，余助以六金，人知为同乡寒士，由是差使渐有起色。现在县局亦极力要好，此所谓跅弛（驰）之士也。二人之实行如此，第余所论者品也，今之宦途必以品绳能有几人乎？且有品未必即善作官，无品未必即不善作官，弃瑕录瑜焉，尔方伯使诈使贪之言，诚通论也。余言出无心，诚恐方伯听之有意，以余之言进退二人，常疚于心而不能释，与方伯闲谈时探之，如不以为意，甚好，倘稍存形迹，祈善为解释，毋使兄有讦人之过也。嗣某署禹城，某以问案被控，迟其署事，并未留心余言，心始安然。

与首府徐书在德平任

闻新妇与大任好合，喜甚。兄于十九日未刻出省，一路遇雨，廿二日巳刻接印。境内地多沙碱，种麦寥寥，五顷以上即为富户，然蓝缕亦少，以风俗俭朴，男耕女织，各食其力也。前任徐二月以来即不能任事，积压案件甚多，有必待问者令捕厅代之，又闹出风声，若非去岁漕欠，向来二月清账。今年上忙早当求卸矣。已征收八千两，尚可征六千两，平徐可支两月费，不无小补。捕役改为三班，代捕尤属掩耳盗铃，其废弛以此之故，此第一当整顿者。听断词讼，官民语言不通，用一狡猾吏传话，能不上下其手，乃每月津贴京钱八千，临去犹谆谆相嘱，不禁一笑。屯田牙帖均经办有规模，而价尚未缴，查访民情或不至甚为棘手。甫行到任，民心未洽，不敢操之过急，俟积压稍清，当下乡见各屯民，亲为开导，决不至激出事端。谒见方伯时略为道及，督粮道以颟顸见责，已据实以禀。银价甚昂亦不成市，前任皆解现钱至省易银，将来亦只好如是。边境远者四十里，近者二三十里，三日可以遍越，似乎尚不难治。钱席在巨，尚未到馆，刑席前任旧友，初一方送公事，在惠有六日要一月末修之事，有鉴于前，故为迟迟。兄一人兼理，手目并用者已十日矣。每逢集期牌期坐大堂，为讲圣谕、息讼等俚歌，拟赴乡亦如之，两月以后当有成效也。衙署破烂瓦砾成堆，大修无力，小修不可，奈何奈何。贵钱席荐征收狄汉卿，因新旧已有五人，实不能容，出省已据实函告。然曾有改解一两七钱银禀稿之事，终觉愧对，拟送节礼或程仪数金，抑或竟作罢论，祈代为酌之，并祈婉为道意。半日无事知关绮注，谨胪列琐屑以闻。五月初二日

有教民李士富者，因二十六年拳匪扰乱，同其母托庄长李有荣等将地一亩作价三十四千当于张法冉耕种，眼同中人三面立契，钱地两清，该教民将此钱托王连仁交于拳民无事。三年以来并无异言，缘其母尚有天良，其母物故，赖为分种，硬行种地，张法冉不让，口角成讼。前任批原管李有容调处未妥，兄到任该教民不递呈词，日来喊闹，因为传案集讯五中人，书契人一同上堂呈验，文契确乎不假，该教民无凭无据，硬不论理，以平民论当押追钱文，或俟有钱再赎。缘该教民二十六年吃亏，加意体恤，断令出钱一半赎地不愿，断令出钱十五千赎地仍不愿，退堂后授意中人处说，将价全让，如当主不愿，官为垫出，求无事也。讵该教民以为毁伊圣书，窃伊念珠，别有大欲，竟不能了。夫质之众人在野，口角未进，伊房何至有毁书窃珠之事，借此讹人，教民惯计，此不待辨而明者，闻有

教头架唆到省，不知捏何情节，故先为告之。

复首府徐书 在德平任

官面公事，兄全不看，应有尽有置之而已，不必璧也。随封一节拟算交代，时同监交，议明与正项同归，截日便不落空，夏季自当由兄随解。闻外县劝办学堂，俱极认真，县无富户，筹款颇难，兄欲作为，承故父母遗命捐银千两，以为之倡，既可以裨地方又可以显亲名，且中峰不以我为人，作一与众不同之事亦可使方伯稍为吐气也。拟一禀稿，或由执事转禀，或学务处转禀，抑或径禀统祈酌夺，总之欲为先人讨一乐善好施字样，未知以地方官捐办地方事能邀此旷典否。作为祖业非宦囊物，即为此也。费心探听纪青喜事收礼否，想必拮据，助以两月房租何如。此亦类慷他人之慨，一笑。附禀稿一纸。

敬禀者：窃卑职生长僻地，家道贫寒，延师读书备极艰辛，故父诰赠中宪大夫柳相林、故母诰赠恭人柳王氏在时，常慕宋范文正公义学之设，欲仿而行之，而赍志以殁，当弥留之际谆嘱卑职兄弟等曰"他日家道小康，当于学校留意，所有祖业地十八亩，以后所得籽粒不得动用，俟积有成数，为绅则捐入本境，为官则捐入地方，广立学塾以赡寒畯"，并云"待有余而为善，必无为善之日，须勉力为之"等因。卑职兄弟等志之不敢忘，昨据舍三弟附贡生柳染家报，内称祖业地租已积千金，应捐入何处，致询前来，卑职适值调德平县篆务，奉抚宪札饬劝办学堂，拟即将此千金捐入德平县，作为学堂经费，俟再积有成数捐入本境，除函覆将银兑拨外，所有遵故父母遗命，将祖业地租所积千金捐入德平县学堂，理合据实，禀恳大人转禀抚宪，入奏立案，是为公便。再此系先人之事，卑职不敢邀奖，合并声明。肃此云云。此禀未用，嗣以官捐银一千两蒙奏，奉旨赏乐善好施字样，自行建坊。

与首府徐书 在德平任

接纪青函，知为屯田事下属，晤面匪遥，喜不自任。纪青充作随员尤为快事，当即吩咐将署内花厅部署作为行辕，另腾一小院为随员公所，于二十五日专马赴德州侦探，俟有确耗即出郊迎。讵今早探回，据称已不来矣，不觉兴味索然，岂方伯恐催之过急，滋出事端而止之耶，抑别有故耶。大抵小民难于图始，第一开章必不无观望，及到搪塞不过已便死心，一人缴则人人皆缴，现在已收六百馀千，昨又据下属之意票催，当更有起色。夫因屯田而下属，诚未免小题大做，而借下属以聚谈亦正可假公济私，乃仰望数日竟成子虚，朋友聚合有数信然也。夫宫道生已以典史到省，得一闱中不甚爱惜之，差过场注奖便可望署事，祈斟酌委用，附呈名条一纸。五月二十八日。

与陈起霞观圻江苏人同年书在德平任

稷垣一别，瞬经月馀，嗣有人来称执事乔迁，未知移居何所，所谋之件想必有成，究竟行止何如，深以为念。弟上月二十二日接印，前任因病积压公事颇多，弟竭廿馀日之精力已清理稍有头绪，查看情形，尚不难治。县队马步数人借以护送现钱车而已，所赐十三响洋炮二杆，置之不用，久必生锈，遵留一杆，其馀一杆机器不灵，若不收拾便成弃物，谨交敝帐友宫道生，归赵附呈济足银五十两。执事赋闲已久，略尽棉薄，非敢云炮价也，祈并查收，勿却为祷。所荐家人怀玉派监狱班管伺候，账房知关，故及。

与徐鞠人世昌天津人书在德平任

每睹小影，如同接谈。前承代办诰轴，袛领之下便拟函谢，并奉还轴费，只以不善作书，又不愿倩他人代作，遂延阁许久。嗣谋引见，又复调北，觉晤面匪遥，无须乎此。及有德平之役，前事尽成子虚，而此函竟尔阁（搁）起，知我者以为懒，不知者得毋谓非人情乎。至费本无多，我辈交情原可不拘，惟为先人大典似不应出自朋友，然刻已无从归还，留以待用焉耳。兄四月二十二日接印任事，月馀以来手目并用，清理各件已稍有头绪，忽于旧书夹中检出春间题阁下小像赞跋，不禁神驰者久之，因录一纸并草数行，函交友弟附竹呈览，与友梅交厚，马齿加长，称呼从实不敢谦也。

复傅晓麓山长书在德平任

十六日奉到上月由马递函，知得失不界（介）于怀，足征旷达，会课尤为善举，有志者士竟成也，瑶林溥斋将来师弟同榜更属佳话，虽未通候，刻未忘怀，见时道意。征诗文启，曾寄去二十本，想已收到，以多分散绅董为妥。官场知交殊寥寥也，雪舫捷后匆匆一见，未暇问北上资斧何如，歉甚。内用外用省中当有确耗，刘杜诸生大有进益，深以为慰，今秋报捷焉知不溢出三人之外耶。果尔，老师不中亦复何恨，盖天生木铎以造就斯人，阁下其东原之木铎，与不敢以一世诿之也。此间山长为柳丹臣孝廉，去岁束脩京钱二百四十千，未免太少，故未住馆，今年增至四百千，言明到馆方送关聘，乃会试后来住十馀日，将五六两月课提前出题，挟卷而去，以又受临清聘也。弟属意请人庖代，置若罔闻，恰好七八九月停课，向留膏奖以作宾兴。夫无膏奖独不可课乎，抑亦见士习之陋矣。秋闱后便可来支一年脩金，虽为数无多，廉洁者必不屑为也。春间首府徐创建中学堂，有延请阁下教习之意，一以时已赴汴意必获中，一以脩金较东平未优，故未函致。嗣闻前山长恋恋，徐未再提，来年未知何如，容当函询。束脩相埒，局面较大，所谓近水楼台非耶。文庙碑文弟非不作，恐叙事触忌，张晋阶催取阁下代笔或较浑含，身在局外故也。巩星堂出名亦可，书院楹联跋语全不记忆，能墨拓一二分更好，否则录其文。东昌新选教官孔继洙是弟门生，曾属校勘之事，据称签出错误二百馀处，未知与之相见否。《韵语书后》一种是否刻成，尚有《仕馀》《舟行》二吟草已誊出矣。惟讹字与《灾赈日记》等须大加较正。德本简缺，到任五十日结案七十馀起，固由前任病久积压，亦以见人情好讼，实则草草劳人不好安逸也。幸旧病不发尚可支持，堪以告慰绮注耳。

与首府徐书 在德平任

前由宫道生带去一函，想邀青睐德平，无款可筹学堂，即倡捐千金亦难成事，无富户也，只有积谷可成巨款，拟变价发当生息，既为乡间去一大害，又可生利以成善举，一举两得，但未知他属有动用者否，已属钱席吴静如探听。姚叔言处兄两去函，不见只字，已兴问罪之师，纳宠是否如意，深以为念。兄交一友，相关之处刻不忘怀也，调帘州县刻想已定，叔言能免否。去冬以股票为舍侄翰芬捐训导，照尚未得，可令杨门政探问，欲持以下场也。春间有请傅晓麓为中学堂教习之意，时已赴汴，以为必中，兹又负屈特科，已辞未赴考，仍在东平，来年如欲延请尚可商量，惟彼处脩金八百馀千，未知能较丰否。纪青喜事闻未收礼，兄助以房租两月，不费之惠，何以未收，其未告之耶。此间报一假命案，颇觉新奇，笔而记之，附呈以博一噱。兄天性好劳，一日无事即弄笔墨，所有琐事欲以笔代面，不望覆函也，甚勿作无谓周旋。

复武定府儒学刘子方<small>锡策安丘人</small>书<small>在德平任</small>

前奉到闰端阳函及大著作，反复盥诵，序文韵语几于无字不古，大不似从前之脱口而出，稍涉率易者，真令人倾倒，亦真足为鄙人生色，惟揄扬之词愧不敢当，谨当勉为赴之，以副雅望耳。尔时即欲函谢，讵方在伸纸濡墨间，外间报一案，催租败兴，遂置高阁，两月有馀未遑省视。非学稽懒，此处既无河工又无灾赈，事简于惠民数倍，而人情好讼，案牍之繁甲于他邑，心口并用，几至日无暇晷。说者皆咎弟自取，谓前任徐卧病，数月不理词讼，未闻有废事之谴，弟终日堂皇坐判事，亦未闻以听断之勤而嘉之，此说亦似有理。然弟以为作官须要称职，称职务在尽心，吾尽吾心以勉称吾职而已，上之知不知何计焉，力能为为之，不能为则去之，断不敢借衙斋为养优之地，鄙见如是，高明以为然否耶。一日无堂事，检点外间送到诗文，复读大作，感念旧雨，走笔草此，慎勿笑语言之不伦。另单各书说文已有《海岱史略》，去科以京钱七千购得者，此何价之昂耶，岂白纸耶，其馀小部头尚缺数种，俟有顺差当往取也。

复首府徐书<small>在德平任</small>

前函敬悉，学堂即出禀援乐陵、益都、邹县成案，请在酒捐项下拨留银一千两，能否照准，尚未可知。傅晓麓山长又被东平挽留，无庸推荐。曹州脩金与济南等，惟不及省会局面耳。据称萧孝廉是所素知，不好与之争馆，大公祖垂念寒畯，殊深铭感，属为道谢云云。路诵丞到东否，仲良借苏黄诗如已读讫，请代为收存，苏诗纸板平平，黄诗纸板皆佳，购之不易也。刑席甚不顺手，王丙坤案竟不申详，以为命案未成，应俟上控奉批后详报，谬执成见，诸如此类。冯星宪函内有"送引即得离署，如愿离署可以一谋"等语，兄思如能送引，何恋于此，且请人代理，亦无不可，如有函去可以转托。又查颁发《变通章程》十七条，内四参公罪可以抵销，即不送引，勉至冬月了此一局，亦当设法过班，想濮州必先我为之，俟有成规，当步其后也。境内有七十老人献瑞谷者，一茎双歧，只好笑而纳之，赏以果品。昨接叔言函，小妻尚属得意，有性情和平天真烂漫之评，他日倘有贤嗣，余二人可分一二也，一笑。翰华与陈佩箴同下北闱，初六日起身，早到汴矣，然尚无信，五弟晋省否，古愚夫妇和好否，新妇贤否，念念。在省聚首数月，偶一离开未能忘怀，故每逢临楮不无琐屑，代面谈也。

与黄鸣九书 在德平任

前复一函，想入典签，读院抄知已奉委入闱当差，遵嘱送去《历代纪事本末》六函，如要《九通》即饬差来取，惟未免太多耳。闱中笔墨事甚多，写字家人最要带二人，方好伺候，四叔家人自当予以啖饭之，所以酬其劳，如无可位置即令前来，或带入闱，差竣再来亦可屯田。初限解及八成，下馀二成，尽是穷民回民，催之甚为不易。初谓得此简缺可以稍安，那知人情好讼，案牍之繁甚于大邑。到任四越月，除下乡，不坐堂判断者仅三日，不必真有冤抑，稍不如意即行涉讼，讼不如意即行上控，读书人尤甚。即如文童赵化原为地亩藩控一案，伊地北邻张光宗，张光宗地北邻车道，伊地照印契丈足，如有馀地自应退给张光宗，张光宗照印契丈足，如有馀地自应退作车道，多或入官，与伊毫无干涉。乃为此兴讼。讯令差丈，南有桑界，北无桑界，自应从南而北，伊必欲从北而南，盖以从北而南则馀地在伊地内，从南而北则馀地不在伊地内也。为此争执，差禀请示，饬令由南北丈，伊不如意即行避匿，赴府上控，府控未准，即捏饰差役诈赃殴打几毙毫无踪影之事，在藩署批准批令亲诣勘丈馀地究归何人，有无诈财等情，现已出票尚未传到。总之赵张二家照印契丈足，必不能再得馀地，非作道即归官，此一定之理也。无理缠讼，诸如此类。秀才尤不敦品，有因京钱二百五十文而与集上穷棍厮打，自伤头颅拦舆呼冤者，有因考取中学堂第一，因年例不符，余亲笔扣除，而告礼房舞弊者，至秀才被窃尤是大事，今日报案明日即递，请示日期以便领赃呈词，失物无多控追不休，必至捕役描赃陪礼而后已。兄作官十馀年不曾见描赃二字，自德平始。描赃者何？失百赔一。描此一道也，甚至妇女之狡悍者亦知此二字，故知民情之好讼皆由秀才作俑，然则欲息此风亦非由秀才下手不可，惜五日京兆无能为役耳。偶论及之，以待后之任是土者，再赵化原案非欲告方伯也，慎勿误会。

复李贞甫子干睢州人书在德平任

令侄绍端春风得意，都门归来绕道与兄夫妇叩头，玉堂金马，前程远大，真令人喜而不寐。然对故人子而思故人，又不禁泪涔涔下也。端甫教子可谓有功，兄愧不如矣。闻伯升昆仲造诣均好，今秋入北闱者四人，逊听捷音，兄当手舞足蹈，身为封翁者不知何如也。李氏其将大乎，老伯积善之报曷有既极哉。世之看财房观此又当知所劝矣。蟹饼等件均收到，五品乌随呈。

与马瑞宇同年书在德平任

别后十馀年，梦中相见不知凡几，醒时无不泪涔涔下也，然所见皆壮盛容貌，弟已须发颁（斑）白，想吾哥亦不能同前。古人云人生如白驹过隙，相睽无几时，均已渐臻老大而中年如省吾，又已诏赴玉楼也，可胜叹哉，可胜叹哉。四月陈升持手书来德平，时交替有日，予以函令赴绮堂兄处，其旧主人不至不予以啖饭之地，由是而晋省而衙参，东奔西驰，迟至六月二十日又复到惠民任，甚矣其无谓也。欲再进一阶为四参处分，竟格于例，惟有修墓一途可以脱然，又须俟大计后，年终决意为之，不再恋栈也。所幸入仕以来无玷官箴，辱先人之行，爱我者以强项令，目我嫉我者亦只谓吾脾气大好抗上，究指不出剥民劣迹也。夫抗上余则何敢，亦新政纷纷，不能不稍为维持耳，而所得罪已多，此时若不见几，得毋有图我后者乎。高尚如执事，果决如执事，弟自愧不如矣。再来书有"未知此生能再相见否"一语，读之郁郁不乐者累日，至今每一念及犹不觉戚然，尔我俱非老朽，何遽为此衰飒之语耶。弟旋里十日后定作项城之游，否则相期会于周滨，以叙契阔焉。盖浮沉于斯世者已六十馀，朋友之相接奚啻千百，而知交如我辈者几人，而可不谋一再见耶，我两人当共勉之。华儿之中实出意外，或亦借先人馀荫而然欤。诸侄中有可大成者否，荃亭弟得子否，念念。晓筠、文垣兄弟好否，高氏昆仲已落落如晨星，惟体乾兄尚在，而已失明，未知近日何如，见时均代弟致意可也。临楮不胜神驰。

与平原令姚叔言书 交卸德平在省

别来数月，渴想殊深。自四月交卸德平到省，不时与友梅观察谈，颇以为快。昨因送胡方伯又聚谈数次，案上见执事函，知已三星有耀，语云地多则收获多，行见三英之粲，同作三男之庆，岂非一大快事乎。预贺预贺。前在德州闻执事云光州绅民为老伯请入循良禀，暨执事代太史公为老伯立循良传，均存有稿，务祈抄录一分，便中寄来，使借以观感，有所遵循。再兄征寿诗文业已成帙，将付梓人，执事文成已久，请即以白纸行书，不必稍存忌讳。法绘兄亦未有存者，亦望赐我少许，未得陇（陇）而望蜀，得毋以兄为贪耶，一笑。兄以四参案离开惠民，辗转二三年，又回本任，甚无谓也，惟入境之日沿途迎者络绎不绝，秋收丰稔为十数年所未有，堪以告慰知己耳。

复新城令杨纪青承泽江西人书 交卸德平在省

前读与《友梅观察书》，即以区区为念，兹又奉手示，多情可感，房事谨当遵办。前见方伯以执事借银代理，深为叫冤，兹改代为署，公允之。至来函称缺虽下下，事甚繁剧，兄谓值前任诸多废弛（弛）之日，正可借此以展长才。到任无几官民浃洽，具见百姓尚易感化，其谓民之无良者皆地方官不尽其职之过也。德平保甲未能核实，学堂章程未随行箧，兹检有东平各折稿略为变通，即可此《牧东纪略》中一门，晓麓许代为成书，而已归道山，伤哉。兄拟二十日接惠民印，一二日亦即出省，旧日百姓望兄甚奢，转恐不能如愿，亦尽吾心而已。

与黄鸣九书 二次在惠民任

院试棘手，甚为中丞所惦念，刻幸竣事，虽赔银二千馀两尚属平安，见时祈先为代禀。兄本拟年内进省，以为日无几，诸凡皆须清理，新正团拜当不误也。感中丞知己之恩，满望久于东省，开去惠民底缺，再进一阶，力图报效，不意局面又变，临去匆匆，未必能筹及兄事，兄亦不好启齿，凡事有命听之而已。来年四月十一日四参案已限满，虽有级可抵，究不无周折，沿河州县仅有调夫之权，失事概予革职处分，未免蹊田夺牛，罚重于罪。学台任意需索，家丁之横，令人发指，此皆兄所急欲去者，惟百姓爱戴，年谷丰登，诸事顺手，差堪告慰耳。新年在即，晤面匪遥，临楮神驰，不尽欲言。

与徐友梅书 二次在惠民任

前奉手示，知新得良医，贵恙分为三段攻治，如治河然，先治下段，下游通畅，上中二游自易奏效，其论极通。刻已月馀，想三游俱庆安澜矣。胡鼎帅为兄知己，时常在周玉帅前代为辩冤，江宁之行每一念及不禁涕零。嗣复开府山左，兄之作人作官作事皆在此老胸中，其所以代为谋者，未必不深于自为谋，讵无此福命，局面又变，或去或留，几难自决，请为执事陈之。兄宰惠五年尚得民心，此次回任年景丰收，诸事顺手。日昨讹传升去，来探问者不一而足，自维有何德政，民之爱戴一至于斯，人非木石，岂能无情，此兄之所甚不欲去者也。惟左右有一上司，不惟大小皆须禀命而行，其琐碎处尤觉烦人，此兄之欲去者一。沿河州县仅有调夫之权，调夫不力，失事参官可也，若调夫无误，概予革职，殊非清理之平，此兄之所欲去者二。四参处分来年四月十一日限满，三参处分来年七月限满，虽有级可抵，到时究不无周折，此兄之欲去者三。学院考试尤为棘手，十一月二十一日下马已牌示，二十二日谒庙，以打马之戏托故，无洋火炉中炭毒不能行立，改为二十三日，如此大典，视为儿戏，并将办差家人唤至前曰：吾在此一日，你老爷需钱四五百千，今日头疼不能谒庙，明日不定谒庙否，还许在此过年哩！不意宗室大官无理如此。少顷出一单交办差家人排定，十六日上马，核计出进二十六日，其门政刘姓云：如每日包银七八十两可减去几日。不得已与现银五百六十两，果改为初八日上马矣，所谓并场银是也。讵一波未平一波复起，又索折垫银，不说定不封门，并云：改明日场期。不得已又送银四百五十两，其他零星需索比前共多费京钱二千馀串，其无理不可殚述。兄不惜银钱，难受者气耳，尤可恨者学台尚未入署，办差六人被头站殴伤者五，兄真不能忍形于语言。学台令武巡捕好言安慰，想亦知兄不好惹耳。转瞬科考又届，万一惹出是非，再蹈与尹学台覆辙，知之者谓彼无理，不知者谓我抗上不逊矣，此兄之欲去者四。至一有水灾，入不敷出，又非所计矣，以兄之见以开去惠民底缺，归知府班为上策，离开此地与缺分相当者，调署为中策，在此株守为下策，下策不甘，上中二策不自主，只有请修墓开缺而已。执事多才，其何以教我耶？倘见中丞不问兄则已，问则请斟酌示意，万勿露干求痕迹也。新年在即，把晤匪遥，临楮不禁神驰。

与齐东县高俊卿士英直隶人书二次在惠民任

径启者：前奉手书，以敝县王枣家与贵治史家庄争地一案，订期会勘，时值弟赴省，未能即覆，迨回署后又诸事倥偬，且闻有人为之调停，弟之所以迟迟者深望两县绅民处和息事耳。盖黄河变迁靡定，沿河之地惟本地人知之最悉，故弟前次在惠有贵治于王口争地之案，经蒋绅等和处立界，以后永无争执。然亦以于王口已在河西，非隔河找地，与史家庄尚在河东，情形略有不同。是以此次虽有萧太尊勘定之界，愚民无知，仍不免于希冀，迄今尚未处息，若不早为设法，深恐春融耕种之时两不相让，酿成巨案为之奈何。拟请阁下于本月二十一日枉临控争之所，一观其地之形势，并商量如何办法。届期弟当先往拱候，至此事既有人管说，必深知其底蕴，能带一二管事人随往察查勘询最妙，似不必带同两造，徒滋口角。鄙见如斯，未知高明以为何如，专肃拱候德音不既。

复东平范实斋中秋等书二次在惠民任

前奉手示，知晓麓山长已归道山，涕泣之馀为郁郁不乐者累日，似此家贫，亲老子幼何以为生，欲代谋一善后之策而力有未逮。顷闻诸执事与夏公子溥斋同筹巨款发当生息，有此一举使山长老亲幼子不至冻馁，山长死亦瞑目矣。山长诚有造于贵州士子，而士子之所以报之者亦厚矣哉，山长九泉能毋冥感耶。弟与山长交非泛泛，谨遵嘱寄去赙仪百金，即祈附入生息款内，虽为数无多，集腋成裘，未始无补。至弟与山长刻书，首尾多有缪辀，板价山长多借用。弟另为清理，不累山长家人也。

附录一

柳堂墓志铭两则

柳堂墓志有二，一为《扶沟石刻》所载许鼎臣所作柳堂墓志，二为柳堂嫡曾孙柳恩刚（翟国璋）于 2010 年春柳堂后人重新为柳堂立碑筑墓时所撰。

（一）柳堂墓志[①]

（清）许鼎臣

柳君讳堂，字纯斋，别号劬庵，河南扶沟人。其先世籍河东，徙陕西朝邑。曾大父大荣娶张，生先生大父殿鳌。娶王，而往来贾汝宁。卒，继室扶沟氏李，艰难奉其柩归葬，返扶沟守节以终，葬扶沟，遂家焉。当李卒时，先生父太学生相林，方十岁内外。先生尝请余追志其墓，所谓柳赠君者也。娶王，生先生兄弟四人，先生次仲。先生生而岸异笃懿，少长，不与群儿伍。读书至忠孝大节，必详究其始终。授帖括，虽日习之，私心不以为然也。家贫，尝负书担囊求师百里外。所谈不合，或竟夕辞去。体素羸，尝卧病百馀日，而构艺数十首，其勤励刻苦多类此。以县学廪生举同治十二年癸酉科拔贡。联捷领乡荐。堰蹇将二十年，始以光绪十六年庚寅科会试第五、殿试三甲进士。以知县分发山东，不丐一书，不干一人。二十一年，海城李忠节公来为巡抚，始署定陶。二十二年五月，补惠民。

---

① （清）许鼎臣：《柳堂墓志》，郝万章《扶沟石刻》，中国广播电视出版社，2011，第 521–523 页。

下车即张示：严禁差书丁仆需索安班铺堂等规例。又作浅易歌辞，劝民息讼，而令愚蠢等皆诵习上口。严苞苴，慎刑罚，正田里，谨征榷，讲谕约，广学校，筹助宾兴，旌扬贞烈。栽柳六七千株，以护翼城池。开西惠民沟，配东，得腴田万亩。改黄河窝铺，岁省钱万缗。浚徙骇游道，量出土至十七万馀方。百废俱兴，五年如一日。一千三百馀村落，足迹无不至者。而防河一役，项城袁公称其朴城（诚）练达。且曰："柳令傲吏抗上，然其强项皆为民，无为己者，终是循吏也。"二十七年二月，移牧东平，治之一如在惠民时。和议甫定，教案蜂起。先是平阴拳军闯州境，躏藉教民。教民忿候教职尹式翱、贡生李树芳不相保护也，辄指控为匪首。主教尸（告）之抚辕，洋务局扎（札）饬切急。先生力辩其诬，公牍三上，事卒白；平民得以脱吞噬嚼者，一百六十馀家。其后，天主、耶稣两教士以事来谒，先生以为前者教民不和，皆地方官措理不善之咎，大乱甫平，何可再结仇衅？乃各假以辞色，予钱百缗，属修补零星什器，以永释葛藤。两教士感服，连称公晓事，人大爽快，叹息而去。二十九年四月调德平。明年六月复惠民任。三十一年正月调乐陵。明年五月复惠民任。两次男妇爇香迎数十里外。所遇，肩舆前叩头，冀一望颜色，率欣欣然喜；或泣下，要坐场圃矮屋中，老者献茗，壮者立门外候指使，蔼然家人父子之谊。是时也，百姓不知其为百姓，先生亦自忘其为官矣。三十三年四月调牧济宁，以新政急迫，体弱不能尽职，再改署章邱，不赴，请告。告四年而革命起。

先生御下严整，所至辄风清弊绝。长于折狱，疑难之案，三数语即了决。刚直无委曲，好面折人过；奕（亦）喜人规己过。一事不慊于怀，终夜不能成寐。与人交，中藏豁然。每论及郡国利病，生民疾苦，侃侃然旁若无人。平日自奉俭约，而好客礼士如不及。好书成癖，多所博通。室中卷轴多至数十万卷，暇辄手一编，朱墨淋漓。词讼案件至，应手批答之，所得廉俸，均分兄弟子侄外，尽以购金石图籍。尤好吟咏，学白、傅。所有莲溪、北上、宦游、仕馀、舟行、寿馀、古稀等各吟草。《史外韵语书后》，则任齐河县南坛堤工差时，读汪订顽史外，景慕感叹而写其志者也。昼之所为，夜必记于册。所著有宰惠、牧东、宰德、宰乐、牧济及惠民灾赈、东平教案、寿馀各日记。

先生生于道光二十三年十一月二十六日，民国十八年春无疾而终，享年八十六岁，归葬吕潭。补惠民时，年且五十四。先后蒙李公等迭保至"赏戴花翎、四品衔、大计卓异、以知府班用"。迭遇覃恩：三代祖考皆赠中宪大夫，加级晋通奉大夫；妣皆赠恭人，晋夫人。娶李夫人，与先生同岁生，随宦三十载，犹贫家妇。持理内政，老而操作不休。先生平生不二色，伉俪笃睦，宦界传为佳话。子一，曰翰华，光绪二十九年癸卯举人，直隶候补同知。女三，孙男四，俱幼。其铭曰：……（以下铭词字迹残缺，多不可识，故略之——原书编者）

（二）柳堂墓志铭①

柳恩刚

柳公讳堂，字纯斋，号勖庵，宗河东柳氏，居陕西朝邑。祖父鳌公卒，继祖母李氏迁本籍河南扶沟吕潭，遂家焉。道光二十三年十一月二十六日（一八四四年一月五日）公生于吕潭。公自幼勤奋好学，读书必究其深义。年十六，父兄三人为土匪所掳达八十日，艰苦备尝。同治十二年癸酉科以乡试中举，后三赴京师会试不第。其间一家二十馀口均赖公教馆，度日窘蹙，曾主讲项城莲溪书院。光绪十五年四赴会试落第，大挑二等，以教职用。明年再试庚寅恩科，高中会试第五、殿试三甲、朝考二等，以即用知县分发山东。公性耿直，至鲁，不擅钻营，故久无实职。至二十年海城李公炳恒（当为"秉衡"）抚鲁，始命署定陶，后补惠民知县，年已五十有四。甫下车即出示"严禁差役需索安班铺堂和息等费"，笃行养民惠政。念及家乡扶沟有惠民河，今适宰惠，乃自作楹联悬之大堂："家惠民，官惠民，须在顾名思义，务使惠民民受惠；职知县，俸知县，非时时训俗型方，难云知县县周知。"遂整顿义学、劝民息讼、修城栽柳、修庙宇桥梁、挖徒骇河淤塞，大惠于民。公自云"五年之内无一刻而非为民"，邑境一千三百馀村落，足迹无不至者。被誉为"齐鲁循吏"。二十五年义和拳起于山东，拳民数千入城，公迳迎之："尔辈自称效朝廷，雪仇耻，应北上决一战，此间无洋人，来此欲何为者？"拳民遂撤去，境无扰。

---

① 政协扶沟县委员会文史资料委员会编《扶沟文史资料》（第11辑），2009，第183-184页。

二十七年移东平知州，该邑洋教与民众冲突迭起，有司惧洋媚外，饬文令严惩民众。公连上三牍，力辩其诬。后历官德平、乐陵、惠民、济宁、章丘等州县，获两任鲁抚荐保，至赏戴花翎、四品衔、大计卓异、以知府班用；三代祖考俱获赠殊荣。三十三年念时局动荡，乞致仕，寓济南西关，徜徉山水，纵情诗酒。项城袁公世凯任民国临时大总统，邀公出任山东巡抚，婉拒之。公于民国十八年（一九二九年）春无疾而终，享年八十六岁，归葬吕潭。德配李氏夫人与公同年生，随宦三十年，伉俪笃睦，敬爱如宾。公仕宦即久，无偏房、不纳妾，传为美谈。一子三女，子翰华光绪二十九年癸卯科举人，直隶候补同知。公自幼好诗文，喜藏金石图书。其文朴实无华，清晰流畅，所著《宰惠纪略》《东平教案记》等，极具史料价值，为史家所重，《续修四库全书》《中国近代史资料丛刊》等选之。其诗宗乐天，以清新自然为风骨，凡民生、民俗、民苦皆人其作，集有《莲溪吟草》《宦游吟草》等。《笔谏堂全集》收其著作十四种八十卷。公藏书数十万卷，临终前嘱其子将所藏古籍捐赠山东省图书馆，共一千零七十八种、一万四千五百三十一册，其中明刻本六十八种。公归葬扶沟故里，墓在吕潭乡官营村东南角，一九九零年七月，扶沟县人民政府公布为县级重点文物保护单位。惟数十年间黄河泛滥、社会变迁，地面墓茔不复存在。二零零九年三月，余自南京返籍寻亲问祖，拜谒曾祖之墓，怅然不见踪迹，乃与堂弟妹商定，重立墓碑，冀子孙永记，弘扬先祖精神。是年秋碑成，立于故址，吾辈心愿得偿，先祖之灵遂得安息。

柳堂生藏志一则

柳勖菴先生生藏志[①]

孟津许鼎臣

黄河于山东为害最巨，频河州县例有防汛责。然溃决则害深重及他州县，故官濒河者，反漫视若无事。

今光绪二十二年九月，惠民县清河镇险出，秸料一无存。当其汹涌，浪头突立横堤过，加以风雨狂作，能鳖腾骄，若将顷刻卷地而北趋海者。濒河居民，争移避高阜，哭号之声殷天。有竭镢奔抢护防，为昼夜至十有六；用夫至三万馀；擅用地丁银集料，料集、用至四百馀万斤；而痛咽为文祝，誓以身殉，水陡落数尺，堤卒完。则惠民县知县勖庵柳先生也。而二十四年，济阳桑家渡口决，县正值其冲。日乘丈馀舟于掀天风浪中查拯灾民；复设厂，寒衣而饥食者，亦先生。义和拳之众，成于京津，而发于山东。有持只论匪不匪、不论拳不拳主意，仅将其无恶不作混其中者三二人置于法，余则亲历各约，导谕以安业分；又二十六年夏秋之交，拳众数千人突入城，则迳迎谓："尔辈既自称效力朝廷，雪仇耻，应北上决一战，此间无外国人，来果欲何为者？"即夜撤去，而境内无丝毫扰。则又惠民县知县勖庵柳先生也。而济阳玉皇庙戕官事起，祸首孙玉龙籍惠民，武夫

---

① 政协扶沟县委员会文史资料研究委员会编《扶沟县文史资料》第 2 辑，1991，第 85 – 88 页。

将移营搜捕，为设法缓之，使民无鱼池殃。他属率遭屠戮，而惠民得独免者，亦先生。

柳君名堂，字纯斋，别号勘庵，河南扶沟人。其先世籍河东，徙陕西朝邑。曾大父大荣娶张，生先生大父殿鳌。娶王，而往来贾汝宁。卒，继室扶沟氏李，艰难奉其枢归葬，返扶沟守节以终，葬扶沟，遂家焉。当李卒时，先生父太学生相林，方十岁内外。先生尝请余追志其墓，所谓柳赠君者也。娶王，生先生兄弟四人，先生次仲。先生生而岸异笃懿，少长，不与群儿伍。读书至忠孝大节，必详究其始终。授帖括，虽日习之，私心不以为然也。家贫，尝负书担囊求师百里外。所谈不合，或竟夕辞去。体素羸，尝卧病百馀日，而构艺数十首，其勤励刻苦多类此。以县学廪生举同治十二年癸酉科拔贡。联捷领乡鉴。堰塞将二十年，始以光绪十六年庚寅科会试第五、殿试三甲进士。以知县分发山东，不丐一书，不干一人。二十一年，海城李忠节公来为巡抚，始牌定陶。二十二年五月，补惠民。下车即张示：严禁差书丁仆需索安班铺堂等规例。又作浅易歌辞，劝民息讼，而令愚蠢等皆诵习上口。严苞苴，慎刑罚，正田里，谨征榷，讲谕约，广学校，筹助宾兴，旌杨贞烈。栽柳六七千株，以护翼城池。开西惠民沟，配东，得腴田万亩。改黄河窝铺，岁省钱万缗。浚徙骇游道，量出土至十七万馀方。百废俱兴，五年如一日。一千三百馀村落，足迹无不至者。而防河一役，项城袁公称其朴城（诚）练达。且曰："柳令傲吏抗上，然其强项皆为民，无为己者，终是循吏也。"二十七年二月，移牧东平，治之一如在惠民时。和议甫定，教案蜂起。先是平阴拳军闯州境，蹂藉教民。教民忿候教职尹式翱、贡生李树芳不相保护也，辄指控为匪首。主教告之抚辕，洋务局扎（札）饬切急。先生力辩其诬，公牍三上，事卒白；平民得以脱吞噬嚼者，一百六十馀家。其后，天主、耶稣两教士以事来谒，先生以为前者教民不和，皆地方官措理不善之咎，大乱甫平，何可再结仇衅？乃各假以辞色，予钱百缗，属修补零星什器，以永释葛藤。两教士感服，连称公晓事，人大爽快，叹息而去。二十九年四月调德平。明年六月复惠民任。三十一年正月调乐陵。明年五月复惠民任。两次男妇蓺香迎数十里外。所遇，肩舆前叩头，冀一望颜色，率欣欣然喜；或泣下，要坐场圃矮屋中，老者献茗，壮者立门外候指使，蔼然家人父子之谊。是时也，百姓不知其为百姓，先生亦自忘其为官矣。三十三年四月调牧济宁，以新政急迫，体弱不能尽职，再改署章邱，不赴，请告。告四年而革命起。

先生御下严整，所至辄风清弊绝。长于折狱，疑难之案，三数语即了决。刚直无委曲，好面折人过；奕（亦）喜人规己过。一事不慊于怀，终夜不能成寐。与人交，中藏豁然。每论及郡国利病，生民疾苦，侃侃然旁若无人。平日自奉俭约，而好客礼士如不及。好书成癖，多所博通。室中卷轴多至数十万卷，暇辄手一编，朱墨淋漓。词讼案件至，应手批答之，所得廉俸，均分兄弟侄外，尽以购金石图籍。尤好吟咏，学白、傅。所有莲溪、北上、宦游、仕馀、舟行、寿馀、古稀等各吟草。《史外韵语书后》，则任齐河县南坛堤工差时，读汪订顽史外，景慕感叹而写其志者也。昼之所为，夜必记于册。所著有宰惠、牧东、宰德、宰乐、牧济及惠民灾赈、东平教案、寿馀各日记。

先生生于道光二十三年十一月二十六日。补惠民时，年五十四。先后蒙李公等选保至"赏戴花翎、四品衔、大计卓异、以知府班用"。迭迁覃恩：三代祖考皆赠中宪大夫，加级晋通奉大夫；妣皆赠恭人，晋夫人。娶李夫人，与先生同岁生，随宦三十载，犹贫家妇。持理内政，老而操作不休。先生平生不二色，伉俪笃睦，宦界传为佳话。子一，曰翰华，光绪二十九年癸卯举人，直隶候补同知。女三，孙男四，俱幼。

先生告时，年六十六，侨寓山东不归，曰："吾将老死圣人之乡。"日与诸遗老徜徉山水、诗酒。共和八年，年七十七矣，介其门人遗书鼎臣，且曰："堂墨计，生平无不可对衾影、质鬼神者，惟吾子生余之志而系以铭。"鼎臣言何是标矜先生者，然以风幕先生故，则中心拳拳不能辞。其铭曰：……（以下铭词字迹残缺，多不可识，故略之——原书编者）

柳堂父柳相林史料两则

（一）柳封君懋周家传^①

（清）徐金铭

府君讳相林，字懋周，河东柳氏，徙陕西朝邑。曾祖父长茂，妣夏氏。祖大荣，赠资政大夫，妣张氏，赠夫人。父殿鳌，字伟公，赠资政大夫，妣王氏、李氏俱赠夫人。李夫人世居河南扶沟，伟公君为同邑，某商领典肆于汝宁，闻其贤，聘为继室，生府君。伟公君以李夫人怀思旧乡，又以扶沟俗朴民醇，遂自朝邑往居之，故今为扶沟人。府君生十馀岁，伟公君与李夫人相继殁，孑然无所依，而性复泛爱，乡邻贷应之，不计有无，家遂日落。值岁歉资用乏绝，求人无应者，慨然曰人情故如此邪，乃痛自刻厉，治生为商贾，用致富饶。府君虽由困而丰，既积有馀财，仍散之姻戚族党之贫者，壹不惩前事，桥道废坏不便于人者，常独任修治之费，遇饥馑灾疫，凡可以活人者，惟力是视。或以轻财规府君，则曰：商人鬻财逐利较之农人所得甚易，自我积之自我散之亦何足惜；据为己私久必生孽，几见有守钱虏后世不败者乎。闻者叹服。咸丰八年，皖匪扰河南商业，坐是亏折甚。府君殊不以屑意，幡然曰：吾有薄田二顷，宅二区，今而后可归农矣。府君为人好儒术，取廉而守介，业贾非素志也。居平耻

① （清）徐金铭：《柳封君懋周家传》，《六慎斋文存》卷三，载韩寅群等编《山东文献集成》第四辑第三十二册，山东大学出版社，2011，第 655–657 页。

与市井人伍，所常与游者张季瑞茂才、李芸榘选贡数人而已。书传中疑义，访问得其解。乃已暇即抄书临帖，尤好作擘窠大字，以麻束笔濡水就石上习之，不工不辍，其笃古勤学，盖天性也。居家严敬终日危坐，无惰容，内外肃然。不闻急步，疾呼节缩于衣食，而家祭必具冠服，享献必丰腴，教子弟严于义利之辨。次子纯斋先生以同治癸卯选贡举于乡，戒之曰：汝当顾名思义，若他日临民，妄取百姓一钱，非柳氏子孙矣。居乡以和众善俗为务，横逆之来置弗校（较），有忿争者为具酒食调解之，日与田夫野老讲种植、辨土宜，督勤牛耕以为笑乐。农隙则坐场圃间，为村氓谈说部中福善祸淫事以悚动之，乡里少年薰其德而善良者十殆八九。光绪三年岁饥，人相食。府君悯之，思所以济其厄，乃募资诸富人，躬买舟往南中购米，至则减价粜之，所全活乡人无算，而亲戚亦赖以举火焉。是时府君年已老矣，数往来南北冒犯雾露，以四年三月行至江南界首集遘疾卒，年六十四。方府君之南也，子泽亦以粮车行贩，与府君分道出，及府君道病，泽驱车夜行失路，迷枉中适□^①府君，乃得亲汤药视含敛。人咸谓鬼神阴相之云。配王夫人。先府君卒，子四。泽，其长也，旋以劳毁即世。次堂即纯斋先生，以举人应光绪庚寅礼部试，成进士，官山东惠民县知县，以循廉称赏戴花翎，加四品衔，开缺归知府班补用，国变后侨居济南，不复出。次染，次璿，俱邑庠生，并卒。女子子二，长适齐峻岭，次适聂树芳。树芳，同邑增广生员。孙五。翰芬，邑庠生，泽出。翰华，光绪癸卯举人，直隶候补同知，堂出。翰蓉，邑庠生，翰芳，业儒，染出。翰芟，璿出。孙女十一人，曾孙五，曾孙女四。府君及配王，以子贵，晋赠资政大夫，夫人奉旨赏给乐善好施字样，准于里第建坊。金铭与纯斋先生之子翰华乡举同年，获侍先生，先生以状属为家传，不□^②辞，因叙次府君行谊家世如右，以归于先生而附诸谱牒焉。

论曰：府君所居名吕家潭，咸丰年间，贼至其地，嗣焚掠，而府君之室独全，后闻乡人曾陷贼者云：贼遣其党守府君门，戒之曰：此柳善人宅，侵暴者死。由是远近无不知柳善人者。昔盗牛惧彦考之闻而改行，黄

---

① 原书缺。
② 原书缺。

巾过郑君之庐而下拜，方之府君后先一揆。子舆氏曰：可欲之谓善。彼盗贼者固习为不善者也，其为善所感动如此，况余人乎。然则谓善不可为者，诚过激之论矣。

（二）柳府君墓表①

（清）孙葆田

府君讳相林，字懋周，先世本河东柳氏，后迁居朝邑赵都镇。祖讳大荣，考讳殿鳌，习商业嘉道间，领典商于河南汝宁府，年逾四十无子，妻王氏卒，娶扶沟李氏女为继室，以扶沟先贤遗乡，俗朴民醇，遂家焉，故今为扶沟人。府君生□②岁而丧父，又十馀岁而母氏卒，性廓达，不事生人产，有告贷者辄与之，家遂困乏，乃发愤学商贾，积十数年家业日隆，有四子皆令习儒术。咸丰八年遭粤匪之乱，商业荡然，府君顾自慰曰，吾今可归农矣。所居曰吕家潭西三里庄，日与田夫野老讲种植，课晴问雨，暇则招近村人劝以为善，谈前代因果事，乡里化之，无犯法与争讼者。府君中年积有馀赀，喜施予，有义举，无不为，由是群呼为柳善人。其后有为贼掠逃归者言，贼至吕家潭时相戒毋毁伤柳善人家也。府君虽习商，然持身廉，取财必以义，耻与市侩伍，所常与游者同邑张季瑞茂才、李芸渠明经数人，尤好从诸人问学，习为大字书法，见称于一时。又常进诸子教之曰：吾愧读书未成，所以督责尔曹者非只为功名计，恐尔身入下流玷我柳氏家风耳。及次子堂得选拔贡孝廉，训之曰：尔当顾名思义，他日居官临民如妄取百姓一针者，非柳氏子孙也。光绪三年中州大饥，邑中待府君以举火者常数十家，府君乃买舟南下载粮数百石，减价粜之以利乡人，而以其馀周戚党，所全活无算。时长子泽亦佐其事。明年，府君至江南界首集而得疾，适泽以夜行失道，至其地，得侍医药视含敛。府君卒于戊寅三月十一日，春秋六十有四，即以其年六月葬于新茔之次。王夫人祔。夫人性慈善，好周济人，与府君同志，教家严，子堂方八岁，一日自塾拾得柿

---

① （清）孙葆田：《柳府君墓表》，《校经室文集》卷五，载清代诗文集汇编编纂委员会编《清代诗文集汇编》745 册，上海古籍出版社，2010，第 172–174 页。
② 原书缺。

饼一枚，以奉母，母怒其归迟，以为偷得，重扑之。其明大义多类此。先府君二年卒，年六十有二，子四，长泽，以侍亲疾积劳故。次即堂，同治十二年拔贡举人，光绪十六年进士，官山东惠民县知县，花翎四品衔，有循声。次染，次璿，俱县学生。孙男五人，翰芬、翰蓉并县学生，翰华癸卯举人，直隶候补同知。曾孙男五人。堂今归知府补用，迭遇覃恩，诰赠祖考为中宪大夫，又加级晋赠资政大夫，妣皆赠夫人。堂又常承父母遗命，捐赀助振，奉旨给予乐善好施字，准于里门建坊，可谓善成府君之志者矣。及是述其先考妣事略，属葆田为表墓之文，且言曰："扶沟在前明有杜善人，见《归震川集》中，先府君行实，未知视杜善人何如。今殁已三十馀年而邑人犹称道不衰，愿得宏文，如归氏者，以传诸不朽。"葆田窃闻归熙甫有言，天厚人之有德，将以兴其家，不在其身，必钟于其子若孙。然非困穷淹郁则亦无以大发于后。柳府君再困而再兴，又以行善故殁于道路，其理若有不可知者，然身虽殁而名愈彰，躬膺二品，封赠子孙递兴而未艾，岂非所谓为善之报耶。余据太守所述府君嘉言懿行，与其内教可法者撮其大要，俾异时治国闻之士知府君之所以得传者，固自有在。传曰：天道无亲，常与善人。柳君其益知所勉哉。

《申报》记载柳堂长孙柳式古捐书报道四则

（一）山东图书馆新收宋元旧书（1932 年 5 月 30 日）①

柳堂后人捐入共百馀箱

济南通信。山东省立图书馆所藏古书，自前岁以还，经馆长王献唐多方搜罗，顿为丰富。兹查有柳堂者，字春（按，当为纯）斋，河南扶沟人，清季游宦齐鲁，喜藏书，宋元旧籍，极力罗致，蔚然大观，柳罢官后，闲居历下东流水，济城之隈，地近明湖，顿饶泉石竹木之胜，乃将藏书装璜百馀大箱，临终时嘱其子孙将书运回河南原籍，建图书馆以保存之，使不得将该书随便处分。惟自去世后，其子孙不惟未能将书运回河南，即趣堂之灵柩，亦流落济南，未得举葬，近且负债累累，不能偿还，债权者屡索不得，控于地方法院，法院遂判决将书变价迁债，先将二十四箱施以假扣押。柳之孙某，乃忆及其先人遗嘱，遗书不能运回原籍，亦应就近捐入图书馆，是当然不能变价偿债，以违先人之命，当往访吾省立图书馆长王献唐，陈述意见，愿将该书无条件捐入馆内，惟债权者殊蛮横，必须图书馆代向法院交涉，方可妥当。王当往法院询问，法院表示，只要遗嘱属实，案虽判决，其子孙当然无权处分，欠债可以别产抵还，于是先将未扣押之书六十八大箱，运到图书馆，尚有数箱，亦即续运，被假扣押

之二十四大箱，则债权者坚必以之变价偿债。昨日法院又开庭审讯，图书馆亦派人到庭，当时虽未判决，但遗嘱已证明属实，并明言将书捐入图书馆，至债务为其子孙所负，按法不能变更其先人遗嘱，将书抵债，故已扣押之书，恐终要交与图书馆也。图书馆现拟将此书完全收到后，即请省府教厅派员会同柳氏后人点验，呈请中央，予以嘉奖，其善本书存箱内，外刻有"寿馀藏书"四字，现尚未启封点验，故内容尚不甚明了，惟闻内有《安禄山诗集》，为世上稀有佳本，兹略知其书籍目录，大概如下：《旧拓唐国子监石经》《钦定全唐文》《钦定全唐诗》《朱批御旨》《石印九通》《粤雅堂丛书》《广雅丛书》《钦定七经御案》《周易述义》《钦定日下旧文（闻）考》《文献征字录》《大清通礼》《大清会典附则例》《资治通鉴》《毕续资治通鉴》《明通鉴》《原板瀛寰志略》《大清一统舆图》《善海图编》。

（二）鲁图书馆点收柳堂藏书一千馀种一万馀册
（1932 年 6 月 27 日）[①]

　　济南通信。河南扶沟人柳堂（字纯斋）大宗藏书，遗嘱捐入山东省立图书馆，现该项藏书，因债务关系，被济南地方法院假扣押之二十馀大箱，正由省立图书馆根据柳之遗嘱向法院诉追，其馀未扣押之六十九大箱运入图书馆，由省政府派秘书任方同，教育厅派督学马汝梅，会同点收人省立图书馆长王默汉，及捐赠人柳式古，点查人郝干忱（柳式古派）、屈翼犹、郑砚农、陶鸿翔等（图书馆派），自六月十三日起，开始点查，二十三日点查完竣，计六十九箱内，共有书一千三十三种，一万四千六百七十四册，集书居多，最佳者有《天目先生全集》明万历刻本十六册，《王枞山先生文集》明万历唐振吾刻本十册，《龙汉集》明尚论斋刻本八册，《张太岳集》明万历刻本十册，缺下函，《王文成公全集》明嘉靖刻本二十四册，《陈白沙全集》明万历刻本十册，《韩文考异》明万历翻宋本五册，《文信国公全集》道光重刻本十六册，《南庚疏钞》明崇祯刻本二册，《韵

---

① 《申报》1932 年 6 月 27 日，第 21272 号，第 8 版。

会小补》明四知馆刻本十册，《洪武正韵》明刻本五册，《罗鄂州先生集》，《明文献词覆宋本》二册，《尔雅翼》六册，《通话旧钞本》一册，《安禄山事迹》道光四年刻本四十册，《诗宿》明万历刻本二十册，共计一千零三十三种一万四千六百七十四册。第三十三箱内有柳堂本人所著之《北上吟草》、《书札纪事》（按当为《书札记事》）、《惠东颂言》、《周甲录》、《宦游吟草》、《舟行吟草》、《灾振日记》（按当为《灾赈日记》）、《笔谏草堂诗文集》等书。柳式古以为其先人手泽，仍取回收藏，每种留图书馆一部，以作纪念，计共取回一百四十三册，留存图书馆一万四千五百三十一册，完全无条件捐入图书馆，但该馆以柳式古能完成其先人遗志，将两万馀册债值五六万元（连被扣押者在内）之藏书捐入图书馆，在山东实为最热心公益者，因拟呈请教厅转呈省府请国府明令嘉奖，以彰善举。柳堂遗柩，现在济南，亦拟设法运送回其原籍安葬，其书籍现正在编目整理中，一俟被扣押之一部分，运到图书馆后，即单辟一室，将书完全置于其内，因柳号"寿馀"，即名其室为"寿馀藏书"①，另取柳生前遗物一部，藏于室内，以作纪念。

（三）鲁图书馆新得大宗捐书河南柳纯斋所遗书籍字画九十箱（1933 年 2 月 7 日）②

济南通信。河南扶沟柳纯斋氏，为藏书名家，曾经商出东，前年故去时，遗嘱将书籍六十八箱，捐入山东图书馆，业经该馆呈请省府派员监点。惟除此六十八箱之外，尚有字画籍二十二箱，因柳氏积欠许筱航魏符村两人债款，经法院判决拍卖抵债，复经图书馆交涉，用许魏二氏名义，将该字画二十二箱捐入图书馆，由馆给予七百五十元，使免损失，并给柳氏大洋一千元，作为柳纯斋殡葬费，经教育厅于三日提交省府政务会议讨论，议决照案通过，兹录教育厅提案原文如次：

---

① 原文作"寿馀书藏"，据王献唐、柳式古合编《扶沟柳氏捐赠书籍清册》（山东省图书馆藏）"柳式古所捐柳堂遗书，每箱均刻'寿馀藏书'四字"改。参见李勇慧《王献唐著述考》，山东教育出版社，2014，第 131 页。

② 《申报》1933 年 2 月 7 日，第 21487 号，第 13 版。

据省图书馆馆长王献唐呈称,查河南扶沟抑氏,捐本馆书籍六十八箱,前蒙省政府派员监点在案,此外尚有字画书籍二十二箱,因柳氏积空许筱航魏符村两君债款,由济南地方法院应债权人之请求,拍卖抵债。本馆以该项书籍在柳氏先人纯斋先生遗嘱中明白规定为捐办图书馆之用,其所有权,已不属于其子孙,自不能用以抵偿债务;同时柳氏后裔即将此项书籍捐助本馆,本馆有依法接受之权利,当经呈蒙钧厅函达高等法院要求发还,并由本馆向济南地方法院提起异议声诉,开庭数次,最后债权人亦愿放弃拍卖权,归入本馆。更以柳氏早已破产,无他财物可以抵债,以该项书籍所值,作为柳氏偿遗欠款,以偿债得来之书,用许魏二人名义,捐入本馆,手续虽有变更,志愿实已经达到,自当乐于接受。查该项书籍字画,最初由济南地方法院估价二千六百三十九元五角,许魏二氏本非富有,现虽慷慨捐公,而审情原理,公家对之,亦应稍予津贴,以示体恤,拟恳给予七百五十元,使免受损失,以为各界捐书劝。再河南柳式古君,奉祖父纯斋先生遗嘱,捐助书籍六十八箱,估计约值二万馀元有奇,为本馆创办以来最巨额之捐增,惟柳氏因经商亏折,财产卖尽,纯斋先生枢尚停济南,无力运回原籍,公家对其苦况,似亦应酌予调剂,拟恳奖给殡葬费一千元,交伊柳式古领去,克日运枢回籍,并指定专为殡葬之用,藉免债家要案,所有两项用度其洋一千七百五十元,理合造具预算,呈请转请核准拨发等情。据此查柳氏及许魏二人捐该馆书籍字画,其值甚巨,该馆长所拟分别赠助柳氏殡葬费一千元,津贴许魏书债七百五十元一节,尚属可行,当应提交二十一年度教育预备费项下开支,应否照准,请公决。

(四) 教部褒奖捐资兴学人员(1933年3月4日)[①]

部育部对于各省市教育厅局呈报二月分(份)捐资兴学人员,及一月下旬捐资兴学人员,分别发给奖状,姓名探录于下:(一)德籍侨民茂福兰遗嘱将所藏德文及他国文书籍,计八百四十二册,捐入山东省立图书

---

① 《申报》1933年3月4日,第21512号,第15版。

馆，约值六千元左右，发给二等奖状；（二）河南扶沟县柳式古遵其祖
父柳纯斋遗嘱，将所藏书籍六十八箱，计一万四千五百三十一册，捐入
山东省立图书馆，约值洋二万元，发给一等奖状；（以上一月）……
（六）四川杨森捐助国立音乐专科学校建筑校舍基金洋一万元，发给一
等奖状。

后　记

本书得以出版，首先感谢我的恩师翟国璋教授，他是我从事历史研究的引路人，也是柳堂的嫡曾孙。本人在南京求学期间，屡蒙翟教授指导，他推荐我报考暨南大学硕士研究生，从此开启了我在南方读书与工作的旅程，改变了我的人生。2014 年秋，翟老师来广州探我，期间我向他请教古籍整理选题事宜，翟老师告以他原名柳恩刚，其曾祖父柳堂是清代地方官的典型人物，一生著述丰硕，希望我将来有机会整理出版柳堂的著作。于是，我谨遵师命，着手搜集柳堂的各种著述，并以柳堂著作整理成功申报了全国高等院校古籍整理委员会直接资助项目。

2018 - 2019 年我赴美访学一年，期间与翟老师时有联系，最后一次给他电话是想请他为书稿赐序，犹记得那日接电话的是翟老师夫人顾老师，她告知翟老师前几日刚刚去世。放下电话，心情悲伤难抑，感慨万千。翟国璋教授于 2019 年 7 月 8 日在南京仙逝，时年 84 岁，谨以此书缅怀我的恩师。

本书文稿的录入工作主要由王江源完成，王江源是我在暨南大学培养的首位国内硕士研究生，山东潍坊人，在参与古委会项目过程中，对晚清山东地方官柳堂产生了研究兴趣，遂以"《笔谏堂全集》研究"作为他的硕士学位论文题目，并于 2017 年顺利毕业。后入职山东出版集团齐鲁书社，成为一名专业编辑，他为本书的出版倾注了大量心血。

最后，感谢暨南大学高水平大学建设经费（中国史学科）的出版资助，感谢暨南大学中国文化史籍研究所各位同事对我的支持和关爱。也向社会科学文献出版社的编辑胡百涛先生表示诚挚谢意，他具有较高的专业

312

素养，对本书的出版给予了不少帮助。限于学识，本书或存在谬误之处，还望方家予以赐教，以待日后补订。

吴 青

2020 年 3 月于广州暨南园

图书在版编目（CIP）数据

　　笔谏堂文集／（清）柳堂著；吴青，王江源整理点
校. -- 北京：社会科学文献出版社，2020.8
　　（暨南史学丛书）
　　ISBN 978 - 7 - 5201 - 7166 - 3

　　Ⅰ. ①笔… 　Ⅱ. ①柳… ②吴… ③王… 　Ⅲ. ①中国文
学 - 古典文学 - 作品综合集 - 清代 　Ⅳ. ①I214.92

　　中国版本图书馆 CIP 数据核字（2020）第 157125 号

暨南史学丛书
笔谏堂文集

著　　　者／（清）柳　堂
整理点校／吴　青　王江源

出 版 人／谢寿光
组稿编辑／宋月华
责任编辑／胡百涛

出　　　版／社会科学文献出版社·人文分社（010）59367215
　　　　　　　地址：北京市北三环中路甲 29 号院华龙大厦　邮编：100029
　　　　　　　网址：www.ssap.com.cn
发　　　行／市场营销中心（010）59367081　59367083
印　　　装／三河市龙林印务有限公司

规　　　格／开本：787mm×1092mm　1/16
　　　　　　　印张：20.25　字数：321 千字
版　　　次／2020 年 8 月第 1 版　2020 年 8 月第 1 次印刷
书　　　号／ISBN 978 - 7 - 5201 - 7166 - 3
定　　　价／168.00 元

本书如有印装质量问题，请与读者服务中心（010 - 59367028）联系